U0164617

這世界突然只有我

寶劍鋒 著

目錄

第一章

盛夏午間的陽光灼熱刺眼，大廈玻璃折射的光譜，讓人未免有些眼暈，馮躍靠在休息室裡，享受難得的清閒。

在這座城市生活六年，兩千多個日日夜夜……

他和未婚妻賀彤也曾是萬千滬漂中的一員，擠在出租屋，吃著十塊錢的盒飯。

那時情濃，彼此在吱呀作響的木板床上互許終身，學著電視裡酸掉牙的情節，寫下一份婚書，滿口都是白頭之約，永以為好。

但直到如今，整整六年，直到他在張江科技園區有了一席之地，拿著同齡人中佼佼者的高薪，在上海這寸土寸金的地界簽下購房合同，才真正有勇氣將賀彤迎娶進門，做風光無限的馮太太。

「馮總最近意氣風發，看來好事將近啊！」同事打趣著，眼神看向他無名指上的戒指。

馮躍嘴角帶笑，應和道：「是啊，到時候別忘了來喝喜酒。」

「聽說馮總愛人可是萬裡挑一的大美人，難怪我們馮總這麼著急要把嫂子娶回家呢！」

「辛苦了這麼多年，馮總也算能趁著婚假好好休息休息了。」

「娶了老婆，可不能再沒日沒夜地待在公司了。」

馮躍苦笑了一聲，他是出了名的工作狂，趕上忙的時候，一連在辦公室住幾天都不稀奇。

大家都說他回家像打卡，現在婚期將近，工作的事情都交代得差不多了，也該好好休息休息了。

都說溫柔鄉是英雄冢，對他而言也不例外，他依稀還記得，賀彤穿著婚紗，向他走來的嬌媚模樣，那一束楊柳細腰像扶風的藤蔓。

閒聊片刻，馮躍還未回神，手中的電話，響了起來。

看著電話屏幕上賀彤兩個字，馮躍愣了下神，接通了電話，以往賀彤從來不會在上班時間給他打電話。今天怎麼這麼反常？

「喂？小彤，我不是說了嗎，喜糖袋子和請柬款式，你來定就行了，你喜歡的，我都喜歡。」

馮躍笑著，可電話對面，卻是無聲的沉默。

「喂？」

「小彤？」

賀彤換了一口氣，語氣平靜。

「我們分手吧。」

馮躍怔怔地站在原地，足足好一會兒。

「為什麼？」

賀彤同樣沉默半晌，強忍著哽咽。

「這些年，你一直忙著工作，我身邊的朋友提起你，都誇你能幹有本事，年紀輕輕就買車買房，可他們在一起親親熱熱，有人疼的時候，我只能對著一間空屋子發呆！」

「你想過沒有，我也是個女人，我也想有人噓寒問暖，我也想安安靜靜地跟我的愛人吃一頓飯。」

電話那頭的聲音，逐漸哽咽，每一句，隔著電話都能扎進馮躍的心裡。

這些話，他從沒有在賀彤的嘴裡聽到過，甚至從來沒有察覺到她如此異樣的情緒。

霎然間，他背後的襯衫濕了一片，不知道是陽光太熱，還是有話難言。

「去年清明，你說陪我去掃墓，那天南山下了很大的雨，連路都看不清，你匆匆接個電話就走了，把我一個人扔在那，我打不到車，你手機一直靜音，我從南山走回家，渾身都濕透了！」

「高燒三天不退，你只去了醫院一次。」

「還有前年，說好我爸媽來上海見你，你說公司有事，讓我們一家在餐廳等你，我等了整整四個小時，把我爸媽送回酒店，我一直等到餐廳關門，你也沒有回來！」

「我需要你的時候，找不到你，我們的紀念日，你從來不記得，六年了，我們沒出去旅行過，沒有安安靜靜心無旁騖地吃過一頓飯，你有多久沒有陪過我了，你還記得嗎？」

「家裡裝修，沙發、冰箱、家具，哪一樣不是我親自去看的？」

「從裝修到結束，你出現過一次嗎？你挑過一根燈管嗎？」

馮躍沉默著，無數次開口，卻一個字都說不出來。

他這麼多年的辛苦，只是為了能給賀彤一個安穩的家，能有一間屬兩個人的房子，不用連夜奔波在這座城市裡，比較著哪一間廉租房更便宜，也不用一年搬上五次家。

「小彤……」

「對不起，我……我有錯……」

賀彤深吸了一口氣，平復了一下心情。

「不要再說對不起了。」

「馮躍，你不欠我什麼。」

「婚禮我已經取消了，你也不要再找我，去過你想過的生活，今後，我們各自安好，後會無期。」

後會無期……

這四個字帶著山雨欲來的寧靜，在馮躍心裡掀起萬丈波瀾，那山呼海嘯般的慌亂讓他踉蹌、惶然，握著手機不知所措。

威風八面的馮總監，終於亂了陣腳。

他抓起車鑰匙跑了出去，他鮮少有如此失態的時候，也顧不得周圍人驚詫的眼光，此時此刻，他只想讓賀彤留下！

六年的感情不是一朝一夕，是上千個日日夜夜積攢下的，是不論說多少句「我愛你」都無法詮釋的愛意，人之一生即便能活百年，但又有多少個正當年輕的六年光陰，可以任由揮霍。

客廳裡空無一人。

擺放著的合照都被收拾起來，牆上掛著的婚紗照也被拆下，屬賀彤的那一半被裁剪下去，只剩他自己孤零零地躺在地板上。

身畔沒有了盛裝華服的麗人，馮躍目之所及止於空洞，再精緻的西裝都宛若蒙塵。

「小彤！」

「小彤！」

馮躍突然發了瘋一般推開所有門，臥室、書房、衛生間。

衣帽間裡只剩下他的襯衫，屬賀彤的一切痕跡都被收拾乾淨，找不到一絲屬她的痕跡。

一個在他身邊六年的女人就這樣消失了，無影無蹤……

馮躍一遍遍地打著賀彤的電話，只剩下冰冷的提示音。

陽台上的綠植迎著陽光生長茂盛，他恍惚間好像可以看見，賀彤穿著她最喜歡的長裙，站在陽台上，一點點擦拭著葉片上的灰塵，為它們澆灌著生命，轉眼間又蹤跡全無，消失得徹徹底底，好像從未來過。

馮躍呆呆地站著，巨大的悲傷彷彿帶著水漫金山式的悲鳴，整個世界只剩他一人存在，那是疾風驟雨的世界，花木被拍打凋零，所有顏色都在心上的創口中流出，只剩灰暗的天，枯萎的地，以及乾涸的血脈。

他怔忡著，腿腳發麻也渾然不覺，直到暮色四合，黑夜降臨人間。

窗外萬家燈火，每一盞昏黃都是世間最獨有的溫柔，那些做得一手好菜的女主人，大聲朗笑的男主人，調皮可愛的孩子，是組成幸福最基礎的因素。

可這一間久久沒能亮起的房子裡，只有他一個人，聽著外面喧囂，所有人都沉浸於自己的生活之中，無人知曉他的孤寂。

這一瞬間，馮躍突然感受到了賀彤所說的孤獨。

前所未有的孤獨。

這世界突然只有我！無盡的孤寂黑暗吞噬而來。

分明世間歡樂萬千，欣喜萬千，而我無人分享，只得寂寞、憂愁，在時間每一分的轉動中，自己的每一寸呼吸聲中，等待愛人歸來。

可卻無人歸來。

馮躍愴然涕下，此時悔恨交加，他感受到了賀彤的無助，彷彿可以看到那瘦弱的肩膀如何抗住這漫漫長夜，在盛夏洶湧的熱意中忍受著浪潮般的孤寒。

上弦月遙掛中天，月色圓缺難控，人情悲涼難抑。

馮躍從月掛梢頭坐到東方既白，陽光漸次鋪滿每個角落，他瞇著眼去看，伸出手去抓，卻不曾有一絲光亮照進心裡。

眼底的歡娛如同昨日黃花，零落成泥碾成塵，唯辛酸如故。

馮躍不記得自己如何在一棟房子裡熬過去的，只知道外面陽光刺眼，可他即便蜷縮進被子裡，把自己包裹嚴實，仍舊覺得遍體生寒。

小彤走了，徹底消失了，整個世界再也找不到這個人的影子。

有時候馮躍會覺得這個女人心真狠，說放下就放下，說走就走，連最後見一面的機會都不給。

馮躍滿腔的話想對她說，可是能聽他說的人已經不見了，只有到處都是冰冷的空氣，巨大的愧悔像一個玻璃罩子，把他隔絕起來，好像能感覺到逐漸稀少的氧氣，讓他一點點窒息，一點點失去對周圍一切的興趣。

馮躍突然想起，賀彤有一個微博，平時會發一些日常生活的動態，侍弄過的花花草草都會編輯一段文字，算是賀彤自己的小天地。

點開手機，最近的一條微博是一張車票，從上海到九寨溝，昨天剛剛離開。

馮躍怔忡了，他一直都知道賀彤的願望，就是跟自己出去旅行，去不同的地方，看世間各種風景，山川河流，樹木榮枯。

但是他一直忙於工作，即便假期也會坐在書房對著數據一整天，不是沒有計劃過，但總會因為他各種各樣的工作宣布告吹。

一直往下翻，那些關於兩個人的動態都被刪掉了，沒有他存在的一絲痕跡。

馮躍對著一張車票出神，賀彤坐在列車上，獨自看著外面疾馳而過的景色，漸漸遠離自己，那種感覺難以名狀。

恍然間，馮躍做出了一個決定。

他要追隨賀彤的腳步，去看看她眼中的風景，她曾經無比期盼過二人挽著手要去欣賞的風光。

這個念頭在腦海中一發不可收拾，好像有某種衝動即將迸發出來，一直埋頭工作，連城市裡的公園都很少去的馮躍，想坐著賀彤坐過的列車，去看看她眼中的世界。

對於賀彤，他心裡是深愛的，只是明白得太晚。那個人已經遍體鱗傷，再也承受不住了，她選擇離去。馮躍沒有勇氣站在她面前，但是即便跟在她身後，踩著她的足跡，看同樣的風景，對馮躍而言，現在就是最好的選擇。

這能讓他的心，稍減痛苦，彷彿小彤還在身邊。

馮躍想要做的事，從不拖沓，當即開車去了公司。

馮躍能有今天的地位，高層對他寄予厚望，聽說他要辭職，所有人都很驚訝，剛剛才給公司帶來幾個億的項目，馬上就要迎來自己人生的輝煌時刻，卻在這樣緊要的關頭選擇放棄一切。

所有人都覺得馮躍瘋了。

只有他自己知道，六年的時間，他那樣傷害了一個女人，辜負了一個女人，他是懦弱的，不敢把這樣的傷口撕扯開給人看，但他想自己療癒，去追隨她，用時間彌補對賀彤的愧疚。

馮躍抱著自己的東西走出公司，一路上，所有人都不理解他，但是馮躍不在乎，把一整箱子的工作資料扔進垃圾桶，拍拍衣襟上的灰塵，轉身離去。

小彤，我從前不知道如何愛你，現在我也沒有臉面去求你原諒，我會跟著你的步伐追尋日升日落，在每一處留下愛你的痕跡，即便不能再把你抱在懷裡，我也會站在你曾經遠眺過的地方，親吻吹拂過你的晚風。

從此，讓我帶著遠行的風塵，不遠萬里地去愛你。

上海到九寨溝，兩千多公里，馮躍買了跟賀彤一樣的車票，挨挨擠擠的臥鋪，上中下三層，腳邊就是狹窄的過道，有椅子能坐著看到車窗外的風景。

慢慢駛離城區，周圍的建築驟然減少，視野變得開闊，正值夏季，路過的曠野農田上都是碧綠的農作物，隨著風輕輕搖擺，滿眼新綠，帶著勃勃的生機衝進馮躍的心裡。

車廂裡都是嘈雜的說話聲，泡麵、鹹菜、各種食物的氣味混在一起，實在說不上好聞，這種出行方式馮躍已經很久沒有體會過了。

其實可以選擇更加便捷的飛機，但是他想經歷賀彤的一切，從出發開始，沒有目的地，只有賀彤出現過的地方才是他心之所向。

馮躍坐在逼仄的過道上，大長腿蜷在一起，時不時會有行人路過，對著乾淨的鞋面踩上一腳，馮躍皺皺眉頭，略有些不耐煩地看向窗外。

其實並沒有什麼好景色，大多都是農田，路過經停站的時候，會看見城市邊緣，然後有形形色色的人登上列車，也會有人離去，開始自己的路程。

好像人生就是這樣，同行者未必要到達同一個地方，即便相對而坐，也可能在下一個站點轉身離去，然後不停遇上新的人，經歷各種事情，最後到達終點。

賀彤在他身邊多年，兩人一起經歷許多站點，但他沒有握緊她的手，眼睜睜看著賀彤下車，裙角消失在人生站台，從此難覓蹤影。

「嘿，哥們，第一次坐這樣的火車？」

馮躍眼前突然出現一罐紅牛，順著手臂往上看向年輕人。他微微點頭道謝：「你怎麼知道？」

年輕人坐到他對面，笑嘻嘻地說：「看狀態就知道了，大家都很放鬆，你坐在這一直都緊繃著，很明顯不習慣這樣的環境，而且……」

年輕人指指他腕上的手錶：「能戴歐米茄的人，可不像經常坐長途火車的。」

馮躍挑眉，這小伙子眼力不錯，還挺自來熟。

「我叫王樂，是個旅行博主。」

「馮躍。」

他沒有什麼心情寒暄，但是不搭話顯得沒有什麼禮貌，只是輕輕握了一下手，然後轉頭看向窗外。

「你到哪啊？」

「九寨溝。」

「現在不是旺季，這個時候去人應該不多，那你一定也是在茶店子轉車了。」

馮躍點點頭，下午的陽光沒有那麼濃烈，照在身上讓人慢慢放鬆。

王樂是個很陽光的男孩，對一路上的風景瞭如指掌，路過每一個站點都能說出這個地方的景區，馮躍偶爾搭話，兩人也不算冷場。

「你是旅遊博主，一定去過不少地方吧？」

「嗯，我也去九寨溝，這已經是去的第三次了。」

馮躍有些疑惑：「都是一樣的景色，為什麼要重複去？」

「不一樣的時間都會看到不一樣的風景，九寨溝的水天下聞名，春夏秋冬都能看見不同的美，我這次打算到九寨溝補給，然後徒步進藏旅行。」

「徒步？」

馮躍很驚訝，且不說西藏的高原氣候有多難以適應，就是這長途跋涉，也夠人喝一壺了，以前只是聽說過有人徒步進藏，沒想到還真遇見了。

要是從前，馮躍一定會質疑，為什麼要把大好的時間浪費在路上，但是現在他要學會去欣賞路上經過的每一處景色，就像王樂說的，都會有不同的感受。

「我跟我的粉絲說好了，一直直播進藏，我要帶他們看沒見過的風景，用我的眼睛，去體會美好。」

「很偉大。」

馮躍現在還不能理解他的做法，但同樣都是走在路上，不過是每個人選擇到達的方式不同。

晚上躺在臥鋪，馮躍一直看著那條賀彤的微博，已經兩天了，都沒有更新，算算時間，她已經到達了九寨溝，只是不知道那麼多景點，她會選擇去哪個地方。

帶著對賀彤的思念，馮躍慢慢閉上眼睛，明天還有好幾個小時的車程，坐車最累的，就是耳邊不停的嘈雜聲，偶爾還能聽見有人吵嚷，小孩子在車廂裡跑來跑去。

馮躍的工作環境跟這裡截然不同，他雖然不習慣，但是更不喜歡自己獨處的安靜，把自己置身鬧市，才能稍稍緩解內心的空虛。

清晨的車廂帶著一絲涼意，窗外是剛剛泛白的天際，陽光還沒有破出雲層，植物好像也沉浸在黎明之後的安靜，沒有蘇醒，享受著自然帶來的休憩。

從前他腦子裡除了工作，沒有其他事情，整天與數據和文件作伴，現在陡然清閒下來，竟不知道自己能做些什麼，只是對著窗外發呆。

「咔嚓。」

聽到聲音，馮躍回頭，王樂拿著相機對自己笑。

「大家都起得晚，看見你出神，就忍不住拍下來。」

等了一會，王樂遞給他一張照片，是自己對著車窗發呆，只有半張臉，外面是抓拍的麥田，看上去很有意境。

「旅行中記錄風景也是一件很有意思的事情。」

馮躍拿著照片道謝，心裡想著，賀彤在車上的時候，是不是也跟自己一樣，坐著硬板凳，看著車窗外的世界，素手托起香腮，只是微旋的髮絲搭在臉頰，就是一道勝過萬千的絕美景象。

「我看你一直心事重重的，不像出來旅遊，倒像是出差。」

「嚴肅習慣了，想換一種生活方式。」

馮躍對賀彤的離開久久不能釋懷，哪怕看見過外面絕美的日出，也從未展顏笑過，滿腦子都是賀彤。

王樂擺弄著相機說：「所有出來旅行的人都有自己的煩惱，但是當你站在大自然當中，就會不由自主地放開自己，不管什麼樣的心境，都會被無限包容。」

山水不會吝嗇自己的美意，將她釋放給所有人，見山是山，見水是水，所有憂愁都會隨著心境的變化，感受到不同的美好。

經過一天的瞭解，馮躍發現王樂雖然年紀比自己小，但是心境開闊，常常言之有物，不像他這個年紀該有的豁達。

「你一直都從事這個行業嗎？」

「我以前是學地質勘測的，上學的時候就走南闖北去過不少地方，畢業之後覺得自己更喜歡看風景，索性轉行，把我看到的一切都分享給大家，慢慢地就有不少粉絲了。」

馮躍看著他推薦給自己的微博，每一張風景照都拍得很有意境，配上一段文字，說著不同的風土人情，下面有不少留言，粉絲數有千萬之多。

「為什麼想去西藏？」

王樂想了一會說：「大家都說神秘的高原能淨化心靈，我很想去看看。」

「你呢？去了九寨溝之後想去哪？」

馮躍搖搖頭，他沒有目標，只想跟著賀彤走，她去哪，自己就去哪裡看風景。

到九寨溝要去茶店子轉乘汽車，馮躍雖然出來旅遊，但是經濟實力雄厚，早就預定了酒店，打算在這歇一晚，一連坐了兩天一夜的火車，急需一場好好的睡眠慰勞自己。

躺在浴缸裡，熱水漫過身體，長途的疲憊稍稍緩解，熱氣帶來的舒適讓馮躍放鬆，紅酒是酒店的普通品牌，帶著乾澀，但是聊勝於無。

手機上還是賀彤的微博，本來以為今天已經深夜了，不能更新，沒想到剛出浴室，馮躍就看到賀彤新發的動態。

圖片上是一片碧綠的湖水，周圍蒼翠環繞，照片中的女子微微笑著，手指穿過髮絲，眼神帶著水波看向鏡頭。

只這一刻，馮躍覺得身後再美的風景，也淪為陪襯，眼中只有那個巧笑倩兮的女子，亭亭靜立。

九寨溝湖泊眾多，這照片上沒有標識，他也不知道賀彤去的是哪一處，索性打算把每一處景點都走一遍，反正時間充裕，總能找到她曾短暫駐足過的地方。

馮躍再次看見賀彤的動態，手指輕輕摩挲著屏幕裡的臉，久久捨不得放下。他把手機放在枕邊，看著她的笑顏沉浸在思念裡。

如果是兩人一起站在那裡，想必賀彤一定笑得更加開懷，銀鈴般的聲音會迴蕩在整片山谷，再悅耳的鳥兒啼鳴，也比不上她吧。

他多想化為那只手，穿過悠揚的髮絲，拂過嬌美的臉頰，然後在山川之間，將人擁在懷中，告訴她，自己壓抑不住的愛戀，對著山谷喊出我愛你，讓聲音迴蕩在水波之上，讓所有人都欽羨他，帶著祝福看著他們的身影。

馮躍長長嘆出一口氣，終究是自己有眼無珠，現在伊人不在，想必再美好的景色，也會在自己眼中失去一層光彩。

酒店的床很軟，能把整個人陷進去，馮躍從行李箱裡取出一條絲帕，這是賀彤落在家裡唯一一件東西，馮躍收拾行李的時候從衣櫃角落找到的，一直帶在身邊。

平整地鋪在身邊的枕頭上，絲帕上殘留一絲馨香，馮躍眷戀地輕撫著，一聲聲呢喃著賀彤的名字，漸漸沉睡。

馮躍的行李不多，只有一個旅行包，塞到汽車的行李倉，找了個靠窗的位置坐下。

離九寨溝越來越近了，也不知道賀彤還在不在這裡，馮躍幻想著，會不會在人群中看到她，即便只是一眼，也一定能讓他欣喜若狂。

但是敢上前喚她嗎？

馮躍問自己，答案是不敢。

他不敢面對賀彤那雙眼睛，怕裡面盛滿了失望，如果讓她知道自己能夠看到她的微博，按照賀彤的性格，只怕要當即關閉唯一一個獲悉她消息的渠道。

馮躍靠在椅背上，心裡失落，告訴自己，即便見不到她，能看看她眼中的風景，就已經足夠了，自己出來旅行的意義不就是這樣嗎？

「好巧啊，我們又遇見了！」

熟悉的聲音讓馮躍抬頭看，王樂站在旁邊，經常在外面跑，他的皮膚並不像馮躍這樣泛白，而是健康的古銅色，笑起來，一口白牙格外搶眼。

王樂在他身邊坐下，從包裡掏出一罐紅牛，也不知道他身上背了多少，總能隨時隨地拿出來一罐。

「謝謝。」

馮躍突然想起，王樂來過九寨溝好幾次，那會不會認得賀彤拍照的地方。

想了一下，馮躍翻出照片給王樂看：「你知道這是哪個景點嗎？」

王樂端詳了一會，說：「面積這麼大，應該是長海，周圍的植被看上去也像。」

馮躍默念，長海，那就去這裡看看吧，想必能找到賀彤站過的一片地方。

「要去這裡？」

馮躍點點頭，把手機收起來。

「九寨歸來不看水，九寨溝裡有很多好看的海子，比如五花海、熊貓海，都有很多人去打卡，長海是面積最大的，你還挺有眼光。」

馮躍笑了笑，是賀彤有眼光，她來一次九寨溝，雖然圖片上只有這一處，但想必她也會走過很多地方吧。

王樂碰碰他胳膊說：「我是旅遊博主，這次官方邀請我過來的，我能去很多不對外開放的景點採風，我看咱倆還挺有緣分的，要不我們一起走吧。」

馮躍本不想答應，但是招架不住王樂盛情邀請，也就點頭同意了。

這個小伙子身上有一種生命力，好像永遠不知道疲倦，對每一處都帶著狂熱的嚮往，是一種屬少年人的感覺。這讓馮躍覺得，站在他身邊就會被感染，好像自己也年輕起來。

王樂掏出一張九寨溝的地圖，給馮躍講解。

「九寨溝一共有三條溝組成，則查窪溝、樹正溝和日則溝，如果你要去長海的話，我們可以坐車先去則查窪溝，長海在這條線的最頂端，然後沿著棧道徒步走到五彩池。」

馮躍看著地圖聽他講解，突然他停下來看向自己，有些詫異問他：「怎麼了？」

「你身體素質怎麼樣，雖然這裡海拔不高，基本不會高反，但是身體素質不好的話，還是不建議你一直徒步。」

馮躍笑了一下，這年輕人想得還挺周到，看他身上帶著的攝影設備，就知道他可能是要慢慢遊覽，拍一些照片的。

「我平時也會運動的，徒步沒問題。」

王樂摸摸頭，有些尷尬地說：「景區給我單獨配了一輛車，你要是走不動了就可以坐著車到下一個點等我，但是我不會每個景點都停，到時候看你吧，你沒來過，對哪感興趣我們就多觀賞一會。」

馮躍點點頭，王樂應該是跟九寨溝的宣傳活動有些合作，不然景區不會給他單獨配車，還讓他去一些半開放的景點，看來這趟九寨溝之旅可以乘興而歸了。

「謝謝，我們晚上在哪住宿？我給你訂房間吧。」禮尚往來，馮躍也不好意思一直佔他的便宜。

王樂擺擺手示意不用，用筆在樹正寨上畫了個圈，說：「好一點的酒店都在景區門口，但是這裡邊有寨子，我以前來過，跟居民比較熟，我們晚上可以去樹正寨，他們那都有招待外來遊客的地方。」

「雖然跟星級酒店比不了，但是這裡的寨子都是藏族村寨，能看到不少人文景象，而且老鄉家相對便宜一些。」

馮躍笑了一下，這個王樂就是個活地圖啊，跟著他走就不會像沒頭蒼蠅似的亂轉。

汽車還得開一會，馮躍跟他閒聊。

「那你從九寨溝出來，就要準備供給開始徒步了？」

王樂頷首，拍拍手裡的相機：「全程為你提供私人拍照服務，我這技術相當厲害了，你這回可賺到了，怎麼樣，要不要跟我一起來一次徒步進藏遊？」

馮躍眼角一抽，讓他徒步個九寨溝就是極限了，徒步進藏還是算了，他隱約能看出王樂身上的肌肉塊，自己這體質跟他可比不了。

「還是不了，我也不知道九寨溝之後要去哪，還沒想好呢。」馮躍拿出手機說，「不如加個聯繫方式，說不定我們還能遇到呢。」

「沒問題。」

第二章

剛到入口就能看見有很多姑娘穿著藏族服飾，像一隻花蝴蝶，色彩繽紛的衣裙在旋轉中輕揚，還有一些旅遊團，導遊揮舞著小旗子組織大家排隊，講解著九寨溝的歷史。

馮躍站在旁邊聽著，不一會王樂就領著一個壯漢走過來。

「這是景區的工作人員，負責咱倆的接送，卓嘎大哥。」

馮躍握手問好，跟著二人上了觀光車。

剛剛進入景區，就能看到滿目蒼翠，樹蔭下的清涼帶起微風，這裡的空氣比城市好了不止一點，每一次呼吸都帶著沁人心脾的舒爽。

「長海在則查窪溝的上端，沿湖有棧道，到時候你可以自己溜達，我們不趕時間慢慢觀賞就來得及。」

王樂比這裡的導遊還專業，對一些典故信手拈來，有些地方說得風趣幽默，馮躍聽著心裡順暢了不少。

九寨溝的海子名不虛傳，水光浮翠，一路向上就能看見大大小小的湖面呈現出不一樣的顏色。

有的幽藍深遠，彷彿帶著不被世人洞悉的神秘，讓行人忍不住停留探尋。

有的淡藍清新，水天一色，好像是另一處天空，倒映著兩岸的植被，交相輝映。

有的青藍似玉，泛著淡淡的光華，像從遠古走來的神女，用獨特的魅力向世人展現千萬年前的風華。

綠頭鴨在水面悠閒自在地梳妝，這裡就是牠的家園，一飲一啄都透露著閒適，頭頸部深綠色的羽毛帶著典雅的光澤，或相互追逐，或低頭自梳，低調又肆意地享受著自然天地。

「是不是很美？」

馮躍點點頭，這裡宛如仙境，陽光穿過樹枝照在水面，光就有了形狀。

很難想像，這裡數億年前是一片汪洋，經過地殼運動，或是龐大的天災，漫長的時間洪流後，才有了這般鬼斧神工的天地。

美麗從來不是一件容易事，也許海水翻湧，也許冰川覆蓋，也許風沙侵蝕，湖面之下掩蓋著時間雕琢過的瘡痍，但這神聖的外表，足以使後來者敬畏。

敬這高山經億萬年風霜覆蓋仍舊屹立挺拔，不改風骨；敬這海子歷時間清洗依然色彩斑斕，不見渾濁；更敬這自然刀劈斧鑿，細水雕刻，是世界上任何工匠都做不出的絕美聖地。

馮躍感嘆萬千，這裡的生機是圖片不能傳達的，只有親眼見過，身臨其境，才能體會其中無與倫比的美好。

「這裡春季萬物復甦，鳥鳴溪澗，夏季驕陽伴著滿目蒼翠，秋季漫山遍野的彩林，流光溢彩，冬季有銀裝素裹，有淡淡光暈的藍冰，四季都是四種不一樣的美。」

王樂說，即便來過這裡多次，但每一步都會被新的氣息吸引，手裡的照相機就沒放下過。

馮躍吹著風，想到賀彤也曾在這裡享受自然，她一樣會驚嘆風光，眼中的光彩比海子還要迷人，那雙漾著水波的眼睛，比海子還要清冽，馮躍只要想起，就會不由自主地想要沉溺進去，不掙扎，不逃避，情願溺在她眼中。

「再往前就是長海了。」

馮躍坐直了身體，長海，是他唯一知道賀彤來過的地方，他要去找尋照片裡的角落，站在同一片地上，感受曾經吹拂過賀彤的微風。

詩雲：「映日雪山蒼雲橫，接天古樹碧波開。」

長海蜿蜒流向遠處，四周是古木幽深的林莽，背靠雪峰，陽光下的冰斗讓人頭暈目眩，神奇地集冬日素裹與夏季暖陽於一體，帶著相輔相成的和諧。

水面寬闊，倒映著山巒疊翠，水天一色，微風略過，有樹葉輕輕飄落在水面，彷彿落在一面銀鏡上，微微波痕好似蕩在人心裡。

馮躍站在海子邊上，深深吸氣，滿腔清冽融進口鼻，這樣一處高原聖境，是靈魂之源，從頭到腳都被自然沐浴著，豁然間開朗。

馮躍拿出賀彤的照片，仔細比對著她身後的景色，每一處花開，每一簇樹枝在馮躍眼中略過，他只要相同的景色，要賀彤嗅過的那朵花。

「就是這裡了。」

馮躍招呼著王樂，站在與照片相同的角度的地方，那裡的每一朵花對馮躍來說都是不同的，它們代替自己見證過賀彤的笑容；身後的海子深邃透藍，是曾經盛滿她眼中的光影。

站在這裡，馮躍滿心激蕩無處宣洩，身側的手微微握起，彷彿握著賀彤的手，馮躍再一次悔恨，如果這裡是兩個人，那一切都會有所不同，他一定用相機記錄下賀彤最美的瞬間。

一定比漫山的野花更加純美，那是他珍而重之的伊人，是萬千光華不及她半分的聖潔。

沿著棧道一路下行，滿眼碧藍，即便是盛夏，也有一股涼風吹進心裡，呼吸間都是大自然清新的味道，奔波兩三日得見美景，這一片蜿蜒的海子足夠洗去滿身風塵。

長海夏秋雨季水不溢堤，冬春久旱不乾涸，當地人都稱其為「裝不滿流不乾的寶葫蘆」，時常有當地人過來祈禱，沾沾長海的福氣，企望年年富貴有餘。

馮躍此時並不在乎事業如何，從公司離職的時候就已經將得失拋在腦後了，這在從前是絕想不到的，如今看著山花爛漫，水色驕陽，如果能在這裡安度時光，也算佔盡人間美好。

不，並不夠美好。

他輕輕撫摸著胸前口袋裡的絲帕，賀彤心裡的創傷難以彌補，他只能帶著唯一的念想，站在這裡，遙寄相思，若她在，才算十全十美，不負盛夏光景。

馮躍走在前面，看上去閒庭信步，但眉目間一直不得舒展，總有一股哀愁縈繞，時常站在湖邊出神，要王樂催促才緩過神來繼續往前走。

「前面就是五彩池了。」

卓嘎是當地人，就住在樹正寨，家裡世世代代都靠著九寨為生，馮躍閒談的時候問過他，為什麼不選擇出去呢？

卓嘎說，九寨溝不僅僅是謀生的地方，還是幾輩子人的根，他們守護著這裡的聖潔，就像守護靈魂一樣，小時候也曾嚮往外面的世界，但長大後才明白，何謂鄉情羈絆。

這裡的子民被九寨山水養育，也肩負著九寨靈魂與人文的承繼，這是他們心中的桃花源，只知山中事，不問風月天。

五彩池沒有長海面積大，但湖水清透見底，鵝黃、翠綠、天藍、藏青等色彩交織在一起，形成這片斑爛的海子。

周圍林木倒影水中，有水鳥不時停留湖面，為油畫般濃墨重彩的天地增加一絲靈性，瞬間活躍起來。

「這裡五彩斑斕，水底有豐富的植物形成色彩，更多的是因為這裡獨特的地質條件，形成鈣華，這也算是九寨溝的地理景觀了。」

王樂出身地質勘測，這裡曾經是他畢業論文裡研討的知識，一路上都通過所見，給馮躍講述著山水之外的東西。

馮躍置身其中，忽然覺得這裡不只是長得好看，每一處的形成都能給人啟發，之所以有人喜歡旅遊，想來就是能從途中所見，窺探到一些百思不解的答案吧。

古雲：「讀萬卷書，不如行萬里路，道理就在其中了。」

這裡繽紛的顏色由鈣華而來，打造了這一片光怪陸離的世界，看上去有上帝之手一般的強大力量，能為山石增色，為大地塑形，可強大如斯，卻能被一片樹葉輕易攻克。

馮躍看著樹枝上飄落的葉子，隨著回轉的淺浪撞上石壁，被捲入水底，經過時間的沖刷，鈣華會覆蓋樹葉，隨著它的形態在堅硬的身軀上留下葉脈的拓痕，歷經千萬年不變。

磐石堅硬，無可轉移，卻被柔軟的樹葉攻克，可見萬物都是相對的，再強大的存在也終會有一樣死穴，變成脆弱的命門，為其避讓。

馮躍搖頭輕笑，自己什麼時候也會對著一片景色生出這些感慨，果真時移世易，見一處風景，就有了一處感悟。

「這裡怎麼很少能看到魚？」

馮躍問王樂，這一路走下來，水鳥倒是看見不少，游魚真沒幾條，這麼清冽的水沒有魚類，當真可惜。

「水至清則無魚，這裡的水礦物質含量太高，溫度又低，其實並不適合魚類生存。」

馮躍看著王樂正對著一片花叢調整角度，又聽他說道：「也不是沒有，只是數量稀少，你要想看的話可以去熊貓海，那裡相對來說還多一些。」

王樂好像又想到了什麼，轉身看著他提醒：「不能垂釣，這裡的魚都是跟生態環境保護掛鈎的，在這釣魚可不行。」

馮躍失笑，連連點頭，這裡水質這麼好，但一路也沒看見誰拿著釣竿，就知道這裡景區是禁止垂釣的，自己不至於連這點觀察力都沒有。

沒走兩步，卓嘎就追上來，拍了拍馮躍的肩膀說：「你要是對魚感興趣，晚上到我家去，我阿媽做魚最好吃了。」

馮躍自然要聽王樂的意見，畢竟九寨溝裡都得跟著活地圖走啊。

王樂點點頭：「卓嘎大哥的媽媽做得一手好菜，那可是純正的藏餐，比外面飯店的靠譜多了，我們晚上就住在卓嘎大哥家。」

馮躍看他們相談甚歡，就知道是舊相識，也不好推卻盛情，他這個人在職場上混跡多年，察言觀色和人際交往，那是挑不出毛病來的。

馮躍有意搭話，三人隨著棧道一路聽風賞景，很快就更加熟絡了。王樂健談，卓嘎憨厚，對著九寨溝的山山水水，就連石頭野花，王樂都如數家珍，講出一大串知識點來。

「我去把車開過來，你們等我一會。」

馮躍常年生活在城市，每天最多從家裡走到公司，眼看著太陽升到頭頂，走了一上午腿腳也開始泛酸，正該坐車緩解一下。

「中午去諾日朗中心吃一口，順便看看瀑布，下午帶你去熊貓海看魚。」

馮躍自然沒有意見，很自覺地在吃飯的時候承擔所有花費，好在王樂和卓嘎都不是矯情的人，三人團的旅行一直很有分寸。

馮躍看著王樂很嫌棄地戳著盤子裡的蛋糕，撇著嘴吐槽：「這景區裡的東西就是比外邊的貴，味道也一般。」

馮躍倒是沒什麼挑剔的，累了一上午能填飽肚子就行，沒一會一碗米飯就見底了。

「你要是以後繼續旅遊的話，打算怎麼走？」

馮躍正在看賀彤的微博，還是沒有新鮮動態，聽見王樂這麼問，就說：「還沒目標呢，先租個車，開到哪算哪吧。」

雖然說著話，但他的思緒已經飄遠了。

賀彤遲遲沒有更新，不知道是不是還在這裡，馮躍環顧四周，試圖在人群中找到那個熟悉的身影，但每一個人都是陌生的，並沒有收穫。

遊客量這麼多，想找一個人只怕不容易。

九寨溝說大也大，充斥著一百多個海子和莽莽林原，說小也就只有三條遊覽路線，但想要碰面無異於大海撈針。

有時候緣分就是這麼奇妙，他跟王樂素不相識，卻能在異鄉的旅途上碰見兩次，他和賀彤在一起六年，卻分別之後即便緊緊追隨也是難見知音。

馮躍輕嘆一聲，默默低頭吃飯。

「我看你每到一個地方都會四處張望，是在找什麼嗎？」

聽見王樂問他，馮躍點點頭，到底也沒有過多解釋。

自己這個舉動說起來也可笑，憑藉一張照片就千山萬水地跟過來，不敢靠得太近，也不甘心離得太遠，連她如今走到哪裡都不知道，就像一隻被放在天上的風箏，所有動態都被賀彤手裡的一根線牽引著，不由自主地追尋。

吃過飯，王樂提議去諾日朗瀑布看看，當馮躍站在瀑布腳下，看著滔滔水流自諾日朗群海而來，如同一條白鏈穿林而出，彷彿是呼嘯而來的勇士，帶著陣陣聲威，像千軍萬馬擂鼓吶喊。撞在岩石上飛濺起的水花落在馮躍臉上，沁涼的水意打散疲憊，周身被水光環繞，夏日的清爽席捲全身。水流競賽，帶著奔流不息的氣勢滾滾向前，他很想將滿腔思念寄予流水，期待這樣的水花也能落在賀彤的臉上，將他的愧疚和酸楚一一說給她聽。

王樂站在他身邊，鏡頭記錄下水流的萬種姿態，然後對他說：「你這麼長時間都很少說話，但是面對這麼好的風景，心裡有什麼過不去的難處都可以講出來，講給大自然聽，它們不會出賣你的秘密。」

說完王樂就轉身離遠，只留下馮躍自己站在瀑布面前。

他也想說，但不知從何說起，道歉已經沒有意義了，傷害過的人永遠不會再出現，他的難過和孤單，站在萬丈傾瀉的瀑布前愈發明顯。

閉上眼睛，想像身邊站著賀彤，她輕紗的裙角拂過小腿，髮絲柔軟地從指間穿過，水花帶來的涼意讓她喟嘆，此時自己應該把她攬在懷中，為她擋去激流，盛夏中的涼意尤其珍貴，懷中短暫的溫暖卻可念不可求。

馮躍睜開雙眼，陽光讓他不能直視，只能在心裡默默呢喃，小彤，你是不是也站在這裡過，這會不會讓你想起那些獨守的夜晚，然後一遍遍地埋怨著我。

「走吧。」馮躍轉身離開，他站在這裡只覺得太過渺小，讓他不自覺地將孤寂的情緒無限放大，現在只想遠離，去一個人聲鼎沸的地方，用嘈雜填滿內心。

坐在車上，馮躍側身看向王樂手上的地圖，順著手指的方向說：「我們下午是去日則溝嗎？」

王樂點點頭：「看熊貓海，然後下來的時候去珍珠灘，這地方你肯定熟悉。」

馮躍一臉疑惑，這裡都沒來過，自己怎麼會熟悉呢？

「珍珠灘就是《西遊記》片頭裡，唐僧和猴王牽馬涉水的地方，你肯定看過啊。」

馮躍恍然大悟，還是個經典取景的地方，路過一片海子，周圍層翠環繞，水面平靜無波。

「這是哪？」

「鏡海。」

「只可惜我們沒早上過來，清晨晨曦初現，鏡海上霧氣繚繞，藍天白雲，遠山飛鳥清晰可見，是九寨溝一大盛景。」

馮躍心生嚮往，打算明早過來看看，這樣出塵的景色是賀彤最喜歡的，還記得她曾經對著雲霧奔騰的老君山雲海感嘆，也想做個出家人每日對著雲海參禪論道，當時他還笑她想法天馬行空。

熊貓海之名，是從前這裡常有熊貓出沒覓食，且海子中有一塊裸露的岩石，上面一圈圈的黑色花紋與白色的岩石紋路相應，渾似一隻憨態可掬的大熊貓。

但因為九寨溝旅遊開發程度太高，早就看不見大熊貓的蹤影了，不過四周錦障翠屏，水動山靜，海子清澈透亮，時而有游魚嬉戲，倏爾遠逝，往來翕忽，皆若空游無所依。

日光下澈，游魚渾身彷若無鱗，這是物競天擇的結果，鱗片退化時的巨大痛楚，造就了牠們如今宛若為聖境而生的靈動，魚群世代游曳在此，被冰川泉水地下暗河滋養，獨有淒神寒骨，帶著自然的靈魂行於世間。

「這是高山裸鱗魚，冷水魚，體積小，像是九寨溝的精靈，很多遊客都會專門來看牠們。」

馮躍盯著魚群嬉戲看了很久，轉頭問王樂：「這能吃嗎？」

王樂顯然愣了一下，撓撓頭說：「這魚是國家二級保護動物，肯定不能吃，但是還有別的冷水魚，肉質鮮美，晚上可以買點去做。」

馮躍故意逗他，看著年輕陽光的臉上浮現窘色，好像看見自己從前無憂無慮的時光，心情開懷了很多。

「走吧走吧，去珍珠灘。」

王樂好像反應過來似的，故意轉過去快步往前走，馮躍無奈地搖搖頭起身跟上。

珍珠灘坡流輕緩，水流漫過黃色的鈣華灘塗，水花飛濺，如同珍珠四散。

「嘈嘈切切錯雜彈，大珠小珠落玉盤。」

這是大自然最原始的音樂，帶著空靈的音調，在山谷間悠然迴蕩，能直抵內心，帶來平靜與歡愉。

灘地覆蓋著翠綠苔蘚，細小的絨毛隨著水流輕擺，為景色增添一抹綽約。

「我小時候這裡還能下水，腳踩在上面就像踩在地氈上，只可惜現在只能站在木橋上觀看了。」

馮躍遙想涉水而下的觸感，水流伴著植物的觸手緩緩劃過肌膚，冰涼中帶著絲絲癢意，一定別有一番風味。

珍珠灘中都是低矮的灌木，一叢叢置身水中，陽光和水花穿行其間，遠遠看去，就像一座座盆景，風韵盎然。

岸邊有一截枯木倒在水中，順著棕褐色的樹幹看向水中央，確是一片生機盎然，與岸邊的腐朽截然不同。

大家把這種景象叫做「腐木更新」，無人知曉這裡的第一顆種子從何而來，也許是飛鳥掠過時口中遺留，也許是伴著清風而來的一粒花粉，總之就是這樣奇妙地在這裡生根發芽，用偉大的力量使腐木煥發生機。上面的每一次吐蕊，花朵的每一次綻放，枝葉的每一次舒展，都在與命運抗爭，展示著生命力最美的姿態。

它們接受著自然給予的一切，或風雨，或催折，或侵襲，卻拼命與其共生，用最大的胸懷包裹萬物，在光鑒的水面自成天地，成為海子中韵味盎然的「水上江南」。

馮躍看著眼前萬物，灘流淺斟低唱，瀑布傾瀉湍急，海子深沉靜默，每一處都有不同的美，都在用自己的方式詮釋著生命的力量和光彩。

世上大美萬千，憂愁萬千，面對自然的鬼斧神工，溝壑承受著一次又一次的塑造，仍舊能用最美的姿態笑對世人，這便是遊者眼中最宏大的樂章。

馮躍拿起手機，拍下所見的腐木更新，被水流孕育的生命古樸奇駿，彷彿在告訴他生命本應驕傲與蒼涼，風雨眷顧，陽光照耀，沒有人為的造作，在定格的一瞬間，展現著無與倫比的美麗。

他突然想到賀彤，她在雨夜或雪中靜坐的時候，獨自承受著生活的壓力與情感中的孤獨，那種撐過六年的毅力，也可稱為生命對愛情的堅持，自己的冷淡和疏於陪伴，並不亞於自然風雪，她卻用瘦弱的身軀默默扛下。

終於在催折的一瞬間選擇離去，讓自己在無盡的思念和懊悔中踽踽獨行，所見生命盛大，依舊滿是落寞，再美的盛夏之景，九寨山水，也難以撫平傷痕。

他知道自己對小彤造成的傷害，怕是比九寨的溝壑還要深，才能讓她在婚禮前做出這樣的決定，她從家裡離開時，必然是決絕的背影，拎著行李不肯回頭。

馮躍突然想讓她忘記自己，這樣每每午夜夢回，就不會被一張淚水連連的面孔驚醒，然後與黑夜對坐，整夜無眠。

小彤心思細膩，自己尚且都有萬千不捨，她一定更加難過，每逢能觸動回憶的事物，是否也會悵然，故作堅強地轉身奔赴下一個站點。

馮躍在珍珠灘靜立許久，太陽從樹冠一側逐漸偏移，他才活動著僵直的雙腿緩緩離開。

遠處的王樂正聽卓嘎說些什麼，看見自己連忙小跑著過來。

「明天是卓嘎姐姐的婚禮，你有沒有興趣留下來看看？藏族婚禮跟我們那邊的可不一樣。」

馮躍反正也不趕時間，賀彤的微博一直沒有動靜，沒有下一站的指引，索性多留一天也沒關係，遂點頭應下。

看著王樂歡快地跑回去，馮躍心想，這種藏族婚禮不知道是何種樣子，但是他與小彤的婚禮，只怕再也不會奏響樂章了。

去卓嘎家裡的途中，馮躍想著小彤說過的婚禮，那天她捧著厚厚一摞書，靠在自己身上，眼睛中都是對婚禮的嚮往。

「我想應該是童話一樣的場面，到處都是氣球鮮花，還要有我最喜歡的玩偶，然後我捧著綉球花，一步一步走向你，你就站在舞台中間，穿著西裝伸出手等我走來，然後為我戴上戒指，再親我一口。」

馮躍想著當時她臉上嬌俏的笑容，帶著一絲羞赧，薄薄的紅暈印上臉頰，比最美的朝陽還要奪目。

然後呢？

然後他當時正對著電腦數據頭痛，只是漫不經心地答應著，當時她應該很失落吧，沒有在自己臉上看到同樣的憧憬。

現在想來，馮躍簡直想捶死自己，怎麼就忽略了她的感受，那些數據哪裡有愛人的喜悅重要。

現在悔之晚矣，所有的憧憬都變成泡影，再也不會有迎娶她的機會了。

小彤的眼中飽含淚水，分手那天從哽咽的聲音中就能聽出她的失望，是長年累月自己的忽視造成了現在的結局，馮躍不敢回想。

一路行進村寨，這裡因為九寨溝旅遊業的發展變得富庶，家家房樑上都畫著彩繪的吉祥圖案，是藏族獨有的風情，房檐上繫著彩旗，在風中獵獵飛舞。

這裡的居民大多是世代生活在這裡，保留著原始而傳統的生活方式，依山傍水，繁衍生息。

「這裡現在幾乎每家都會有一兩間客房，偶爾會有來旅遊的人入住，以前並沒有這麼好的條件，都是政府發展旅遊業之後，家裡的條件才好轉起來。」

馮躍跟在卓嘎身後，沿途都會有村民停下來跟他打招呼，看見外人也並不驚訝，友好地點頭微笑。

卓嘎一家都熱情好客，招呼著馮躍和王樂，收拾出乾淨整潔的房間讓他們休息。

院落中擺著幾隻宰殺後的牛羊，周圍掛著彩幔，窗戶上貼著喜字，都在為明天的婚禮做準備。

晚飯時，馮躍見到桌子上擺著一條魚，默然一笑，卓嘎看來記住自己一整天都在惦記熊貓海裡的高山無鱗魚，桌上的這條顯然是特地為他做的。

「馮大哥你嘗嘗，我阿媽做的魚可好吃了。」

「這野山菌都是後山上新鮮的，你們平時都吃不到這麼鮮的野味。」

馮躍感受到他們一家的熱情，碗裡堆成小山，這種藏式風味的確是第一次吃，看來出來旅遊不只能見到不一樣的風景，這種獨特的民俗風情，也是路上的亮點。

晚上馮躍剛洗漱完要躺下休息，就聽見卓嘎來敲門。

「馮大哥，明天一大早我要跟阿爸去山上撒龍達，你要是有興趣也過來一起看吧。」

「好，謝謝你。」

撒龍達是藏族人民祈福的傳統，每當婚慶或是重要節日，人們就會去山上撒龍達，龍達正中有一匹駿馬，祈求願望如同駿馬乘風，一往無前，事情順利實現，風調雨順。

馮躍自從小彤離開之後，最怕的就是自己在夜晚獨處，每每此時，都會輾轉反側，看著外邊月光如水，難以入睡。

手機屏幕定格在賀彤的微博主頁，還是長海的一張風景照，馮躍把她和自己的照片合在一起，相同的景色，相同的角度，只是照片中的人卻不能站在一起。

他去了小彤去過的地方，找到一樣的花朵，一樣的海子，卻在茫茫人海中永失所愛，只能對著照片低訴相思。

手腕上纏著絲帕，馮躍總會不自覺地去撫摸，貪戀地嗅著小彤留下的味道，但是時間越久，味道越淡，他再仔細地保護，不讓絲帕受到髒污，也留不住僅剩的一絲餘味。

就像他拼命努力追尋，也趕不上賀彤的腳步。

一大早，天際濛濛放亮，卓嘎一家就動起來，為即將到來的婚禮忙碌。

馮躍跟著卓嘎上山，這片山只有當地人才常來，遊客基本進不到這裡，雖然沒有景區內那樣吸引人的山水，但最原生態的植被仍舊帶來清新的氛圍。

卓嘎和阿爸將手中的龍達放飛，嘴裡默默念著祈福的話語，彩色的旗幟在空中飛揚，此時就是溝通人們與天神的媒介，將希望和祝福帶給天上的神，讓雄鷹將美好的祈願帶到深空。

馮躍站在山石上遠眺，遠處裸露的岩石上有一兩隻羊跳躍，那麼陡峭的山壁牠們卻如履平地。

「那是高山岩羊。」

馮躍一回頭，就看見一個人拄著登山杖站在後邊，眼睛盯著羊群，神色悠遠。

「山壁上只要能落下一滴水珠的地上，就能站住一隻岩羊。」

馮躍有些疑惑，這山並不高，山路也不難走，這人還帶著一根登山杖，很是奇怪。

順著他的目光看過去，岩羊深灰色的皮毛遠遠望去與裸露的岩石相似，牠們奔騰跳躍，小小一塊凸起就能使牠們躍上更高處，人們眼中的畏途巉岩，在岩羊眼中臨險如夷。

牠們彷彿是高山的精靈，再艱難的地方都像自己的家園，來去隨心，在大山之中自由地活著，或於山腳飲澗，或縱橫懸崖嬉戲，或立於山巔觀浩瀚日出，自由自在。

「馮大哥，我們回去了！」

卓嘎走過來，看到他身邊的人驚喜地說：「宮先生，你也在這啊！從山上下來了？」

「嗯。」

馮躍看著他戀戀不捨地盯著岩羊，轉身的一瞬間好像有些惆悵的嘆氣，跨過一塊石頭的時候，他眼尖地捕捉到，這位先生的左腿腳踝是一根機械管，當即明白，看來他是在羨慕那些岩羊能自由地奔跑。

「我叫宮智偉，以前曾經是登山運動員，三年前登珠穆朗瑪峰的時候，把一條腿留在上面了。」

說起往事，馮躍能清楚地感受到他對從前生活的懷念，他那時應該也是征服群山無數，把大江大河踩在腳下，站在山頂見過雲海翻湧，見過朗朗星空的人吧，可惜傷病讓他只能依靠一根登山杖才能走上一座並不陡峭難行的山地。

這樣的巨變，才會讓他對岩羊念念不忘，眼中不僅有羨慕，更多的是對往昔的懷念，和身逢病痛的哀嘆。

「你好，馮躍。」

馮躍並不會貿然出口，他能明白這樣的人物需要的，是宛若平常人待之的相處，而不是早已經聽過八百遍，且於事無補的安慰。

第三章

馮躍回去的時候，卓嘎家裡已經來了不少客人，每人臉上都帶著喜氣，對卓嘎的父母說出一連串的吉祥話，大家湊在一起分宰牛羊，等待男方來接親。

馮躍靠在柱子上，看著眼前來來往往的人們，他們身上帶著質樸的光彩，為這一場婚事略盡綿力，彷彿要沾染著新婚的喜氣，然後帶著笑意過一整年。

「卓嘎的姐姐是寨子裡最美的姑娘，今天就要嫁到九寨溝外面去了。」

馮躍看著身邊的宮智偉，他手裡的登山杖已經不見了，雖然行動有些遲緩，但不仔細看也看不出他腿上的殘疾。

「你在這裡住了很久？」

他看宮智偉對卓嘎一家的事情很瞭解，而且早上在山裡卓嘎對他的態度很親切。

「嗯。我復健之後就一直住在這裡，高山岩羊並不是經常能見到，我去後山很多次了，今早是第一次看見。」

兩人正聊著，忽然聽見有喜樂聲悠然傳來，院子裡的人不知從哪拿出酒杯和酒壺，站到院門兩側，但凡是進來的娘家親屬，都沒有一個能渾水摸魚，必須要喝一杯酒才能進門。

有不勝酒力的女客紛紛告饒，穿過勸酒的人群才靠近了新娘子家裡，大家擠在一起，嘴上打趣新郎官風流倜儻，一杯杯酒餵下肚，那新郎官臉色微紅，來者不拒，這杯中酒都是大家對新婚夫妻的祝福。

看著眼前熱鬧的景象，馮躍也被感染了，臉上帶著笑意，真好，有情人終成眷屬，是這世間最美好的緣分了。

從此兩姓之人共同生活，帶著對未來的期盼彼此相依相伴，締造一個有愛的家庭，這世上又有兩人有了羈絆，即便風風雨雨，也不是一個人孤身奮戰了。

馮躍拿出手機，他很想在賀彤的微博下面留言，把看到的幸福講給她聽，但是刪刪改改，最後還是退出去了。

他不敢，不敢讓賀彤知道自己在尋找她的足跡，也不敢再打擾她的生活，也許她正在看著一朵花、一棵樹露出笑容，看見自己的出現會不高興吧？

在大家的歡呼聲中，卓嘎的姐姐從閨房走出，雪白的禮服上綉著各種吉祥圖案，艷麗的線條點綴在禮服上，就像從今以後她的人生會同樣絢爛。

新娘頭上的發冠鑲嵌著彩寶，在陽光下熠熠生輝，折射的光線映照著她臉上燦爛的笑容。此時此刻，她就是世間最美的新娘，所有美好和祝願都會環繞在周圍，伴隨她開啟屬自己的浪漫人生。

馮躍看到新郎腰間別著一把藏刀，刀鞘上點綴著蜜蠟、珊瑚等裝飾，這樣的藏刀已經沒有什麼實際使用的意義，更多時候被當地人作為一種吉祥器具佩戴。

賓客們唱起夏莫民歌，簇擁在新人身邊，歌聲悠揚飄蕩在空中，飽含對新人的祝福，獨特的藏族曲調如同這裡的風土人情一般曠達，讓人聽著就感覺心曠神怡，所有煩惱都隨著歌聲飄到天際，被雲朵包裹，隨著風兒消弭在遠方。

迎親的隊伍漸漸遠離，院子裡只剩下娘家的賓客忙碌，卓嘎的父母站在門邊，看著遠去的女兒久久不肯收回目光。

馮躍看到新娘離開時眼角的淚花，從今天開始她有了自己的小家，成為別人的妻子，留下父母看著她的背影，不管今天在黃曆上多麼吉利，在父母目送女兒遠去的時候，都會蒙上一層黯然不捨的情愫。

馮躍剛要轉身回房間，突然腳下一陣晃動，四周的彩緞不規則地搖動起來，人們左右搖晃，抱著身邊的建築站不穩腳跟。

「是地震！」

人群紛亂，爭先恐後地往門口跑去，卻在震動中四處搖擺，腳步凌亂。

馮躍顧不上回去拿東西，一轉身，宮智偉已經倒在地上，他那機械腿支撐不了搖擺的身體，拼命掙扎著要站起來。

院子裡的桌椅一片狼藉，不斷有人倒下，嘴裡喊著地震了，那種從心裡迸發的恐懼無處遁形。

馮躍拉起宮智偉往外面跑，剛剛跑出兩步，身後轟然一聲巨響，剛剛兩人的位置已經被一根房樑填滿，震感越來越強，他身上撐著兩個人的重量，腳步卻不敢停下。

街道上都是從房子裡跑出來的人，迎親隊伍還沒有走出多遠，大家都叫嚷著逃命，喜字被踩進泥土，紅綢纏繞在枝杈上。

馮躍轉頭看著山脈，早上還祈福的後山，此時受到地震的影響，山石滾落，山腳的人家被埋在石頭下面，自由落體的石頭並不會因為人們的祈福而改變落下的角度。

「快走，去廣場上。」

宮智偉忍著肉體與機械摩擦帶來的劇痛，為馮躍指路。

周圍人臉上帶著恐慌，有人額頭沾染血跡，到處都是崩塌的房屋和裂開的牆體，上一秒還沉浸在婚禮的喜悅中，此時就被突如其來的地震打亂，迎親隊伍被衝散，一股腦地往廣場衝去。

馮躍耳邊充斥著人們的尖叫和建築的巨響，他此時什麼都不敢想，找到空曠的地方避難，不讓那些亂石砸在頭上，身邊的宮智偉粗喘聲濃重，路上還時不時地扶起幾個被人流衝撞倒下的孩子。

廣場上都是逃出來的居民，他們看著周圍頃刻間面目全非的家園崩潰大哭，有的家長四處尋找著自己的孩子，有的兒童坐在地上嚎啕喊著阿媽，有的老人跪在地上，面對眼前景象潸然落淚。

馮躍把宮智偉放到平地上，他腿上斷處與機械假肢的接口已經磨出血跡，臉上都是痛苦的表情，緊緊咬著牙，不時溢出幾聲輕哼。

馮躍環顧四周，王樂跟著送親隊伍湊熱鬧去了，說要拍幾張風土人情的照片，此時不知道跑出來沒有，人流紛亂，一時間根本找不到人。

周圍巨大的哭喊聲讓他心中凌亂，突然想起賀彤，她的微博一直停留在九寨溝，這裡發生了地震，不知道她還在不在這裡。

想到賀彤有可能遭遇危險，如果她還在景區裡，周圍都是山脈，亂石和塌方很可能把她埋在下面，馮躍心裡升起恐懼，瞬間手腳冰涼，周圍的哭喊變得格外清晰，他看向每一張面孔，渴望能找到賀彤的臉。

那些臉上充滿淚水，被泥土和灰塵覆蓋，狼狽的面容裡都是對地震的恐懼，馮躍從廣場裡圈跌跌撞撞地往外跑，每一張臉都仔細看過，都沒有賀彤。

他想往那些被地震震塌的房屋裡跑，橫斷的房樑此時並不能阻擋他的腳步，即便他並不確定賀彤是不是還在這裡，但只要想到有這種可能，哪怕萬分之一，他都不能安心地坐在廣場。

「你不要命了！馮躍！」

王樂跟著人流跑到廣場，還沒等坐下，就看著他不要命似的往回跑。

馮躍推開被禁錮住的胳膊，腳步踉蹌，看著那些斷壁頹垣往前衝，身體被衝過來的人群撞擊，左右搖晃不定，倒了就再爬起來，總之他心裡只想著賀彤會不會被埋在下面。

「馮躍！馮躍你要找誰！你瘋了！」

王樂拼命地把人拽回去，壓在廣場上。

馮躍掏出手機，慌亂下的手指已經不聽使喚，點了好幾下才打開通訊錄，找到緊急聯絡人，裡面只有「賀彤」一個名字。

但是他早就被拉進黑名單了，電話那邊除了冰冷的忙音什麼都沒有。

沒有賀彤的音訊，馮躍抱著手機無助地看著周圍，眼神裡沒有焦距，嘴上不停地呢喃著她的名字。

「你要找誰啊？打不通電話找找她朋友呢？有沒有別的聯繫方式？」

馮躍聽到王樂的話福至心靈，他知道賀彤閨蜜的電話，也不管對方能不能記得他是誰，撥出去，手掌握成拳頭，一下下地砸在地上，祈禱著對方趕快接聽。

「誰啊？」

「賀彤在哪?她在不在九寨溝？這裡地震了，賀彤有沒有跑出去？」

馮躍聲嘶力竭地問著賀彤的下落，天知道他現在願意用盡餘生所有的運氣，換賀彤此時不在險境。

「她昨天剛剛……」

對方才說了一半，電話突然中斷了，傳出的忙音瞬間讓馮躍亂了分寸。

「喂！喂！你說話啊！」

馮躍對著電話嘶喊，他沒聽到後半句說什麼，是賀彤昨天剛剛離開，還是剛剛怎樣？

她現在到底在哪！

馮躍張著嘴，手機滑落在地上，茫然地看著周圍，心臟彷彿被一把刀割成碎片，賀彤下落不明，他沒有辦法找到她，一想到她有可能被埋在碎石之下，或者被一棵樹絆住腿腳，這一瞬間的血液凝滯，讓他無法呼吸。

「賀彤！」

你在哪啊？

馮躍忍著悲愴的哭聲，脖子上青筋迸起，一隻手死死捏住手腕上的絲巾，他多希望眼前的這些人裡有賀彤的影子。

只要能看見她，真真切切地抱住她，看著她安然無恙，哪怕從此都沒有她的音訊，馮躍也覺得值了。

「地震可能把通訊阻斷了，你冷靜點，不會這麼點背的，我們不都跑出來了嗎。」

馮躍此時滿心都是賀彤，她可能在某一處掙扎著，眼前一片血色，根本聽不進去王樂的話，只要沒確切地看到賀彤的消息，他就不會徹底安穩下來。

他曾經以為只要能追尋著賀彤的腳步，即便看不到她也可以，但現在，在地震中心，在周圍都是亂石飛濺，到處一片哀嚎的時候，他知道以前所謂放下都是狗屁，能把人牢牢地抱在懷裡才是最重要的。

地震帶來的危害幾乎是一瞬間的，景區內樹木凌亂，清澈的湖水被震塌的碎石和泥沙攪得渾濁，瀑布衝擊下的水流摻雜著樹枝和泥土，遊覽的旅客爭先恐後地逃命，有人被壓在樹下，有人在推搡中倒在地上，有人對著崩塌的山脈嚇得挪不動腳步。

自然的生靈在災害中顯得不堪一擊，任何美麗的充滿誘惑和靈性的山水，都在地震中難以倖免。

飛鳥四散，游魚驚慌，九寨溝的水脈變成煉獄，灘塗上遍布狼藉，所有的一切都被摧毀，這裡溝壑縱橫，美景和人們的生命都在此刻被巨大的震動籠罩著，哭喊聲不絕於耳，卻無人敢停下腳步。

馮躍坐在廣場上，望著手裡的絲帕發呆，腦海中自虐般地浮現著賀彤的音容笑貌，每一根髮絲的揚起，每一次微笑，都變得無比清晰。

「喝點水吧。」

馮躍看著王樂遞過來的水，無力地搖搖頭。

寨子裡的房子都是羌藏風格建築，大多都是石頭的，地勢高，又不抗震，很多都已經徹底倒塌了，有的居民沒來得及跑出來被壓在下面了，很多人都在自發地組織挖掘。

這瓶水是寨子裡唯一一個超市，只坍塌了一邊，好不容易搶救出來的幾箱水，王樂跟著挖了一下午，手上都是被石塊劃傷的口子，沾染著泥沙。

有些人埋得淺，挖出來之後遍體鱗傷，渾身都是血，但好歹能保住命。

有些人至今沒有迴響，親人撲在石碓上，一聲兒啊，一聲肉啊，嚎啕痛哭，到處都是悲涼的氣氛，無人臉上輕鬆。

馮躍看到宮智偉的腿一直在流血，那一圈皮肉都已經磨爛了，躺在地上只能勉強支撐起上半身，周圍還有傷者，用布條草草包紮一下。

環視四周地勢，被群山遮擋，通往外面的只有進寨子時那一條路，此時還不知道有沒有被石頭堵上。

馮躍知道這裡並不安全，地震之後隨時會有餘震，這裡是盆地，只要有一次大的震波殃及，很快就會被山石塌方掩埋。

可對外通訊已經斷了，即便上級最快做出反應，估計也要明天早上才能有救援隊伍找到這裡。

「那條路還通嗎？」馮躍看向柏油路，問王樂。

「堵上了，但是正在挖，徒手挖掘效率不高，還是得等待救援。」

馮躍默不作聲，把絲帕小心翼翼地疊好，放到胸前的口袋裡，仔細地繫上扣子，站起身說：「你休息一下，照看宮先生吧，我去幫忙。」

馮躍如果沒記錯的話，九寨溝口的洲際酒店都做過防震防災演練，都有平時接送旅客的大巴車，如果這條路能通的話，車就能進來。

幾年前公司組織團建，他們接觸過這邊的酒店經理，雖然最後馮躍沒來成，但是對這方面酒店經理特殊宣傳過，他倒是記憶深刻。

徒手搬開碎石土塊，手上被磨出血泡，混著泥漿浸入肌理，馮躍咬牙堅持著，這一條路被封死，外面的人進不來，裡面的人出不去，回頭看看癱軟在地上的宮智偉，殘缺的一條腿逐漸被鮮血滲透。

天色暗沉，不知什麼時候就會迎來一場暴雨，這裡沒有遮擋，到時候傷口感染，事態會變得難以控制。

馮躍掏出手機，還是沒有信號，他不能讓自己停下來，會不可抑制地想起賀彤，這樣近乎自虐般的行為，讓他承受著巨大的痛苦。

「馮哥，宮先生開始發燒了，這麼下去不是辦法啊。」

馮躍喘著粗氣：「不知道什麼時候還會有餘震，那些房子都很危險，可是……」

他回頭看向路障，他們搬開一點，就會有新的泥沙堆積重新填滿，人力想要破開這條路，難於登天。

「跟村長說說，先找點吃的吧，外面的人不會不管我們的，政府也很快會派人下來。再堅持一下。」

人在大自然面前的力量微乎其微，面對此等境況，他們幾乎是束手無策的。

昨天尚且滿眼風光，而今就只剩下斷壁頹垣，吹吹打打的喜樂被哭叫聲取代，新娘子灰頭土臉地坐在地上，新郎被砸傷了一條胳膊，無人能忽視這樣的悲傷。

卓嘎依舊在不停地搬運石塊，他的父母抱頭痛哭，懷裡的一瓶水是現在僅有的物資。

馮躍從未想到過，這樣巨大的悲傷會降臨在自己身上，旅途剛剛開始，賀彤的步伐也才啟程，就被這樣的天災阻撓。

陰沉的天，厚重的雲，令人窒息的氛圍，以及心頭難以名狀的痛感。

他曾經無渴望在這裡見到賀彤，在人海中看見她的回眸，但此刻，他希望賀彤早已遠離這裡。

九寨溝山水傾覆，天堂變得污濁，海子嗚嘯，生靈哭泣，這一切的隱患和不美好，都希望賀彤遠離，她的眼中應該只有浪漫和溫情。

生死時速一天一夜，馮躍只吃了兩個小麵包充饑，剩下的食物和水都留給宮智偉，他和王樂一左一右護持在宮智偉身邊，腿上的傷口用布條簡單包紮，靜靜等著救援到來。

不知過了多久，馮躍迷蒙中被光線晃醒，遠處路口有影影綽綽的手電照射過來，騰地一下坐起。

「裡面有沒有人啊？老鄉？」

這樣的黑夜，天際將亮未亮，正是黎明前最黑暗的時刻，那幾束手電光為廣場上擔驚受怕的人們帶來無盡的希望。

「有人！有人啊！」

「快來救救我們！」

大家七嘴八舌地喊起來，馮躍並不覺得嘈雜，這是人心對災害的恐懼，是在暗夜裡渴望光明的期盼。

等他把宮智偉扶上車，回頭看這一切的時候，恍然如夢，一場最可怕、毫無徵兆的噩夢，就這樣在慌亂中醒來。

車窗外的世界與前兩天所見大不相同，人間勝境已經面目全非，人們臉上都是劫後餘生的欣喜和心悸，驚魂未定中馮躍撫上胸前的口袋，等到了有信號的地方，還是要去打聽一下賀彤的消息，希望這樣救護人們的車裡，沒有她的身影。

集中收治的病區是臨時搭建的簡易房，夜晚的病區也時常有病患疼痛呻吟的聲音。

馮躍坐在病床邊上，已經兩天兩夜沒有合眼的他，此時身心疲憊，卻看著信號微弱的手機毫無睡意。如果從前他知道會有今天這樣相思成疾的時刻，一定牢牢把賀彤鎖在懷裡，每一分鐘都要格外珍惜。可這世上沒有如果，伊人懷恨遠走，難覓音信。

人在不可抗力的天災面前，宛如蜉蝣，一路上看到的滾落的碎石、渾濁的海子，一切都透著悲涼和辛酸。

馮躍腦海中那些宛若神仙聖境的景象與如今格格不入，巨大的反差讓所有人都難以置信，只是短短一瞬間，天塌地陷，如今坐在這裡，餘震帶來的波動已經習以為常，卻不可抑制地開始後怕。

「馮哥，明天會有車安排居民們去安全的地方，你走不走？」

馮躍看著高燒不退的宮智偉，自己要是走了，他在這裡並沒有什麼能照顧他的朋友，左右賀彤的微博還沒有更新，不確定是否還在這裡，就等一等，人的內心總是對千分之幾的可能抱有一絲期待。

見王樂搖搖頭，渾身泥濘也是盡顯疲態，他沉默一下說：「你明天先跟著車走吧，我等宮智偉醒了之後聽醫院安排。」

「他的狀況並不適合一直留在這，這裡條件太簡陋，醫生有沒有說安排傷患怎麼走？」

宮智偉沉沉睡著，馮躍起身跟王樂走出去，這裡到處泥濘，反正兩人已經像泥猴子一樣，隨便找了一片空地坐下。

這裡的星空即便經歷過地震，也是清澈萬里，星子閃爍著微弱的光芒，從萬億光年後傳來，讓同坐星空下的人感受著萬古時間的永恒。

馮躍以前趕路匆匆，上班忙碌，眼前都是形色匆忙的同事，和抬頭四方的天，周圍的鋼筋建築將人的靈魂一並封存，唯一的綠色就是街邊的綠化帶，與眼前自然的星空不可同日而語。

「九寨溝地震，震後重建也不知道能恢復幾分，可惜了。」

馮躍能做的只是在這裡感嘆一下，然後靜待九寨重啟，再來一窺人間絕色。

「你的徒步直播還要繼續嗎？」

「當然，那麼多粉絲都等著我呢。」

馮躍並沒有徒步進藏的打算，等宮智偉的情況穩定下來，就繼續追尋著賀彤的腳步，租一輛車，在318國道上自駕，看看沿途風光，默默站在賀彤的足跡上打卡。

經過這次地震，風景對他來說已經不僅僅是眼中所見，萬里路上心靈受到的洗禮和感悟，在悄然間爬上心頭。

他有一種預感，等到這次旅行結束，一定有什麼不一樣的東西會走進他的生命。

馮躍沒有遠行過，並不知道即將到來的318沿線會給他帶來多大的震撼，只是此刻的蒼茫星空，給予他驚魂後的撫慰和滿足，遠比從前職位上的晉升，亦或銀行卡上的餘額增加，令人心安。

宮智偉的腿傷發生感染，第二天就被轉移到市區內的大型醫院接受治療，馮躍跟車隨行，一路上都在關注著，信號微弱，幾乎是在滿格的瞬間，點進了微博。

在刷新的時候，馮躍一眼不眨地盯著界面，忘記了呼吸，祈禱著能有賀彤的最新動態，哪怕只是一張風景照都好，只要能證明她沒在九寨溝那樣處處險情的地方。

看著彈出來的界面，只是一張街邊的特寫，背景都是虛化的，但馮躍重重吐出一口氣，心裡一直懸掛的石頭轟然落地，靠在椅背上，第一次展現出輕鬆的姿態。

賀彤的更新，足夠證明她此時是安全的，照片上的氛圍是街邊隨處可見的煙火氣息，但此時，對於經歷過九寨溝翻山倒海巨變的人來說，一碗熱湯就是最大的慰藉。

「找到她了？」

馮躍聽著宮智偉略顯虛弱的聲音裡，帶著一絲調侃，有些赧然。

原來自己這些日子下意識地尋找，被所有人看在眼裡，但他是放鬆的，是慶幸的，點點頭，順手給擔架上的宮智偉掖掖被角。

「我這斷腿要養傷，你不用一直在這陪我。下一站想好去哪了嗎？」

馮躍看看照片，嘴角帶著微笑：「去市場買一碗酥油茶。」

臉上的疲憊一掃而空，心尖熱乎乎的，彷彿已經被酥油茶的熱氣蒸騰著，泥點沾染在衣襟上，是每一位從九寨溝出來的人都有的狼狽。但此時，馮躍這裡多了一種複雜的情感，人們對此叫做「心安」。

安頓好宮智偉，馮躍走上街頭，坐在角落的木板櫈上，捧著店家送來的酥油茶，馨香從咽喉直入肺腑，暖意傳遍四肢百骸，帶著燎髮般的氣勢讓他恢復生機。

小彤，我想去康定，那裡是浪漫的符號，每一縷風都帶著甜膩，我想在那說出對你的愧疚和虧欠，你會去嗎？

馮躍不敢奢望能與賀彤心靈相通，只是下意識地認為，賀彤那般追求羅曼蒂克的女孩，一定不會錯過康定獨有的風情。

剛進病房，就看到宮智偉坐在窗邊，撫摸著斷腿上包好的紗布，機械假肢放在一旁，沒有安裝在他的身體上，此刻只是一塊冰冷的沒有溫度的金屬。

「怎麼不好好休息？」

「年紀大了，躺不住。」

馮躍輕笑一聲，他看上去比自己大不了幾歲，只是常年奔波在戶外，皮膚略帶粗糙，臉上的皺紋比自己深刻了幾分。

「接下來有什麼打算？」

「如果能活到七十歲，那我的生命已經快要過半了，前半生一直在征服群山，看著江河在腳下流淌，後半程我也不想停下來。」

對於宮智偉來說，一直行走彷彿就是生命的意義，繼續看沿途的山川，哪怕已經不能像從前那樣站在山頂俯瞰，但至少從未停止追尋熱愛高山的腳步。

山，就是他的信仰。

馮躍把保溫桶放在床頭，走過去說：「我想要自駕進藏，要一起嗎？」

他在宮智偉身上看到了生命力，史鐵生坐在輪椅上看地壇的朝陽，那樣的光芒灑在身上，就如同此刻的宮智偉，即便坐在病房裡，也掩蓋不住對生命熱切的嚮往。

靈魂的健全並非取決於肢體的靈活，哪怕只能拄著拐杖去尋找高山岩羊，也抵擋不住他用意志變成自己人生征途上最健碩的攀登者。

「你好好休養，我去準備車輛和供給，到時候一起去看貢嘎雪山，去看南迦巴瓦，去看米古冰川。」

馮躍喜歡跟這樣的人在一起，往前倒數二十年，每一天都在職場的緊迫中度過，宮智偉的出現是偶然的，帶給他的驚喜和崇敬確是這一路上最寶貴的必然。

因為在他的身上，馮躍看見了生命的無數種可能，偉大的人從來不需要被外界評價，也不會被登山杖有限的距離衡量，路在腳下，也在心裡。

馮躍雖然沒有自駕的經驗，但他有足夠的積蓄為這一段旅途提供舒適的保障，無論是車、供給、帳篷，還是一切設施，一股腦的銀子砸下去，都是最好的。

這是馮躍多年努力帶來的底氣，進藏並不容易，他在各種攻略上見識過了，身邊還有宮智偉這樣與自然交手多年的人在，即便沒有去過，也對前路有無限信心。

318國道的川藏段，被譽為中國最美公路，沿途風光如臨仙境，但身體在高原和山地中穿行，又宛若「身在地獄」。

馮躍坐在車頂上，看著手上的地圖，公路兩側是開闊的原野，不時有屬高原的精靈穿梭，抬眼望去，屬自由的風拂過每一寸肌膚，青草的香氣盈滿呼吸，心臟在高原上跳動，怦然間萬物有靈。

「再往前就是康定了，今晚我們就在市區修整吧，車上的速食都快吃沒了。」

馮躍捲起地圖，從車頂跳下來，因為宮智偉不方便開車，這一路都是他穩坐駕駛位，經常在公路一邊停下來，活動活動疲乏的腰肢。

康定，在甘孜藏族自治州東部，因為獨特的地理位置，被稱為「藏衛通衢」，是茶馬古道上的重鎮，這裡混居著藏、漢、回、羌等多個民族，各種獨特又鮮明的文化躍然於川西高原之上。

少女們穿著艷麗多彩的服飾走在街頭，與情郎們在眼波流轉間互訴情衷，外來者們多為此間迷人的風光寫詞作曲，浪漫，是這座城市最鮮明的旗幟。

小彤，這裡的女孩子們朝氣蓬勃，手腕上帶著的彩繩牽起姻緣，不知道你會不會被這裡所吸引。

馮躍站在街角，用相機記錄所見，已經變成這一路上的習慣，他希望即便走到拉薩也沒能見到小彤，這留下的影像，會代替我說明，我在追尋著你的美好，在陽光中企圖記錄你一片衣角。

彩色的建築依山而建，灰黑色的岩石為這座多彩的城市添上一筆歷史的厚重，是千百年來屹立不倒的巍峨，也是這座城市人人仰望的屏障。

街頭行走的多是結伴的男女，像馮躍和宮智偉這般風塵僕僕的人反倒像是誤闖的局外人，會不由自主地慢下腳步，享受康定的唯美。

第四章

「宮哥成家了嗎？」

「嗯，我有妻子。她跟我一樣，是登山隊的運動員，七年前在珠穆朗瑪峰上，永遠陪在了雪山身邊。」

馮躍感到說起妻子的宮智偉眼神平靜，卻纏綿地落在遠處的山上，那種思念不需要過多言語的表達，已經深入骨髓，看一眼，就能體會到他的深情。

「她沒能登頂，所以我再戰珠穆朗瑪峰就是為了完成她的夢想，卻把一條腿也留在了那裡。」

「每到氣候多變的時候，這條腿都會痛。」

馮躍看著他撫摸著斷端的皮肉，思緒繾綣。

「我就想著，它一痛，會不會就是代替我陪著她，一起感受著雪山的冰冷，她也是在想著我的。」

說起往事，一向堅毅的宮智偉臉龐也會柔和下來，粗獷的漢子每每撫摸那節機械的時候，就是在思念亡妻。

馮躍想，他不像自己，即便與小彤見不到面，卻依然能在微博上追尋一抹痕跡，但他只能遙望雪山，在每一日裡靠著斷腿追悼往昔所有甜蜜。

「庭有枇杷樹，吾妻死之年手植也，今已亭亭如蓋矣。」

宮智偉對妻子的思念亦冠蓋餘生，陰陽兩茫茫，只剩回憶和濁酒充斥每一個難捱的夜晚。

「你呢？我看你一路上經常刷微博，在九寨溝的時候那個讓你失控的女孩子，是你的愛人嗎？」

馮躍擰上水壺，緩慢點點頭，從胸前掏出那方絲帕。

「以前我總是忙著工作，慢慢地名利就佔據了我全部的生活，忽略了她的感受，很多重要時刻我都不在她身邊，她的快樂、喜悅、痛苦，甚至她的變化我都錯過了。」

以至於現在抱憾良多。

人們總說，失去了才明白擁有時的美好。

馮躍從來不怨賀彤遠走，他能明白自己的忽視對賀彤造成多大的傷害，只希望在某一時刻，盡力彌補，哪怕飲恨餘生，所求也只是她能在旅途中重新找回那個明媚的自己。

照片上始終只有小彤一人，身邊沒有他，甚至沒有他的痕跡，但是沒關係，他的心裡永遠記得曾經有一個女人出現在他的生命裡，點亮著一片天地，也曾用愛包裹著他。

「她真的是一個非常好的人，比九寨溝的海子還要純潔，失去她是我沒有珍惜，現在再說什麼都已經晚了。」

「那你就沒想過跟她當面道歉？」

馮躍搖搖頭，重新把絲帕整齊疊好放進口袋：「她的生命力不需要我的歉意，我對她來說，應該是最灰暗的記憶了，我不出現，她會不會就能更輕鬆一點。」

所以馮躍一直是矛盾的，一邊希望眼中的風景裡有她的倩影，一邊又害怕自己的出現會打破她現在的生活。

「休整一天，明天我們出發去折多山，那可是進藏第一關。」

看著平靜的微博，沒在康定遇到賀彤的足跡，這座城市對於馮躍來說，也只是一個修整的地方，磚石失去靈魂，情侶間你儂我儂的愛意變得蒼白，多停留下去也毫無意義。

進藏的公路上，時常能看見朝聖者三步一叩首地往拉薩方向去，心中帶著虔誠，臉上被高原的風吹得粗糙，雙手皸裂，木板磕在地上，每一聲脆響都是朝聖者對信仰的追逐。

出發得早，宮智偉靠在副駕駛上補眠，馮躍看著倒車鏡裡朝聖者的身影越來越遠，這一路上能見到徒步的人也很多，都是拉著一個小車，裝滿全部家當，渾身上下狼狽不堪，但眼睛裡對遠方一眼看不到頭的路，充滿期待。

那種眼神清澈明亮，即便風餐露宿，找不到寄宿的人家也只能在帳篷裡幕天席地，但都不影響他們執著前進的腳步。

馮躍想到王樂那樣充滿活力的年輕人，徒步進藏的時候，是不是也是這樣的光景。

遇到能充電的客棧，馮躍也會躺在床上看他的直播，雖然還沒有走出甘孜，但臉上已經帶著風吹過的痕跡，雖然疲乏，但在鏡頭前面，也還是那樣侃侃而談，所見景色都能被他淵博的學識潤色，生動地講給每一個人聽。

車行駛過的兩側，一片蒼茫曠野，綠油油的青草地一望無垠，有牛羊低首自由地吃草，健碩的牦牛在草地上遊蕩，高原人對馴服生物彷彿有天然的力量，只需要幾聲高揚的號子，就能把牛羊趕到水土更肥美的地方去。

但進藏路並不太平，這是每一個來過的人都說起的經驗。

這些年對318上的亂象已經大力整治過，但民風彪悍，總有人喜歡不義之財，不多留幾個心眼根本走不了太平路。

譬如現在，馮躍一個晃神，剛剛還在吃草的牦牛就奔著車輛奔來，馮躍一腳踩下剎車，那頭牦牛順勢躺在車前面，姿勢熟練，彷彿演習過很多次。

馮躍並沒有下車，知道這可能是遇見「碰瓷」了，這裡人生地不熟的，只是花點錢也就罷了，萬一對方人多勢眾，自己不佔優勢再出現意外，那可真是叫天天不應。

放下手剎，旁邊的宮智偉揉著眼睛坐起來，他進藏很多次，一看到車前躺著的牦牛就知道怎麼回事。

遠處走過來兩個人，高高壯壯，穿著一身藏袍，手裡拿著鞭子，不緊不慢地過來，看步伐就是這條路上「攔路」的老手了。

「兄弟，你嚇到我的牛了。」

馮躍打量著這兩人，一個站在車前，一個敲著車窗，普通話並不好，應該是這裡的老住戶。

出於戒心，馮躍並沒有降下車窗：「是你的牛突然跑出來的，而且我沒撞到牠。」

車前面的男人裝模做樣地檢查一下牛，站起來揮著雙手，看上去凶神惡煞的：「明明撞到了，我的牛腿都斷了。」

「老套路了，就是訛上我們了，別下車。」宮智偉四平八穩地坐著。

馮躍不欲多做糾纏，指指行車記錄儀說：「我這都有拍照的，你要是堅持這麼說，我們就叫警察來，看看怎麼處理。」

兩個男人對視一眼，說幾句藏語馮躍也聽不清楚，車窗邊上的男人一直拍著車窗讓他下車說。

「那你也嚇到我的牛了，都不愛吃草了以後，我全家都靠著這頭牛賣個好價錢呢。」

聽上去，不讓馮躍出點血是不會放他們走的。

「那你們找個車把牛拉到城裡吧，我找獸醫給它看病。」馮躍可不吃耍賴這套。

「要是沒什麼事，正好直接去派出所，到時候警察怎麼說，我就怎麼賠你，怎麼樣？」

那男人聽馮躍語氣這麼硬，防範意識也強，想強行把人拉下來也沒辦法，只好悻悻地走了，手上的鞭子揮了一下，剛才還說斷了腿的牦牛，站起來就走了，尾巴悠哉地掃著身上的飛蟲。

危險解除，馮躍看著宮智偉有些無奈地笑。

「這是老伎倆了，每次進藏都能遇見，經常在這跑車的司機都見怪不怪了。」

現在還好些，只要你不下車，就沒什麼大事，畢竟這不是什麼法外之地，對方只是求財，並不想鬧出大動靜來。

但在這條國道還沒有那麼安全的時候，對方直接砸車逼人下去，不給錢就是一頓亂打，或者偷偷放了車胎的氣，也是經常發生的事情。

所以很少有女司機單獨上路，都會找人結伴同行，至少相互之間有個照應。

說到結伴這件事，馮躍不得不感嘆一聲，進藏國道上除了朝聖者和碰瓷團夥，還有一種人會攔路截車。不過她們的手段更輕柔，多是穿著一件色彩鮮艷的長裙，頭髮染著陽光隨風飄舞，手上的長絲巾為她們增添一抹風情。

遇到停留的車輛，就會請求同行，那眼角嫵媚的笑意，經常晃花了司機的眼睛。

在車裡念上幾句酸詩，用安妮寶貝式的純情，或者懵懂無辜的眼神講述著一路上的「坎坷經歷」，男人們保護弱小的偉大心理被激發出來，一整段路程就變得氣氛微妙，狹小的車廂溫度升高，每一次呼吸都會灼燒著麻木無力的心情。

攔車的女人用這樣的方式把自己變得廉價，又會對司機們表達謝意，用「文藝女青年」的名號講述著進藏的純潔。

在馮躍眼中，她們與車前橫臥的牦牛沒有兩樣，不過一個在車裡，一個在車外。

折多山是318進藏路上的必經之地，山腳下有一片露營地，不少人都會選擇在這裡休息。好友們三三兩兩聚在一起，酒精鍋裡煮著速食菜湯，這裡水的沸點還比較正常，再往上走的海拔越來越高，飯也會變得半生不熟，保溫杯裡的熱水熏紅了眼睛，睫毛上帶著戶外的涼意。

明月高懸，月光是皎潔的，毫不吝嗇地照亮著每一寸土地，伴著星子閃爍的光芒，遊移在旅人的眼中。

馮躍坐在折疊椅上，安靜的時候就會想起往事，那些忙於工作，被鍵盤的敲擊聲裹挾向前的日子，就像一座巨大的囚籠，現在自由的氣息如此誘人，每每想起都覺得曾經的每一分秒皆變得難捱。

「想什麼呢？」

肩上被拍了一下，宮智偉裹著毯子坐在他旁邊。

「看星星。」

馮躍覺得滿目星河，呼吸間都是青草淡淡的清香，晚間的風有些許涼意，可那些會閃爍的石頭，帶給人間無盡的浪漫。

「小時候，爸爸經常說人死了會變成天上的一顆星星，那時候深信不疑，還常常對著天上講話，長大之後，知道星星就是一堆隕石，上面沒有生命，就沒有抬頭看星星的習慣了。」

「可是後來，我又願意相信星星上住著我們愛的人，在遙遠的地方默默注視著我，我過得好，她就會在晚上跑出來，借著閃爍跟我聊聊天。」

人們總是在長大以後，放棄相信童話的機會，在現實中你追我趕，變成除了自己每個人都很喜歡的那種人，漸漸地在迷失方向。

可又會在經歷一些事情之後，潛移默化地想去童話中找到答案，我們不是不知道那些動人的故事是創作者們的謊言，可仍舊願意去相信，在虛構中尋找寄托，因為來人間一趟，每一件事情都不容易，每一次成長必然伴隨著傷痛。

趨吉避凶是本性，去相信星星的浪漫，看到遠古來的光，就像愛人在身旁，今後每一寸腳步都有了獨特的意義，世事道路難行也會安慰自己並不是孤單上路。

馮躍知道宮智偉這是又想起妻子了，可能他自己沒有察覺到，在深陷懷念的時候，這個男人連目光都是溫柔的，像春天的一汪池水，妻子就是吹皺了漣漪的風。

「你的愛人很幸運，被你放在心上珍藏了一輩子。」

馮躍有些羨慕他，伊人遠去天國，可留下的回憶都是兩人共同經歷的美好時光，讓未亡人每每思念之時，都會在腦海中找到與星光匹配的浪漫。

可自己卻做不到，賀彤在電話裡的控訴成了他夜夜輾轉的噩夢，再美好的風景都會帶上一層哀傷和遺憾。

人們常說，天作孽猶可恕，自作孽不可活。

馮躍自己沒有珍惜那個皎潔如月光般的人兒，回憶裡相思成災，卻找不到一些愉快的回憶，只能在灰燼中翻出一絲尚未熄滅的光亮，就像帶著玻璃渣的糖霜，即便滿嘴是血，為了那一絲絲珍貴的甜意，也會選擇吃下去，在口中一遍遍地反復回味。

「我和她相識得很早，大學剛剛畢業就在一起了，她身體素質很好，登山也很專業，我們幾乎是同年進了專業的登山隊，那時候二十幾個人裡就她一個女孩子，每天彷彿有用不完的精力，訓練的時候永遠是衝在最前面的人。

我們一起征服過很多大山，那些站在山腳下就會感嘆自己渺小的山峰，被我們一次次登頂，站在山巔之上俯瞰，雲海在眼前翻湧，星星觸手可及，那才是真正的凌萬頃之茫然……」

馮躍靜靜地聽他講述著回憶，聽他如何在貢嘎雪山上求婚，用鑽石點亮了兩人相伴的道路。

這一夜，他聽到了世上最美的情話，也聽到了最悲涼的愛情，珠穆朗瑪峰的雪深不可測，永遠找不到宮太太的蹤影，烈烈寒風和冰雪澆灌著曾經溫熱的身體，也冰封住未亡人的心。

可珠穆朗瑪峰的雪也很淺薄，風席捲過的地方，都會看到宮智偉的痴戀，他在每一個可能的地方留下尋找的足跡，讓莽莽雪山見證了愛情，也將最後的心碎與愛人一起冰封在山裡。

如此轟轟烈烈，有群山為證的愛情並不多見，愛人們更多的是生活中相伴相依的點滴，用柴米凝聚起的人間炊煙。

馮躍想，如宮先生這般痴情的人不多，如自己這般不知珍惜美好的人，一定也不多。

「夜深了，快睡吧，明天還趕路呢。」

馮躍喝掉杯子裡最後一口水，轉身進了帳篷。

輾轉反側的時候就會把路上拍過的照片翻出來看，草稿箱裡編輯了很多文字，哪裡的蒼蠅小館最好吃，哪裡的草地最肥沃，亦或是哪一天在街邊喝到一碗熱騰騰的酥油茶。

只是每一條消息，都沒有發出去，圖文並茂、生機勃勃地沉睡在草稿裡，除了自己沒人能看見。

一同沉默的還有賀彤的微博，自從康定開始，就沒有更新過了，安靜得像一灘死水。

馮躍也捉摸不定和小彤是不是一條進藏線路，萬一不是318，而是選擇了滇藏線或者新藏線，那兩人就是截然不同的運動軌跡。

但馮躍不可否認的是，一旦發現路徑不同，他會馬上調轉車頭，去繼續追尋她的芳華。

海拔四千多米的折多山，馮躍第一次感受到群山的震撼，站在山坡遙望貢嘎，會被連綿不絕的浩瀚震撼，撲面而來的巍峨是從心底迸發出的敬畏，此時太陽高懸，雖然沒有雲海翻湧的壯觀景象，也會讓站在這裡人對遠方生出更多的遐想。

這就是莽莽雪域高原的魅力，每一處都會不失所望，然後生出更多前進的動力，企圖一層層揭開這裡神秘的面紗，領略更多的美好。

第一次來到這裡的人，會被高原反應絆住腳步，正是因為這一點點不適，慢下腳步，這裡的遊人不會在山上肆意奔跑，生怕厚重的腳步聲驚擾了每一寸景象，悠然又緩慢地丈量著山脈。

或許會在這裡找到進藏的意義，重新審視心裡那些不可名狀的情感，然後背著行囊趕赴下一場與山巒的約定。

上行途中，前面一直有一個姑娘，她和別人不同，並沒有四處張望，尋找想要定格的瞬間，只是低著頭，眼中只有那些裸露的岩石，身邊的彩旗也沒能留下她一刻駐足。

讓馮躍注意到她的，是兩人身上相同的氣息，那種哀莫，對周圍一切毫不關心，眼中沒有光彩的樣子，與賀彤離開時，自己身上的感覺一模一樣。

人們中的磁場是一個很神奇的東西，你可能並不知道她的姓名，但就是被吸引了，不停地想要接近她，窺探到一兩分相同的感覺，就像在芸芸眾生中找到相似選項，於他人身上見到同樣的悲歡，彼此生出慰藉。

棧道一側是土坡，沒有護欄，彩旗一直延伸到山頂，借用風聲守護著每一個來到這裡的旅人，被觀賞，被撫摸，然後留在人的記憶中，永遠存活下去。

馮躍扶著宮智偉在一片空地坐下，「鐺」一聲，像是金屬罐子落地，順著坡度翻滾下去。

馮躍一歪頭，那個一直低著頭的姑娘慢慢走出了棧道的安全區，眼神怔愣著，即便被腳下的碎石絆到，也渾然不覺，每一步都向山邊走去。

「姑娘！」

馮躍豁然間就明白了她的意圖，驚出一身冷汗。

這裡高差很大，只要踏錯一步，就會被灰褐色的岩石傷得體無完膚，滾落的速度很快，邁下去就沒有供人返回的機會了，從此長眠在群山之間，會有鷹鳥來啃食暴露在外的肌膚。

馮躍不敢走得太近，伸出去的手停在半空，生怕自己的出聲會驚擾她，加快她前進的腳步。

「山上風大，姑娘還是回棧道這邊來，那裡不安全的。」

那姑娘恍若未聞，連回頭都不肯，一味地往前走。

「姑娘！別再繼續了，現在你還有回頭的機會啊，不管出過什麼天大的事情，都不值得你把命留在這，你看這山石多硬啊，要是跳下去會很疼的。」

即便素不相識，但相信每個人都不會對一個生命視若無睹，也許說幾句話就能挽救回她，也不會眼睜睜看著一個大活人從山上墜落。

那姑娘嗤笑一聲，抬頭看看遠方：「疼算什麼，我不怕疼，我就怕再多活下去，每一分鐘都讓我感到窒息。」

所以她在下定決心之前，扔掉了氧氣管，即便是赴死，也不想帶走這世上多一口氣息。

馮躍能感受到這姑娘身上灰敗的氛圍，周圍一切都不能走進她眼中，一寸寸靠近山邊的腳步不再猶疑。

「你想想你的家人！你的父母朋友，他們並不想在新聞上看到你，你就忍心扔下他們嗎？」

「我沒有父母——」

姑娘轉身大吼，死死盯著馮躍，眼睛裡滿是憎恨和不甘。

「我沒有爸媽，我也沒有朋友，我死不死跟你也沒有關係，走開！別打擾我！」

馮躍聽出來，父母親情此刻並不管用，怕她情緒激動，只好換個說法，畢竟她離山邊只有幾步距離了。

「你也看到了，折多山遊客很多，而且山坡角度並不算陡峭，這裡不是你最好的選擇，既然你來到這裡，就是不想……以後再有人打擾，可是這裡人這麼多，你還是得不到你想要的感覺。」

馮躍一邊說一邊慢慢靠近，腳下一點點挪動，伸出手想把她拉回來。

「我知道一個地方，那裡冰雪覆蓋，人跡罕至，只要落下去就沒有什麼煩惱了，也不會有人打擾你，把你送回你討厭的地方去，對不對？」

「在哪？」

女孩清淩淩的目光看過來，馮躍呼吸一滯，他就是隨口一說，這裡雪山這麼多大概都長這樣。

「梅里！」宮智偉在另一邊接茬。

「梅里雪山，那不是進藏的必經之路，高差很大，而且落下去並不會這麼痛。」

「而且你想想，上山的時候那麼多安全崗哨，現在我們都看見你了，只要你前腳下去，立刻就會去報警，到時候你遍體鱗傷，受了那麼大的罪都不見得能得到你想要的結果，多不划算啊。」

「我不怕受傷！我不是膽小鬼！」

女孩對周圍一切都抱有惡意，緩緩看過馮躍和宮智偉，清冷一笑，轉身撲向山邊。

「喂！」

馮躍來不及反應，直接一個箭步衝過去，一隻手扒在岩石邊，一隻手緊緊抓住她的腳。

「我拉住她了，快拽我上去。」

馮躍半個身子都懸在外面，一個女孩的重量讓整條胳膊感到撕扯，高原本就缺氧，這種倒掛的姿勢更會讓人頭臉迅速充血。

女孩不停晃動著腿，布料在掌心一滑，她又往下墜落半分。

「你別動了！你現在掙扎，只會把我一起害死！」

馮躍知道宮智偉在把兩人往上拉，其他遊客見狀也紛紛上前幫忙，扯著他的腿把兩人帶上來。

馮躍攤在地上喘著粗氣，倒掛讓人眼前暈眩，狠狠閉了閉眼睛，靜靜把噁心的感覺壓下去。

宮智偉給兩人拿了氧氣罐，那姑娘看著馮躍，眼神裡帶著不甘。

「出什麼事值得你放棄生命，你知不知道，只要你跳下去，就再也沒有反悔的機會了，你這輩子就結束了。」

「反正我也不想活，你多餘救我。」

嘿，這小姑娘看著也沒多大，被山風吹得睜不開眼睛，也倔強地不肯示弱，缺氧讓她面色發白，坐在地上站不起來。

馮躍把人救回來，聽她的口氣對家人都充滿了怨氣，作為路人不能說些什麼，只希望這次的驚險能讓她重新審視生命，哪怕有一絲敬畏和恐懼，也不會找到一個山崖就想往下跳。

坐著緩了一會，馮躍站起來，拍拍身上的灰，往山下走。

「你叫什麼？」

馮躍回頭看看她，把氧氣瓶重新塞回她手裡：「雷鋒叔叔。」

馮躍不知道女孩對他背影看了很久，今天被人救下來，可能是她一生中最溫暖的時刻了。

下山的時候，馮躍的速度明顯慢下來，右胳膊不自然地擺動著。

「抻著了？」

他點點頭，活動一下，就感覺關節像針扎似的刺痛：「這姑娘也不知道怎麼了，多危險啊，就敢閉著眼睛往下跳。」

宮智偉捏著他肩膀檢查：「家家有本難念的經，很多事情站在不同的角度去看，對錯都難說得很。」

「還行，沒傷到骨頭，只是一會還是別開太久車了，我們往前走走找個就近的地方將就一天吧，你養一養就好了。」

在山上的時候就已經是陰天了，等走到山腳，已經有雨點落在臉上了，冰冰涼涼的讓人激起一身疙瘩。

「快上車吧，趁著雨小往前走走。」

折多山的盤山道九曲十八彎，不只有私家車，還有跑長途運輸的貨車，大雨天路況更難走，道路濕滑很不安全，所以有的司機寧可停在公路外邊的露營地，在車上躲雨，也不會冒險趕路。

雨滴砸在車上，攜幽天赫赫之勢而來，天地俱靜，沿著公路的分支開過去，就是一大片的營地，此時只有零星幾輛車停在那。

馮躍停下車，靜靜看著窗外的雨幕，曠野新綠在雨中格外青嫩，彷彿這一場澆灌徹底喚醒了屬高原的活力。

這裡並沒有江南「春水碧於天，畫船聽雨眠」的旖旎，也沒有「怒髮衝冠憑欄處，瀟瀟雨歇」的肅殺，這裡的雨聲有一種魔力，讓人在白玉亂珠的嘈雜中尋得靜謐，或是暗自神傷，或是思量細愁，亦或只是怔忡著出神，不管何種心態，都能在這一方雨中找到位置。

馮躍正在查看地圖，胳膊被宮智偉碰了一下，示意他看倒車鏡。

鏡子裡一個瘦弱的身影慢慢往前走，大雨打亂了她的步伐，只能抱著胳膊踉蹌前行。

「這不是跳山的姑娘嗎，這大雨天還在外邊逛。」

馮躍嘆著氣重新發動車子，直接倒車去她身邊。

「滴滴——」

馮躍降下車窗：「上來。」

女孩遲疑了，但大雨讓她眼睛都睜不開，周圍除了這一輛車願意停下，哪怕再往前走也不會有車願意載她了。

雨水打濕了她身上的衣服，風一吹，整個人都想蜷縮起來，寒意讓她牙齒打顫。

宮智偉從行李包裡抽出一條毯子遞給她：「你先擦擦吧，一會雨小一點就跑進帳篷裡換一身吧。」

馮躍看著後座的小姑娘，水順著髮梢往下滴，眼圈紅著卻還是一臉的倔強。

「我們下山的時候就開始下雨了，怎麼不在安全屋待著，等雨停再走呢？」

小姑娘抿著嘴，手裡死死攥著毯子，糾結好半天才開口：「那些人都是從山上下來的。」

馮躍明白她的心思，在山頂鬧了那麼一出，難免被人議論，身後的竊竊私語刺痛了女孩稚嫩的心思，寧可冒著大雨在外面走，也不肯留下。

看她的樣子就知道身邊沒有夥伴同行，頗有些「細雨騎驢入劍門」的膽氣。

「你獨自進藏太危險了，下一站到了魚子西就回去吧。」

「我不，我還要去梅里雪山呢。」

馮躍和宮智偉都一愣，山上為了哄騙她放棄輕生的話被記在了心裡，好不容易從折多山下來，這轉頭又惦記上梅里了。

馮躍卻覺得，這條路太過神奇，很多以前不能釋懷的事情，在群山巍峨和疏闊高原之間，都會變得渺小，就看人的心境何時能夠安靜下來，好好看一看眼前的景色，一定能生出不一樣的感慨。

距離梅里雪山還有很長的路，中間經過的無數的風景，總有一個地方能被看進小姑娘的心裡。

第五章

人們常說，西藏是一個淨化心靈的地方，其實不過是看著眾生安靜，天地朗闊，人們在這裡更容易放過自己罷了。

小姑娘年紀不大，青春年華也許剛剛開始，未來有無限可能，就此凋敝在陌生的公路上，才是花朵一般的歲月裡最遺憾的事情。

她叫周雨，今年剛滿十八歲，白皙的小臉總是板著，看人都帶著一絲防備，自己窩在後面不輕易說話，整個人散發著沉沉的頹喪，完全沒有同齡女孩青春洋溢的模樣。

雨聲停了，馮躍下車原地蹦了幾下，緩解了腰腿的酸痛，看著眼前的無垠青野沾染著水珠，風起綠洲，漾出一大灘碧波。

當真是雨初晴，水風清，晚霞明。

宮智偉看周雨抱著毯子跑進帳篷，順勢倚在車上，開口問：「你要帶著她上路？」

「不知道呢，看她自己吧，要是願意一起走，就一起到梅里，一個小孩子要是想自己走完這段路，真是不一定發生什麼。」

馮躍從不憚以最大的惡意揣測人心，這條路上並不都是找尋淨土的人間逍遙客，周雨年紀小又偏執，心思在他們這些大人眼中太過單純，很容易就被心懷叵測的人算計了，到時候才是真正把這孩子逼上了絕路。

宮智偉自然沒什麼意見，反正車上還有地方，一個小孩子而已，不算太麻煩，總不能好不容易把人從山崖上救回來，就眼看著她去吃虧吧。

馮躍點上酒精鍋燒水，這裡的氣候比平原差很多，不然八月正是最好的季節，即便下過一場雨，也不會凍得人雙手打顫。

「喝點吧，一會就暖和了。」倒了一杯水遞給周雨，小姑娘臉色蒼白，感冒發燒在高原上可不是鬧著玩的，一不留神變成肺水腫很容易要人命的。

看她小口啜著熱水，馮躍問道：「除了梅里還想去哪？」

周雨搖搖頭：「本來打算到了折多山就結束的，沒想過後面的事情。」

「那就好好想想，我們也要去梅里，不過中間會經停一些景點，你要是沒有別的辦法過去，可以坐我們的車，不過路上要跟我們一起停下修整。」

周雨沉默了一會，眼神撇到一邊，說：「我，我沒有多餘的錢租車。」

馮躍剛要開口說不要錢，就被宮智偉輕輕拉了一下，聽他開口：「我們剛好缺人看行李，你來了正好，順便負責加熱三餐，就當車費了。」

周雨思量了一下，點點頭，手指扣著杯壁，好半天才輕輕擠出一句：「謝謝。」

這姑娘連閒言碎語都忍不了，一看就是分外要強的孩子，要直接說不要錢，估計真的會扭頭就走。

馮躍失笑，真是個彆扭的小破孩。

休息一整晚，馮躍的胳膊就恢復得差不多了，只是微微有些酸痛，開車啟程是沒有問題的。

周雨這孩子機靈，蹭人家的車就主動收拾起炊具和睡袋，然後窩在後座上，帽檐遮住眼睛睡覺，很少搭話。

「今天就能到新都橋，晚上可以住客棧了，埋汰了兩三天，終於能好好洗個澡了。」

馮躍心情不錯，車裡放著鄉村民謠，車子從平整的公路上倏忽而過，空氣裡還帶著大雨過後的清爽，吹進車窗裡，沁人心脾。

來過這裡的人都說，不去魚子西追逐一次日落，當是人生一大憾事。

但馮躍看這一車小的小，殘的殘，還是以養足精神為主，直接開去了新都橋的鎮上，打算明天再去看日落。

小鎮就像是桃源中的農舍，分花拂柳，見過眾多美景之後，忽然遇見人煙，心裡從被自然滌蕩的暢快又落於人間煙火，踩在地上，嗅著食物的香氣，才覺得所見美景盡皆真實，不是大夢一場。

睡了兩天帳篷之後，躺在賓館柔軟的床上，整個人都想陷進酣甜的夢裡，困意幾乎是頃刻間席捲而來。

馮躍撐著困意點開微博，這已經變成了睡前必做的一件事，不然就像少了什麼步驟，不能安穩入睡。

還是地震之後的那張街角照片，馮躍有一瞬間恍惚，這條微博已經很多天沒有更新了，會不會是在九寨溝的時候自己給她朋友打的那通電話，被小彤知道了，不滿我偷窺她的微博，所以不再更新了。

如果是這樣，那麼如今，你又走到哪裡了呢？

馮躍想著，慢慢進入夢鄉，枕邊還是放著那條絲帕，從九寨溝開始這條帕子被他時時刻刻戴在身上，行走的時候就放進口袋，開車的時候就繫在腕上，總歸是片刻不離的。

哪怕在烈日之下滿頭大汗，他也從不會掏出來擦去汗水，生怕沾染了一絲其他氣味，讓小彤的痕跡越來越淡。

到達魚子西觀景營地的時候，天邊剛剛有些泛紅，像少女微醺時的臉頰，嫩白的底色上飄著一層粉紅的薄紗。

登上觀景台，將川西三座雪山盡收眼底，等到晚霞降臨，這裡是看日照金山最好的地方。

周圍人紛紛架起相機，要留住即將到來的震撼景象。

眼前群山連綿，白雪覆蓋住岩石，終年不化，馮躍站在這裡，感覺足尖輕踮就可以在東山之巔暢行，張開雙臂享受山風輕撫，飄飄乎之間羽化而登仙。

日落降臨，蒼穹被楓色浸染，一團火從天邊燒進眼中，霎時間，天地一色，雪山被火海融化，一眼望去，晝夜的邊界變得模糊，萬物痴纏在一起，統統沉溺於酒醉的天河。

川西數百山峰於高原之上起伏，金光灑滿南北，每一片陡峭的棱角在落日中柔和，層層疊疊的明暗變化，將震撼一股腦地塞進人心裡，當絕美驟然降臨，巨大的視覺衝擊讓人們忘記按下快門，只想置身其中，獲得這片刻的驚嘆與美好。

馮躍披著一身喧囂風塵，在暮色中伸出雙手，去摘取天河中明亮的星，又想夾帶著晚風順著山巒放縱，此刻長川蕭蕭，光影伴著橘黃輕吻臉頰，彷彿所有美好的一切通通向懷抱奔來，叮囑他，要熱愛這個世界。

小彤，當黃昏落在你的身上，如同神女眷顧凡間，我情願此刻風煙俱淨，你只是你，沒有煙火，沒有雜塵，而你卻是人間浪漫本身。

「夕陽度西嶺，群壑倏已暝。」

當落日熔金消散，星子長掛中空，顆顆閃爍的光輝連成星河，攜清輝皓月而來，天地從熾熱轉向清冷，方才使人如火如荼的景象，由月光慢慢撫平，重新澆灌起玉桂芬芳。

馮躍負手而立，滿心淒愴在此刻填滿咽喉，星月微涼，卻是今宵絕勝無人共，臥看星河盡意明。

不知站了多久，肩膀被周雨拍了一下。

「大家都回去了，你怎麼不走了？」

馮躍慢慢回神，雙腿的酸麻從腳心細細密密地綿延而上，才驚覺已是從日落站到了夜深。

「小屁孩，你不也沒回去嘛。」馮躍捶捶腿，輕輕活動著。

「這裡很美，我想多看看，我從來沒有見過這麼好看的日落和星星。」

「這麼美的景色有很多，你看那邊，是貢嘎雪山，是川西人民心中的信仰，那裡的日落更加壯麗，群山畢至腳下，可看的風景數不勝數。」

「看不清了，天太黑了。」周雨搖搖頭。

馮躍看著她說：「因為你不肯走出去，走到有光亮的地方，就能看見你想看的一切。」

他並不知道周雨小小年紀經歷過什麼，只是未經他人苦，莫勸他人善，他不會告訴周雨必須怎麼做，只是不希望她隕落在這樣美好的年紀裡，哪怕只能激發起周雨自己的私心，再多看看這個世界，就沒有白白把她救上來一回。

「大叔，山上冷，我們邊走邊說吧。」

哈？馮躍失笑，這小屁孩叫自己大叔，他看上去很老嗎？

轉念一想，他都三十多了，這小孩才十八，叫大叔一點毛病沒有，面對祖國含苞待放的花骨朵，馮躍狠狠感嘆了一把歲月無情。

「我很小的時候，就被母親拋棄了，我爸爸受了打擊瘋瘋傻傻的，成天不肯回家，一直都是爺爺奶奶把我養大。」

「小時候經常有孩子在我身上丟菜葉，捉弄我，我的新衣服上午穿到學校，下午就被撕開兩個大口子。」

「等我長大一些上了初中，就每天跟著奶奶撿廢品攢學費，我記得那時候塑料瓶子是一毛錢一個，紙殼可以賣到一塊錢一斤，往往賣一個暑假的廢品才夠我繼續上學的學費。」

「再後來我快上高中了，我很興奮，因為我成績很好，一定能考上最好的高中，然後讀最好的大學，讓我的爺爺奶奶不用那麼累，以後也可以享到我的福，那時候我是真的快樂，感覺所有美好的一切都在我面前。」

「可是最後那個夏天，卻成了我一輩子的噩夢，我在一夜之間失去了人生中所有的光亮……」

馮躍並肩走在周雨身側，聽著小姑娘的聲音從冰冷變成哽咽，說到最後已經是咬牙切齒的恨意，身上緊繃著，死死攥著拳頭才能克制住散發出來的戾氣。

「我從未想過她還會回來！」

說到這裡，周雨的聲音帶著歇斯底里的憤怒，那種怨恨彷彿從靈魂深處發出的悲鳴。

「我爸爸瘋瘋癲癲很多年，不記得我，不記得爺爺奶奶，卻對那個毀了這整個家庭的女人印象深刻，她出現的時候，我爸爸就在她車後面追，那天大雨，爸爸橫穿整條馬路，被一輛貨車撞得面目全非。」

「奶奶知道以後，當場就昏過去了，再也沒醒過來，爺爺年紀大了，在醫院掙扎了半個月，也走了，整個家就只剩下我一個。」

「一起雖然生活得很累，很辛苦，但至少一家人都在我面前，可那個女人回來的時候就全變了。」

馮躍聽著她的嗚咽，能想像到這樣的女孩子，會在多少個無助的夜晚舔舐傷口，她心上每一處都鮮血淋漓，卻只能在黑暗中蜷縮，即便門窗開著，也找不到光亮的方向。

「……我不明白她回來是想做什麼，可她已經害得我家破人亡，卻還是不肯放過我，我耽誤了中考，她就把我送到私立學校去，那……那簡直就不是人待的地方。」

馮躍看著她一拳砸在樹上，天色已經全黑了，借著路燈能看到她手上全是血痕，但周雨好像感受不到疼痛一樣，眼睛死死地盯著遠方，除了恨意，什麼情緒都沒有。

「那所高中說得好聽，什麼軍事化管理，什麼英才的搖籃，都是騙人的，那是煉獄，是魔窟，是所有學生這輩子的噩夢。」

馮躍聽到這裡，已經能夠知道她在青春年華都經歷了什麼。

年初的時候，網絡上爆出了一則新聞，揭露大省之內的三所學校，用暴力、拘禁、人格侮辱這樣違反人道主義的方式教育學生，企圖讓學生們「聽話」。

因為熱度居高不下，網民對這樣的教學機構口誅筆伐，馮躍還特意找到專欄看過，那些願意作證的學生們，身上有數不清的傷疤，甚至能看到電流通過留下的痕跡。

一張張照片觸目驚心，很難讓人相信，在法制健全、人人歌頌青少年是祖國花朵的今天，還有這樣沒人性的傢伙頂風而上，用如此不堪入目的手段摧殘國家的未來。

「……我堅持了兩年，每天都不敢睡覺，因為總有同學會在熟睡的時候被老師拖走，尖叫聲會把我們嚇醒，她們很謹慎，從來不會在臉上留下痕跡，夏天甚至不會在胳膊上動手，可衣服下面的瘀青，數都數不過來。」

「我也求救過，我甚至在堅持不下去的時候跟那個女人服軟，我認錯，我懇求她不要把我送回去，但她只會給老師打電話，等我回去，又是一頓毒打。」

周雨像一隻受傷的小獸，腳下步伐僵硬，一點點往前走，卻分不清方向，麻木地沿著棧道下山。

就像她十八歲之前的日子一樣，過一天算一天，彷彿時間是偷來的，每一分鐘都活得無比艱難。

馮躍明白了她眼中的戒備從何而來，也明白了她從折多山上縱身躍下，是對這個世界沒有一絲一毫的留戀。

甚至無法數落她不珍愛生命，因為她也曾見過世上的花開，聽過悅耳的鳥鳴，可磨難終究賦予她太多的傷痛，親人崩逝，象牙塔變成修羅所，魑魅魍魎成為人生的主旋律。

這個世界太多的不美好統統降臨，一個十幾歲的孩子剛剛開始感知，就被撲面而來的惡意困住，縱然有再多的景象值得觀賞，可她已經心力交瘁，走不出牢籠了。

馮躍想伸出手擁抱她，告訴她曾經的一切都已經遠離了，未來無限可能都是屬她自己的。

可他不知從何開口，女孩巨大的悲鳴如松濤入耳，林間風過，都不及她每一個顫抖的音符。

「都過去了，折多山上你跳下去，就當死過一次，以後都是嶄新的，你已經成年了，未來是什麼樣都是你自己的選擇。」

「你所經歷的所有的一切，都並非是你所選擇的劇本，曾經的黑暗也並非是你選擇的舞台，可以後是了，你眼中會看到你想看的風景，雪山、晚霞，哪怕是路邊最微弱的一盞燈，都是你親眼所見。」

馮躍想告訴她，這世上最大的勇氣就是明知不可為卻依然充滿熱情坦蕩，對回首深淵不畏，對未來江海不懼。

我們總是被人生一步步逼出底牌，權衡利弊，可沿途風景絕美，終點的雲海又翻湧如滔，百年之後再談起所有，不過一聲喟嘆而已。

「回去吧。」

馮躍知道這裡面的道理，是自己經歷了三十幾年的人生，在職場酒桌上廝殺，見識過人心好壞後才有的清醒，周雨太小，所經歷又太痛。

黑夜與白晝有一步之近，卻又有千山萬水之遠，她能想清楚邁出這一步，終歸是需要時間的。

再上路的時候，馮躍發現周雨還是不願意說話，對他和宮智偉的話題不感興趣，但不再蓋著帽子睡覺了，願意抬頭看看兩旁的風景，哪怕只是幾隻牛羊。

318 這條路，縱然好壞參半，但不能否認的是，危險與盛景並存，這裡的原野都帶著疏朗，山川大開大合，目之所及都是心曠神怡的新綠，隨處盛開的野花，隔著車窗都能聞到馥鬱芬芳。

旅人能在這裡看到美景，也能在朝聖者的身上見到信仰，即便自己不信，也會被他們身上的執著與風雨不悔的韌性吸引。

這才是 318 真正的魅力所在。

過了新都橋，下一站就是理塘，不過這一段路被稱為「天路十八彎」，路邊尚能看到一些汽車的殘骸，就知道這條路並不好走。

站在觀景台，周圍群山蒼翠，俯視而下，盤山道迂回曲折，回頭彎層層疊疊，老司機從這裡開過，都要緊張出一身冷汗。

盤山路上清晨的霧氣還沒有散去，降下車窗，一股清新的氣息撲面而來，帶著原始森林濃濃的潮濕，彷彿一瞬間讓皮膚喝飽了水。

窗外景色一幀幀後退，藍天白雲和蒼茫原野糅雜在一起，起伏的高山彷若少女最曼妙的曲線，與長川曠野融為一體。

「停一下！」宮智偉扒著車窗，伸頭往外看。

馮躍靠邊停車，看宮智偉站在路邊，目不轉睛地盯著一個朝聖者。

那人臉上被高原陽光曬得通紅，皮膚皸裂粗糙，有的地方已經結痂，身上一整塊的羊皮氈子已經磨損得破爛不堪，手掌上的木板薄厚不一，一看就是在這條路上磕了很久的長頭。

「你怎麼在這？」

「林倉？」

不管宮智偉怎麼叫他，都沒有一句回應，林倉的眼神一直盯著腳下每一寸需要跪拜的土地，然後匍匐下去，虔誠又執著地一步一拜。

國道的柏油馬路被陽光炙烤得發燙，額頭觸碰在地上，會將灼熱傳遍每一處感官，周圍的曠野牛羊依舊在低頭吃草，彷彿對這樣的朝聖者的出現習以為常。

這條路上，經常有藏民為了信仰匍匐而過，也有林倉這樣的異鄉人，為了心中難以化解的執念，在雪域高原上前行。

其中緣由各不相同，但每個人身上的傷痛和執念卻驚人的相似。

不管經歷多少磨難，淋過多少場雨，被北風肆虐過幾回，看過無數顆星星，忍饑挨餓也不會放棄前行的腳步。

身上的羊皮氈子新舊更替，每一片在破爛不堪，不能使用的時候，都是因為信仰的加持而變得格外神聖，都是這些人一步一跪磨損出來的勳章。

看客們在後視鏡上看著他們的身影從站立到跪拜，可能會笑言著他們的「傻」，那是因為不瞭解他們心中的信仰，也可能被每一寸走過的土地感到震撼，那是因為被這樣堅韌的心智折服。

看客有看客的角度，遊人有遊人的風景，山川高原是眼中的絕色，而遠在天邊，又近在咫尺的信仰，是朝聖者的心之所歸。

過道上並不能久停，馮躍開車跟在二人身後，宮智偉一直陪著林倉慢慢走，他跪拜，宮智偉就停下腳步等等他。

當林倉的額頭再次破潰出血，手指挨著木板被摩擦出的水泡也流出膿水，才緩慢停下，看著無限延伸、看不見盡頭的前路，輕嘆一聲，走到路邊的草地上席地而坐。

宮智偉拄著拐杖坐在他身邊，再一次輕聲喚他：「林倉，你怎麼在這？」

馮躍停好車，讓周雨拿一些水和食物，就當做中途休息了。

看兩人的樣子，顯然早就認識，而且林倉的出現讓宮智偉感到詫異。

「我……我老婆走了，都是我造的孽，我是來還債的。」

還債？

馮躍一聽，這裡邊必然有一些隱情，索性坐在旁邊默不作聲，當一個合格的傾聽者。

「乳腺癌並不是什麼絕症啊，再說我走的時候，嫂子的病不是已經好得差不多了嗎？」

林倉搖搖頭，結果馮躍遞過去的水壺，涸濕乾渴的嗓子：「不是癌症走的。」

「那天……我喝完酒回家，喝得太多了，發生了爭吵，我只是，我沒想到會造成這樣的結果……」

說到這裡，那個滿身傷口流膿的高大男人已經哽咽起來：「我推了她一下，小薇就從樓梯上滾下去了……還沒等送到醫院就走了……」

「孩子也怪我，說我是殺了他媽媽的凶手，我實在是對不起小薇，這些年……她跟著我受了不少罪，好不容易病好了，卻因為我喝大酒，送了命。」

林倉抱著頭痛哭出來，健壯的男人把頭埋在懷裡，肩膀劇烈地抖動起來，整個草原都迴蕩著他的哭聲，帶著懺悔和內疚。

「所以你在這磕長頭，打算一直到拉薩去？」

宮智偉並不知道怎麼安慰他，顯然林倉從年輕時候開始，就有酗酒成性的毛病，因為這件事，夫妻兩個沒少打仗，到如今無法挽回的地步，小薇才用生命的代價讓這個男人幡然悔悟，卻為時已晚。

林倉點點頭，沙啞著嗓音說：「都說西藏能讓人贖罪，上天會原諒人的罪惡，我也不祈求小薇的原諒，我只是……我知道這麼做沒用，但我只想在她身後再做些什麼。」

儘管林倉知道磕長頭改變不了任何事情，小薇也不可能起死回生，他們的孩子可能會一輩子都怨恨著這個父親，但林倉只希望，用傷痛減輕午夜夢回的愧疚和恐懼。

馮躍好像能與林倉共情，他知道愛人離去的悲痛，即便他與賀彤並非陰陽相隔，但分手那天的決絕，就知道這輩子只怕是死生不復相見，這樣的分別，並不比愛人逝去的痛苦減輕幾分。

他因辜負了賀彤多年陪伴付出而愧疚，也曾抱著唯一一條絲帕徹夜懷念，見一棵樹也是她，見一朵雲也是她，見漫天繁星，腦海中依然是她。

對於過往多年的戀人身份，他也曾把賀彤擁在懷裡，在夜晚彼此相擁，在青紗帳間無盡纏綿，汗水洇濕了床單，也染紅了賀彤多情的雙眼。

但馮躍明白得太晚了，那樣親密的時光屈指可數，所有的回憶裡，唯有孤獨寂寞長存。

此時，只有絲帕上日漸輕微的香氣，和高原上冷寂的風，陪伴在馮躍身邊，佳人難在，星星再多光亮，也不能燃起他眼中的焰火了。

林倉撫摸著手上的木板沉默著，馮躍站在車邊一動不動，點開微博，看著許久未曾更新的賬號不語。

人們總是在擁有美好的時候不懂得珍惜，當年明月高懸，卻偏執地認為月光寡淡，當明月不再光照九州，又在黑夜裡回想起每一株樹枝上月光流過的痕跡。

伸手想要擁抱，卻只剩下陽光灼痛的觸感，曾經的月色早已偏移，變成其他人夢寐中珍而重之的寶物。

「叮咚——」

手機提示音喚醒了馮躍飄遠的思緒，是賀彤的微博恢復更新，那一張公路綿延的風景照裡，朝霞燦紅如血，卻比不上她坐在中間的一個背影。

馮躍摸索著照片裡的人，只是一根髮絲的揚起，就足夠慰藉他一路而來的艱辛。

是公路！

馮躍四處張望著，盯著每一輛疾馳而過的車，企圖能在車窗裡看到那張熟悉的面孔，甚至跟著車跑出幾百米，氣喘吁吁地停下，仍然搜索無果。

「318 這麼長，你想找的人未必出現在我們走過的沿途。」

高原缺氧，劇烈的運動使馮躍跪坐在地上狼狽地喘息，身後周雨的聲音平靜又殘酷。

是啊，這條路有成千上萬人走過，每日經過的車數不勝數，但或許呢，或許我就曾經與小彤擦肩而過，一扇車窗的距離，就足夠讓馮躍又驚又喜。

馮躍伸手接過周雨遞來的紅景天：「至少我們走在同一條路上，只是她早一點，我遲一點，我在看她眼中的風景，也驚嘆過她讚賞的山川。」

這對我而言，已經足夠了。

但真的足夠了嗎？

周雨不信，馮躍也不信。

每一次追逐，每一次幻想中可能的靠近，都會激發出他心中渴望更親近的瘋狂念頭。

他幻想著照片的背影中有他一人，也痴痴念著小彤每一個精彩瞬間由他記錄。

但這終究不可能，他們看到的景色並不存在於彼此的同一時空，甚至馮躍都不知道照片上的一段過道，屬哪一片風景。

他叫不出山脈的名字，也看不出朝霞的變化，更不知道追尋的倩影會不會也在拍照的一瞬間，想起他。

即便想起，也是短短的一瞬，想起自己曾經帶給她的痛苦和委屈。

馮躍垂頭喪氣地走回車裡，林倉已經拍著身上的塵土，準備再次出發，宮智偉看著他的眼神裡，有千言萬語，卻無法說出口。

車子重新啟動，林倉對著遠方山脈虔誠地跪拜下去。

「為什麼不勸勸他？這樣自我折磨毫無意義，我們都知道的。」

馮躍看著鏡子裡的身影，羊皮氈子已經漏了一個洞，顯然再走一段路程就要重新更換。

宮智偉搖搖頭：「我堅持去珠穆朗瑪峰，不也是因為有對妻子放不下的執念嗎？你一直看著照片尋找她的痕跡，不一樣因為放不下那段感情嗎？」

「我們彼此都為情所困，所求所想大致相同，我能勸他的何嘗不是自己扔不下的東西。」

馮躍不再出聲，宮智偉說的沒錯，每一個走在這條路上的人，都在為情所困，愛情、親情、友情，甚至是被一張照片迷住的衝動之情，每一種情感都妙不可言，自己都放不下的東西，又有什麼立場勸別人離開這條通往神聖的國道呢？

按照之前的計劃，馮躍一行將在貢嘎山下面的鎮子裡進行休整。

這些年，越來越多的遊客和登山團隊來到貢嘎，企圖征服這座蜀山之王，所以貢嘎鎮裡有許多熟悉地形的當地人，變成了導遊，指引著這些人登山。

在一些緩坡還有騎馬上山等趣味項目，由此延伸的旅遊項目開發，讓從前單純靠山吃山的村民，逐漸增加了額外收入，鎮子上登山的設備和服務也日漸完善起來。

馮躍看了一眼宮智偉的斷腿，心裡嘆了一口氣，貢嘎山雖然沒有珠穆朗瑪峰艱險，但不是專業的登山團隊，也只敢止步於對外開放的觀景台。

可看宮智偉在後備箱準備的那些東西，就知道他絕不可能待在觀景台上安心看風景。

可他現在的身體狀況，是絕不可能適合登山的。

斟酌半晌，馮躍才開口說：「最近天氣預報不錯，我們不如在觀景台看看日照金山吧，不少人來這好多次都看不見一回呢。」

宮智偉淡定地看了他一眼，用筆圈畫著手裡的地圖，研究每一條上山的路線，什麼都沒說。

但馮躍就是從那一個眼神裡讀懂了他的意思。

登山攀岩對宮智偉來說，是生命延續的靈魂所在，即便殘疾了一條腿，也不會忽略站在山腳下，就熊熊燃起的熱血，那種血液中的澎湃，早已深深刻進了他的骨髓，刀劈斧鑿亦不能磨滅。

「你就別勸他了，這一路上咱倆旁敲側擊說過多少次，但是你看看他手裡的地圖，登山路線越來越多，我們磨破了嘴皮子都沒用。」

馮躍看了周雨一眼，這孩子自從在魚子西看過一次晚霞之後，就變得異常平靜，一開始還看看窗外的風景，這兩天就盯著手機，也不知道發現了什麼好玩的東西，偶爾說一句話，也是直中要害。

知道再勸無果，馮躍也不再多言，開車駛離國道從路口轉下，直奔貢嘎鎮而去。

第六章

後備箱裡的裝備經過宮智偉篩選，已經足夠專業，但飲食補給一路上一直在消耗，要想登山還要再補充一些。

村道並不好走，路上坑坑窪窪，這裡的氣候受山地影響，幾乎一處一變，有的地方山花爛漫，有的地方又寸草不生，越到山腳，冷氣越強烈，雪山帶來的冰涼感越能透過外套直逼肌膚。

前幾天下過的雨存在土坑裡，車輛駛過，濺起一片泥點，這輛租來的車已經被禍害得看不出原本面貌了。

車子搖搖晃晃了一個多小時，夜幕將至，才遠遠看見村子裡的炊煙。

到了村口，一個穿著藏袍的男人站在路邊招手，操著一口生硬的普通話上前來攀談。

「兄弟，你們是住宿還是路過？」

馮躍下車，遞過去一根煙：「我們想在村子裡休整一下，然後到山上看看。」

那男人伸頭看看車子裡只有一個男人和一個女孩，有些懷疑：「那你們是要去埡口看日照金山？」

馮躍走過去把他嘴裡叼著的煙點燃：「不不不，我們要登山。」

「你們？」

那男人明顯不信：「我們這裡來過不少登山隊，那都是有不少好裝備的，車子一輛接一輛，你們這可不像是要登山的。」

這男人警惕地看著馮躍，這村子裡的收費高低不等，有的經驗豐富的領路人，收費比外邊正規的導遊高上好幾倍，這種亂象上面早就想下手整治，所以村民們為了掙錢，一直提防著外來人員，就怕是什麼微服私訪的官字頭。

馮躍回身指了指宮智偉說：「這是以前國家登山隊的隊長，前幾年在珠穆朗瑪峰上受了傷，珠穆朗瑪峰是上不去了，就想來貢嘎圓個夢，哥們你看有沒有好門路，讓我們登山的時候少遭點罪。」

「你也看出來了，我這仨人小的小，還有不方便的，要不是為了他圓夢，我們也不敢輕易登山的。」

站在路邊說了好半天話，才算把男人的疑慮打消了，領著他們一路進了村子。

村子裡經常來一些準備登山的人，對於外來者已經司空見慣，看到馮躍一行人走進來也只是上下打量幾眼，就轉頭做自己的事情去了。

「楊琦！過來一下。」

村長叫了一個遠處的中年人，轉頭跟馮躍說：「現在登山的人很多，前兩天來了一個團隊，村子裡的空屋住得基本差不多了，就他家還有兩間房子，你們就住那吧，有什麼收費讓他跟你們說。」

馮躍抬眼去打量楊琦，一身休閒裝，看上去跟這裡的村民格格不入，應該是外來定居的，但是經過這一路的觀察，這樣的村子應該對於外地人沒有很高的包容性才對。

「你們好，跟我走吧。」

楊琦拱肩縮背，嘴上兩撇八字鬍，順手抹了一下鼻涕，就要去接周雨身上的行李，被周雨躲開了。

馮躍跟著他走了一段路，看樣子差不多穿過了整個村子，在最東邊的一個房子裡。

當楊琦推開門的時候，馮躍覺得，說這裡是能住宿的屋子都有點高看。

窗戶缺了半扇，用破棉襖勉強糊上不漏風，房頂滴滴答答順著大樑滴水，兩張單薄的木板床，一坐上去就吱呀亂響，可想而知夜裡翻身的時候，房子裡將展開一場嘈雜的午夜交響。

「我這按人頭收費，一宿二百，現金還是轉帳？」

「二百？」

馮躍看著眼前的環境有些難以置信，這二百塊錢能在鎮上住個不錯的快捷酒店，就這漏風漏雨的環境，仨人一宿就是六百啊。

楊琦摸著鼻子，眼珠亂轉，語氣不耐煩地說：「整個村子就只有我這有地方了，就這價格，不住就走。」

馮躍雖然早就預料到，在這裡人生路不熟可能會被宰，但是沒想到住個宿就被要出了天價。

周雨在旁邊咬牙切齒，一股子要炸毛的樣子就要衝上去，被宮智偉抓住了。

「楊大哥，你看我們也不能只住一晚，給便宜點，以後有朋友來我們還關照您的生意不是。」

「那便宜一百，五百塊不能再少了，能住就住。」

馮躍不欲在這起了衝突，只好咬牙應下，轉了帳，楊琦出去拿了一把笤帚和一塊抹布回來，扔給馮躍：「自己收拾一下吧，外邊廚房裡有熱水，自己打。」

看著瘸了一條腿用紙板墊起來的桌子，上面覆蓋著厚厚一層灰，馮躍在鼻子前邊扇了扇，趕走一些嗆人的煙塵味。

「楊大哥，有吃的嗎，給我們拿點過來唄？這半下午沒吃東西了。」

楊琦倚在門框上，挑著眉：「行啊，泡面二十一桶，加腸三十，煮雞蛋十塊，酥油茶一壺八十，管夠。」

「……」

馮躍被這一連串的物價整得沒脾氣了，半陰不陽地訕笑著說：「真是……別開生面了。」

「這地方，砍柴燒水不都是體力活，你們自己東西都找不著，要不餓著要不交錢，城裡來的人就是墨跡。」

馮躍也不跟他廢話，直接轉帳過去五千塊：「未來五天我們把這包了，一天三頓飯都準備好，明天進山給我們找個嚮導。」

只要有錢，楊琦就很好說話，出去沒一會，就拎著一大壺酥油茶進來，挨個倒了一碗：「先喝著暖暖身子，一會就能吃東西了。」

態度雖然算不上好，但跟剛才也是天差地別，不用鼻孔看人了。

「這什麼人啊，見錢眼開。」

馮躍看周雨拿著抹布狠狠蹭著桌面，滿臉不忿。

「這附近就這一個村子，而且這裡是登山最佳的地方，這面坡比較平緩，如果繞到另一邊去，就要浪費好幾天的時間了，而且……你們都不是專業的運動員，那邊的陡坡你們爬不上去。」

宮智偉擺弄著行李裡的裝備，這座貢嘎雪山，有一百多座山峰，即便是主峰，他也上去過，只是現在力不從心，不敢從最陡峭的山崖攀岩而上了。

馮躍站在門口，遙望雪山方向，這個季節，雖說是盛夏，但這裡的氣溫只比深秋高一點點，山上偶爾有幾塊裸露的黑色岩石，其餘山體都被雪色覆蓋，山脈綿延千里，只是在山腳下，就能感受到撲面而來的壯觀巍峨。

夜晚的山腳，並沒有江南地區的盛夏蟬鳴，而是寂靜，悄無人煙的靜，除了宮智偉和周雨的呼吸聲，馮躍只能聽見從破敗的窗戶縫裡吹進來嗚咽的風聲。

外邊月光普照，與漆黑的夜空對比鮮明，山脈在微光下更顯厚重，有了雪的映射，山上倒比其他地方亮堂一些，至少馮躍是看不清門外的村路的。

夜風滲漏進來有些涼意，馮躍裹緊了身上的被子，稍稍動彈一下，輕薄的床板便開始抗議。為了給周雨騰出一張床，馮躍和宮智偉兩個大男人只能側身擠在一起，著實憋屈。

「睡不著？」

「嗯，第一次在山腳下睡覺，感覺很新奇。」

馮躍來到這裡之前，從沒想過有一天，會帶著滿車的裝備要登山，面對根本陌生、全部的瞭解都只局限在百度頁面的雪山，甚至第一次見到它，但就是這樣做了，還正在貢嘎的山腳過夜。

回頭想想，馮躍都不知道這一股勇氣從何而來。

好像有了前進的改變之後，很多事情都在潛移默化地變得不同，開始有了衝動，有了少年人的勇氣，那一股消失了很久的熱血，冥冥之中開始活躍。

「能講講你第一次登山的樣子嗎？」

馮躍借著昏暗的光，看到宮智偉微闔著的眼睛，即便看不清神色，也能體會到他輕輕嘆息中，對過往的懷念。

「那時候滿腔熱情，跟著隊長徒步進山，身上背著幾十斤的裝備，夏天蚊蟲多，臉上被咬了好幾個包，因為是第一次沒什麼經驗，基本就是跟著前邊的人走，攀岩的時候很容易腳滑，保護措施很簡陋，所以不到山頂，心裡一直都是懸著的。」

「在沒有登山經驗的時候，聽話，就是最好的選擇，尤其是貢嘎這樣的龐大山脈，上面氣候多變，稍有差池就很可能釀成難以承受的後果……」

說到這裡，宮智偉的聲音明顯喑啞，馮躍識趣地不再說話，每個人心裡都有一處不能觸碰的隱痛，宮夫人就是宮智偉難以釋懷的痛。

馮躍在他外套內懷裡見過宮夫人的照片，一個英姿颯爽、眉目疏朗的女子，站在山峰上歡呼，腳下是雲海翻湧，眼中是燦若星辰的笑意，就這樣一直留存在宮智偉的心裡。

你要登遍沿途每一座山嗎？

馮躍曾經這樣問過宮智偉，那時候他說，登山之於他，是追尋回憶的路程，這一輩子登過的山太多了，可時至今日，他更想走過那些有意義的山峰，貢嘎是他們相識的第一站，意味著緣分開啟的地點。

所以即便宮智偉如今身體不便，也堅持要再上去一次，站在宮夫人曾經開懷大笑的地方，重溫當年綿延至今的柔情。

宮夫人可能並不是柔情似水的江南美人，也不是把家庭打理得井井有條的全職太太，但在生命中就是會出現這樣一個人，這芸芸眾生中，一眼撞進你的心裡，所有曾經說過的擇偶標準統統不作數，唯有她的笑容，讓你一見便再難忘懷。

山腳的信號不太好，馮躍刷新微博的時候，一直在轉圈，已經很多天沒有小彤的消息了，不知道她走到了哪裡，如果在這樣的山腳下，會不會因為如此寂靜的長夜而感到孤獨。

頁面遲遲刷新不出來，馮躍有些煩躁，索性關了手機，轉身睡去，只是手腕上還纏著那塊絲帕。

上面屬賀彤的芬芳已經隨著時日漸久而消散，但馮躍仍舊要時時刻刻揣在身上，哪怕感受不到一絲餘溫，也要如此，用一方絲帕，祈禱賀彤夜夜入夢。

從前，馮躍從不相信什麼神女入夢的美麗童話，但現在，他多渴望能有一座長生殿，讓他與賀彤相逢在某一處屋檐之下，再輕撫那一頭柔軟的青絲，將絲帕繫在她垂下的髮梢上，隨著每一次腰肢的擺動，而舞出獨屬他的風情。

剛要入睡，外邊隱隱約約傳來吵鬧聲，馮躍迷蒙地睜開眼睛，披上衣服，從窗縫往外看，幾束燈光閃爍著，伴隨著凌亂的腳步聲，在寂靜的夜裡格外清楚。

沒多久，整個村子都沸騰起來，馮躍回身叫醒宮智偉，一邊拉上外套一邊說：「我出去看看，你在這看著周雨，別出去。」

宮智偉原本還沉浸在夢鄉裡，一聽見這話，瞬間清醒，看著對面周雨睡得正香，低聲應下，囑咐馮躍小心。

馮躍剛走出去，就看見楊琦站在院門口，伸著腦袋張望。

「出什麼事了？」

「沒什麼……誰家狗跑了吧。」

楊琦好像見怪不怪，合上院門就要回去，馮躍仔細聽著外面的聲音，腳步聲嘈雜，明顯很多人在外邊跑動，一隻狗能有這麼大的影響？

手剛剛放在門閂上，就聽身後的楊琦說：「我勸你別管閒事，回去好好睡一覺，明早醒了就登山，下山就離開這裡。」

馮躍回身看著他，月光下，楊琦神色平靜，對外面的聲音毫不關心，不，應該是習慣了，好像這樣的鬧劇經常上演，讓他習以為常。

馮躍隱隱聽見有人喊：「別跑……人呢……那邊……」

他心裡更確定了，這村子絕不是大半夜跑出來找狗的，上前從楊琦手裡拿走手電，拉開門閂走出去。身後的楊琦皺著眉頭：「又一個管閒事的……」頓了頓腳，還是跟著馮躍出去了。

楊琦家在村子最邊上，搜尋的村民還沒有在這邊聚集，但黑暗中那些上下晃動的手電格外明顯。

馮躍一個閃身，躲在大樹後邊，關掉手電，看著那些村民，為首的正是今天引他們進村的村長，後面都是一些年輕力壯的青壯年，一群人四處張望，嘴裡說著當地方言，馮躍聽不太懂，但看他們的動作，明顯是在找什麼人。

這個人能驚動整個村子，只怕大有來歷。

「這事雖然你撞見了，但是我勸你現在回去睡覺還不算晚，這村子裡有不少外來的遊客，但是你看看，哪有人跑出來，跟你似的四處看。」

馮躍沒理會身後的碎碎念，可楊琦一直在他耳朵邊上嘮叨，馮躍心裡煩躁，直接說：「閉嘴，給你加錢。」

楊琦瞬間安靜，還把馮躍露在外面的衣角往回扯。

「這邊沒有。」

「南邊也沒有。」

村長叉著腰說：「難不成跑到山裡去了？」

「不知道啊，這小娘們，趁我們不注意自己把繩子磨斷了，大半夜的也不安生。」

「進山也不怕，要麼餓死，要麼乖乖地回來，活不過三天。」

晚上涼意襲人，馮躍打了個冷顫，聽到這他大概能猜到，跑出來的是個女人，聽他們的口氣，應該還是被他們非法囚禁的女人。

只是這都是什麼年代了，哪個人不懂點法，囚禁這種事，一聽就不是什麼正經手段，那女人也指不定是什麼途徑綁到這裡來的。

一時間人口拐賣、器官販運這些詞彙在馮躍腦中徘徊，驚出一身冷汗。

「走，再往那邊看看。」

一行人往這個方向來了，馮躍被楊琦按著蹲下，借著粗壯的樹幹掩藏了身形。

「壞了，往我家去了。」

楊琦一拍大腿，倒把馮躍嚇了一跳。

「我們趕緊回去，這時候不在家可說不清楚。」

「你怕什麼，他們一看就不是幹正經事呢，肯定怕鬧大，到時候我們出村子報警就是了。」

馮躍有些疑惑，楊琦的反應裡帶著深深的恐懼，好像很怕招惹到那幫人。

「可不行，我們趕緊從小路回去。」

馮躍被他拉著往回跑，涼風從衣領灌進去，冷汗被吹進毛孔，只覺得渾身冰涼。

二人剛從後門鑽進家，院門就被推開了。

「你們在院子裡做什麼呢？」

馮躍看一幫人湧進來，村長狐疑地打量著他們，腦子一轉說：「我這不是剛來嗎，睡不著，就拉著楊大哥讓他幫我看看明天天氣怎麼樣，適不適合登山。」

外套裡剛好有一包煙，順手掏出來，給村長遞過去一支。

村長沒接，轉眼看向楊琦：「是嗎？小楊啊，明天天怎麼樣啊？」

楊琦打著哈哈說：「這月亮看著挺高，但是那天可不亮堂，估計進不去山了。」

「你那兩個朋友呢？」

馮躍點燃煙捲，深吸一口，明滅的煙頭映在他眼睛裡：「睡著呢，一個小姑娘、一個殘疾人，可不像我們這麼精力旺盛，村長這是家裡丟東西了？」

馮躍不知道這一句試探的話，硬生生把身後的楊琦驚出一下哆嗦。

村長往後看了一眼，就見一壯漢拎著手電往馮躍他們住的屋子走去，透過半扇窗戶往裡看，果然宮智偉和周雨還躺在床上。

「行了，早點睡吧，小楊啊，以後天黑了就把門閂上，最近外鄉人多，別大意了。」

楊琦點頭哈腰地把一行人送出去，回身靠在門板上喘粗氣。

「楊大哥，你跟我說實話，這興師動眾的他們是在找誰？」

「你不要也多管閒事，安安穩穩登你的山。」

楊琦說完轉身就要走，馮躍卻攔住了他。

「也？那就是說這事不是第一次發生了，你要是不說，我就報警，舉報這裡有人非法拘禁，剛才他們的對話我可都聽見了。」

「哎呀我的老天爺！」楊琦上來捂住他的嘴，又趕忙跑到門口看看四周。

馮躍站在院子裡盯著他，好好一場旅行，還進了這麼個隱藏秘密的村子，即便不知道前因後果，但已經可以看出村裡民風彪悍，顯然都不是善類，白天做著進山嚮導的事情，到了晚上就鬧出了囚禁女人的大事。

楊琦拗不過他，只好把人拉到自己屋，坐在馬扎上，咕嘟咕嘟灌了一大杯水壓驚。

「你就不要刨根問底了，跟你到底沒什麼關係。」

馮躍知道他什麼德行，直接掏出手機轉帳。

聽著收款提示音，楊琦明顯動搖了，抿著嘴唇，還有些遲疑。

馮躍也不廢話，他知道磨嘴皮子沒用，好在馮哥不差錢，大把大把的鈔票，就不信楊琦能忍住不開口。

提示音響了三次，楊琦才下了決心，又灌了半杯水，才開口。

「這村裡常常有外人來，一些是登山隊，一些是你們這樣的散客，還有一些不知道來歷、不知道家在哪的女人。」

說到這，馮躍還有什麼不明白的，這裡在貢嘎雪山腳下，卻又離國道有著幾個小時的路程，背靠茫茫雪山，想要瞞天過海做些什麼，有著天然便利的地理條件。

即便有人機敏發現了，讓上面來人查，只要把那些女人往山洞裡一藏，根本發現不了。

「你又不是這裡原住的村民，你怎麼知道？」

楊琦嘆了一口氣，從馮躍手裡邊拿過煙盒，給自己點了一根，說：「我阿媽是這裡的村民，嫁出去之後生下我沒多久就死了，我爸就帶著阿媽的骨灰和我回到了這裡，所以我從小在這長大。」

「我小時候村子裡還沒有那些陌生的女人，直到我十幾歲，才漸漸多了那些面孔，那時候村裡窮，經常兩戶人家買一個媳婦，一開始村長也不同意，但是男人娶不上媳婦都不願意，這才慢慢有了這股歪風邪氣。」

馮躍感受到手指上的灼熱，才回過神，把煙頭掐滅：「你們這裡經常有人來借住，就算不富裕，也不會連媳婦也娶不上吧。」

「這是最近幾年才好起來的，貢嘎知名度越來越高，我們的日子才慢慢好過。」

「以前被賣到這裡的女人都已經被同化了，這兩年來的女人少了，今年剛剛買了一個，這不，我聽他們的意思，可能就是那個女人跑出來了。」

「村裡人來人往，這麼大的動靜，就沒人發現過？」

晚上鬧了這麼一出，他在村子邊緣都被吵醒了，何況那些住在村子中間的遊客呢。

楊琦看著馮躍不說話，手指在桌面上點了幾下。馮躍翻個白眼，機械地點開手機界面轉錢。聽到提示音，楊琦才心滿意足地重新開口。

「村民靠山吃山，幹的就是貢嘎嚮導的活計，要是發現有人察覺，就在帶他們進山的時候，出一點岔子，把人引到地勢險要的地方去，然後趁著不注意自己跑掉，即便那些人可能經驗豐富最後能走出來，大不了就是村長出面賠點錢，這事就算過去了。」

「當然了，還是走不出來的人更多。」

「如果上面來查呢？」

「一是他們根本找不到人，二是村民們經驗豐富，大多都買過媳婦，所以團結在一起，說出來的謊話滴水不漏，都有驚無險地過去了。」

窮山惡水出刁民，這句老話還是有一定道理的，馮躍聽著楊琦講述，一股涼意從椎骨直衝天靈蓋，這裡的風不僅寒冷，還沒有一絲人情味。

「剛才在院子裡，你說不讓我也多管閒事，那就是之前有人發現了，還鬧大了？」

說到這裡，楊琦嘆了口氣，腦袋有些沉重地垂下了。

「唉，那幫人啊真是比你還衝動，聽到一些風吹草動直接就跑出去跟村長對峙了，還吵吵著要報警，村長剛開始把他們安撫住了，但是到了後半夜，就把我叫去了，讓我第二天帶他們上山，去老地方……」

楊琦口中的老地方，應該就是說那些外人走不出去的險要地勢，茫茫雪山沒有嚮導，的確是一件很冒險的事情。

馮躍瞪大了眼睛，一拍桌子：「你真把他們帶去了？」

楊琦連連擺手：「我可沒跟村長他們幹過買媳婦的事，也不想喪盡天良，但我終究還是要在村子裡生活下去的，就算要放水也不能太明顯。」

「就給他們帶到一個偏僻的埡口，指了另外一條下山的路，至於他們自己能不能走出去，就看他們的本事了，但這一個月天氣都不錯，老天爺也不會要他們的命。」

即便馮躍能理解楊琦的身不由己，如果特立獨行就不可能在村子生活下去，更甚者那些人狠狠心，還不一定做出什麼喪盡天良的事情。

但馮躍仍舊不能對這些村民買賣人口、草菅人命的做法釋懷。

看著馮躍氣的胸口頻繁起伏，手緊緊攥成拳頭，楊琦趕忙勸他：「你可別犯傻，你們住在我這，按以前的慣例，就是我帶你們進山，你要是出去多管閒事，村裡換個人帶你們，那你們可就真有可能走不出去了。」

馮躍氣紅了眼睛，他明白這個道理，村民們都有共同的利益鏈，人多勢眾，自己孤身犯險不說，他身邊還有周雨這個小姑娘，剛從自殺的執念裡被拽出來一點，宮智偉又是個腿腳不便的殘疾人，一旦起了衝突，那真是雙拳難敵四手。

但他有一股滯氣憋在心口，狠狠在桌面砸了一拳，轉身回了自己房間。

剛一進屋，就看見宮智偉和周雨兩人筆直地坐在床上，兩隻眼睛看著他，好像有什麼話要說。

「怎麼了？」

馮躍以為是剛才外面的動靜把兩人吵醒了，正要坐下，二人齊刷刷地指著他身後的破衣櫃，周雨還往那個方向努了努嘴。

馮躍回頭看向那個掉了半扇門的衣櫃，隱隱覺得這倆人的反應不正常。

他走過去，吞嚥了幾下口水，一把拉開剩下的半扇櫃門，裡邊蜷縮著一個髒兮兮的女人，馮躍瞬間睜大了眼睛。

這，看她瑟縮的狀態，身上沾著泥土，一直用手撥著頭髮擋臉，這不會就是今晚讓整個村子沸騰的那個女人吧？

「她怎麼在這？」

宮智偉走過來說：「我們正睡得好好的呢，門一響，我以為是你呢，結果喊了你兩聲都沒有回應，起來一看她正往衣櫃裡鑽呢，還沒等問清楚，那幫人就來了。」

「我和宮大哥看她可憐，也就沒出聲暴露她。」

周雨倒了一杯水遞給馮躍：「你讓她喝點水吧，我倆勸了半天也沒用。」

女人非常警惕，明明嘴唇已經乾裂了，可送到手邊的水一口也不碰，不管馮躍怎麼問她，一個字也都不說，坐在櫃子角落裡手指不自覺地摳著指甲。

「我知道你是被拐到這裡來的，我們不是本村人，不會傷害你的。」

馮躍放緩語氣，本來想著這件事自己只怕要因為風險太大置之不理，但女人已經無意間跑到自己面前了，就很難再說服自己置身事外。

「這水沒問題，你看我先喝一口。」馮躍仰頭喝下去，把剩下的遞給她，「安心喝吧，你嘴唇都壞了。」

「我去廚房找點吃的給她。」周雨拿著手電出去了。

熱騰騰的泡面勾起女人的饞蟲，試探著伸了好幾次手，也不敢拿去吃，還是馮躍先用筷子挑起一口，女人才放心大膽地捧在懷裡，狼吞虎嚥地吃了。

馮躍把楊琦講的事情都說給宮智偉和周雨聽，宮智偉到底年紀大，閱歷豐富，一時間考慮的事情多，沉默著。

周雨年輕氣盛，聽見這種喪盡天良的事情哪還坐得住，直接嚷嚷著要帶著女人去公安局，讓警察端了這個賊窩。

「你別衝動，這裡裡外外都是他們的村民，家家戶戶像楊琦這樣沒參與過買賣的，實在屈指可數，你貿然出去萬一被發現了，那可就完蛋了。」

馮躍按住激動的周雨，轉眼看向宮智偉。

「你想管？」宮智偉反問他。

馮躍看著那女人狼狽可憐的樣子，很難搖頭說出自己不想管，任由她在這自生自滅。

他們在這裡最多一個星期，中間還要登山，而女人除了自己這個房間，外邊到處都是要抓她的人，如果往山上跑，缺衣少食，不出幾天就會餓死的。

要麼被抓到囚禁折磨，要麼上山餓死，如果馮躍不管，她就只有這兩條路可以走。

「我們把她帶出去吧。」

馮躍看著宮智偉，神色認真，既然遇見了，又怎能做一隻睜眼瞎子，對這樣的惡事視而不見，他雖然解救不了村子裡每一個被賣來的人，但至少可以盡力而為。

不然離開這裡，即使全身而退，當再回頭遙望這座村莊的時候，馮躍想，自己一定會良心不安的。

「那就得好好計劃一下，外邊的動靜是沒有了，可出村的路就一條，一定被看得死死的，要光明正大地帶她走出去，不太可能。」

宮智偉手指敲著桌面，這是他思考時習慣性的動作。

周雨很懂事地沒打擾他們，擰乾了一個帕子，給女人把臉上的泥土擦乾淨，亂糟糟的頭髮撩到耳後，露出一雙驚惶的眼睛，像被圍追堵截的小鹿。

「而且我們來的時候全村都看見了，就是三個人，這突然多了一個，肯定混不過去。」

「讓她換上我的衣服，你們就說我生病了，得去醫院，先把她帶出去再說。」

「不行。」馮躍和宮智偉異口同聲，出言拒絕。

「這村子裡到處都是危險，那個楊琦又只認錢，你自己留下人生地不熟的，根本沒地方藏，萬一被發現，我們再想回來救你就進不來了。」

馮躍是絕不可能讓周雨一個小姑娘自己留下的，她涉世不深，連楊琦都糊弄不過去，更何況是要獨自在這裡撐上兩天呢。

「我們不出去。」宮智偉看著馮躍說。

「只需要打個電話報警，說這個村子一直存在人口買賣，這麼大的案件警察不會坐視不管，這樣的事情交給專業的人來做，才最穩妥，我們就算救人心切，也絕對想不了那麼周全。」

「不管是把人渾水摸魚帶出去，還是讓她李代桃僵變成周雨，都有很大的風險被發現，到時候我們都得折在這。」

他們就算有冒險的勇氣，只怕也是心有餘而力不足，報警等待才是上上策，這窮山惡水的地方，出了事情就真的叫天不應叫地不靈了。

馮躍想了一會，也覺得這辦法可行，跟宮智偉商量了一下，就開始打電話報警。

第七章

在貢嘎山腳突然有人舉報出這麼大的案子，警察都吃了一驚，以前雖然也有匿名信舉報，但去了兩回偵查之後，都被村民糊弄過去了，這次馮躍說的情況據實詳細，很快就做出了反應。

「馮先生，這事情重大，請先保護好自身安全，我們馬上召開會議制定方案，在我們聯繫您之前，請一定不要輕舉妄動。」

馮躍掛掉電話，聽到警察堅定的語氣，心裡鬆了一大口氣。

看著一直躲在衣櫃不肯出來的女人，心裡泛酸。

楊琦說她被賣到這三個月了，以前也不知道是哪裡的姑娘，一定生活得幸福快樂，這樣的巨變讓她看人都帶著戒備，手腕上露出的肌膚都磨掉了一大塊皮肉，想必時時刻刻被綁在某一個陰暗的房間裡，不見天日吧。

這村子從前因為貧窮，從外面買來的媳婦都遭受著非人的對待，時過境遷，她們或許對這樣的生活開始麻木，漸漸忘了應該如何反抗，或許被不時落下的鞭子棍棒打到屈服，不敢爭取新的生機。

馮躍知道自己只是一個普通人，能有機會救下她一個，已經是難得的機緣了，至於那些仍舊生活在水深火熱裡的姑娘們，就交給警察吧，相信他們會為這個村子帶來真正的陽光。

三人輕手輕腳地收拾著行李，不管警察制定出什麼樣的行動方案，這個村子對他們來說都太危險了，絕對不能再待下去。

「智偉，除了這你還知道哪裡適合……」

馮躍話音未落，就被突然推開的房門嚇了一跳，一回身，楊琦站在門口，手裡拎著一個熱水壺。

「我來給你們送……你們這是收拾東西？要去哪？」

周雨離衣櫃最近，眼疾手快一把合上了那半扇櫃門。

楊琦心裡警覺，朝周雨走過去。

馮躍上前一步攔住他：「楊大哥，這麼晚多謝你想著我們，我們就是拾掇一下，準備明天讓你帶我們上山。」

「那裡邊有什麼？」

馮躍死死攔住他，一步也不退，嘴上打著太極：「什麼都沒有，你突然進來給我們小姑娘嚇了一跳，小孩子膽子小。」

「這是我的房子，你們在我房子裡做什麼了？你讓開！」

「楊大哥，你現在轉身出去，就當什麼都沒發生過，我們的生意還能繼續往下談，我們登山還需要你做嚮導的。」

此話一出，楊琦還有什麼不明白的，這夥人明擺著就是在屋裡藏人了。

馮躍和宮智偉一前一後，周雨又死死擋住櫃門，就是不讓楊琦靠近半步。

「你們這麼做……會讓我在這個村子裡過不下去的。」

楊琦不再激烈地抵抗，站在那有些頹唐。

馮躍看著他說：「可我們一樣不能眼睜睜看著無辜的姑娘在你們這村子裡受苦，把一輩子都搭進去。」

「這裡有多少這樣的姑娘你很清楚，這些人都是需要解救的，可只有把她一個送出去，那些人才有希望。」

馮躍平靜下來，對他說：「你開個價吧，要多少能讓你不出賣我們。」

他知道，只要楊琦出去大喊一聲，他們四個今天誰都別想全身而退，既然他喜歡錢，那就給錢，反正馮躍自己最不缺的就是錢了。

整個房間都沉默著，空氣裡有一種緊張的氛圍，讓所有人的心都在劇烈地跳動，能不能安穩等到警察行動，就在楊琦一人身上了。

「那些女人從被賣到這裡，就在這結婚生子，現在很多人都已經有了下一代，做了母親，他們關係複雜，根本說不清楚，一旦那些女人都走了，村子裡的人會把我當做眼中釘，我讓他們沒有了老婆，讓孩子沒了阿媽，他們會恨我的。」

這裡信息閉塞，交通不暢，拐賣來的姑娘進了這裡，就像進了深淵，一點點地深陷，直到淪為生育機器，每天無休止地勞作，逐漸被這裡粗野的民風同化，變成其中一員，這是最可悲之處。

馮躍眼睛通紅，像是在隱忍著極大的情緒，咬著牙對楊琦說：「可她們是被賣到這裡來的，是那些買家讓她們失去了原有的生活，變得人不人鬼不鬼！」

「做妻子還是做母親，應該是每個姑娘自己選擇的權利，她們不應該在這，應該在自己的人生裡盛開，是這個村子奪走了屬她們的世界，這本身就是一件極其惡毒的事情。」

「可她們的孩子……」楊琦還在堅持自己的想法。

「母子是親情，可她們一樣是別人的女兒，一樣是掌上明珠，身上也帶著血脈親情，我們不能因為她們在非自願的前提裡做了母親，就不為她們尋找回家的路，你覺得她們已經屬這個村子了，可大山外面呢？外面那些尋找女兒的家庭，他們就不可悲嗎？」

馮躍憤怒地低喊著，他痛心於楊琦的固執，但又不能怪他為何麻木，這樣的事情太多了，他從小生活在這裡，每一個人都很熟悉，那些孩子可能還圍在他身邊要糖果吃。

楊琦偏過頭去，不看馮躍憤怒的眼神，一直低著頭不肯說話，既不鬆口說為他們保密，也不跑出去把人引過來。

這時，電話鈴聲打破了一屋子的沉寂。

「是警察。」宮智偉看著電話號說。

「你們已經報警了？」楊琦詫異地看著他們，整個人都繃緊了。

馮躍示意宮智偉先去角落接電話，自己跟楊琦說：「你不用緊張，你既沒有參與人口買賣，又沒有故意導致那些發現秘密的人死在山裡，只要你繼續保持，警察不會冤枉了你的，你依然能在外面掙著大把的鈔票生活下去。」

楊琦幾十年沒出過大山，根本不懂法律如何量刑，馮躍連唬帶嚇，幾句話就把人唬住了，楊琦坐在凳子上緩不過神來。

「警察怎麼說？」

宮智偉走過來在馮躍耳邊說：「這裡離國道都很遠，警察趕過來怎麼也得天亮，他們先派兩個人來偵查瞭解情況。」

宮智偉看了一眼楊琦，又放低了聲音：「但是這裡的住宅都依山勢而建，進村又只有一條路，所以需要我們去村口接應一下，不然找不準我們這裡。」

馮躍點點頭，有些擔憂地看著楊琦，這個人就像定時炸彈，要是真被自己唬住了還好，知道怕進監獄判刑而有所顧忌，不敢出賣他們而把村長那些人引過來。要是因為對村子眷戀深，一時間沒想清楚，頭腦一熱做出什麼瘋狂的事情，那一切就都不可控了。

「我們先看著他，等警察再打電話來，我去村口接應，你和周雨留下看著楊琦和那個姑娘，警察來之前千萬不能讓他離開你的視線。」

宮智偉點點頭，徑直坐在了楊琦身邊。

馮躍看著外邊黑黢黢的天，月亮已經偏移，此時的大山隨著心境而改變，像一塊巨大的石頭壓在所有人心上，有一種風雨欲來的壓迫感。

一天中最灰暗的時刻，就是黎明之前，月光消失，太陽還未升起，天地間只剩漆黑一片，唯有黑色與山川共語。

人生與自然相通相仿，當迎來光明前夕，總是在長夜裡踽踽獨行，為了心中期望的那一絲光點而堅持著，即便周圍伸手不見五指，只要堅定地前行，不被黑暗羈絆住腳步，總會在下一個轉彎，見到風雨如晦後的明媚天地。

馮躍從未想過，旅程中會有這樣驚險刺激的情節，人口拐賣這個詞彙，向來只存在於網頁一端，不論怎樣口誅筆伐，噫籲感嘆，都無法感同身受。

當它真真切切地發生在眼前的時候，才能感受到受害者那樣無助和慘痛的人生，這或許會成為他們一生的噩夢。

而能作為結束她們痛苦的那個人，即便承受風險，馮躍也不會後悔，這樣的經歷讓他更能看清生命的可貴，那麼多苦痛降駐人間，不是每個人都有幸做一回踩著祥雲的英雄。

隨著時間流逝，東方既白，這裡三面環山，本應看到壯觀的日照金山，但今天遲遲沒有出太陽，是個微風不燥的陰天。

馮躍整夜未眠，躺在床上摩挲著絲帕，手機就放在枕邊，靜靜等著電話響起。

「之前那群人也不知道走出去沒有……」

楊琦開口，一夜的沉默之後，好像沒有那麼抵觸警察的到來了，更像是認清了現實，知道這件事勢在必行，他是阻止不了的，他更怕被當做村裡人的同謀，一起論處。

「在山裡沒有嚮導，很容易迷失方向，雖然你給他們指了路，但如果是沒有經驗的旅客，也會有危險的。」

宮智偉一整夜都在楊琦身邊，此時站起來活動著僵硬的腰肢，一手捶著腿，露出疲倦。

「那裡邊有個姑娘，看著很聰明，以前應該也進過山，應該是可以把他們帶出去的，那姑娘好像叫……叫什麼彤……」

楊琦擰著眉頭回憶，這是他被村長指使做過的唯一一件事，即便自己於心不忍放水了，但畢竟心裡還有些不安和愧疚。

馮躍突然從床上坐起來，盯著楊琦問：「你再說一次，叫什麼？」

馮躍生硬的語氣嚇了大家一跳，楊琦努力回憶著：「叫什麼彤的，我也記不太清的，當時我緊張死了，哪有閒心打聽他們都叫什麼名字啊，趕緊跑還來不及呢。」

馮躍心如擂鼓，一個念頭倏忽而過，讓他顯得慌張起來。

翻身下床，把手機裡的照片拿給楊琦看：「你仔細看看，是不是她？」

楊琦對著照片端詳一會，點點頭：「是這個姑娘，看著很聰明的。」

馮躍腳下踉蹌，只感覺腦袋裡嗡嗡作響，念叨著：「怎麼會……這麼巧……竟然是她。」

宮智偉扶住他，瞥見了照片上的人：「你別慌，楊琦說了那個埡口並不是死路，她肯定沒事的。」

馮躍這個狀態明顯不對勁，楊琦也慌亂起來，連連擺手磕磕絆絆地解釋：「那真的能走出去的，那姑娘肯定進過山，有經驗的。」

「放屁！」馮躍一把抓住楊琦的衣領：「她這輩子爬過最高的山，就是她老家的小山林，跟貢嘎這茫茫深山能一樣嗎？」

「你為什麼不把他們帶出去！萬一有了什麼閃失，萬一遇到危險怎麼辦！」

馮躍怒髮衝冠，整個人失控一樣對著楊琦發火，滔然的怒氣讓他眼眶充血，抓著衣領的手指節泛白，能看出是在拼命克制著，沒用拳頭招呼到楊琦臉上。

「冷靜！馮躍你往好處想想。」

宮智偉在中間勸架，楊琦已經被嚇得不敢說話了，最後哆嗦了兩下什麼都沒說出來。

「最近這裡的天氣都不錯，沒有大雨，沒有大風，那又是一條通路，不會有事的。」

馮躍喘著粗氣，被宮智偉安撫著，極力壓抑著心裡的怒火。

可恨他聯繫不上賀彤，不知道她現在有沒有走出貢嘎，一拳砸在桌上，他更恨自己總是在她可能面臨危險的時候，無能為力。

「他們是什麼時候進的山？」

「就，就你們來的大前天……」楊琦被鬆開之後躲到門口，離馮躍遠遠的。

「第四天了。」

馮躍嘆息著，四天，在山裡走了四天，賀彤那纖瘦的身體也不知道能不能受得了。擔憂和恐懼佔據了馮躍的全部心神，如同外邊陰沉的天氣，讓他壓抑地喘不過氣來。

對於賀彤，哪怕只有一點點的危險性，馮躍都會擔驚受怕。即便從前一路看不到她，也知道她是完好的，是在某一處欣賞風景，被微風吹拂，被陽光沐浴。

可她被楊琦扔在了山裡，這可是蜀中第一山，是多少人因為艱險望而卻步的神山，她卻在裡邊走了整整四天了。

他們總是在某一處重合，在九寨溝是這樣，在貢嘎也是這樣，擔驚受怕讓馮躍雙手顫抖，只能不停地摸著絲帕，祈求這座承載了無數人信仰的神山，能格外關照賀彤，保佑她安然無恙從大山走出來。

小彤，我有多擔心，就有多痛恨自己的無能，每當你可能處在危險中的時候，我都離你看似很近，卻又有咫尺天涯之遠。

如果你能聽見我的祈禱，請一定照顧好自己，哪怕不跟我說，也請讓我在下一次刷新的時候，看見你的身影。

馮躍從未如此渴望世上真的有神，他願意用後半生全部的運氣，祈求漫天神佛有求必應，保佑他的小彤平安地離開貢嘎，從此無驚無險，只看到她喜歡的江河大川。

馮躍坐在椅子上，遙遙看著貢嘎雪山，連綿不絕的山體延伸到難以企及的遠方，山頂被雲霧遮擋，覆上一層神秘的面紗，讓世人難見真容。

對貢嘎的嚮往從探險開始，到對小彤的擔心終結，這座山已經不是馮躍心裡那座潔白無瑕的雪山了，彷彿變成一座吞噬生命的巨獸，會困住小彤使她難以脫身。

「叮鈴——叮鈴鈴——」

手機鈴聲響起，馮躍恍若未聞，坐在椅子上一動不動。

「我們現在已經到村口了，這有幾個村民來回轉悠，為了避免打草驚蛇，還是按照我們之前說好的，你們出來接一下，帶我們到你們住的地方去。」

宮智偉看著馮躍現在的狀態，不放心他去接前來偵查的警察，就穿上外套打算自己去。

馮躍把絲帕工工整整地疊好，放進口袋，站起來說：「你留下看好他們，我去。」

看到宮智偉擔心的眼神，馮躍拍拍他肩膀：「放心，我心裡有數，別讓楊琦出去，我回來還是有事情問他。」

馮躍推開門出去，一路上碰見很多村民在外邊轉悠，三三兩兩聚在一起，看似在閒聊，其實一直觀察來往的人，尤其是他們這些從外邊進來的異鄉人。

剛走到村口，就看見不遠處有一輛吉普車，旁邊站著兩個人高馬大的男人，馮躍快步走過去，滿臉熱情。

「沈哥！沒想到你們比我們晚來一天啊！」

那兩個警員反應極快，順勢上來握手寒暄，三個人一邊聊一邊往村裡走。

「小兄弟，又有朋友來啊？」

村長披著一件衣服攔住他們，身後站著兩個村民，手裡拿著農具。

馮躍笑著打招呼：「是啊，這兩個是以前登山隊的，我們那不是病的病、小的小，我實在是不放心，這不就叫來兩個兄弟，好歹給我們保駕護航，畢竟山上危險不是。」

村長上下打量著他們：「哪個登山隊啊？正好我們村裡也有一支隊，說不定你們認識，還能結個伴。」

「川西國家隊的，我倆之前都受了點傷，幾年前退下來了，現在就接點小活，給「驢友」帶帶路，當個顧問什麼的。」

沈方看上去經驗老道，率先開口應對，這也是之前幾個人商量好的。

宮智偉畢竟是正經國家隊出身，建議他們不要用現役隊員的身份，因為圈子小，難保大家相互認識，到時候撞見村子裡另一支隊伍，露餡就不好了，所以編出這麼一套說辭。

昨晚剛剛鬧出一樁事，村長警惕心直線上升，拉著他們問東問西，盤查了好一會，見馮躍三人應對自如才點頭放行。

進了村子，馮躍才緩緩鬆了一口氣。

「看你這麼穩得住，以前沒少見大場面吧？」沈方開口跟馮躍交談。

馮躍搖搖頭：「就是經常跟一些領導打官腔，救人這方面還是頭一回呢。」

「我給你們說說村裡的情況吧。」

馮躍和宮智偉這一個晚上可沒閒著，在楊琦嘴裡套出不少話，就當跟警察提前彙報一點情況，大家都是頭一次進村，還是摸摸底細比較好。

「之前說村裡有買賣婦女的情況，這個是屬實的，據楊琦說，從他小時候到現在，已經有上下兩代人參與進來，村裡買過媳婦的人家超過三分之一，而且很多都已經生了孩子。」

「實際的牽頭人是村長，就是剛才在村口碰見的那個，村裡對這件事諱莫如深，而且口徑統一，昨晚的事情一出，幾乎一半以上的青壯年都出來巡邏了。」

馮躍一邊領著他們往楊琦家走，一邊把知道的情況都說出來。

「楊琦這個人怎麼樣？」沈方問。

馮躍斟酌了一下說：「雖說喜歡錢，但是家裡只有他自己，看樣子並沒有參與到買賣人口的事情中去，我昨天就嚇唬了一下，就把情況都說出來了。」

「而且……」

馮躍停下腳步，看著沈方，指了指貢嘎雪山，神色凝重：「我覺得你們後期需要一支專業隊伍進山，據楊琦說，這幾年不是沒有外來人發現端倪，但是村長發現之後都會讓熟悉情況的村民冒充嚮導，把人帶到雪山裡，找一條死路，將人困死在山裡。」

「他媽的。」聽到這，另一個年輕警員面色憤怒，捏緊了拳頭。

「我們先過去吧，我們再找楊琦仔細問問。」

一進屋，就發現屋子裡只有周雨和那個一直躲在衣櫃裡的女人，宮智偉和楊琦都不見了。

「他們人呢？」

周雨正急得亂轉，看見馮躍直接就說：「你們走了沒多久，就有人來找楊琦，說是找他喝酒，宮大哥怕他們發現異常，就跟著一起去了。」

這算是突發狀況了，不知道來找楊琦的人是單純喝酒，還是發現了什麼去套話，楊琦這個人見錢眼開，要是威逼利誘，難保不會說出什麼，到時候宮智偉還在身邊，是否危險都無法保證。

「知道去了哪裡嗎？」

周雨搖搖頭。

馮躍安撫地拍了拍她：「宮大哥能穩得住，你先別慌，給兩位警察找點東西吃。」

沈方讓吳凱先去找衣櫃裡的女人瞭解情況，自己獨自出去摸排。

有警察在，馮躍能做的事並不多，只好待在房子裡，腦子裡惦記著賀彤，一直胡思亂想，好在最近天氣都很好，一片晴朗，也算給了一點希望。

但他沒想到的是，高原山地氣候一會一變，山腳下看著晴空萬里，說不定進了山就不是這樣了。

一直等到日落西山，外邊炊煙升起，才看見宮智偉拖著楊琦晃晃悠悠地走進來。

馮躍還沒走近，就能聞到他們身上的酒氣，楊琦靠在宮智偉身上醉得不省人事，嘴裡說著胡話。

「先扶他進去吧。」

馮躍看宮智偉的狀態還算清醒，看來喝多的只有楊琦一個。

「什麼情況啊？」

宮智偉坐下咕嘟咕嘟灌水，喘著粗氣：「就是喝酒嘮嗑，這幫人是真能喝啊，我說我身體不好才沒灌我，你放心，我一直盯著他呢，什麼不該說的都沒說。」

馮躍這才放心，兩位警官出去摸了一圈之後，一直在研究方案，三個人識趣地都沒打擾。

「馮先生，我們打算儘快行動，上級已經調動好增員了，為了避免行動過程中發生意外，這幫人狗急跳牆，威脅到你們。」

「我剛才出去的時候，在村子後邊找到一個山洞，你們等天黑就抓緊躲過去，我讓吳凱保護你們，等行動結束還要麻煩你們跟我回警局做一下筆錄。」

馮躍知道他們在這也幫不上什麼忙，肯定全都聽警察的，就算幫不上忙，也不能變成拖累，當即就開始收拾東西。

「那楊琦……」馮躍還想等事情結束讓他帶著進山，看看有沒有可能找到賀彤一行人的蛛絲馬跡。

「他是本案的重要證人，肯定是要帶走的，如果他身上沒有別的事，也就幾天時間就放出來了。」

馮躍點點頭，進山找其它鄉導都沒問題，但只有楊琦知道當時給賀彤指的是哪個方向的路線，所以還是決定等他配合調查出來再行動。

天色擦黑，村子裡的炊煙漸漸消失，偶爾能聽見一兩聲狗叫，或是哪家的夫妻拌幾句嘴。馮躍三人拿著行李往山洞走，吳凱負責帶上衣櫃裡的女子，她是目前案件的唯一證人。

馮躍從未接觸過這方面的事情，但是不難想到是會做買賣婦女這樣事情的人，發起瘋來狗急跳牆，會做出什麼沒有下限的事情。

為了避免被村裡人發現，大家繞開了所有村民家，從一條小路直奔後山。

山洞裡漆黑一片，石壁上一片潮濕，偶爾會有水珠滴進領口，馮躍坐在行李捲上，大山慢慢隱身在黑夜中，一團雲遮擋住皚皚白雪覆蓋的頂峰，只剩龐大的身軀綿延。

馮躍居高臨下，很容易就能看到村子裡的動靜，沒過多久，聲囂乍起，沉寂的村莊瞬間躁動起來。

警笛聲在山上都能聽見，沒一會整個村的燈都亮了，馮躍果然看見有一夥人影影綽綽地往楊琦家去了，沒一會出來，看動作彷彿氣急敗壞。

馮躍一陣後怕，果然讓沈警官說對了，這些窮凶極惡之徒，當真反應過來就要對他們下手，幸虧跑得快，不然被抓住當人質，不死也要受一些苦頭。

看看身後的周雨，正靠在宮智偉身上打盹，手裡緊緊抓著一根棍子，也不知道這小姑娘從哪撿來的。

宮智偉倒是端得住，山洞裡潮濕，一直揉著斷腿，估計已經不舒服了。

馮躍嘆氣，希望山下早點結束，這裡的環境太惡劣，不適合宮智偉待著，轉念一想，山洞裡就已經這樣了，他要是執意上山，肯定要比現在更煎熬。

「蓋上點衣服吧。」馮躍把外套脫下來蓋在他腿上。

「這估計有地下河的，石壁才會冒出這麼多水珠。」

說起這個話題，馮躍就想起王樂，那個陽光大男孩徒步進藏，也不知道現在走到哪裡了，好幾天沒看他直播了。

王樂是地質勘查專業的高材生，在九寨溝的時候，就經常用專業知識引經據典，他直播間裡那些觀眾都很喜歡聽他用幽默的方式說起自然。

之前的通話裡，他還說起有學生來他直播間問知識點，可見這男孩有多受大眾歡迎。

晚上山裡涼，馮躍打了個冷顫，把飛遠的思緒拽回來，山下燈火通明，警察來來往往，挨家挨戶搜尋，好像是在找什麼重要人物。

馮躍心想，難不成是村長跑了？

這可是頭目，算是整個村子的領頭羊，被抓住肯定是不能輕判，跑了他，這次行動估計會損失不小。

「馮先生，你知道村子裡還有什麼隱蔽地點能藏人嗎？」

吳凱接了個電話，在他身邊問。

馮躍回想一下，搖搖頭：「我也只來了兩天，並不熟悉。」頓了一下接著說，「會不會跑到山上了？」

吳凱抿著唇，一臉凝重：「我這就彙報，正常這樣的行動，都會對整個村子進行包圍，就是不知道這有沒有什麼隱蔽的小路，沒被我們發現。」

「誰跑了？」

「村長。」

果然被自己猜中了，馮躍的心懸起來，他要是真跑到後山，這裡還有一個警察，二對一拼一下，未必不能把人拿下。就怕他順著小路跑了，那到時候就麻煩了。

想這麼多也沒有用，看不見人，那些英勇擒賊的想像都是空談。

山下應該是收網了，警察帶著大批的人上車，留下一批繼續在村裡尋找。

馮躍看得出神，想到自己這兩天的精力，跟村長鬥智鬥勇，見到了彪悍的民風，被買賣無助的女人，她們可能從城市被拐到大山，截然不同的生活環境，不認識的人和物，甚至有的人來到這裡十幾年都沒有見過村外的公路長什麼樣。

這是這個村子帶來的悲哀，毀滅了無數人的一生，和那些因此支離破碎的家庭，他們自己在偷來的歡愉中過著僥倖的日子。

而現在，這些都要結束了，那些身不由己的女人終將回到熟悉的故土，見到失散很久的親人，把這些年的苦痛一股腦地哭出來，然後像按下重啟鍵一樣，瀟灑轉身，開始人生的下一段路程。

馮躍能為她們做的也到此為止了，他亦是芸芸眾生裡的普通人，也只是對大帽子叔叔們說了自己的所見所聞，真正救他們脫離苦海的，踩著七彩祥雲不顧一切奔來的，還是那些一直在普通人平凡的生活中負重前行的人們。

山下的喧囂時隱時現，這山洞裡的水滴音一下一下彷彿砸在人心上，這樣有節奏的聲音其實更加恐怖，會讓人不自覺地緊張起來，尤其是周圍漆黑一片，人的聽覺變得比平時更加敏感。

譬如現在，馮躍只聽到一些碎石滑落的聲音，而身邊一直警戒的吳凱卻迅速撲向洞口。

「誰？出來！」

第八章

馮躍知道吳凱腰上鼓鼓的一直帶著手槍，但當他掏出來的一刻，心還是提到了嗓子眼。

他和宮智偉同時起身，將周雨擋在身後，目不轉睛地盯著洞口，緊張地摒住了呼吸。

村長從黑暗處走進來，馮躍把手電筒打開，照在他臉上，這個一直表現得憨厚老實的男人，此刻面目猙獰，喘著粗氣，手裡揮著一把匕首，那張牙舞爪的樣子，像極了最後一搏的瘋狂。

「放下刀！你再跑也沒用了。」

那村長看見馮躍站在後邊，不顧一切地往前逼近：「是你，一定是你！這個警察就是你領進來的，你毀了我！」

「你做的本來就是非法的營生，那些不義之財都是你昧著良心，禍害了多少人才得來的。」

馮躍並不怕他，他雖然瘋狂，但越是心懷不軌的人，越容易迷失心智。

看村長現在的樣子，被貪欲侵佔了理智，幾近癲狂。他眼睛裡只有自己兜裡的錢，那些買來的姑娘如何聲嘶力竭，都不在乎，甚至在新聞網絡如此發達的今天，鋪天蓋地尋親的消息，也不曾感動他片刻。

「勿以善小而不為，勿以惡小而為之。」

同樣是到了絕境求生，馮躍只覺得衣櫃裡的女孩令人心疼，眼中如同寒星帶著令人疼惜的光芒。

而現在，村長一樣到了絕境，無論進退都免不了一場牢獄之災，馮躍看他面目可憎，自討苦吃，沒有半分憐憫之心。

「你知道什麼！」村長聲嘶力竭地對著馮躍喊。

「我老婆難產死了，家裡有三個孩子要養，我又給不起他們吃奶粉，我在路邊看到一個姑娘，她說她找不到家了……」他想到自己當年第一次萌生罪惡的念頭時，彷彿是因為時間久遠，竟一時間有些恍惚。

「後來我就知道原來有很多人都娶不上媳婦，掙的錢又多，我家很快就住進大瓦房了，多好。」說到最後，村長瘋瘋癲癲地笑起來。

馮躍簡直恨得牙癢癢，那姑娘被強行留在大山裡，不知道要被他折磨成什麼樣子，他竟然還以此為開始，做起了喪盡天良的買賣。

「你掙的每一分錢，都是別人家的血淚，你還好意思在這誇誇其談。」馮躍眼睛都紅了。

「為了掩蓋你的罪惡，甚至不惜讓村民把遊客帶進山裡，活活困死在這，你犯下的罪行罄竹難書，等待你的一定是最嚴厲的審判。」

馮躍自從知道賀彤也是因為這個原因可能困在山裡，對村長更是恨不得食其肉，啖其血。

很多人都家境貧寒，上有垂垂老矣的父母，下有嗷嗷待哺的嬰孩，站在房子裡家徒四壁，卻並不是所有人都會生出這樣罪惡的心腸，即便是死了，也是要下阿鼻地獄。

「人之初，性本善。」

每個人生來都是善良的，用最純粹的眼睛去看這個世界，那些骯髒的、污糟的氣息，如果心術不正，總會在某一天、某一個感覺被逼無奈的境地，砰然迸發，然後越陷越深，在泥潭裡難以自拔。

村長不顧一切地揮著匕首朝馮躍撲過來，那架勢就要同歸於盡。

吳凱當機立斷，瞄準他小腿。

「砰！」

鮮血順著褲子流下來，在山洞裡匯成一灘，村長抱著腿躺在地上哀嚎，那痛苦的神情，馮躍無動於衷。

「咎由自取。」

馮躍站在原地，所有的膽戰心驚都過去了，這一次貢嘎村之旅，從期待開始，到心有餘悸結束。

只可惜一座山的距離，放在其他地方可能並不遙遠，但在這，在貢嘎，那就意味著茫茫雪原裡南北兩面旗幟，永遠不會有相交的時候。

小彤啊，這一百多座大山，你究竟向哪裡走去，我們不約而同地到達同一個村莊，又管了同樣的事情，但為何就是碰不到一起呢？

事到如今，一切看似有緣，又在冥冥中對兩人開著莫大的玩笑，那一縷紅線如今是怎樣都續不上了。

馮躍除了嘆息一聲命運使然，也沒有更好的辦法說服自己了。

「馮先生，宮先生，周小姐我們下去吧，村子裡清掃得差不多了。」

馮躍點點頭，拿起行李，一手扶著周雨，從村長身邊走過去，多餘的眼神都沒有看他一下。

走出洞口都會聽見他哀嚎的聲音，周雨在身後說了一句：「那些被這幫人折磨過的女孩子，一定比他痛上一百倍。」

等出了警局，路燈照在三人身上，在地面拉出長長的影子。

想到沈方說，會儘快組建搜尋隊，去找那些被困死在山裡的旅客，即便見到的只是一副骸骨，也應該送他們回歸故里，在熟悉的土地上安葬，而不是被拋棄在荒山野嶺，終日被風雪覆蓋。

「你真的要去？」

馮躍點頭，踩滅了地上的煙頭，他在警局裡跟沈方說，希望能與搜尋隊同行。賀彤一直沒有消息，不知道是不是還在山裡，不親眼去看一看，馮躍終究寢食難安。

「正好一起上山，我瞭解山地，也能幫得上忙。」

馮躍是擔心宮智偉的腿疾，但知道再勸也沒有用，索性閉口不言。

馮躍看著昏昏欲睡的周雨說：「你就留在山下吧，山上太危險，我們又是跟著搜尋隊一起走，小姑娘上去要遭罪的。」

「我不留下！你們都不怕，我也不怕。」周雨叉著腰拒絕，「我知道你是要找那個姐姐去，宮大哥是要圓夢，我也有我的想法啊，我要見一見更高的山，看看那些困住了無數人的大山是什麼樣子，我不想白來貢嘎一次。」

馮躍對貢嘎的印象並不好，有賀彤遇險的前車之鑒，他是真的不想讓周雨也冒險登山。

「你就不怕我趁你們不在，偷偷跑到梅里，再跳一次崖？」

馮躍聽出她話裡的威脅了，也知道這樣的態度跟宮智偉一樣倔強，只好上車，沒法再勸說了。

驚魂一整天，馮躍躺在床上卻無心睡眠，只能不斷地翻看舊微博，在往昔中尋找著賀彤的影子，哪怕只是一張背影照，馮躍也已經翻來覆去看了許多遍。

「入我相思門，知我相思苦，長相思兮長相憶，短相思兮無窮極。」

從前馮躍看見這樣的詩句，覺得文人酸腐，能寫出這樣矯情的話，愛情哪有這麼多的相思苦和無窮極。如今，伊人在水一方，而自己只能躺在床上對月空望，其哀其嘆，何止一個無窮極就能概括的。

馮躍輾轉反側，讀再多詩，也找不到一句能稍稍撫慰心中苦悶的，尤其是在如今，知道賀彤與自己直線不過十幾公里，更是悵然若失，難以排解。

過往的相處時光，就像一部老電影，每一幀都在腦海中緩慢放映，有時候記不清自己說了什麼，但賀彤的一顰一笑，都變得格外清晰。從前沒有注意過的細節，也在深夜蹦出腦海，隨之而來的就是鋪天蓋地的愧悔和無奈。

愧悔當年不知情深，如今蘭因絮果都是報應，也愧悔自己不能平衡工作生活，將燦若明珠的女子放在角落蒙塵，最終失去她，只剩孤家寡人。

無奈於上天眼睛雪亮，看得清世上一切不平之事，即便近在咫尺，偏偏出現各種事情，將兩人分隔，卻又告訴你，你看，機緣就在眼前，可你觸碰不到。

馮躍苦笑，這高原曠野茫茫，站在最高處依然找不到愛人的身影，這是上天對負心之人的懲罰，唯有經歷同等的痛苦，才知道愛人曾經為此受過怎樣的煎熬。

像這樣的長夜，馮躍難眠，可賀彤卻自己堅守了七年，無怨無悔的七年，每每想到這裡，馮躍只給自己兩個巴掌，痛斥自己早做什麼去了。

所謂破鏡難圓，覆水難收，說的就是現在了。

在鎮上整頓幾天，馮躍又重新檢查了裝備，補充足了食物，又逼著宮智偉在當地醫院做了檢查，即便醫生說不建議做登山這麼劇烈的運動，可他拿著沒有異常的檢查報告，也把馮躍堵得啞口無言。

周雨和宮智偉，身上背好行囊一個比一個興奮，宮智偉把後備箱裡的登山杖找出來，長褲遮住了腳面，看上去意氣風發，只看如今就能想到當年指揮全隊征服高山時，是何等的意氣風發。

「上車，出發！」

馮躍開車跟在搜尋隊後面，前面的車裡還坐著楊琦，整個貢嘎村一半以上的村民都涉嫌買賣人口，被暫時收押，楊琦因為從不參與，所以問話之後就被放出來了。

他瞭解貢嘎山，也瞭解村民，知道他們會把人帶到什麼樣的地方，所以帶上他會讓搜尋工作事半功倍。對馮躍來說，更重要的是，他知道賀彤從哪裡離開。

貢嘎山主峰七千五百五十六米，在群山連綿中獨佔鰲頭，大渡河從東側奔湧而過，站在山頂，就是站在了群山之巔，將巍巍浩瀚盡數踩在腳下。

「會當凌絕頂，一覽眾山小。」

貢嘎山一定會帶來如此氣勢磅礴的意境。

這裡幾乎是所有經驗豐富的登山隊必須打卡的地方，因為常年的冰川作用，整座山呈錐狀大角峰，周圍坡度險峻，如同刀斧穿鑿，攀登極其困難。

更艱難的是，這裡因為橫斷山脈和山體的南北走向，南來的潮濕氣流沿著山谷長驅北上，使得這裡氣候多變。

此時正值盛夏，山上降水量可達三千毫米，雲量時常遮天蔽日，所以這並不是登山的好季節。多變的天氣、艱難險峻的路線，這些都是路上難以預料的危險因素。

搜尋隊裡除了經驗豐富的隊員，還有一些從登山隊借調來的專業人員，有的人甚至認識宮智偉，可見當年他的名氣在全國有多大。

作為隊裡唯二的女生，周雨和搜尋隊的後勤保障員李清華被一起留在了山下。

貢嘎主峰下面有一座貢嘎寺，這是老貢嘎寺，是第一世貢嘎活佛扎白拔於公元十三世紀中葉所建，作為歷代貢嘎活佛修行閉關的聖地。

而今，這裡作為登山隊必經之地，有很多到山腳下的團隊將老貢嘎寺作為大本營，周雨和李清華就負責在這看管補給和後勤保障。

站在老貢嘎寺門前，與主峰遙遙相對，彷彿在靜靜聆聽神諭，用盡全部供奉著這座藏民心中的神山。貢嘎山太過龐大，而一座寺廟看似渺小，卻因這宛若被群山簇擁的位置，變得不可忽視起來，上百年巋然不動，平靜地守護著眾山之王。

馮躍看了一眼手錶，此時正應該是日出時分，四周天光大亮，卻遲遲不見太陽蹤影。那群山之巔被光芒普照的璀璨，是所有站在貢嘎腳下的人，夢中都想見到的景象。

「回去坐會吧，今天雲量大，看不見日照金山的。」寺裡的僧人端出一碗茶放在馮躍手邊。

「多謝。」

在這樣寧靜的聖地，馮躍覺得自己說話都變得輕悄起來，害怕打擾到山間聖靈的修養。

「施主，我看你眉間鬱氣不散，該是有什麼放不下的事情。」

僧人紅色的藏服在青黛色的岩石之下格外鮮艷，肩上的一片黃，彷彿自帶聖光，連人都變得超凡脫俗起來。

馮躍喝了一口茶水，拈出一截茶葉梗，用手抹掉：「因為有遺憾，所以放不下。」

「能否彌補？」

「不敢彌補。」

「那就盡力去做吧，不求結果圓滿，只為施主能在過程中看清一些事物，懂得適時放手的道理。」

僧人說完就轉身回去了，馮躍獨自站在外面沉思。

剛剛的話，他能聽懂一些，但又有一些不是很明白，大師究竟要他在過程中看清什麼？

看清自己的愛?

馮躍走到如今,最不懷疑的就是自己對賀彤的愛,深沉到血脈裡,隨之一起奔騰的,熾熱的愛。

那就是看清賀彤對自己的想法?

可是馮躍想起當年,他過馬路闖了紅燈,迎面與一輛轎車相應,還是賀彤最先反應過來,不顧自己的生死,一把將他推到安全區,而自己在醫院躺了兩個月。

「問世間情為何物,直教人生死相許。」

賀彤為了救他,連命都可以不要,馮躍怎麼可能懷疑她的愛摻了水分。

一直想不通這個問題,既然大師說要在過程中尋找答案,那就是一時半刻不能解出來的難題,索性轉身回去,收拾好背包準備出發。

反正旅途還遠,所有疑問都來日方長。

說不定以後看見一朵花,看見一棵樹,又或者只是看了一場雲的遠行,便突然茅塞頓開,想清楚了呢。

宮智偉是登過貢嘎的,知道西北線相對來說更好走一點,一些當地人進山,也大多會選擇從這裡出發。

「現在已經過了旱雨交替的季節,一路上也沒有看到其他登山隊,估計只有我們一家了。」

帶領大家進發的齊隊長,經驗豐富,所謂老馬識途,但只要有他在,比老馬都管用,大家都叫他一聲「活地圖」。

有了楊琦,只要遇上分岔路口,他就會選擇出最佳線路。

「你既然有這樣的本事,為什麼當時不選擇把賀彤他們帶下來?你完全可以避開村民的監視,將他們從另一側隱蔽的山口放出來。」

楊琦現在看著馮躍就突突，村長那麼厲害的人物，據說在腿上挨了一槍，打穿了一截骨頭，後半輩子在裡邊也是殘疾命。

「我，我當時就想著快點走，顧不上把人送下山……」

馮躍也知道現在說什麼都晚了，賀彤的微博一天不報平安，他就不可能安下心來。

「在九寨溝的時候你不是給她一個朋友打電話了嗎？你再打一下問問，只要知道她平安就行了。」宮智偉拄著登山杖，有些氣喘。

馮躍煩躁地踢開腳下的碎石：「打過了，根本打不通，所以我懷疑，很可能還在山裡。」

宮智偉抬頭望天：「前幾天的天氣都很好，即便山裡跟山下不一樣，也不至於相差太大，要是線路沒選錯的話，應該不會困在裡邊這麼久。」

「進去看看情況再說吧。」

馮躍原本害怕直面賀彤，近鄉情怯，即便見到了她也不知道要說些什麼。

闡述自己的愧疚嗎？告訴她其實一直在追隨著她的腳步嗎？

有些矯情了，馮躍知道自己的錯誤難以原諒，所以寧願不見，只要知道她好好地，過著自己想要的日子，就已經心滿意足。

可現在不同，貢嘎山氣候多變，危險重重，她所在的隊伍只是一些散兵遊勇，根本沒人懂得如何征服一座大山，這樣是很容易出現危險的。

即便賀彤厭惡自己，只要看見她好好地，看看她有沒有受傷，有沒有消瘦，平安地站在自己面前，馮躍覺得這已然是上天的恩賜了。

宮智偉腿腳不便，山路崎嶇，有的地方需要手腳共同借力才能登上，為了不妨礙其他隊員上山，一直跟在最後面，馮躍經常停下來等他。

「怎麼樣？開始疼了吧？」

馮躍看宮智偉坐在石頭上，不停地揉著腿，但歇一歇還會站起來繼續往上走。以前能健步如飛，宛如羚羊，不管多麼艱難的地形條件都會克服，從不知艱險為何物。現在卻要隊員停下來等他，宮智偉的眼睛裡多少帶著一些悵然。

剛要站起來接著走，身後有一絲碎石滑落的聲響，宮智偉轉身往後看，握緊了手杖，慢慢走過去。

「怎麼了？」

馮躍連忙跟上，本以為只是什麼小動物路過，沒想到岩石後面蹲著兩個男孩，眼神慌亂地看著他們。大的那個有十三四歲，緊緊拉著弟弟的手，抿著嘴看向他們。

「怎麼有倆孩子。你們家大人呢？自己上山不安全的。」

馮躍看他們紅著小臉，身上蹭得都是灰塵，估計跟上他們這幫成年人不容易，一路上不知道摔了多少次。

要不是宮智偉停下休息，耳朵又好使，只怕一直走進深山都不一定能發現他們。

大的男孩看上去很緊張，普通話不太好，磕磕絆絆地說：「我聽說有人葬在山裡，我想看看有沒有我阿爸。」

馮躍有些吃驚，跟宮智偉對視一眼，這消息這麼快就傳遍了？

「你阿爸是山下的村民？」

那男孩搖搖頭，沉默了一會說：「之前阿爸跟村長打了一架，後來上山之後就再也沒回去，我都是偷偷聽家裡人說的，就想來看看……」

還沒說完，身後的小男孩就扯著嗓子哭起來：「我要阿爸，哥哥帶我找阿爸。」孩子尖銳的哭聲格外淒慘，馮躍動了一些惻隱之心，但看看四周的環境，這只是剛剛進山沒多遠，真正的艱難還在前面呢，這兩個孩子跟著他們實在是太危險了。

「你們把阿爸的樣子告訴叔叔，等叔叔下山了就去找你們好不好？這危險，別跟著了。」

馮躍摸摸大男孩的頭，這樣的孩子一心尋父，自己進山一趟，沿路找尋不過是舉手之勞，儘量別讓兩個孩子涉險了。

大男孩不肯，一直跟在他們後面，馮躍停下他們就停下，然後用倔強的眼神看著他們，就是不肯聽話下山。

那個小男孩也就六七歲，山路對他來說格外難走，走幾步就要停下喘喘，馮躍勸了幾次沒用，索性放慢一些步伐，讓他們能看見自己的身影，不至於跟丟。

「給，喝點水吧。」

馮躍把水壺遞給大男孩，見他先擰開然後給弟弟餵水，還仔細地把嘴角擦乾淨，順手拽拽自己發皺的衣服，小口地抿著水，又擦乾淨遞回來。

「真是個好孩子，希望他們能找到阿爸。」宮智偉略微休息一下，見上面的隊伍有些遠了，連忙起身繼續走。

馮躍從前很少鍛煉，雖然開始進藏之後體能提高了不少，但是這麼高強度的登山運動，還是有些吃不消，一上午就已經覺得雙腿酸痛，拄著膝蓋喘粗氣。

上面的搜尋隊開始停下休息，馮躍強撐著走到隊伍裡，癱軟在岩石上，看著有些灰濛濛的天，從來沒有這麼疲憊過。

「誒？這怎麼多了兩個孩子？」有隊員看見了跟在後面的兩兄弟，有些詫異地圍過去。

馮躍咬了一口壓縮餅乾，乾燥的嘴角有些開裂，小口抿著水，稍微濕潤一下嘴唇就關上蓋子。他的水給兩個孩子分走不少，接下來的路都要省著點喝了。

「他們知道我們進山搜尋，想跟我們一起去找阿爸，他阿爸就是消失在山裡的。」

馮躍轉身碰了碰楊琦的胳膊，朝兩個孩子揚揚下巴：「你認識不？誰家兒子？」

楊琦沒抬頭，啃著掉渣的餅乾說：「不認識。」

馮躍想著，那估計就是其它村子的孩子了，這孩子阿爸得罪了村長，估計被他用對付遊客的辦法困在山裡了。

「真是可憐啊。」

馮躍也只是感嘆一聲，就繼續吃東西補充體力，今晚天黑之前，一定要找到一個背風的平台扎營，不然雪山上睡在外邊，可不是鬧著玩的。

貢嘎晝夜溫差很大，白天最高攝氏零上十度，晚上山風一吹，就變成了攝氏零下十度，人睡在冰冷的岩石上，後果不堪設想。

正休息著，隊長走過來說：「馮先生，考慮到您不是專業的登山隊員，這貢嘎山的攀登難度跟珠穆朗瑪峰也差不多了，我知道二位是要找人的，等楊琦把我們帶到那個位置上，二位就下山吧，再往上走就危險了。」

馮躍也是這麼想的，雖然很想體驗一次「一覽眾山小」的感覺，但不能逞匹夫之勇，隊長的建議也是從安全的角度考慮，他是沒有問題的。

宮智偉雖然不死心，但那條斷腿一直在隱隱作痛，很顯然在抗議他不愛惜自己的身體，也陰沉著面孔應下了。

「那倆孩子，到時候也請幫忙帶下去吧。」隊長看著兩個男孩也很頭疼，「楊琦說的位置，幾乎就是業餘遊客能攀登的極限了，再往上搜尋到人的機率很小了。」

休整一下就繼續趕路，站在這裡往上看，根本看不到盡頭，比在山下更能體會到貢嘎的龐大，和自身如蜉蝣般渺小。

不能登頂，就不能體會「寄蜉蝣於天地，渺滄海之一粟」的壯闊，但能站在貢嘎主峰的地界上，對馮躍來說，已經是從未有過的挑戰了。

小彤，你在哪裡，會不會等我找到你？

下午的貢嘎開始轉陰，站在山腰往後看，一大片陰雲慢慢襲來，彷彿觸手可及的壓迫感，給了馮躍一絲不好的感覺。

山風透著一絲涼爽，但潮濕的水汽讓經驗老道的隊員們大呼不妙，這明顯就是山雨欲來的架勢。

宮智偉環視一圈，指著上面較為平緩的山體說：「全部去那，先把帳篷支起來，今天不能往上走了。」有隊員站出來拿著飛行顯示器反駁：「這會耽誤進度的，現在還不到五點，加快進程能在往上登一段，上面有更大的平台可以扎營。」

宮智偉看看逼近的陰雲，搖頭拒絕：「我們隊伍太長，來不及登上去的，一下雨，山體會濕滑，到時候很難估量危險程度。」

「還是保守一些，大家快上去，第一梯隊先走扎營。」

宮智偉多年的經驗，讓他在此時保持清醒，登山的時候最忌諱急功近利，一旦領隊做出錯誤決定，很可能讓全隊陷入險境，這是十幾條人命擔在肩上的責任。

馮躍一手拽著一個孩子，跟在宮智偉後邊往上爬，腳下的岩石堅硬，腳底火辣辣的疼，肯定已經磨出水泡了，但是現在已經顧不得這些細小的疼痛了，趕緊到達安全的地方才能保命。

山上的天氣說變就變，上午還晴空萬里，下午就陰雲密布，靠近的速度肉眼可見，一行人一分鐘都不敢耽誤。

山風愈大，吹得人睜不開眼睛，離平台還有一半距離的時候，馮躍臉上一涼，冰涼的雨滴浸透肌膚，讓他打了個冷顫。

身上的衝鋒衣被山風吹鼓，腳下行動更加困難，兩個孩子自身重量輕，被風吹得不停後退，馮躍只能用力拉著他們往上走。

「堅持一下，就快到了。」

宮智偉住著手杖，腳下一滑，整個人往旁邊撲倒，手掌狠狠擦在岩石上，絲絲拉拉的血跡滲出來，開始下雨，岩石變得濕滑，他只有一條腿能使上力氣，支撐了半天也沒爬起來。

馮躍把孩子往其他隊員手裡一放，自己去拽起宮智偉，架著他一條胳膊，踉蹌著往平台上爬。

「你先走，我自己爬，這樣會連累你的。」宮智偉推著馮躍的腰，把人往前送。

馮躍咬緊牙關，忍者腳底越發強烈的痛感，抓著宮智偉的胳膊不鬆手，只要一點點距離，就能到了。

抬眼看著平台上率先到達的隊員，山風將帳篷吹得獵獵作響，三人合力也只能按住一角，另一人將釘子砸進岩石裡。

雨滴漸漸密集起來，模糊了眼睛，馮躍顧不上擦，一心要把宮智偉帶到安全的地方。

這個平台並沒有天然遮雨的岩石，馮躍把宮智偉放在平地上，從背包裡掏出一件衣服蓋在他機械腿上，防止進水損壞關節，就起身去帳篷那裡幫忙。

此時已經風雨交加，大風吹得人站不住腳，雨勢又愈加猛烈，劈里啪啦地讓人心煩意亂，帳篷此時更難馴服，壓下去一邊，另一邊又被風吹起來，呼呼作響。

好在，搜尋隊都是訓練有素的隊員，頂著風雨扎起三座帳篷，讓大家暫時有個容身之地。

雨滴砸在帳篷上聲音又快又急，如同大珠小珠落玉盤，更顯得天地之間只有雨聲，鬧中取靜，整座大山彷彿只有他們的喘息聲。

馮躍拿出手巾，遞給兩個孩子：「擦擦身上，別感冒了。」

他倆並不像自己至少裝備都是專業的，身上的衣服防水。兩個孩子渾身濕透了，縮在一起抱團取暖，看著可憐又可愛。

「你怎麼樣？腿還受得了嗎？」

宮智偉躺在一邊，臉上神色黯淡，似乎不願相信自己會弄得如此狼狽。

馮躍看著他斷腿與機械假肢連接的地方，已經滲出血絲，手掌上的傷口也沒有處理，雨水混著碎石粘在肉上，他卻彷若沒有痛覺一般，閉著眼睛不說話。

馮躍想起第一次見他的時候，他看著高山羚羊在峭壁上如履平地，那種欽羨的眼神，彷彿想擁有牠的靈魂，從此歸屬於大山。

即便沒有感同身受，無經歷他斷腿的痛苦，但能感受到他散發出的、頹唐又無奈的氣息，沒有往日意氣風發的樣子。

第九章

不登山，宮智偉永遠都是三個人裡最成熟穩重的一個，當站在貢嘎雪山的第一步開始，他眼中就有少年人的鮮活氣息，整個人都有向上的勁頭。

但隨著體力慢慢消失，腿上的痛感越發明顯，馮躍能知道他心理活動越加複雜，每一步都磨耗著皮肉，和心中產生無限的失落。

馮躍默默替他處理著傷口，外邊山風熱烈，雨勢凶猛，天地間一片肅然，裡面每個人心裡都有心事。

宮智偉不願說話，兩個孩子坐在一起，大眼睛滴溜溜地轉著，不知道在想些什麼。

馮躍聽著雨聲，手機上微弱的信號刷不出來動態，這麼大的雨，也不知道小彤有沒有地方遮擋，滿腹心酸無處訴說。

累了一天，馮躍脫襪子的時候，才反應過來，水泡磨破了，滲出的血把襪子粘在了一起，脫下去的時候，撕扯著傷口，馮躍皺緊了眉頭，忍著沒有痛呼出聲。

水泡被腳汗泡的泛白，自己塗了藥，伸出睡袋晾乾，此時平靜下來，鑽心的疼痛直沖腦門。下午的時候太過緊張，忽略了傷口，此刻都找上門來了。

腳上鑽心的疼，心裡還惦記著小彤的境遇，馮躍閉著眼睛半睡半醒，總歸睡不踏實。

迷蒙間，感到頭頂的小燈光影黯淡，一陣掌風撲面而來，出於本能，馮躍瞬間睜開眼睛，一把匕首順著力道直逼臉上而來。

因為在睡袋裡，手腳都被束縛住了，只能歪頭，匕首劃破了臉頰，痛感讓他瞬間清醒，眼前的男孩滿臉憤怒，握著匕首的手顫抖著，卻仍舊不停地向他刺去。

「你幹什麼！」

馮躍只能翻滾著躲避，撞到了一邊的宮智偉，兩人看著瘋狂進攻的孩子都不明所以。

白天上山的時候還好好的，又是給水給糧食的，下雨也不忘護他們周全，結果變成了農夫與蛇，趁著睡覺竟然要他的命。

「你讓我沒有阿媽，我要殺了你！」

馮躍把胳膊抽出來，拖著睡袋在帳篷裡滾來滾去，這孩子不依不饒的，宮智偉拿起身邊的手杖，敲在大男孩的腿上。

吃痛之下，男孩重心不穩，向左邊倒去，手上舉起的匕首來不及收回，眼看著就要扎在弟弟身上。

「阿弟快躲開！」

小男孩嚇傻了一樣，馮躍手疾眼快，一把抱住男孩拖到自己懷裡。

「你這當哥哥的怎麼能在弟弟面前行凶，你阿媽關我什麼事，你不是上山找你阿爸的嗎？」馮躍一頭霧水，這孩子嘴裡怎麼沒有一句實話，一會阿爸一會阿媽。

大男孩目眥欲裂，瞪著馮躍：「大人們說了，就是你害得我們沒有阿媽，自從你來了之後，很多人的阿媽都走了，我們都是沒娘的孩子，都怪你！」

馮躍此時才反應過來，這兩個孩子真就是山腳貢嘎村的人，他口中的阿媽應該就是那些被拐來的女人，現在村長和幫凶們都落網了，那些女人有的不願意待在大山，自然選擇回到故土。

這些孩子一夜之間沒有了母親，更甚者父親也因此坐牢，變成了孤兒，這樣的情況應該不止面前這兩個孩子一家。

馮躍解釋的話在嘴邊卻說不出口，難道要告訴他們，你們的爸爸是拐賣組織的成員，你們的媽媽是被綁架到這裡來的，你們只是在不恰當的時間、不自願的情況下，誕生的結晶。

這對年幼的孩子來說太過殘忍，小男孩可能聽不懂，但大的哥哥已經懂人情世故，這樣的話已經可以明白個八九分了。

馮躍到底沒有說出來，只是看著他：「你母親的事情並不怪我，也不是我讓她離開的，她只是去了自己的家，你們的阿爸並沒有消失對不對？你們跟上來只是要殺了我。」

大男孩聽不進去，能看得出他在顫抖，但仍舊不肯扔下匕首，與馮躍一站一坐地對峙著。

如果這是一個成年人，宮智偉和馮躍加起來，怎麼也能打個平手，但這是個孩子，一個不明白何為拐賣，只想讓阿媽回來的可憐孩子，他們二人無論如何都下不去手對付他。

「放下刀吧，你弟弟還在這，你不能當著他的面殺人，這對你和他都不好。」

馮躍苦口婆心地勸說著，這一刀如果真的扎在了自己身上，這孩子雖然沒有到法定年齡，但是少管所是一定要進的，以後就是背負在身上的巨大污點，永遠不可能洗淨。

「阿弟，你在等什麼，我怎麼教你的！」

大男孩此話一出，馮躍愣住了，還沒想明白這話什麼意思，腰上一涼，不可置信地看向懷裡的孩子。

那雙懵懂的眼睛好像並不知道自己做了什麼，馮躍低頭捂住汩汩流出的鮮血，推開那孩子，一把匕首插在肚子上。

孩子力氣小，只插進去一半，但這在高山上止不住血的話，也遲早會因為失血過多而致命。

「馮躍！」

宮智偉拖著一條腿爬過去，捂住傷口，滿目鮮紅染透了衣服，轉頭看向那個大男孩。

「你瘋了！竟然讓你弟弟做這種事，他還那麼小，他根本什麼都不懂！」

「不懂才不會怕。」大男孩拉著弟弟站在兩人面前，笑得像從地獄爬上來的小魔鬼，眼中一片陰鬱，哪裡有白天愛護幼弟的純善模樣。

「你讓我沒有阿媽，阿爸也被你害慘了，家裡只剩我們兩個了，殺了你，我就帶著他去找阿媽，誰也抓不到我們。」

大男孩見馮躍還在掙扎，握著匕首走過來，那小男孩就站在後面嗦手指，把手指上還溫熱的血舔舐乾淨。

宮智偉撐著一條腿站起來，握住他的手腕，畢竟是成年人，想制服一個孩子還是輕鬆的。但是沒想到，這個孩子可不是其他尚未開蒙的兒童，知道宮智偉一條腿上有殘疾，殘忍一笑，直直朝著那條機械腿踹去。

宮智偉本就不靈活，這一腳直接讓他倒在一邊，臉上神情痛苦，假肢與皮肉連接的地方被巨大的外力劃出一個口子，鮮血順著機械構造流到地上，匯成一灘。

馮躍看著宮智偉倒下，又氣又急，肚子上還插著一把匕首，快速失血只靠按壓是止不住的，眼看著匕首刺過來，一腳踢向他的肚子。

那男孩向後倒去，匕首在帳篷上劃出一個大口子，風雨瞬間灌滿了整座帳篷，搖搖欲墜起來。

馮躍掙扎著爬起來，把男孩死死壓在身下，這孩子已經魔障了，今天是抱著必死的念頭來殺他的，即便下不了山，也要跟自己同歸於盡。

宮智偉拖著一條腿，往外爬，地上留下一條染血的痕跡，瞬間被大雨沖散。他用盡全身力氣爬到旁邊的帳篷，身後是馮躍痛苦的哀嚎，舉起胳膊拍著面前的帳篷，看著有人拉開鏈子，才脫力地躺倒在地上。

「宮先生！馮先生！」

大家看到眼前慘烈的一幕，都震驚住了。

楊琦衝進雨幕，拉開馮躍，把那個男孩拖走：「多吉！你怎麼犯傻呢！你阿媽要是知道了，會心疼的！」

男孩掙脫開楊琦的束縛：「我阿媽被他逼走了！我沒有阿媽了！他該死！」

馮躍看出來楊琦早就認出了這兩個孩子，可能也猜出他們的意圖了，但是沒有言語，甚至沒有提醒自己要小心提防。

不過現在已經想不了那麼多了，快速失血讓他眼前一片模糊，冰冷的雨水打在身上，勉強讓他清醒一些，看著不遠處宮智偉躺在地上，身下的血水被沖得四散，今晚格外凶險。

大家手忙腳亂地圍過來，大雨滂沱，下山明顯不是明智之舉，只能先把人搬到其他帳篷裡，然後簡單處理一下傷口，只是場地簡陋，急救設施也不完善，按照馮躍這個出血速度，等不到天亮，就會因為失血而休克。

更何況這裡海拔四千多，失血過多帶來的後果，只會更加嚴重。

旁邊還有一個宮智偉劇痛難忍，把假肢拆卸下來，包紮過後，倒是比馮躍的狀況好一些，只不過滿身狼狽，也沒好哪去。

馮躍看著身邊圍著的人，手忙腳亂地幫自己止血，艱難地抬起手，從懷裡掏出那張賀彤的照片。

上面笑容燦爛的人，被馮躍手上的血染紅了臉頰，他眷戀地看了一眼，想要放在嘴邊親吻，卻已經沒有力氣抬起來了。

他將照片塞到隊長的手裡，氣若游絲：「拜托你，找到……她……帶她走出去……」

眩暈佔據了馮躍的全部感官，隊長從兩隻眼變成了四隻，帳篷不停打轉，光點漸漸模糊，雙瞼無力慢慢合上，周圍人的呼喊聲也變得忽遠忽近，一瞬間陷入黑暗。

馮躍並不知道他的昏迷讓整個搜尋隊如臨大敵，人命關天的時候，大家都慌了手腳，還是宮智偉強撐著指揮，用盡各種辦法將他送下山。

當馮躍再次覺得肚子上火辣辣的疼，就已經躺在醫院了，睜開眼睛，身邊是疲憊的周雨趴在床邊睡著了，隔壁床躺著宮智偉。

他看向宮智偉的腿，已經被包紮過，假肢不在病房裡，應該是送到專業的科室維修了。

他想撐著手臂坐起來，卻使不上力氣，應該是失血太多，只好動動手指，戳了戳周雨。

周雨迷蒙地睜開眼睛，第一時間就看向他，見他已經醒了，歡喜地笑出來。

「小……彤……」

馮躍滿心惦記的就是賀彤，自己沒能親自在山上找到她，記得昏迷之前拜托給了別人。

周雨按鈴叫了醫生，看著他說：「隊長他們還沒下山，不過已經找到了一些驢友的骸骨，送下山的隊員說，根據楊琦的指路，只找到了一些人生存的痕跡，但是沒有看見人。」

馮躍知道，沒有人就是最好的消息了，至少小彤沒有在那條路上遇險，想再仔細問問，就被周雨攔住了話頭。

「你躺了三天了，很虛弱，先讓醫生看看吧，一會我再詳細跟你說。」

天知道，當聯絡手台裡傳出消息的時候，她魂魄都要嚇飛了，看著馮躍和宮智偉渾身是血地被抬下來，她整個人都癱軟了。

醫生給馮躍檢查之後，重新給傷口換了藥，說了一堆醫囑。

馮躍看著周雨認真聽，恨不得拿筆記下來的樣子，就知道這姑娘內心善良，不再是把自殺掛在嘴邊的陰翳樣子了。

等醫生走了，馮躍看了看宮智偉，還在昏睡，周雨明白了他的意思，開口解釋。

「宮大哥跟你差不多，失血嚴重，你昏迷之後，他撐著身體，自己把假肢拆下來，讓隊員扶著從山上把你帶下來的，一到醫院就昏迷了。」

「不過現在沒什麼事了，他第二天就醒了，因為實在忍不住疼，醫生給了一針安定，藥力還沒過呢。」

馮躍眨眨眼睛表示知道了，又做了口型：「小彤呢？」

周雨輕笑了一聲：「你還真是用情至深，都說了還沒找到人，隊長帶著人從那條路追蹤下去，沿途都有生活過的痕跡，到了埡口才消失，說不定這個時候已經安全了。」

周雨看看他包裹嚴實的肚子，打趣道：「肯定比你情況好，那孩子也不知道哪來的勇氣，敢捅你一刀，現在已經在派出所了，你一直沒醒，警察也沒機會找你呢，估計晚上或者明天就該來了。」

馮躍想到那兩個孩子，大的一心要殺了他，埋怨他逼走了阿媽，小的還懵懵懂懂，只是聽著哥哥的話趁他沒有防備，給了他一下，兩個都是孩子，要是追究起來，馮躍也不知道怎麼辦才好。

「要我說，就得給個教訓，這膽子也太大了，在雪上多危險啊，又是狂風大雨的，大的不懂事還唆使小的，我看以後長大了也是禍害。」

周雨念念叨叨的說話，馮躍半聽不聽的，最終還是沒抗住藥力強勁，接著昏睡。

知道貢嘎上沒有小彤的蹤跡，心就放下了一大半，睡得很安穩，希望再醒來的時候能看見她的消息吧。

馮躍睡得迷蒙，只覺得耳畔一片嘈雜，睜開眼睛，就看見床邊坐著一個男人，正手舞足蹈地跟宮智偉比劃著什麼，聽聲音很熟悉。

那人一回頭，馮躍就認出來了，竟然就是之前遇見的王樂。

「你怎麼在這？」

王樂看他醒了，嘴要樂到耳邊去：「馮哥，我路上遇見一個老頭倒在邊上，善心大發就送到醫院來了，正好看見小雨推著宮哥去做檢查，才知道你們在雪山上遇險了。」

馮躍一說話都覺得拉扯到傷口，只能降低音量：「沒什麼大事。」

「這還沒事呢，肚子開個大洞，臉白得像鬼一樣。」

話沒說完，就讓周雨從後邊在頭上偷襲了一下：「說什麼呢你，你才像鬼呢，曬得像煤球一樣。」

「嘿！你這小姑娘下手挺狠啊，小屁孩懂什麼，我這叫男人氣概。」王樂翻著白眼，從她手上接過米粥，湊近馮躍。

馮躍仔細看著王樂，果然曬黑了，臉頰上還有高原紅，整個人都粗糙了不少，不像在九寨溝時唇紅齒白、風度翩翩的樣子了。

喝了一口餵過來的米粥，馮躍說：「你直播得怎麼樣，看你這進度，走得不慢啊。」

王樂點點頭：「我就到一些鎮上才會停下歇一晚，一直走到這裡，要不是遇見你們，今天就要接著趕路的。」

王樂畢竟是個大男人，因為常年在外邊漂著，除了能把自己這一畝三分地打理明白，照顧人那就是熊瞎子兩眼一抹黑，餵到嘴邊三勺粥，得撒出去兩勺半，馮躍只能自己用紙巾接著。

周雨看不下去了，直接把人從床邊拎走：「躲開躲開，毛手毛腳的，淨添亂。」

「嘿，你這小屁孩。」王樂跟馮躍和宮智偉比較熟，周雨倒是第一次見，這姑娘小小年紀卻總喜歡板著一張臉，裝出成熟的樣子。

王樂暗中跟馮躍瞭解了她的事情，就越發喜歡逗弄她，時不時地在嘴上佔點便宜。

王樂嘴皮子在直播間練得溜到，歪門邪說一大堆，周雨就是個學生，才從學校出來，哪是他的對手，幾番回合都貪不到便宜，次次讓王樂佔了上風。看著周雨想反駁，又說不出話的時候，王樂就覺得看她炸毛還挺可愛，有些少年人的活躍氣息。

病房裡王樂一直笑聲不斷，周雨跟他結了仇，磁場不合，偏偏還不服氣，幾句話就能吵起來，看他們拌嘴就像孩子鬧氣，馮躍看得樂呵呵的。

「宮先生要做檢查了。」護士抱著病歷本進來。

王樂主動把宮智偉扶上輪椅推出去，馮躍瞬間覺得病房裡安靜下來，這小伙精力實在旺盛，嘴上一直不停，一個蘋果都能從顏色說到産地，再科普一下氣候洋流季風，聽得周雨想把他嘴堵上。

馮躍在貢嘎山流了太多血，幸運的是那小男孩力氣不大，匕首進去不深，沒有傷到重要內臟，命是保住了，但是元氣大傷也需要臥床一段時間。

馮躍拿著手機看著攝像頭裡的自己，臉色青白，嘴唇沒有一絲血色，清醒的時間很短，經常說著話就開始犯困，眼睛像被膠水粘住一樣。時常一睜眼睛，就是下午了，馮躍想了想，這兩天在醫院，好像都沒有見過早上的太陽。

正出神，王樂風風火火地跑進來。

「馮哥，我看見了！我看見了！」

「看見什麼了？」

王樂指著外面，喘著粗氣說：「就是你照片上的人啊，我看見了！」

馮躍一下子從病床上坐起來，肚子上的傷口被牽扯住，疼得齜牙咧嘴，身子往床邊探去：「在哪看見的？快帶我去。」

他說的是小彤啊，竟然也在醫院裡，是不是受傷了？

擔心讓他無暇顧及傷口滲出的血絲，抓著王樂的胳膊就要下床，但是他昏迷醒了沒多久，腿上酸軟根本用不上勁，好不容易把腳挪到地上，雙腿一軟就要跪下去。

幸虧王樂手快，及時把人扶住，等坐到輪椅上的時候，馮躍已經疼得滿頭大汗，隨便抹掉從紗布上滲出的血，就催著他往外走。

「前邊哥們讓一讓，嘿！著急呢！」

輪椅軲轆就差一點冒出火星子，一個漂移，在電梯門關上的最後一秒擠了上去。

「就在影像室門口，我送宮哥去拍片子的時候看見的，不過只看見一個側臉，但是真的很像。」

夠了，一個側臉已經足夠了，馮躍緊緊抓著扶手，莫名地開始緊張，後背挺得很直，汗珠子從額角砸在前襟，洇濕一片。

「叮！」

電梯門開了，抬頭就是影像室的標牌，馮躍心如擂鼓，沒等過了轉角，就突然失去了勇氣。

「停下吧。」

「哈？」王樂一頭霧水，剛才不要命似的掙扎著要來，這眼看著就在眼前了，竟然還停下了，他不能理解馮躍的謎之操作。

馮躍緊張的嚥了幾下口水，他不敢往前一步，轉角那邊就有賀彤，他日思夜想，做夢都想擁抱的賀彤，可是「無顏面對」這四個字，也同樣一直刻在他心裡。

他見賀彤，一定是喜大於驚，說不定會激動地話都說不出來，但是賀彤真的願意看見他嗎？一個帶給她無限孤寂和傷害的男人。

王樂急得直轉，往前走了兩步，返回來說：「哥啊，你想什麼呢，再墨跡一會，人就走了，都取完結果了。」

馮躍像是下定了決心，點點頭。

輪椅推過轉角，馮躍永遠忘不了這一天，陽光剛好透過窗欞灑進來，高原的陽光帶著金色的光暈，彷彿鍍上一層純潔的色彩，就這樣浪漫地纏繞著她的裙角。

藏式長袍顏色絢爛，每一步都好像盛開一朵雪蓮，在她腳下彌漫生花。

馮躍只看到了一個背影，她素髮披肩，攙扶著一個老人家，但只是這一個背影，足以斷定就是賀彤。

這一刻，天地俱靜，馮躍眼中只有她，腰肢還是那麼細，看上去也沒有受傷，看來平安地從貢嘎山上下來了，那場暴雨並沒有傷害到她。

馮躍的心落下一半，平安就好，這條進藏之路不太平，所求只有她的平安，安安穩穩地去看她想看的風景，享受截然不同的人生歡愉。

「哥，快叫人啊，要走遠了！」

馮躍張張口，那個在口中咀嚼過無數次的名字，此時卻怎麼都叫不出來，他還怕賀彤轉身看見他的眼神，哪怕只有一絲絲憎惡，都會讓他的防線瞬間崩塌。

萬一破壞了她進藏旅行的心情怎麼辦，我不能給她過往的歡愉，也無法彌補受到的傷害，那就索性不再打擾，讓她安安靜靜地享受藏地的陽光。

「回去吧。」

馮躍看著背影消失在走廊盡頭，才讓王樂推自己回去，三步一回頭，戀戀不捨地看著她離開的方向。

「為什麼不叫住她？」

你明明思之如狂，卻捨棄了這麼好的機會，不能當面看一看，問候她過得好不好。

馮躍知道這樣的機會千載難逢，過了這個村，以後想要再有這樣擦肩而過的機會，難如登天了。

「我對於她來說，恐怕是難以磨滅的痛苦。」

所以不如不見，贖罪也只能贖自己心裡的罪，他改變不了過去，既然分開了，就還給她一個乾乾淨淨沒有自己的未來吧。

「那你還會繼續去看她到過的地方嗎？」

馮躍頷首，他知道賀彤對拉薩心嚮往之，這趟旅程的終點一定是拉薩，就讓自己再最後陪她一段吧，見過雪域高原上的明珠之後，他也要徹底跟自己生命中的光，說再見了。

生生別離，你我天涯，各自一方。

馮躍回到病房的時候，肚子上的繃帶已經被鮮血染透，傷口肯定已經撕裂了，但他不在乎，能見到佳人的背影，就是所有疼痛中最大的禮物，比任何止痛藥都讓他舒服。

馮躍躺在床上，任由醫生給他處理傷口，汗珠浸濕了枕頭，恍若不覺，滿心滿眼都是剛剛驚鴻一瞥的背影。

那樣的陽光，熾熱而濃烈，從窗欞一直照進他心裡，貢嘎的大雨沒有白淋，高原缺氧的窒息感沒有白痛，這一刀將他送進醫院，也將他想念的人送進眼眸。

王樂一拍腦門：「完了，把宮哥扔在那了。」

等宮智偉被想起來帶回病房的時候，滿臉無奈，看著馮躍染血的病服，笑著說：「他一跑我就知道幹什麼去了，你肯定會去的，根本攔不住。」

「嗯，遠遠地看了一眼。」

是馮躍勇氣不夠，星光近在眼前卻不敢伸手觸碰，不能怪星光太遠，只能怪自己的登天梯毀於過去，毀於自作自受。

馮躍主動結束這個話題，指了指他的腿：「你這要休養一段吧？」

宮智偉看著空蕩蕩的褲管，無奈地開口：「嗯，皮肉都磨壞了，假肢也拿走修理了，還得幾天才能送回來。」

「不過你這情況也沒比我好到哪裡去，臥床一個月都是輕的。」

肚子上的傷癒合並沒有那麼快，看來注定要在這裡盤旋一陣子了。

「還想登貢嘎嗎？」馮躍問他，畢竟那天連一半的路程都沒有走上，就因為兩個孩子的意外事件被迫折返，一個重傷，一個殘疾。

馮躍自己已經見到了賀彤，貢嘎之餘他了無遺憾了，只是宮智偉視登山為終身事業，不知道此時還會不會想要再去一次。

宮智偉沉默了。

整個病房只有儀器的滴答聲，兩個人都懷著各自的心事默不作聲。

「不去了。」宮智偉聲音暗啞。

馮躍看看外邊的天，陰沉著，雲朵沉重得挪不動腳步，勢必要一場傾盆大雨減輕重負，恰如此時宮智偉聲音裡無盡的落寞。

「珠穆朗瑪峰，是嗎？」

馮躍心裡清楚，他的目標根本不是貢嘎，不是南迦巴瓦，而是埋葬著終身最愛的珠穆朗瑪峰。那裡純白聖潔，是登山愛好者的終極殿堂，也是宮智偉甜蜜與痛苦的源頭，是窮其一生都無法釋懷的地方。

如果一定要有一座山，來追溯過往，他一定會選擇珠穆朗瑪峰，愛人長眠於此，職業生涯在此盛放，也在此終結。

珠穆朗瑪峰之於宮智偉，就像賀彤之於馮躍。

話題太過哀傷，馮躍知道就憑宮智偉現在的身體條件，上了珠穆朗瑪峰就是九死一生，更何況，他從來就沒有想過從上面活著下來。

宮夫人葬身的地方，是艱難險峰，無數身體健全的登山愛好者都折戟在此。

不要說什麼神兵天降，周圍茫茫高山，皚皚白雪，只有你自己，那些七彩祥鹿只存在於神話中，現實的殘酷風雪在頃刻間要人性命，這就是高山肅穆，凜然不可侵犯。

宮智偉一直沉默著，馮躍也沒有再開口，夕陽降臨在病房，橘紅色的雲朵大片大片地鋪在天際，躺在床上遠遠看去，宛若神女潑墨，在天境作畫。

「紙巾護墊衛生棉，香煙牙刷剃鬚刀，男女老少都能用，現金微信掃一掃啊！」

樓道裡有年輕人的叫賣聲，聲音不算大，但足以傳進病房，聽得出來，吸引了一些患者和陪護出去買東西。

「大哥你看看剃鬚刀，我們這三層刀片，鋒利無比，小小一個拿著方便。」

「大姐，大姐你看看這紙巾，香香軟軟，擦在手上保證讓你嬌嫩的皮膚舒服起來……哎呀大媽……」

這小伙子活力十足，推銷產品的時候嘴皮子十分利索，跟王樂有得一拼。

馮躍從病房門的小窗戶看出去，小伙子手上拉著一個行李箱，裡邊林林總總擺滿了貨物，都是生活用品，在醫院裡很容易就推銷出去，看得出來生意不錯，行李箱已經空了一角。

沒多一會，就有護士來趕人。

「邊巴次仁，你怎麼又進來了，不是不讓在醫院裡賣東西嗎？快出去吧。」

年輕人笑嘻嘻的，一邊應答著，一邊把手裡的一大包紙巾塞給那小護士。

「美女姐姐，我就這一點了，這紙可好了，你拿回去用，用完我再給你送。」

馮躍聽著有些好笑，這麼熟練的操作，可見是這醫院裡的常客了。

「哎呀你上次給我的還沒用完呢，那你趕緊的啊，一會護士長來巡房，我就保不住你了。」

「哎，一定一定！大媽你看看這飯盒，保溫的三層呢，做個湯做個菜，咱家我叔吃著得勁，明天就能出院了不是……」

聽著小伙的吆喝，馮躍漸漸睡著了。

等再睜眼，正是一大早，外面難得聽見鳥叫，小小一隻鳥飛上樹枝，對著澄澈的天空舔舐羽毛，彷彿在攬鏡自照。

周雨拎著飯菜進門，推開緊閉的窗戶，一股雨後清甜的味道湧進口鼻，馮躍頓時覺得身心舒暢，這高原的空氣純淨，清晨的一股風，就能吹走萬千煩惱絲。

「你手上拎著這麼多紙幹嘛？」馮躍撕了一塊饅頭扔進嘴裡。

周雨擺擺手，把紙巾放進床頭櫃裡：「可別提了，醫院門口蹲著一個小商販，看見我就拉著我介紹，一直說到我粥都快涼了，我實在是不好意思，就買了一提紙巾。」

馮躍有些驚訝，這該不會是昨天那小伙吧，這大白天看得嚴實，估計是進不來醫院，就在外邊擺攤，這小伙真有毅力啊。

等王樂進來的時候，手上拿著兩個不銹鋼盆的時候，馮躍已經不覺得驚訝了，這肯定又是那個叫邊巴次仁的小伙子賣的。

「你買這麼多盆幹嘛啊？」

王樂撓撓頭發說：「這不是，給馮哥他倆洗腳用嘛，那老闆說這盆質量可好了，洗不壞。」

「啊？」

馮躍三人都一臉懵，賣不銹鋼盆給人洗腳？這是什麼神奇操作啊，這小伙一張嘴，挺能忽悠的啊。

「啥好人用鋼盆洗腳啊？這都是洗菜用的！你腦子有病吧，這麼忽悠你，你都信。」

周雨嘲諷他，倆人半斤八兩，一個買了一大包手紙，一個買了倆盆洗腳，半斤八兩誰也不服誰。

第十章

馮躍安安穩穩地跟宮智偉在醫院養傷，每天周雨好吃好喝地伺候著，王樂似乎也不急著趕路了，天天在病房嘰嘰喳喳，跟周雨鬥嘴，跟宮智偉談天說地，跟馮躍聊聊人生啊命運啊。

總之，一直躺了快一個多月，馮躍的傷養得差不多好了，人也胖了一圈。

宮智偉傷得沒有他重，一周之前就安上機械腿跟王樂在鎮上到處跑，聽說還在直播裡入鏡了呢，一身休閒夾克迷倒了一大片女粉絲，天天盯著直播叫漂亮大叔，把宮智偉嚇得再也不出現在鏡頭裡了。

王樂好像找到了流量密碼，一有機會就把手機往宮智偉身邊湊，本來也在馮躍這轉悠的，被他用不銹鋼盆砸出去之後，就把矛頭徑直對準了宮智偉。

「我說，你這徒步進藏的小伙，這國道還沒走多少呢，就在這耽誤一個多月，那大雪封山之前，你還能進去嗎？」

馮躍刷著微博，看王樂四仰八叉地坐在一邊，一點也不著急出發的樣子，天天在醫院蹭吃蹭喝。

「自己走太沒意思了，苦點累點都沒什麼，主要是有的時候身邊太寂寞了。」王樂伸個懶腰接著說，「我一到鎮上補給，就愛往人堆裡鑽。」

國道上風景是美不勝收，有蜿蜒的公路，有碧綠千頃的草原，有高聳奇絕的山脈，但更多的是杳無人煙的孤獨。

徒步者和朝聖者一樣，都會在一路上頂著路人詫異的眼光前行，要在夜晚自言自語睡在帳篷裡，要在一望無際的公路上不斷提醒自己堅持下去。這樣的生活很苦，那不是腳底磨出多少水泡，或者結了多厚的老繭，就能代替的孤寂感。

這一路行來，就像人生一樣，你要想看到與眾不同的風景，想在心生嚮往的地方無所顧忌地停留，就要忍受常人遇不到的苦痛，要流更多的汗水，要苦心志，勞筋骨，餓體膚。當身心俱疲的時候，忽然遇見一汪湖水，那清澈的漣漪會滌蕩盡這一路風塵，看飛鳥從水面掠過，看朝陽從湖底升起，這是苦痛之後，自然對人們最大的恩賜。

「你們又不能跟我一起走，所以我決定了，要跟著你們自駕進藏，反正都是318，什麼方式不重要，能看見風景最重要。」

馮躍翻了個白眼，這人在九寨溝信誓旦旦要徒步的樣子還近在眼前呢，這就變卦了。

「你那些粉絲不得全都跑了啊。」馮躍倒是無所謂，王樂去過的山川比自己多，經驗豐富，人又有趣，帶上他，一路肯定歡聲笑語。

更重要的是，這一個多月，他天天在病房轉悠，連周雨的話都多了不少，人也開朗了，這對她來說肯定是一件好事情。

說不定真能在到達梅里雪山之前，讓周雨真正放下輕生的念頭，好好回歸生活，開始自己精彩的一生。

王樂突然把手機轉向馮躍和宮智偉，笑著說：「你們同不同意啊？」

馮躍看見手機屏幕上赫然出現自己的臉，彈幕飛快地刷著「同意！！」、「漂亮大叔」這樣的話，順手就把枕頭甩到了王樂的臉上。

宮智偉看他又把地圖掏出來圈圈畫畫，就問：「有地點了？」

馮躍頭也沒抬，賀彤的微博都更新兩條了，過了貢嘎雪山，順著理塘直奔香格里拉，這養病一個多月，已經落下很大一段距離了。

研究好路線，馮躍捲起地圖，看著宮智偉在地上走來走去，行動自如，王樂一臉悠哉啃著蘋果，周雨抱著手機不知道在看什麼，很是沉迷。

馮躍直接把車鑰匙扔給王樂：「出發。」

「嘿，不都是你開車嗎？」

「皇權特許，善待病號。」

車開出去沒有八百米，王樂一腳剎車停在路邊，馮躍頭撞在了前座上，剛要問他怎麼了，就看他下車徑直往馬路對面走去。

馮躍跟過去，就看他蹲在一隻小狗面前，那小狗渾身濕漉漉的，後腿蜷縮著，走路的時候也放不下來。

王樂抱著它走進一個昏暗的屋子，房間裡到處堆著廢紙殼、塑料瓶，做飯的燃氣灶上鋪著厚厚的油脂，牆上都是煙熏火燎的痕跡。

一個衣衫襤褸的老人躺在床上，腥臊味彌漫在空氣裡，讓人感到窒息。

王樂走過去，把小狗放在他懷裡，貼在他耳邊喊：「朗嘎大叔，我把小花送回來了，她又跑出去了。」

朗嘎大叔聽見說話，遲鈍地點點頭，小狗就蜷縮在他懷裡，舔著他蒼老枯瘦的手背。

馮躍順著他手指的方向看過去，一窩小狗崽擠在一個破舊的紙箱子裡，瑟瑟發抖，叫聲很淺，不仔細聽根本發現不了這裡有六隻小狗，看樣子剛剛出生沒幾天。

「這就是我之前送到醫院去的老人，無兒無女，眼睛也很模糊，只能看見一些虛影，這隻狗一直跟他，相依為命。」

馮躍看著那隻小狗，和它的主人一樣瘦小，但絲毫不嫌棄這裡的骯髒和破敗，那些狗崽應該就是小花生的，她肚皮上還沾著血跡呢。

朗嘎推推小花，摸摸背上的毛，那隻小狗就像明白了主人的意思一樣，去紙箱裡叼出一隻崽崽，放到王樂身邊，用頭拱著他的褲腿，嘴裡哼哼唧唧地嗚咽，彷彿在懇求他帶走這隻狗崽。

王樂蹲下摸摸小狗崽，在他手下顫抖，回頭看看馮躍，想徵求他的意見，畢竟帶一隻狗崽上路會增加很多麻煩。

馮躍看著小花，牠好像知道主人的條件，養不活自己的孩子，所以寧願把牠們送人，讓牠們離開這個灰敗的家庭，即便那嗚咽聲中帶著不捨。

馮躍抱起小狗崽，揣進懷裡，就算是默許了牠即將成為進藏旅程中的新成員。

走出去的時候，馮躍回頭看，小花跟在身後，眼角彷彿有一顆淚珠隱入毛髮，低低的哀吟中在和自己的孩子告別。

在走出院門的一刻，身後傳出尖銳的狗叫，小花從屋子裡飛奔出來，咬住馮躍的褲腿，拼命向上勾著，想要再看一看牠的孩子。

淚水洇濕了毛髮，人總說狗是畜生，但牠們有著最真摯的情感，知道孩子在這裡很難活下去，所以把牠送走，但那樣不捨牽掛，是所有生靈作為母親的情感。

馮躍抱著狗往回走，小花就跟在後邊，跑兩步就停下，想要靠近再多聞一聞孩子的氣息，卻又彷彿怕馮躍改變主意，不敢靠得太近。

馮躍能聽到小花身上的鈴鐺聲，一直到過了馬路，鈴鐺清脆的聲音都迴響在耳邊。他知道小花會跟過來的，甚至會追著他們的車跑，因為捨不得自己的孩子。

懷裡的狗崽眼睛濕漉漉的，不停地在手臂上拱來拱去，牠也想回頭看一眼自己的媽媽，那個疼愛卻不得不捨棄牠的媽媽。

馮躍和王樂回到車上，把狗崽遞給周雨。

發動車子的一瞬間，狗崽哀叫起來，想要扒著車窗往後看，那稚嫩柔弱的嗓音似乎在和母親告別，狗也是知道此情此景再也見不到了。

車剛剛要駛過拐角，馮躍在倒車鏡裡看見小花追著汽車狂奔，激烈的狗叫聲引得路人注意。

馮躍心裡被兩隻狗感動，還沒等他開口說出想帶小花一起走的話，身後一陣急促的剎車聲刺入耳膜。他下意識地去看倒車鏡，小花躺在血泊之中，下半身被碾在車胎下面，但眼睛還看著他們的方向，死不瞑目。

周雨懷中的狗崽彷彿有了心靈感應，一直乖巧的牠突然暴躁起來，劇烈地掙扎，喉嚨裡傳出嘶啞的叫喊，只是身體虛弱，即便拼盡全力也沒有多大的聲音。

「這……」

周雨呆呆地看著那一幕，剛才還追在後面奔跑，現在就躺在車底下抽搐，發不出一聲吠叫。

那司機從車上下來，看著被撞死的狗也有些怔愣，見馮躍幾人迎面走過來，連忙擺著手：「這，是牠自己突然衝到路上的，我……我不是故意的啊……」

馮躍有些可憐，一條生命就這樣消失了，心中的悲憫油然而生，他將小花拖出來，那一道刺眼的血紅也刺痛了在場人的心。

「牠只是想再看一眼自己的孩子而已……」馮躍下意識地說著，是啊，只是想最後看一眼，就變成了陰陽永隔。

馮躍用手蓋在小花臉上，他不忍心去看那雙含著熱淚的眼睛：「下輩子別投生做狗了，不用再把孩子送給別人。」他將小花從血泊中撈起來，仔細地擦乾牠身上的血跡，下半身已經被碾碎了，舌頭吐在外面，可眼角的淚溝還是濕潤著。

他們把小花帶回院子，在大樹下挖了一個坑，看著土慢慢覆蓋住小花沒有生氣的身體。牠的主人跪在土坑旁邊，用炭筆在木板上寫下小花的名字，馮躍看著一顆眼淚砸在木板上。

他們之間不僅僅是主人和寵物的關係，他們是相互依偎，在這樣破敗的環境裡渡過風雨，小花更像是主人的精神寄托，然而從此開始，這樣的慰藉也離他遠去了。

他們把小狗崽交到周雨手上，這三個大老爺們兒要說開車搬行李都可以，照顧一隻未滿月的小狗，都手足無措。周雨是女孩子，更細心一些，用手絹將小狗崽擦乾淨，對上那雙濕漉漉的眼睛，心裡軟成一團。

「馮大哥，你帶回來的狗狗，你給起個名字吧。」

馮躍看著導航說：「明明是小花推給王樂的，讓他起。」

王樂連忙搖頭：「我可不會，是你把牠抱起來的，都說狗很有靈性，誰先抱牠，他就會記住誰的氣味，現在就你是牠的主人了。」

馮躍想了一下，說：「就叫扎西，希望牠吉祥如意，平安長大。」

對於這隻狗崽來說，生得不盡人意，就好好養大，讓牠健康快樂的，用動物最純粹的眼神，領略這片它的母親沒有看過的天地。

「小扎西，歡迎你呀。」

周雨很喜歡這隻小狗，整天抱著不撒手，小狗沒有規律，即便不會按時排泄，也不會嫌棄。

到了鎮上的時候，馮躍特意在寵物店給扎西置辦了一套家當，挑了不少小衣服，還有一個專屬狗窩，從此就在這輛車上安家了。

當晚並沒有趕到理塘，一行人在公路邊上的草原支起了帳篷，用酒精鍋煮了湯麵，暖暖和和地吃了一頓。晚上明月高懸，山野千里，馮躍站在廣袤的草原上，肩上是清風，風上是閃爍的星辰，藏著宇宙億萬光年的溫柔。

「你說，連動物都知道捨不得自己的孩子，為什麼人還不如動物呢？」

周雨抱著扎西站在馮躍身邊，與他一起抬頭看著夜晚的星空。

「因為狗永遠是狗，而人有時候卻不是人。」

馮躍知道她是想起了自己的母親，一時有些感慨，小花為了多看一眼扎西，衝上馬路被車碾死，可周雨的母親卻可以毫不猶豫地坑害自己的親生女兒。

「人性有時候難說得很，動物生來單純，喜歡你就會跟你親近，不喜歡你就會低吼著趕你走，可人並不會把喜怒哀樂掛在嘴邊，也不會所有人都按照公序良俗活著。」

馮躍沒有經歷過周雨的苦痛，不知道那些難熬的日子，要忍受怎樣的黑暗，所以即便她痛恨的是自己的母親，馮躍也不會代替她去原諒。

「她並不愛我，她只愛錢，愛那些優越的物質生活。」周雨的聲音被風吹得縹緲，好像在講給馮躍聽，又彷彿只是在自言自語。

「當她失敗的時候，就來折磨我，用我的痛苦，去取悅她自己那種讓人作嘔的自私心腸……」

馮躍看著這個稚嫩的小姑娘，她沒有平凡人的生活，甚至沒有幾年是順遂的，說她懦弱，她又有勇氣從折多山一躍而下，不懼怕撞擊和碎石帶來的疼痛。

說她強硬，她偏偏選擇這世上最沒用的辦法，來逃避生活帶給她的一切，草率地結束自己的生命，在還沒有山花爛漫的時候，就選擇了與美好作別。

「你可以恨她，因為她傷害了你，拋棄後折磨已經證明了不配為人母，可我又不希望你一直記著這樣的仇恨，因為她並不值得你時時刻刻地惦念著，她不配再打擾你的人生。」

血緣是最無私的愛，可是畸形的血親，有時候在世人眼中，就是天然的束縛，不管家長如何不對，只需要一句「畢竟生你養你」，就能將子女牢牢鎖在陰霾中，封閉在令人窒息的羽翼之下。

夜風四起，扎西有些冷地哼唧起來，馮躍看看她問道：「還想去梅里嗎？」

周雨撩著頭髮，並沒有回答，只說著晚風涼，休息吧。

第二天馮躍收拾好上車的時候，周雨已經抱著狗坐在車上了，一手撫摸著熟睡的扎西，一手刷著手機。

去往理塘的時候，已經在海拔四千米了，一路上都沒有高反的周雨，開始暈車，扒著車窗透進來的空氣乾嘔，整個人都蔫蔫的。

「讓你一直低頭看手機，破孩崽子，怎麼說都不聽。」王樂一邊數落著，一邊降低車速。

馮躍擰開一瓶葡萄糖遞給周雨：「喝點吧，能緩解一些，等到了縣城休息一下。」

周雨嘟囔著：「實在是太好看了嘛……」

「什麼東西這麼吸引你？」

馮躍早就發現這孩子經常盯著手機看，有時候沒電了都會連著電源一直看，吃飯都抱著手機。

周雨仰頭灌下半瓶葡萄糖，抹著嘴說：「一個女作家寫的愛情小說，很好看的，很多粉絲在她下面催更呢。」

「叫什麼？」

「《日落時分，我在夕陽下愛你》。」

馮躍不以為然，這些小姑娘都喜歡看這些言情故事，被裡面可歌可泣、動輒生死相許的愛情，感動得涕泗橫流，實則那只是作者構想中的世界，裡面的人物或喜或悲，都是杜撰。

周雨很不服氣地點開一章，念給他們聽。

「少時，我只以為滿目星光不及你眼中深情，後來漸行漸遠，我才知道飯桌上冷掉的飯菜，才是愛情常態。」

「你們聽聽，這寫得多有味道啊，就好像是作者親身經歷一樣。」

「切，也就糊弄糊弄你們這些懵懂少女吧，最後肯定是賺足了你們的眼淚，然後 happy ending，男女主角皆大歡喜。」王樂不遺餘力地跟她抬杠。

「才不是呢！現在就已經分開了，而且是徹底分開，各自遠離的那種，很寫實的。」

馮躍聽周雨念得那句話，很有感觸，王樂不懂，但他能明白，這女作者的確有些東西，知道愛情並不只是轟轟烈烈地在一起，那些在時光中消磨掉所有熱情，才是普通人的常見愛情。

能挺過去的，就美滿一輩子，在柴米油鹽中彼此磨合，最後成為洪流中精雕細刻的一對，無比契合。挨不過燈紅酒綠和新鮮感誘惑的，也只有分道揚鑣這一種選擇，強行留下，只會讓世間多一對怨偶罷了。

譬如，他和賀彤。

少時的兩情相悅，也曾在樹蔭下旁若無人地親吻，在朋友的哄笑聲中肆無忌憚地擁抱，在每一縷夜風中互訴情腸。

可終究會有什麼悄然改變，激情退卻之後，才是生活的本質，是逃不開的雞毛蒜皮，也是抹不掉的冷淡和寂寞。

「多情只有春庭月，猶為離人照落花。」

理塘的街道上，有很多穿著藏袍的女孩，精美的髮飾，顏色斑斕的長袍，包裹著曼妙多姿的靈魂，每個人都享受著這座高原之城帶來的福利。

轉經筒的時候，有當地的老人家告訴他們，要順時針走，一輩子才會順順利利，千萬不能走回頭路。可能是來轉經筒的人太多，表面已經被打磨光滑，正是中午，陽光照在經筒上，觸手生溫。

馮躍虔誠地撫摸著每一處，心裡祈禱著，自己本不信佛，卻依然被這裡濃厚的信仰之情所動容，如果神佛願意庇佑他這個無神論者，就請保佑他的愛人從此無災無難，恣意瀟灑地過完這一生。

「馮哥，周雨吸氧結束了，我們去接她。」

周雨在車上的時候反應劇烈，剛剛進入縣城的時候，就去醫院辦理了吸氧，這會應該舒服很多了。回到賓館的途中，馮躍看到街邊有賣藏袍的店鋪，想到賀彤微博上的照片，她站在街邊，手中是精緻的轉經輪，身上的藏袍因為她的笑容更顯美麗。

彷彿是格聶神山上走下的雪女，一顰一笑都帶著超凡脫俗的韵味，陽光照在身上，如同自帶聖光，高貴不可侵犯。

「停車。」

馮躍想去試一試，穿一次藏袍，在同樣的理塘街邊，留下影像，以後看著照片就能回想起來，曾經有一位美麗的女子出現在這裡，是高原上最美的絕色。

大襟長袖的藏袍穿在身上，腰間配著傳統藏刀，各種珠玉寶石在陽光下折射著摧殘的光芒，這還是在九寨溝時，導遊小伙送給他的。

馮躍的皮膚沒有從前細嫩，高原的紫外線不會吝嗇一點，但有些黝黑泛紅的臉頰，使得他更像藏地人民。拍照的時候，馮躍下意識地握住手腕上的絲帕，往旁邊退了一步，身邊剛好空出一個人的站位，這是他的小心思，就像賀彤一直在自己身邊一樣。

相機定格住每個馮躍追尋腳步的瞬間，現在已經積攢了很多頁的風景照，有與微博上相同的角度，甚至每一朵開的位置，都能對應上，有馮躍途中發現的別樣風光，也有藏族美味的事物，精妙的建築……每一處值得回憶的地方，都被悉心收納。

縣城不大，稍稍轉悠一下基本一天就能轉完，當地是有民宿的，本想直接去格聶神山，但周雨的身體還沒有恢復，只好在縣城裡住一晚。

民宿大廳有幾張空桌子，老闆會讓後廚準備特色飯菜，一些遊客不想出去吃的時候，就能在大廳裡享受美食。

中間的圓台上放著架子鼓、吉他、貝斯，看得出來，晚上這裡可能會有樂隊。

周雨沒什麼精神，晚飯都沒吃就睡覺了，馮躍倒是很喜歡這裡的飯菜，跟宮智偉和王樂在大廳圍坐一張桌子。

老闆親自上台駐場，嗓音渾厚，唱起草原歌曲的時候，深沉的低吟會把聽眾一下子帶到廣袤的草原上，眼前就是成群的牛羊，彷彿能聞到青草的香氣。

一曲結束，大廳裡掌聲雷動，老闆是個豪爽的藏族漢子，大口吃肉大口喝酒，他們已經習慣了高原的氣候，高反對他們來說，形同無物。

馮躍只能捧著熱水，小口喝著，觀察著大廳裡的其他人。

有一對夫妻坐在角落裡，妻子臉色蒼白，頭上戴著一頂假髮，馮躍眼睛毒，之所以能看出來，是因為那位丈夫在摸妻子頭的時候，把劉海扯歪了。

丈夫看上去很疼愛他的妻子，餵飯的時候小心翼翼吹涼了，送到嘴邊，細心地擦掉嘴角的湯汁，妻子手邊的水杯裡一直冒著熱氣，就連起身上衛生間，都會扶著妻子慢慢走。

馮躍出去抽煙的時候，理塘大街小巷的燈都亮起來，照在特色民居的房檐上，那些栩栩如生的彩繪，在夜晚守護著整座城。

「來一根？」

男人擺擺手，笑著說：「戒了，我愛人聞不得煙味。」

馮躍跟他站在一起，索性也把煙收了起來。

「您愛人很美。」

「她以前更美，生病之後總嚷嚷著不好看了，我就給她買了很多頂假髮，每次都會照著鏡子看很久。」

馮躍訕笑：「抱歉，無意勾起您的傷心事。」

「沒事，我們兩口子都看得開。」

男人回頭看看屋內，對著妻子微笑：「她從小長在江南，沒見過西藏這麼好的山水，我就辭掉工作，趁著還走得動，帶她出來看看。」

妻子笑起來溫婉動人，能看得出是江南水鄉孕育出的溫柔脾性，健康時應該也是撐著油紙傘，走在青磚白瓦間的江南美人。

賀彤也是江南人，只是比這位夫人多了一絲明快的爽氣。

「是什麼病症？」

「胃癌，化療過一次，但是太痛苦了，我捨不得看她煎熬，她也不想在醫院度過餘生。」

病痛帶來的傷害，是對一整個家庭的打擊，看著愛人在病床上呻吟，再高大的男人也會紅了眼眶，化療對細胞的無差別攻擊，何嘗不是對家屬和患者同樣的折磨呢。

馮躍不知道如何安慰，只能說一些醫療發達這樣的話，其實心裡也明白，如果不是走投無路，這位丈夫一定不會選擇用放棄治療這樣的方式，陪妻子走完最後一程。

「這裡高山大川一定能讓嫂子心情愉快的。」

更重要的是，有愛人陪在身邊，無微不至的照顧著，才會讓深陷病魔的女子感到安慰，這比高原上任何一處的陽光，都要溫暖人心。

這裡海拔高，馮躍看見過這位夫人站起來行走，即便有人扶著，也是三步一喘，很顯然，她的身體已經快到極限了。

「恐怕是不能帶她去拉薩了。」

男人的聲音裡悵然若失，這是難以與命運對抗的無奈，他明知道結果如何，卻無能為力，只能眼睜睜地看著愛人一天天衰弱，被動地等待著最後一天的降臨。

馮躍想，他們會在哪裡告別呢？

是格聶山下的格聶之眼，還是某一天的清晨或夕陽，還是在大草原上隨著牛羊的低吟閉上雙眼。

這裡是天空之城，或許丈夫是想思念的時候，伸出雙手，就能觸碰到魂歸天際的愛人的靈魂吧。

翻閱微博，清洗絲帕，然後看著一張張照片回憶旅程，似乎已經變成了馮躍每天睡前必備的項目。

夜深人靜的時候，會有一種突如其來的衝動，幻想著自己不顧一切地去到她面前，哪怕她厭惡，掙扎，唾罵，也要將人抱進懷裡，不顧一切的，近乎於瘋狂的，擁有她。

馮躍每當這時，就會用冷水讓自己冷靜下來，一遍遍地重複著不可以傷害她，然後繼續抱著絲帕，在床上輾轉反側。

羅衾不耐五更寒，高原的夜晚總是涼風襲來，會沖淡他頭腦中的熾熱瘋狂，讓叫囂著的思念緩慢平靜，繼續封印在身體裡。

那對相互依偎的夫妻有著最難以割捨的愛情，或許還有相伴十幾年的親情，在妻子重症不治的時候，依然不離不棄、無微不至地陪著她享受最後歡愉的時光，這樣的深情讓馮躍又感動又嚮往。

他錯過了摯愛，錯過了願意陪伴他一生的女人，辜負過那樣美好的女子，讓她從充滿熱情，到心如寒冰，失望離去，這是馮躍一生都難以原諒自己的過錯。

還是那句老話，人總會在失去的時候才懂得珍惜，但亡羊補牢，為時已晚。

去往格聶神山的路蜿蜒崎嶇，幸虧他們的車底盤高適合越野，不然這一路上已經看到很多轎車癱瘓在半路了。

穿過砂石土路，沿著河谷來到神山腳下，這裡靜靜躺著一汪湖水，清澈光亮，像是一滴眼淚，也像是通往天堂的眼睛，守護著格聶群峰。

王樂從後備箱拿出自己的設備，調試好無人機，操控著飛向天空。

「你這有飛行許可嗎？」

「開玩笑，我可是專業的，我們都獲過獎的。」

王樂說起這些話題，眼睛裡帶著自信，神采飛揚的樣子很吸引人。

無人機記錄下高空鳥瞰格聶之眼的美景，此時正在雨季，水源豐沛，透過清澈的水質，可以看見湖底顏色深淺不一的土層，像是有巨大的魔力吸引著你，想走下去探尋眼窩深處的奧秘。

藍天白雲倒映在湖面上，就像另一片天地，擁有自己的神奇秘境。

連綿起伏的草原，扎西在上面歡快地跑著，不時衝過來蹭蹭褲腿，然後踩到一顆碎石，就會四仰八叉地撲在草地上，自己再撲騰著翻滾起來。

遠處的格聶神山在晴空下佇立，薄薄一層白雪隱約露出山體岩石的顏色，有風吹過時，山峰會劃過一絲白雲，像大地長長的手指與天際相連。

馮躍席地而坐，享受著高山湖泊、茂密草原，這是在辦公樓裡觸及不到的風情，是沒有鋼筋泥土的自然，是身心舒暢，大口貪婪地吸食天地精華的最好去處。

會有朝聖者站在山腳下，對著格聶神山叩拜，然後向天空撒出一把龍達，心裡念著願望，讓風帶給天上眾神，保佑連年無災無病，去除厄難。

彩色的龍達馮虛禦風，飄飄乎在天地之間，或奔向神山，或落進原野，或融化在湖水裡，將許願者的希望帶給每一處生靈。

馮躍舉起相機記錄下這一幕，不知道賀彤有沒有來過格聶之眼，看著這宛若神淚的湖泊，又會在龍達上許下什麼願望呢？

第十一章

下山的時候，遇見一輛車在路邊拋錨，馮躍看著眼熟，那男人一回頭，就發現竟然是昨晚在大廳裡的那對夫妻。

馮躍下車去看看情況，那位丈夫在修理前蓋，妻子坐在副駕駛上吸氧，看著臉色很不好。

「大哥，需要幫忙嗎？」馮躍走過去。

「是你啊小兄弟，我這好像是發動機出問題了，都怪我，明知道今天要走山路，昨天應該檢查一下的。」

丈夫看著妻子坐在車上，希冀地看向遠方，滿臉的懊悔。

馮躍觀察了一下女人的臉色，提議說：「我們的車就在這，不如大哥先開上山，帶嫂子看看景色，這都到山腳下了，不上去太遺憾了。」

「我們留在這等道路救援，我看這車一時半會也修不好。」

男人有些為難，不太好意思接受他的好意。

馮躍是真的被他們的愛情感動到了，勸說著：「眼看著就要到中午了，到時候太熱，不適合在室外觀景，這車放在這有我們看著也丟不了。」

男人看看妻子，點點頭，連連表示感謝，讓他們一定等自己下山，到時候在飯館裡好好吃一頓。

馮躍打量了一下他們的車後座，基本都被藥品堆滿了，還有一些保暖的衣物，用空的氧氣瓶，全都是妻子使用的痕跡，反觀男人的東西，只有一個小小的皮箱，看樣子連換洗衣服都裝不了幾件。

男人把最好的、最方便的都留給了妻子，竭盡所能讓她在這段旅程中享受著風景。等救援隊到了把車修好，太陽已經升到了頭頂，高原上溫差極大，此時烈日當空，毫不收斂地釋放著自己的熱情，好像要把人間的水分全部蒸發。

扎西熱地趴在車子底下吐舌頭，周雨拿著帽子扇風，也不好意思大咧咧地坐到人家的車裡去。王樂就像一個哆啦A夢的口袋，從背包裡掏出一個小風扇遞給她，自己頂著大太陽對著原野山脈，無限連拍。

因為馮躍和宮智偉的拒絕出鏡，周雨成了他直播間裡最常露面的人，即便總是板著一張臉，但是年紀小，還帶著一絲稚氣，反倒引起一堆老阿姨的喜歡。

「他們下來了。」

馮躍看著自己的車從山上開下來，看著時間，去掉路程，估計夫妻二人也沒有在上面流連太久，可能是不好意思長時間佔用自己的車吧。

「太感謝你了，謝謝你們，上面的風光實在是太好了。」

大哥扶著妻子走過來，率先將人安置在副駕駛上，馮躍注意到，妻子手上一直攥著一個氧氣瓶。這樣的海拔，周雨一個年輕的身體都承受不住，何況是經歷過化療的病人呢，能堅持到現在已經很不容易了。

「互相幫助嘛，快回去吧，我看嫂子需要休息。」

妻子並不愛說話，只是溫溫柔柔地看著他們笑，嘴角帶著一絲羞赧。

坐在民宿大廳，妻子有些羨慕地盯著周雨懷裡的扎西，踟躇了一下，輕聲問道：「牠很可愛，我可以摸摸牠嗎？」

「當然。牠叫扎西，很乖巧的，不會咬人。」

扎西在人多的地方從來都是窩在周雨腿上，不亂跑，也不隨便叫，只會在大家吃飯的時候，舔舔嘴唇，然後小聲嗚咽著，表示自己也饞了。

馮躍和大哥聊得很投契，因為不能喝酒，就用酥油茶代替，氛圍一樣很好。

「我叫李經緯，我愛人叫申頌章，今天多虧了你們，格聶之眼這個季節太美了，要是看不到真是一大遺憾。」

馮躍爽朗地笑著：「舉手之勞，李大哥太客氣了。聽口音是北方人？」

「嗯呢，我老家是東北的，等我們旅程結束，到我那去，好酒好肉招待大夥。」

李經緯就是典型的北方漢子，粗中帶細，跟馮躍他們談天說地，也不忘在餘光中觀察妻子，哪怕只是低個頭，都會小心地護住桌角，手邊的溫水從來沒斷過。

「李大哥做什麼生意的？」

「搞點山貨批發，就是小本生意，這次出來也把店鋪關掉了，專心陪著頌章好好玩。」

申頌章看向丈夫的眼神柔情蜜意，有依賴有甜美，還有一絲小女孩般的俏皮。這是被保護得很好，才會在經歷折磨之後，仍然保持著開懷的心靈。

這樣的眼神，馮躍熟悉，以前也能在賀彤的眼睛裡看見，只是記不清從什麼時候開始，兩人的問候變成了簡單的早安晚安，她眼中再也沒有了這樣的光彩。

自己比起李經緯，真的是天差地別。

「李大哥接下來要去哪裡？」馮躍將他杯中的茶斟滿。

「我們當年結婚的時候，就想在香格里拉舉行婚禮。」李經緯拉起妻子的手說，「那時候沒有錢，連往返的車票都湊不出來，就在老家擺了兩桌酒席，這麼些年一直忙著，也委屈她了。」

「就想帶她去香格里拉看看，也算是圓了我們的遺憾。」

「正好我們也要去，不如結伴同行吧，互相也有個照應。」

一行人聊得很開心，因為並不著急趕路，第二天還沿著公路在草原上停留了。

車子從成群的牛羊中緩慢駛過，這裡的動物怡然自得，反倒是車輛變成了誤闖牠們家園的不速之客。

成群的牦牛在草原上悠閒地遊蕩著，尾巴掃著蠅蟲，看著往來的人群也不驚慌，獨有一種東道主的氣派，允許人們在他們的地盤上升起炊煙。

「我看過天氣預報了，今晚風和日麗，可以扎營。」

自從王樂加入之後，這些事情就歸他自己操心了，宮智偉全程坐車吃飯，萬事不沾身，一派大爺風範。

周雨抱著狗從他身邊走過，翻了個白眼：「風和日麗是這麼用嗎？文盲。」

馮躍看著他們鬥嘴，把帳篷固定好，順便幫李經緯拾掇起來，兩輛車一前一後將三個帳篷圍在中間。

高原上沸點高，水很難煮開，大家將就著吃了一些速食米飯，也是半生不熟的帶著硬米粒。

然後男人們坐在一起望天，周雨和申頌章一邊擦洗碗筷，一邊逗著扎西。

臨近黃昏的草原格外美麗，像小家碧玉的少女蒙上了紅紗，殘陽如血般艷紅，彷彿一場從天上燃燒下來的火球，要席捲著整片毛埡草原。

在這裡，白色的雪山，綠色的草原，紅色的夕陽，還有一簇簇彩色的野花，奇異地融合在一起，構成獨一無二的畫卷，每一處都會讓人驚嘆大自然的妙手生花。

李經緯扶著申頌章進去休息之後，馮躍幾個人搬著小櫈子湊到一起，嘀嘀咕咕地商量著什麼。

王樂一臉興奮，連周雨都被感染著帶上笑意，跟王樂伸手打鬧的時候，鴨舌帽歪了，看上去有些滑稽。

李經緯出來接水，幾個人又分別望天，裝作無事發生的樣子。

周雨壓低了嗓音說：「我今天跟申姐姐聊天的時候套過話了，她喜歡草地，潔白的婚紗，還有貼滿氣球的拱門。」

馮躍有些為難：「這草地和拱門都好說，這要是弄一件婚紗騙她穿上，就露餡了啊，再說我們一幫老爺們也選不好的。」

話音剛落，幾個人把目光轉向周雨，給小姑娘看得一愣。

「你們別看我啊，你們是男人，我還是個孩子呢，我也不會選啊，再說了婚紗目標太大，肯定瞞不住。」

幾人因為一件婚紗陷入沉思，還是宮智偉出言說：「我當年跟太太求婚的時候，不方便帶婚紗，就用頭紗代替的，我覺得也挺好看。」

周雨一拍巴掌：「對啊，有這麼個儀式感就行了，找個頭紗應該不難，目標也小，裝個袋子就能藏下。」

宮智偉用胳膊碰碰馮躍：「你想好地方沒有啊？香格里拉那麼大，在哪進行啊？」

馮躍剛要說話，就被王樂搶先了：「這不得問我嗎，那地方我熟，去過一次呢。」

「納帕海草原這時候正是好季節，還有湖泊，陽光下特別美，肯定能滿足申姐草原和氣球拱門的需求。」

「我倒是覺得白水台更好看，恰如層層梯田拾級而上。」馮躍覺得現在已經是草原了，既然要彌補遺憾，還是找一個絕美的景點才更有意義。

宮智偉看著地圖，用手指描畫了一下路線，搖著頭說：「現在正是雨季，去白水台的路上附近都是高山，這時候容易有亂石，不安全。」

行吧，安全第一，馮躍只好打消了這個念頭，其實他是在賀彤的微博上看到了白水台的照片，想著既然自己不能在那裡求婚，就把李經緯和申頌章的浪漫愛情在那變得圓滿，但考慮到實際因素還是決定放棄，聽從王樂的建議。

「要我說，李哥也是主角，納帕海有的是馬匹，不如讓李哥換上藏袍，騎著馬迎接申姐，那才是白馬王子呢。」

王樂別的不行，就想像力豐富，描繪出的景象把自己說得如痴如醉。

周雨照著他後腦勺就是一個大巴掌，把人拍醒：「你知道李哥會不會騎馬啊，你就自己策劃上了。」

馮躍也喜歡王樂的提議，就順著他的話說：「沒事，明天問問唄。」

大家頭碰頭湊在一起，商量著怎麼給這對夫妻一個遲來的婚禮。

「王樂嘴皮子溜，就讓他當司儀，宮哥細心就負責場地布置，周雨就負責把申姐帶到場地上去，然後我就搞定李大哥。」馮躍行動派，遇上這樣的事情，研究得差不多當即拍板定下來，頗有在公司指點江山的氣派。

周雨看看帳篷布上映出的人影，兩人依偎在一起，說著甜蜜的悄悄話，雖然沒有談過戀愛，但也覺得生死相依不過如此了。

「就是沒有其它的賓客，有些冷清了。」

「怎麼會呢，天地為媒，牛羊做賓，高山秀水為證，他們會喜歡的。」

第二天收拾東西的時候，馮躍搬著東西往車上走，不經意地提起這幾天的路況，跟李經緯發牢騷。

「要說這國道確實是好開，一遇上那些村裡的土路就顛簸，周雨都被顛得吐了好幾回了。」

「可不，我家那口子也不大能受得了，開一會就得停下歇歇，我車上有暈車藥，一會給周妹子拿去一點，還挺管用。」

李經緯只對自己媳婦心思細，平時說起話來壓根不愛過腦子，對馮躍這突如其來的話題一點都沒懷疑，也不想想他們開著一路，壓根沒下過國道。

「那些藏民都騎馬來回，我看可挺好，比我們開車自在多了。」馮躍把行禮放上車，轉頭問他，「你會騎馬嗎？」

周雨在旁邊聽著心都要跳出來了，不是說話的套話嗎，怎麼問得這麼直白。

「我會啊，我小時候經常去黑龍江大興安嶺裡，我姥爺就是護林員，沒少騎馬跟他巡山。」

馮躍舔舔嘴唇，跟周雨對視一眼，小姑娘轉身就跟宮智偉彙報去了。

納帕海草原最不缺的就是馬了，平時給遊客騎得就有，但是要找一匹白馬，可不是很容易，估計要到藏民家裡去挑了。

不過馮躍大手一揮，說錢不是問題，只要能找到就行，就租用一天，也不買他的馬，主要就是給李大哥圓夢去。

馮躍財大氣粗，也不在乎花這點小錢，他越是對得不到的東西，越是想看著別人享受其中的幸福，彷彿那天站在藍天白雲之下的，是他和賀彤。

本想直奔香格里拉，等辦完婚禮再回稻城好好玩，幾個人在車上也討論了熱火朝天，王樂特意托人打電話在納帕海附近的藏民家找白馬。

路程走了還沒有一半，馮躍從後視鏡看見李經緯的車在路邊戛然停下，慌亂地從車上跑下來，敲著車窗。

「頌章的氧氣用完了，你們有沒有多餘的？」

周雨扒著後座在後備箱裡翻找，拿出一瓶遞給他：「就剩這個了。」

馮躍看著那個最小瓶的氧氣，知道這肯定堅持不到香格里拉，直接說：「你先用著應急，我們就近折返回稻城。」

兩輛車從路口折返，馮躍率先領路，車速開到最快，提前進入稻城找賓館辦理入住。

當他一回頭看見李經緯抱著申頌章下來的時候，心裡咯噔一聲。申頌章臉色青紫，手臂垂在身側，那虛弱的樣子明顯不對勁。

「先進去吸氧。」

高原的住宿一般都會配備吸氧設備，算是給他們解了燃眉之急。

申頌章在床上躺著，吃了藥正睡著，馮躍過去的時候，李經緯抱著頭蹲在門口，一個一米八多的壯漢，此時無助得像個孩子。

「怎麼突然這樣了？昨晚不是還好好的？」

李經緯眼圈泛紅：「她查出來的時候就是晚期了，不能做手術，只能藥物治療，但是化療又太痛苦，平白折磨人，這沒有了化療抑制，身體狀況就一天不如一天，撐到現在已經將近七個月了。」

馮躍聽明白了他話裡的意思，申頌章恐怕即將就是大限，李經緯嘆著氣，說話都帶著哭腔。

看著這樣的場面，誰心裡都不好受，這樣溫水煮青蛙似的煎熬，讓人眼看著愛人一點點被病痛抽乾生命，計算著剩下的時間過日子，這對李經緯來說，是最大的折磨。

「美連娟以修嫭兮，命樔絕而不長。」

世上可悲之事千萬，美人遲暮，眼看紅顏消亡，朱鬟委地，是對多情子最大的傷痛。

李經緯是頂天立地的漢子，對申頌章愛入骨血，卻眼睜睜看著她一天天虛弱下去，這一路上再多美好的風景，也難以補足刺心之痛。

馮躍看著他雙眼無神，茫然地盯著遠處，好像靈魂連同申頌章的精氣一起被掏空。

「事已至此，別想太多了，我們在稻城休息兩天，就出發去香格里拉。」

馮躍與李經緯相識一場，這最後的遺憾無論如何也得實現了。他轉身去找王樂，想問問他白馬找的怎麼樣了。

王樂搖搖頭：「現在純種的白馬不好找，那附近的藏民養馬幾乎都是為了給遊客體驗，白馬就算是有，也不輕易拿出來，都留著賣高價的。」

馮躍點了一根煙，瞇起眼睛，淡淡地說：「申姐的狀態不是很好，恐怕……這樣，你跟宮哥提前去香格里拉，那馬不管是買還是租，無論砸多少錢，都得拿下，場地如果也需要租，你們就看著辦，只要在當天把這場婚禮辦好就行。」

這可能是申頌章此生最後一站了，她有愛人陪在身邊，呵護了十幾年，唯一的遺憾就是沒能在香格里拉辦一場婚禮，這也是李經緯一直虧欠的。

事到如今，沒必要瞞著他了，說出來給他一個準備，也許李經緯心裡能好受一些。

「李大哥，我們幾個商量了一下，大家都是兄弟，天南海北地聚到一起都是緣分，既然夫人是這樣的狀況……我們別的做不了，在香格里拉給二位圓夢，還是力所能及的。」

馮躍說完，李經緯就開口拒絕：「這事應該我來辦，不能麻煩你們，一路上你們已經幫了很大的忙了，不然我們連格聶山都過不去。」

馮躍握住他的肩，用力安撫著：「別這麼說李大哥，你照顧夫人脫不開身，兄弟們能做的也只有這些了，你別推辭，就算我們幾個為嫂子盡一些心力。」

李經緯紅著眼眶，一些光亮從眼角閃爍，沉重地點點頭，領了馮躍這份情。

「先別跟嫂子說了，到時候您騎著白馬，也當一回王子，風風光光地把她娶回家。」

王樂和宮智偉第二天就出發趕去香格里拉，這邊馮躍就帶著周雨滿稻城的準備著其它東西，特意到婚紗店買了一條潔白的頭紗。

周雨進去挑的，還被店員打趣了，鬧了個大紅臉出來。

第三天的時候，周雨去給申頌章送飯，哭著回來說，已經連起身的力氣都沒有了，勉強喝下去幾口粥，氧氣二十四小時不能間斷。

晚上李經緯來找馮躍，說不能再拖了，明天一早就帶著申頌章往香格里拉去。

馮躍點點頭，連夜把後座放倒，拆掉中間的扶手，便攜式的氧氣瓶已經不足以給申頌章供給了，李經緯的車沒有自己的寬敞，所以明天讓李經緯開這輛車，周雨在旁邊幫忙陪護，自己獨自駕駛上路。

一路上，車內的氣氛都很沉重，周雨一直找著話題跟申頌章說話，扎西很通人性，時不時就跑到她手邊舔舐。

他們出發得早，走香稻公路抵達香格里拉的時候，剛剛下午一點，老天爺也很給力，無風無雨，艷陽高照。

馮躍先下車去找王樂，看著草原上新起的巨大帳篷也有些愣神。

「這是？」

「結婚不得鬧洞房嗎，再說了申姐的身體也不能一直在室外待著，但是周圍的民居都不好佔用，人家有些忌諱，我就找人運了這個帳篷，一刻不停地安裝好了，裡邊什麼都有，保證舒服。」

正說著，宮智偉牽著一匹馬走過來，那馬通體雪白，沒有一絲雜色，站在草原上高揚的頭顱，神氣極了。「都準備好了，這是從藏民家租來的，看我們急用就獅子大開口，要了一天兩千塊。」

這坐地起價的本事，真是不管走到哪裡的景區，都少不了的事情。

馮躍也不在乎，讓李經緯先把申頌章安頓好，就找地方去換衣服，周雨進去哄著申頌章帶上頭紗。

馮躍在一邊看著，她愛惜地撫摸著潔白的頭紗，好像想起了她和李經緯剛剛相愛的時候，滿眼柔情似水，感激地看向他們。

「謝謝，費心了。」

五個字，彷彿用盡了全身的力氣，馮躍不忍再待下去，出了帳篷在外面平復心情。

他這樣的旁觀者都為之動容，難以忍受這樣的悲愴，這一路上遇見的人，宮智偉懷念亡妻，一場雪崩天人永隔。李經緯又帶著不治的妻子跋山涉水的圓夢，看盡世間美好的風景。他自己又愛而不得，給了七年愛情最遺憾的結局，這三人竟無一人圓滿。

想想都覺得可悲可嘆。

李經緯換好衣服，筆挺的黑色西裝穿在身上，襯托的整個人英氣十足，騎著馬緩緩走來，竟真的像是最英勇的騎士來接心愛的公主回家。

王樂站在門口，長音說道：「新郎迎親啦——」

申頌章被周雨扶著走出來，她穿上了一身裙裝，白色的長裙垂在草地上，頭紗被風吹起一角，彷彿連山風都在為他們慶賀。

李經緯翻身下馬，抱起愛人放在馬背上，白馬打了一個響鼻，載著他們緩緩往湖邊走去。

馮躍幾人遠遠跟在後面，看著一對愛侶依偎著，那條頭紗隨風飄揚，映襯這藍天綠草，格外浪漫。

湖邊的拱門是臨時搭建的，按照申頌章的想法，貼滿了心形氣球，說起這個，打氣球的時候手忙腳亂生怕耽誤事情，周雨和馮躍都累得滿頭大汗。

「清風送喜，暖陽當空，此時天地為媒證，山川做伴娘，請二位新人執手相對，在美麗的納帕海草原許下對彼此重要的誓言。」

王樂充當司儀的時候，收起了往常嬉皮笑臉的樣子，神情肅穆，頗有主持人的風範。

李經緯看著眼前的愛人，並不覺得她紅顏見老，那雙操持家務的手，即便粗糙，也依舊能撫慰他十幾年風雨的靈魂，這雙含情脈脈的杏眼，不管是否生出細紋，都是他眼中最美的樣子，堪比星辰。

「請問新郎，你願意娶申小姐為妻，無論貧窮還是富有，健康還是疾病，順利或者失意，都願意愛她，尊敬她，保護她，並願意一生之中永遠忠心不變？」

「我願意。」

李經緯深深看著愛人，不需要多加思考，愛她這件事，已經深入骨髓，成為了生命的一部分。

「新娘，你願意嫁給身邊這位李先生嗎……」

「我願意！」

沒等王樂說完，申頌章就已經回答了。

「我願意嫁給他，無論貧窮還是富貴，無論生老病死，無論平靜波瀾，我都願意愛他，陪伴他，支持他，直到永遠。」

申頌章享受了李經緯十幾年的愛，她知道自己大限將至，知道很快就不能枕在丈夫身邊睡覺，甚至沒有力氣再給他燉一盅愛喝的羹湯，這對她來說，何嘗不是一種哀痛？

相互扶持多年，早就密不可分，不能踐行白頭之約，便要撒手而去，申頌章杏眼含淚，顫抖著雙唇，吻上李經緯眼角的淚花。

「你要記得我，記得我們在一起的日子，記得我很愛你，愛到生命的盡頭，你要好好活著，把我沒有享受到的福氣，沒有見過的風景，一並記在心裡，然後等你老了，一百歲的時候，去講給我聽，好不好？」

「好……」

李經緯再也忍不住壓抑了很久的情感，緊緊抱著妻子，壯漢流淚，天地為之動容，滾燙的眼淚不止落在愛人的肩上，也落在馮躍這些看客的心裡。

王樂忍下心酸，說起最後的祝詞：「夫妻禮，紅綢花雙牽，四拜洞房，願錦帳情繾綣，月圓花好，祝愛海滔滔，永住……」

「頌章——」

「頌章，頌章你醒醒——」

申頌章的手從李經緯的臉上滑落，垂在身側，身體下滑委頓到地上，李經緯緊緊抱著她，一遍遍地喊著她的名字，企圖將愛人從睡夢中喚醒。

「你不能丟下我自己啊，頌章，你不能就這麼狠心留我一個人，你醒醒，我還沒有帶你好好看過香格里拉呢，頌章……」

李經緯抱著愛人的身體，跪在草地上失聲痛哭，驚飛了掠在水面上的飛鳥，滾燙的眼淚一串串地滑落，馮躍第一次看見一個男人哭成這樣。

此時天光正好，碧綠的湖面平靜無波，可所有人的心都被哭聲緊緊揪在了一起，他們都知道，從此之後，再溫暖的陽光，都無法治癒李經緯此刻的寒涼，也無法讓逐漸冰冷的血脈重新滾燙起來。

青草地，碧連天，白馬頓首，輕紗飛揚。

申頌章死在了自己幻想中的婚禮上，永遠沉寂在愛人熾熱又冰冷的懷抱裡。

淚水漣漣，只留下未亡人守著餘生的孤寂，在每一個深夜裡撫摸著照片，用一遍又一遍的思念折磨著自己。

念念不忘，再無迴響。

馮躍拉住想要上前的周雨，此時應該留給李經緯和申頌章獨處，這是此生最後能觸碰到愛人的機會了，天人永隔的哀默，將化作陰雲籠罩在人生中遙遙不見終點的路程中。

清風乍起，吹皺了平整的湖水，帕納海草原的每一寸土地，都在為亡靈哀悼，山川見證了他們圓夢的婚禮，也目睹著生死別離的苦痛。

陽光一寸寸遊移，直到李經緯聲音嘶啞，哭聲漸平，如同泣血的哀嚎從草原上消失，可天際連片的火燒雲用山河盛裝為申頌章送行，贈予自然最崇高的禮節。

李經緯在這跪坐了整整一下午，麻木的雙腿在站起身的時候雖然顫抖，但仍舊抱緊了愛人，一步步走向帳篷，那小心翼翼的模樣，好像捧著稀世奇珍，卻不見臉上有絲毫表情，冷靜得可怕。

「他們……」

馮躍看著他的背影，也是滿腔的失落無從開口，站在帳篷前面。

「就讓他安靜地度過這個夜晚吧，以後再沒有這個機會了。」

若說此時誰最能感同身受，那一定是宮智偉，因為他也曾親眼看著愛人在懷裡失去呼吸，不過他的夫人並沒有走的這麼體面，而是滿頭血污地留在了冰冷的雪山。

原本就是知道申頌章時日無多的，那行將就木的樣子大家都看得出來，可興致勃勃張羅的婚禮，在喪事中落幕，眼看著美人凋亡，就像春日裡最後一枝桃花墜落，想要伸手挽留，卻沒有起死回生的法術。

馮躍想，這世上如果有時光倒流的機器，李經緯一定會在最初，就給她一場盛大的婚禮，在草原上，在碧水藍天之間，傾盡所有，給她最浪漫的一切。

可世間沒有如果，只有不可追溯的遺憾，有星子墜落的黯淡，有追悔莫及的哀傷。

小彤，我又見到了一對愛侶的生別，他們的遺憾是天人永隔，遠比你我不復相見更加沉重。

可我心裡想的只有你，會不會到了白髮蒼蒼，要坐著搖椅回想過去的時候，我或許記不清你年輕時候的模樣，但你的名字仍會刻在心上，隨著每一滴血液在身體裡反復循環。

直到我鶴髮雞皮，連開口的能力都沒有的時候，隨著我的身體一起埋入黃土，在天長日久中慢慢腐化，供養給這天地。

馮躍遲來的深情改變不了過去，他甚至唾棄這樣的自己，馬後炮的思念沒有任何意義，所做的一切也只能感動到自己，他連重新追求的勇氣都沒有，甚至佳人就在眼前，也只敢抬眼看看背影罷了。

暮色四合，帳篷裡寂靜無聲，馮躍獨自坐在車裡，頭頂昏暗的燈光，照著他落寞的身影。

他將絲帕蓋在臉上，深吸一口氣，卻沒有尋找到一絲屬記憶中的馨香，只能用這柔軟的觸感迷惑自己，賀彤至少還安穩地活在這世上，為每一次花開驚喜，為一寸流年鼓舞。

第十二章

今晚的帕納海草原被傷心的氛圍籠罩著，馮躍的悔恨，宮智偉的追思，李經緯的哀痛。

原來悲傷不止要在雨夜渲染，即便鳥叫蟬鳴無比熱烈，只要心死了，再明媚的陽光，再璀璨的星辰，都將淪為背景，此刻沒有一種生靈能在人巨大的悲傷面前喧賓奪主。

香格里拉注定是個傷心地，沒人想要久留，帳篷留給了李經緯和申頌章做最後道別，大家都心照不宣地無人打擾。

不管人們的心境如何沉重，太陽照常升起，金光灑滿山峰，卻沒人驚嘆這壯觀的景象。

李經緯從帳篷裡走出來，聲音嘶啞：「麻煩你們開車送我和頌章回去。」

馮躍注意到他掌心已經結痂的指痕，這一夜他獨自承受著愛人離世的悲傷，想必此刻也是用盡全部力氣，才走出來看一看這孤身一人的天地。

馮躍開車先行，後視鏡裡，李經緯還是牢牢抱著申頌章，無論路上多麼顛簸，都不曾鬆開一絲一毫。

逝者已矣，生者節哀。

這是馮躍在口中輾轉許久都未能說出口的話，要他如何節哀呢？從此不管風風雨雨，都是冷飯涼粥，被冷羅衾寒，無人陪他共立夕陽。

申頌章火化的時候，李經緯將她手上的鑽戒取下，緊緊攥在掌心，從此頸上多了一根紅繩，將愛人留下的最後念想，放在了胸口離心臟最近的地方。

誓詞中說愛海滔滔，永駐魚水歡，轉眼之間山水枯竭，心中無悲喜，再美的香格里拉都不會二次踏足了。

馮躍與他作別的時候，已經是一人一盒，想到幾天之前還有一個眉眼含笑的江南女子坐在桌邊，聽著他們閒聊，此時就只剩一捧骨灰，被愛人帶回家鄉。

李經緯說，他要在墓碑上鐫刻下結婚禮上的誓詞，讓申頌章永遠記得那天美好的一切，稍稍減輕地下的寒涼，等著他百年之後，與之合葬。

生同衾，死同穴，奈何橋上請頌章等一等他吧。

送走李經緯之後，馮躍幾人的心情都不高漲，周雨總是抱著扎西嘆氣，頌章在的時候經常撫摸這只小狗，很喜歡跟它一起玩。

「稻城還去嗎？」

馮躍問過之後，大家都沉默了。稻城作為人間天堂，風景確實很美，但在那裡頌章的身體衰竭下去，幾乎是所有人煎熬的幾天。

最後還是馮躍打起精神，旅程不能戛然而止，大家還要繼續走下去。

在稻城景區停車的時候，馮躍一轉身就看見身後一個人都沒有，都在一個小攤子前邊圍觀。

「這不是賣紙的那個嗎？

「這不是賣我洗腳盆的那個嗎？」

周雨和王樂同時開口，馮躍伸頭一看，果然就是之前在醫院裡到處推銷商品的人，好像叫邊巴次仁。不過他怎麼跑到這來了，難不成擺個地攤還要打遊擊戰不成。

「又賣什麼呢？」馮躍隨口一問，本來沒有在意，但是宮智偉在身後拽拽他的衣服，示意他往攤子上看。

「快照？二十一張？」

這小伙業務範圍挺廣泛啊，賣小商品之餘，還蹲在景區門口給人照相，這手裡有不少活啊。

馮躍翻看著相簿集，打趣著說：「這景區門口都是人頭，能拍什麼好景色，你不如去裡邊找個風景好的地方，生意能比這好。」

「嘿嘿嘿大哥，這你就不懂了吧，你看那邊，都是夕陽老年團，還有一些購物團，大家都選擇一些有標志性的地方打卡，拿回家看的時候還知道這是哪，才好吹牛逼不是？」

「你這頭腦倒是活絡……」

馮躍說話聲戛然而止，看著相簿集裡的一張照片愣住了。

站在大門口巧笑倩兮的女孩正是賀彤，那一頭長髮在陽光下散發著光澤，身後人潮洶湧都難掩她秀美的姿色。

邊巴次仁見馮躍愣神，湊過來看看，笑著說：「大哥真是好眼光，這是我這裡最好看的一個姑娘了，那天我可是費了好大的力氣才說服她拍一張照片，就想拿出來做模板，不過尺寸更大的照片還沒打印出來呢，只能先放在相簿裡。」

馮躍手指在照片上摩挲，久久不願挪開視線。

「這張照片多少錢？我買了。」馮躍不會讓賀彤的照片擺在商鋪裡招攬客人，只想帶走珍藏。

邊巴次仁警惕地看著他，把相簿收回去：「這可不能賣，人家姑娘又不認識你，誰知道你要拿人家照片幹什麼。」

馮躍看這小伙還有些底線，就從懷裡掏出自己那張給他看：「這是我……一位故人，所以能賣給我嗎？」

邊巴次仁看來看去，見馮躍的眼神的確真誠，眼珠子一轉就說：「二百一張，我給你拿走。」

「二百？你這不二十一張嗎？」

邊巴次仁嘿嘿一笑：「人家二十買的是景色，你這二百買的可是情啊，這照片除了我這，你可再也找不著了，二百我這都是友情價了。」

嘿，這小伙子，年紀不大，倒是有一股做奸商的氣質，分明是獅子大開口，卻說成友情價，天知道哪來的友情。

「行。」馮躍抽走照片，小心地放在錢包裡，轉身剛要走，就被叫住了。

「大哥我看你們人不少，需不需要拍一張合照啊？我給你打折哦！」邊巴次仁絕不放棄每一個斂財的機會。

王樂手裡舉著相機走過來，看看邊巴次仁的傢伙，嘲笑道：「你那相機還沒有我一個鏡頭值錢，快拉倒吧，我們自己就能拍。」

對王樂的嘲諷，邊巴次仁毫不在意，湊上來說：「上面路可不好走，要是背著三腳架上去，一準後悔，不如在這我給你們拍一張，又省事，又方便，還能馬上洗出來，多好。」

「二十一張？」

邊巴次仁一聽有戲，連連點頭：「二十就二十，我們都是熟客了，在這見到也是緣分啊。」

馮躍站在中間，宮智偉拄著手杖，周雨抱著扎西，王樂站在旁邊做鬼臉。身後是不停攢動的人頭，大呼小叫的商販招攬聲音，不時還有旅遊團的小紅旗飄過。

「哢嚓！」

進藏團隊的第一張合照新鮮出爐。

「好了好了，你們先進去玩吧，等你們下山的時候就來我這拿照片吧。」

王樂攔住他：「你不是說馬上就能出來嗎？」

邊巴次仁有些心虛地笑著，抱著相機不撒手：「現在你們不還得拿上去嗎，反正下來我還在這，又跑不了。」

馮躍算是領教了，這張嘴能把死的說成活的，從忽悠王樂買不銹鋼盆洗腳，和今天敲詐他二百大洋的時候，就很明顯能看出來了。

「走吧。」宮智偉轉身往景區裡走。

進了大門有景區的觀光車接送遊客，路況並不好走，十分顛簸，馮躍倒是還好，但是周雨自從缺氧過一次之後，遇到這種路況必要暈車，手裡一直攥著塑料袋，就怕哪一下顛簸直接吐出來。

景區大門離扎灌崩很遠，坐車至少要一個半小時，這景區的觀光車還不能隨意停下休息，周雨下車的時候，腿腳都軟了。

實在是太過顛簸，路上的景色都沒心思仔細觀看，馮躍的感受也不太好，感覺五臟六腑都要被顛碎了。

這裡的風景自然不用多說，目之所及都是令人驚嘆的美色，宛若聖境吸引著大批遊客觀光，蒼翠中帶著雪山的清冷，在這一方天地巧妙融合。

周雨蹲在路邊小臉煞白，王樂跑到旁邊的攤位買了兩個氧氣瓶給她。

「一會只能徒步去沖古寺了，你多緩一會，再往上海拔更高。寧可走得慢一點，也不要過度依賴氧氣。」缺氧的時候，會用力汲取瓶中的氧氣，很容易造成鼻腔黏膜的出血。

沖古寺依山而建，年代久遠，能看出明顯被歲月侵蝕的痕跡。

腳下是青綠的草地，蔓延到千年不化的雪山腳下，兩種季節的產物完美結合在一起，寺廟就如此安靜地佇立在沉睡的峽谷面前，用沉靜的姿態守護著仙乃日神山。

寺廟規格並不大，據說，當年高僧卻杰貢覺加錯為弘揚佛法，供奉神山，在此大興土木，修建寺廟，後來因為搬山穿石打擾神靈，為一方土地帶來禍事，人們一夕之間病倒，痲風病在草原上肆虐，這才將寺廟停工。

每一處寺廟或風景，都會在當地流傳一些故事，或美好動人，或引人淚下，為雪域高原上的生靈帶去神秘的色彩，供後人傳頌。

王樂一直在抓拍美景，本想讓周雨做一回模特，被抽回來之後也不敢吱聲，自己對著湛藍的天空按下快門。

去往珍珠海的路上大多是一些木質的山路樓梯，比剛剛上山的時候好走很多。

置身在森林中穿行，滿目蒼翠，陽光從樹枝的縫隙中傾瀉而下，你會感嘆高原上獨特的氣候，所謂「十裡不同天」正是如此了，因為在其他地域，不會站在森林中遠眺雪山。

兩側不時會看見一些松鼠來回跳躍，牠們是山中的精靈，並不害怕行人，圓溜溜的眼睛會盯著你走過，然後跳回林中，彷彿你只是經過牠家門前的路人。

溪澗潺潺，從坡地蜿蜒而下，石頭被沖刷光滑，清澈的水流順著地勢在身邊經過，拾級而上一步步接近終點。

當珍珠海豁然出現在眼前時，滿目清涼瞬間把疲憊滌蕩乾淨，水汽從鼻腔緩緩流進心裡，口中只剩感嘆，或許詩意的人還能想到幾句詩詞來形容此番絕美。

仙乃日腳下的靜謐湖泊不負盛名，一方寒碧撩動瀲灩水光。藍天、雪山、樹林倒映在湖面上，潭面無波，彷彿有相同的兩個世界，引遊人探尋。陽光透射進水面，帶著如夢似幻的丁達爾效應，使人無酒自醉。

若是能趕在清晨、日出東方之前到達這裡，湖面上蒸騰著水霧，皚皚遠山和青翠的樹林半遮半掩，如同美人出浴，帶著致命的清純與誘惑。

待太陽高升，陽光撒遍每一個角落，山上散著金光，仙乃日彷彿有了生命，對著海子和森林吐露梵音。

馮躍爬上右邊的山坡，仔細尋找這微博上相同的角度，站得更高，就像被神山環抱其中，那樣的震撼難以言表。

只能按下快門，看著別無二致的地點，知道此刻腳下的泥土曾經站著婉約佳人，心中對珍珠海的盛情又增添幾分。

周雨癱軟地靠在王樂身上，顯然這一段路程已經筋疲力盡。

馮躍不放心她的身體狀況，想讓她先回去，在車上等著，周雨不肯服輸，反正一會也是坐著景區的電動車上行，覺得沒有什麼大礙。

坐電動車到洛絨牛場只需要二十分鐘，車開起來的時候，風吹拂著臉頰，馮躍開始慶幸今天沒有下雨，不然定是要遭一番罪的。

八月的洛絨牛場正是水草豐沛的季節，高山冰雪融化注入草甸，為這一片浪漫增加聖潔，滿眼的牧歌風光，如同方外世界，此時只想端著一杯咖啡，享受這樣寧靜的時刻。

馮躍伸手觸摸水窪，冰凌刺骨，激起一身冷顫。

看著眼前一片開闊景象，牛羊閒適地遊蕩在草甸上，馮躍想到海子的那句詩——「明月如鏡高懸草原映照千年歲月」。

此時滿眼風光，一眼萬年，想像著他和小彤手裡拿著皮鞭，追風趕月，自由自在地牧羊，再有一首悠揚的曲子環繞身側，那便是世間最美好的願景。

馮躍的肩上被拍了一下，宮智偉站在身側：「再往上就是牛奶海了，海拔更高，我看周雨快堅持不住了，一會我帶她先回山下休息等你們。」

馮躍看著周雨煞白的臉色，卻倔強地不肯開口返程，執意要跟著他們走到最後，便走過去說：「別逞強，上面的海拔你受不了，先回去等我們吧。」

周雨看了看他們，抿著唇，不情願地點頭。

從洛絨牛場往上就全是徒步了，只剩馮躍和王樂堅持往上走。路上需要爬坡，跨過山稜，然後就是很長一段的碎石路，體力下降得很快，像馮躍這樣沒經過戶外運動訓練的，很容易在疲憊和高反中萌生退意。

「寧可慢一點，也不要依賴氧氣。」王樂一直在重複這句話，都最後已經是扶著馮躍往上走了。

海拔越高，越會感受到明顯的氧氣開始稀薄，馮躍喘著粗氣，感覺胸腔轟鳴想要炸開，卻依然惦念著那一片牛奶海，不肯放棄。

路上經常能看見爬山爬到崩潰的遊客蹲在路邊哭泣，這段路程真的很長，聽下來的遊客說，從這裡到五色海往返，需要六個小時，很多遊客聽後都會遲疑，上面的景色到底值不值得花費時間忍受著身體的叫囂。

馮躍來之前沒有關注過這裡，但是賀彤爬上去了，還在海子旁邊拍了絕美的照片，那一襲紅裙盛開在水畔，成為他咬牙堅持下去的全部動力。

接近牛奶海的時候，是一段緩坡，讓人能慢下來喘口氣。

馮躍的身體已經接近極限了，跪坐在地上，將手機塞進王樂懷裡，艱難地開口：「幫我找到這個角度。」

牛奶海在陽光下，青翠欲滴，又因為倒映著天空，藍綠相間的色彩讓人懷疑這是否誤入了哪一處光怪陸離的世界。它像一顆藍寶石，鑲嵌在群山腳下，等著世人發現它的美麗，卻只能遠觀，看看淡淡的光華驚嘆，無人能將其採擷，永遠珍藏在家中。

因為這是造物主的珍寶，是被神山庇佑的天堂，最後一片人間淨土。

馮躍痴迷地看著那片海子，他不知道自己是心魔作祟，還是對小彤的思念病入膏肓，竟然覺得海子邊上，就站著一位墨髮紅裙的少女，裙擺隨風飛揚，與陽光交匯纏繞，萬千青絲在兩人之間勾連。

「在這呢！」王樂站在西邊的雜草坡上呼喊。

馮躍掙扎著站起來，一步一步地挪上去，站在那，又是截然不同的視角，將整座牛奶海盡收眼底，與雪山堅硬的對比更加強烈，一柔一剛，向人們講述著這片土地千萬年變化至此的結果。

王樂為馮躍按下快門，看著相同的背景，馮躍欣慰地笑了，同樣的空間我與你重逢，就讓我用這樣浪漫的際會，陪你到旅程終結。

看馮躍體力不支的樣子，不比剛才的周雨好上多少，王樂就提議折返下山，五色海就不看了。

馮躍把照片轉到隱藏相簿裡，去看了賀彤的微博，也只更新到牛奶海。

看看五色海的方向，雖然海拔只有一百米，但那是一段垂直陡坡，每一步都要用盡全力，正在攀爬的人兩步就要停下歇歇。

馮躍感受了一下身體狀況，胸悶氣短，嘴唇開始發脹，腳底像被石子磨破了鞋底，索性聽從了王樂的建議，開始返程。

下山的時候，山路窄小，風和重心會不可抗力地將人向下帶，只能竭力控制著身體，小心地往下騰挪。等走到觀光車站點的時候，馮躍癱在地上一動不動，大口喘著粗氣，胸腔劇烈起伏，想一條瀕臨脫水的魚。

馮躍到景區門口的時候，雙腿酸疼，腳底火辣辣的，每一步都拖著腿往前走，而宮智偉和周雨正靠在車上吃著冰棍，看著他們狼狽的樣子笑得直不起腰。

「幸災樂禍，還不來扶一下小爺。」王樂一直開著直播，此時彈幕上全都是「哈哈哈」的嘲笑聲，說他運動健將的人設崩塌了。

偶爾有一兩句疑惑同行的馮躍為什麼要找固定的角度拍照，也被滿屏的「哈哈哈」壓下去了。

馮躍坐在車座上剛剛喘勻一口氣，廣場東邊就起了騷動，人們圍過去看熱鬧，聲勢越來越大，連巡邏的安保都驚動了。

王樂天生就愛湊熱鬧，也不管腿腳酸痛了，拽著馮躍就往人堆裡扎。「看看去，怎麼了這是？」

馮躍一抬眼，就看見上山的時候拍合照的攤位被掀翻，照片撒了一地，邊巴次仁被兩個壯漢壓在地上胖揍，一手抱著頭哀嚎，一手緊緊護著兜裡的錢包和相機，任憑怎麼挨打，都不鬆手。

「大娘，這是出什麼事了？」馮躍問身邊的遊客，那大娘好像是哪個旅遊團的，已經在這看了有一段時間了。

「那拍照片的小伙子給那幾個人拍照，結果照出來好像不合人家心意，人家就要求退錢，這小伙子說什麼都不退，兩邊就衝突起來了。」

馮躍看著邊巴次仁咬著牙，就是不鬆手的樣子，就知道這小伙嗜錢如命，讓他把裝進兜裡的錢吐出來，那是寧可挨打都不能給的事情。

兩個壯漢比邊巴次仁強壯很多，沙包大的拳頭砸在他身上，周圍的人有冷漠地看熱鬧的，有拿手機拍照的，也有勸他退錢的，就是沒人上去拉一把。

馮躍看不過眼，走上去勸架。

「這位兄弟，出門在外就講究一個和氣，大家都是來玩的，別傷了心情。」

那壯漢看突然出來一個人，火氣很大，直接把馮躍推到一邊：「去去，別多管閒事。」

「這奸商忽悠我家老太太拍照片，收費貴不說，拍出來全都是路人，找我家老太太在哪都費勁，那拍的是什麼玩意，讓退錢還跟我們不樂意，呸！」

「怎麼就看不清人了，那廣場上人就那麼多，我這是快照，又不能把人都給你修掉，再說我也是正經生意，怎麼就奸商了。」

邊巴次仁眼眶青紫，嘴角也被拳頭打裂了，坐在地上狼狽至極。

兩邊公說公有理，婆說婆有理，馮躍心裡明鏡似的，別看邊巴次仁這義正言辭的樣子，指不定當時怎麼忽悠人家老太太呢。

正好安保過來了，將雙方隔開，瞭解了事情始末就把人帶到了治安亭。

交罰款的時候，馮躍遠遠看著邊巴次仁從懷裡掏出一個塑料袋，裡邊包著一個紙袋，紙袋裡還有好幾層，一時有些哭笑不得，這年輕人有多愛財啊，那幾張鈔票包得這麼嚴實。

等他齜牙咧嘴地回到攤位，把地上的照片撿起來裝好，心疼地檢查著相機，默不作聲。

王樂叼著一截雪糕棍，吊兒郎當地說：「你忽悠我買不銹鋼盆洗腳之後，我就想揍你了，今天你也是報應了。」

邊巴次仁撇撇嘴，把他們早上拍的照片拿出來，遞給馮躍：「喏，我可給保存得好好的，你看好了啊，能找到人，我可不帶退錢的。」

馮躍看著照片差點沒在他臉上再補一拳。

確實能看見人，就是有點虛影，而且逆光拍攝，白嫩的周雨都拍黑了三個度。

王樂大呼二十塊不值，咬牙切齒地罵他活該。

馮躍看著照片一言難盡，問道：「你不在醫院賣衛生紙，跑到這幹嘛啊，你這技術也掙不到幾個錢啊！」

邊巴次仁一邊收攤一邊嘟囔著：「我聽說在景區拍照片一天就能掙好幾百，這相機還是我在二手市場買的呢。」

「看出來了，鏡頭裡邊都落灰了。」王樂在旁邊搭腔。

「剛才你早點把錢退給人家，也不至於挨揍。」馮躍幫著他把桌子收到小推車上。

「二十塊錢我能吃兩天飯了……」

看他這樣子，是要推著這個小車一直走到住的地方去，這景區附近大多是假日賓館，看邊巴次仁這仔細的樣子，也不會去住的，要想找到便宜的出租房，離這裡可是有段距離。

「一會到了下坡，就把你這小推車連到我們車上，反正也要去市區，我們送你一段。」

邊巴次仁猶豫了一下，問道：「不收費吧？」

馮躍一哽，無奈地說：「讓你白坐，不收錢。」

邊巴次仁指了指旁邊那堆人，說：「看見了嗎，他們專門在門口等活，幫那些遊客拎包牽馬，一小時二百塊，我明天打算去做那個，比拍照掙錢快，多跑幾趟就能掙一千多塊呢。」

馮躍覺得他是沒上去過，不知道上面的路況，正常人一趟就要命了，他還大放厥詞要去好幾趟，只怕是不要命地掙錢了。

看他的樣子也就二十出頭，怎就這麼拼命地要掙錢呢？不過畢竟只見過兩面，交淺言深是忌諱，馮躍也不好多問。

幫他把小車連在自己車後邊，就讓他在後座上跟王樂和周雨擠一擠。

「你為什麼這麼想賺錢啊？」周雨抱著狗問他。

在醫院的時候就拼命推銷，仗著嘴甜，把那些大爺大媽哄得心花怒放，手紙護理墊都一兜子一兜子往家買。這又跋山涉水地到稻城景區門口拍照片，那點拍照技術一看就是門外漢，但只要掙錢他也不怕丟醜，甚至被毒打都不怕。

邊巴次仁把裝錢的塑料袋揣進懷裡，手一直捂著胸口，甚至用來轉帳的二維碼都仔細地擦乾淨放進帽子裡。

「誰不想掙錢的，沒錢怎麼生活啊？」

「那你可以找個固定的工作啊，不比這風吹日曬的強？」

邊巴次仁第一次露出失落的神情，扭頭看著窗外：「我沒學歷，現在超市收銀員都要高中畢業，我沒念過幾年書，找不到好工作。」

周雨自覺說錯了話，好像提起了傷心事，就閉嘴不再開口了。

按照邊巴次仁指的路，車開到了一戶偏僻的農莊，裡邊大片的農房都廢棄了，只有幾戶人家住著孤寡老人。

原本以為邊巴次仁住在其中一戶裡，沒想到徑直走向了一個破房子，外面的牆皮都脫落了，窗戶砸碎了好幾扇，房頂的瓦片也殘缺不全，白天這裡勉強能遮風避雨，到了晚上四下透風，肯定不暖和。

一進屋子，裡邊只有一床被褥，都已經水洗泛白，有的地方都露出了棉絮，地中間放著一個盆接雨水，這可真是讓馮躍見識到，什麼叫家徒四壁了。

也不知道邊巴次仁是個什麼情況，日子竟然過得如此清苦，這裡只有一個人生活的痕跡，說明他連家人都不在了。

家裡窮成這樣，可吃飯用的鍋碗瓢盆一樣擦洗得乾淨，身上穿的衣服，即便破舊也是乾乾淨淨的。

邊巴次仁沒有絲毫忸怩，請馮躍他們進來：「沒有別的地方能坐，就直接坐床上吧，被子都是乾淨的。」

他用碗給幾個人倒了水，還細心地給扎西也倒了一些放在地上，可見也不是只有貪財這一個特點，還是個心底柔軟的年輕人。

「我沒有父母，從小就在孤兒院長大，後來校長得罪了人，孤兒院被迫關門了，我們這些孩子來不及找到收養的人家，就流落在外了。」

邊巴次仁坐在一張草席上，身邊就是一個水窪，裡邊有從房頂漏下來的雨水。

「……院長從那之後一病不起，為了給院長掙錢看病，只能到處奔波打工，什麼掙錢就做什麼，只要能讓院長多活一些日子，別說挨頓打了，做什麼都行。」

邊巴次仁下意識地摸著胸口裡藏著的錢袋，那裡裝的是救命錢。

「院長在哪治病呢？你東奔西跑的怎麼照顧她？」馮躍有些疑惑，家裡有人生病怎麼會打一槍換一個地方呢？

「還有一個人跟我是一個孤兒院的，在醫院照顧院長，我攢夠一點錢，就寄過去。」

世上不幸的人千千萬，有人一蹶不振，有人在泥潭裡苦苦掙扎，只為了有一天攀爬上岸，洗淨一身泥濘，開始真正精彩燦爛的人生。

馮躍知道邊巴次仁這樣的人，不會無緣無故地接受別人的饋贈，所以也沒有什麼辦法能幫助到他。

「景區裡的生意並不好做，那些人都是固定的，大家都有排外心理，今天你在門口被人揍成那樣，也並沒有人出手相助。」

馮躍的意思是讓他換個出路，找一些更靠譜的工作，不至於這麼奔波勞累，今天有要是沒碰上他們，就從景區到這的距離，天黑都走不回來。

「勞動成本和收入不成正比，你掙錢的速度也快不起來。」說起掙錢，馮躍是最有頭腦的，出入職場的經驗也不是白白工作了那些年。

「我沒有學歷，沒有手藝，連工廠都進不去，只能沿路擺擺小攤，賺些小錢。」

「你對進藏的路很熟悉？」

邊巴次仁點點頭：「我在這邊長大，小時候被收養過一次，經常跟著養父跑長途，後來被送回孤兒院那些東西也沒忘了。」

馮躍思索一下，接著說：「現在很多私家車進藏，有些稀奇古怪的景點導航上並不準確，如果你有把握的話，可以做嚮導，比你擺攤掙得多。」

邊巴次仁的眼睛亮了一下，有些遲疑：「我不知道去哪找這需要嚮導的車。」

「一些民宿、旅店都會有遊客的。」

馮躍能給指的路也只有這些了，能發展成什麼樣，就看邊巴次仁自己了，不過看他嘴上功夫了得，招攬生意肯定不成問題。

又閒聊了一會，馮躍幾人就開車回去了。

看著今天在邊巴次仁手中買的照片，馮躍輕輕放在唇邊，照片單一的觸感自然比不上真人柔軟，但足以告慰他那顆被思念搓碎揉爛的心。

時至今日，馮躍已經沒有最開始在人群中尋找賀彤的瘋狂了，即便今天知道幾天前賀彤出現在同一地點，也不會激動地想要跳起來。

現在只要跟著她的足跡，一一拜訪那些被賀彤瀏覽過的山川，對馮躍而言，已經足夠了。

知道佳人再難挽回，就選擇徹底淡出她的視野，那一片晴朗的天空，從此還給她，回歸淨土。而自己只要站在她的身後，在她看不見的地方，默默關注著，就是莫大的滿足。

我將玫瑰藏於身後，在無人處祭奠愛情，祝你在朝陽下燦爛盛開。

第十三章

「咚咚咚。」

「請進。」

「馮哥，我想跟你談談。」周雨走進來，懷裡抱著扎西。

馮躍對人心情緒的洞察有一種天然的敏銳力，一眼就能看出周雨情緒不好。

「喝點嗎？」周雨拿著兩罐啤酒。

馮躍搖搖頭：「高原上最好還是不要喝酒，你今天也累壞了。」

周雨自顧自地打開一個易拉罐，仰頭灌下一口。

「有心事？」

「我在想，邊巴次仁那麼辛苦地活著，是為什麼？」

「因為他心裡有放不下的責任，有牽掛的人，所以即便處境艱難，也要掙扎向上。」

邊巴次仁為了院長，即便受盡苦楚也在苦苦堅持，因為他知道，自己要是放棄了，那就等同於一並放棄了院長的生命。

這世上的人生來就不是平等的，有人為了更高品質的生活努力工作，有人含著金鑰匙出生，生來就站在普通人拼搏一生都難以企及的高度，而有些人就連活著就已經用盡全力了。

他們在大雨中奔跑，渾身濕透，都沒有能力買上一把雨傘，卻依舊相信彩虹是存在的，相信大雨過後是萬里晴空。

「我知道你心裡對你母親的怨恨，可邊巴次仁連母親是誰都不知道，連自己落魄至此要去恨誰都不清楚，但他卻知道人不能活在怨恨裡，那樣是永遠看不到晴天的。」

馮躍勸說過周雨很多次，卻知道心病難醫，只能等周雨自己看到一些事情，經歷一些其他人的人生，才能看清怨恨並不是生活的全部。

周雨一直在喝酒，默不作聲，她未必不清楚馮躍的意在何處，只是心裡憤憤不平，不願意就這樣輕鬆地放過她，放過那個造成她如今萬分痛苦、家破人亡的女人。

「我爸爸雖然瘋瘋傻傻不愛回家，但我至少知道他還活著，爺爺奶奶從小將我帶大，教育我要善良真誠，可是她偏偏出現了，帶走我身邊所有的親人，將我送到暗無天日的地方受盡折磨……」周雨捏扁了手裡的易拉罐，不難聽出語氣裡對母親的痛恨。

「……我無法原諒她。」

「可你終究要放過你自己，你才十八歲，大好的青春年華還沒有正式開始，她已經毀了你的家庭，再讓她毀了你，那你才是真正的一無所有。」

人最大的財富，永遠是自己永不放棄的心，在逆境中追逐勝利，在順境中追求真我，這才是雙贏的人生。

仇恨是黑暗的，無論最後你的仇人是否得到報復，你的心中是否因此感到快慰，你失去的光陰年華是不會再次回到生命裡的，失去的時間永遠是最慘痛的代價。

「邊巴次仁要努力賺錢，所以他沒有時間去糾結所謂的不公平，你不如也給自己找些有意義的事情做，比如重新考學，依照你的聰明伶俐，想要上一所心儀的大學並不是難事。」

馮躍不忍心看見這一朵嬌花凋零在最應該唯美的季節，一如在折多山上冒險救下她時一樣。

沒有人能看著生命在眼前消失而無動於衷，馮躍希望她好，希望她走出枷鎖，給自己一個睜眼看世界的機會。

「這高原之上美嗎？」馮躍問她。

周雨點點頭：「很美。」

澄澈的天空被悠閒的白雲點綴著，湛藍的海子像維納斯的眼睛，起伏的草原廣袤無垠是大地最美的身姿，挺拔峻峭的高山如同天界之門，帶著人們的信仰與眾神交流。

這是雪域高原獨有的姿態，可這只是九百六十萬平方公里上的一部分而已。

周雨還沒有看過極光在黑龍江最北端閃耀，沒有看過黃河滔滔向東逝去，沒有看過錢塘江震驚世界的浪潮，沒有看過帝王封禪的泰山龍氣，甚至沒有真正領略過人生。

如何能在十八歲的年紀戛然而止呢？

「可我不甘心……她不應該好好地活著，不應該不為爺爺奶奶和爸爸的死亡付出代價。」

馮躍在心裡嘆息，還是個孩子啊，不懂得真正的報復就是讓欺負自己的人，眼看著自己過得更好，站在她需要仰望的高度上，居高臨下地看著她。

「那你要怎樣報復她呢？回去一刀殺了她，然後因此入獄，從此變成一個殺人犯？」

周雨愣住了，她不知道，她痛恨自己的無能，不能讓那個女人付出代價。

「周雨，你聰明伶俐，知道什麼是不能做的傻事，你對所有人都心軟，唯獨不肯放過你自己。」

「你只有活得更精彩，更驕傲，才對得起爺爺奶奶從小對你的教導，他們不希望你終日活在痛苦裡，也只有這樣，才能讓你的母親後悔，讓她卑微地乞求你的原諒。」

「這才是真正的報仇。」

話已至此，馮躍索性把它說開了，不然任由周雨自己鑽進牛角尖，一時半刻是出不來的。而結束稻城之旅後，過了芒康就要到梅里雪山了，那是之前和宮智偉哄騙她的地方，如果到了梅里還沒想清楚，那真是白白在折多山救她一命了。

從山上一躍而下容易，但自殺是最懦弱者逃避現實的行為，只能「親者痛，仇者快」，在乎自己的人將承受失去的痛苦，而不在乎的人，根本不會生出一絲良心上的譴責。付出了一條生命，卻得不到想要的結果，這是人生中最不應該考慮的下下策。

周雨坐在角落裡，檯燈昏黃照在臉上，低著頭看不見她的表情，馮躍卻能從她顫抖的雙肩感受到悲鳴。家破人亡四個字說出來輕鬆，但這重量和悲痛卻是身在其中的人，難以言喻的傷痛。周雨失去了疼愛她的家人，被親生母親送入虎口，改變了原有幸福的人生軌跡，或許從前她也是站在陽光下肆意歡笑的少女，也是追著星星不諳世事的姑娘。

但只要一瞬間，擁有的一切都會崩塌，生命從唯美的象牙塔變成斷壁頹垣，過往一切美好都成了午夜不敢回想的傷痛。

馮躍真正心疼這個姑娘，希望自己的話能給她指引，哪怕只是帶去一點點光，也好過她站在梅里雪山的時候，仍舊只能看見腳下的深淵，而忽視了周邊高大巍峨的山脈。

「苔花如米小，也學牡丹開。」

周雨應該過著自己不被定義的人生，像邊巴次仁一樣，在泥潭裡掙扎，在崇山峻嶺間攀登，總有一天，會在無邊的逆境中學會自渡，做自己的一葉扁舟。

「好好睡一覺吧，沒有問題不能被解決，遇到門檻了就邁過去，門檻太高就讓自己先長大，到時候所有的問題都會迎刃而解。」

馮躍打開另一瓶啤酒，與周雨碰了一下：「小姑娘，喝酒傷身，今天就當馮哥陪你放肆一回，以後小孩子還是喝點果汁比較好。」

去往梅里雪山的路上會路過理塘，本不想多做停留，但馮躍一踏進這裡，就被吸引住了。此時大片的青稞麥田千里碧浪，行走田間，宛若置身水鄉，溫度隨著海拔的下降而升高，這裡真正能感受到「高原江南」的夏日氣息。

這裡或許看不到奇偉的神山，但無端地會讓人放慢腳步，享受這裡的陽光，讓整個高原之行得到緩衝和放鬆身心的休憩。人們總喜歡追逐安逸本身，理塘宛若世外桃源的安靜和舒心，足以讓人對這裡流連忘返。

站在青稞田埂上，撲面而來的清風吹醒旅途的困乏，捧著一杯溫熱的奶茶，帶著奶香開啟後面的旅程。從理塘到芒康的路程並不好走，馮躍本想即刻出發，宮智偉還是讓大家在理塘休息一晚，明天起早開始趕路。

「到水磨溝的路經常維修，我們趕在開工之前穿過去，不然這條路可能會堵到中午才能通行。」

畢竟進藏有經驗，馮躍也沒有堅持。索性臨時改變計劃，到措普溝玩一圈，晚上回到民宿好好休息。

這一路上看過的山水多不勝數，多麼清澈的海子都曾在眼中環繞，也曾在茫茫草原上露營，在低氧艱難的雪山上夜宿，所以馮躍並沒有對措普溝有很大的期待。

但當走進景區，看見坐落在群山環繞中的亞索寺，那紅色建築在層層綠林中更加醒目，如同被簇擁著的明珠。這是藏傳佛教中尼瑪派寺院，建築規模宏達，遠遠望去彷彿一層紅綢鋪在山谷之間。

再往上走，馮躍被撲面而來的熱蒸汽瞇了眼睛，兩側奔流的水路帶著蒸騰的熱氣，石碓裡有熱浪噴湧而出，這裡彷彿是大地之母的鼻息。

一百五十餘個氣熱泉和熱噴泉口，將其打造成溫暖夢幻的神仙洞府，沿路就能看見商家挎著籃子，售賣八十五攝氏度下煮好的溫泉雞蛋。

馮躍買了一個，可能最大的區別就是，平時吃不到海拔這麼高的雞蛋吧。

觀光車停在第二個站點章德草原，章德在藏語中是「淨土」的意思，站在草原上極目遠眺，就看見扎金甲博山矗立在遠方，守護著這片最美的高寒草原。

當盛夏的陽光灑滿天堂，綠草穿上神聖的嫁衣，與蜿蜒的溪流相映成趣，茂密的森林，湛藍的海子融會貫通，豐富多彩的顏色為這片草原賦予了最深的層次。

傳說，格薩爾王和珠穆王妃巡視人間，路過這片人間仙境，一時間流連忘返，再次嬉戲，於是幻化成兩座山峰千百年地守護著這片淨土。

馮躍步行前往措普湖的時候，那種隨著地勢變化，湖水一點點顯露眼前的神秘，令人心驚。

康巴第一聖湖果真名不虛傳，沿著環湖棧道遊覽，在享受聖湖清澈的水光時，層層疊疊的樹林環抱著湖水，將水光染成深綠，陽光照射下，如同最珍貴的祖母綠寶石，歷經歲月磨煉，更顯韵味風華。

這裡的每一處風景，都帶著美麗的傳說，為這片信仰至上的土地再添一層神秘的面紗。

周雨聽著導遊講解聖湖志瑪雍措的傳說時，發現路邊的草地上有土撥鼠鑽行，捧著乾果的樣子憨態可掬，絲毫不怕遊客的打量。

「好可愛啊，我第一次看見土撥鼠。」

周雨想要伸手去摸，被王樂手疾眼快地攔住了。

「這種土撥鼠又叫喜馬拉雅旱獺，看著可愛，身上卻是鼠疫的天然宿主，所以野外不要隨便觸摸動物。」

周雨訕訕地收回手，跟著大部隊往棧道盡頭走去。

迎面就是兩片湖泊，極寬闊水域彷彿與神山連成一片，這就是在措普溝非常有名的兩座聖湖，志瑪雍措和康珠拉錯。藍色的湖水帶著清澈的明度，周圍是蒼翠的樹林，遠處有潔白的雪山，濃墨重彩的山水匯聚一堂，彷彿從中世紀的油畫中裁剪下來的珍貴篇章。

康珠拉錯靜臥在深山靜林中，形狀宛若眼淚，相傳這是格薩爾王的小女兒途經此處淚灑當場，形成了這片唯美靜謐的湖泊。

藏馬雞收斂著黑色的尾羽，悠哉的山地上覓食，不遠處就是莊重古樸的措普寺，與山下的亞索寺不同，這裡是藏傳佛教寧瑪派的寺院。

背靠扎金甲博山，面對措普湖，在朝陽往復中供奉著人間淨土。法號陣陣傳出，香火隨著清風傳出遙遙萬里，在此苦修的僧人與經幡作伴，寺外的牛羊和走雞都是經文的聽眾。

措普寺吸引著人們到此朝拜，無論信仰與否，只要潛心叩拜，都會在明山秀水間得到安寧。

從理塘開始即將進入一段最艱難的路程，一直到八宿，要接連翻越五座大山，分別是宗拉山、拉烏山、覺巴山、東達山、業拉山，以及怒江、瀾滄、金沙三條大河。

馮躍和王樂交換開車，駛上金沙江大橋的時候，奔騰的河水在橋下呼嘯而過，坐在車裡都能聽到壯闊的水聲，兩邊是連綿不斷的山脈。

一邊是四川境內，一邊是西藏屬地，從這裡開始318國道才真正地走到了西藏。

再往前王樂主動把駕駛位讓給了馮躍，海通溝曾經是人們口中的「鬼門關」，自從進藏公路修建好，這裡才叫天塹變通途，不過公路緊挨著高山，此時正值雨季，經常有亂石飛濺而下，不能停留，必須全速通過。

連續不斷的精力高度集中，是對駕駛員的考驗。

道路兩旁是一望無際的山體，在高原上肆無忌憚地顯露著身姿，若是遇上大霧天氣，這裡的山被雲層遮擋，彷彿誤闖天境，帶著欲語還休的美。

「前邊到了觀景台大家下車活動一下，宗拉山的路王樂開吧。」

自從開始了這趟旅程，馮躍挑戰了自己的很多極限，譬如跟宮智偉一起登貢嘎雪山，那是專業登山運動員都不敢輕易挑戰的，雖然最後因為意外沒有登頂，但也身負重傷，在醫院躺了一個多月。

從前只是從家裡開車到公司，就算堵車也一個小時就到了，現在開盤山路，開碎石道，在劇烈地搖晃中享受著過山車的樂趣，一開就是十幾個小時。好在現在有王樂幫忙分擔，不然從理塘出發到芒康的行程，真是能要了馮躍半條命。

站在觀景台上俯瞰群山，前邊就是宗拉山了，相當於進入了橫斷山脈的核心區域，那也是進藏的第一個埡口。

山脈如同長龍，盤臥在大地之上，南北兩側陰陽分割，有裸露著岩石的山峰，也有海拔高聳，終年積雪的神山，就在此處匯聚在一起，低聲訴說著這片大地上的傳奇。

只要通過海通溝，最驚險的一段路就算告一段落了。

前面的吉普車速很快，看樣子應該是個老司機，對這附近的地形很熟悉，轉彎的時候減速很小，看得馮躍跟在後面都有些膽戰心驚。

「這是什麼牛人開的車啊，轉彎都不減速。」宮智偉坐在副駕駛，抓著把手。

公路有些彎道的另一邊就是絕壁，只能緊貼著山體前行，對駕駛員的操作技術有很高的要求。馮躍雖然不是專業車手，但勝在開車很穩，絕不冒進。

宮智偉提著的心卻一直沒能放下來，自從進了海通溝的範圍，就連一向嘻嘻哈哈的王樂都收斂起來。最近接連降雨，山上很可能有鬆動的山石，這麼大的高差一旦墜落，那對車輛和人員都是近乎致命的打擊。尤其是這裡公路緊窄，一旦堵塞，救援車輛都很難第一時間疏通進入，對生命的威脅只大不小。

正想著這些事情，前邊彎道之後發出一聲巨響，馮躍心裡一顫，不會這麼巧吧？

車體旁邊窸窸窣窣滾落的碎石泥沙，劈里啪啦地砸在車頂和窗戶上，所有人的心都提了起來。

剛過彎道，馮躍被眼前的場景震驚了，一腳剎車停在邊上，坐在那目瞪口呆。

「這！這不是倒了大霉！」

公路上橫停著一輛吉普車，就是一直領先在他們之前的那輛，司機一隻胳膊撞碎了玻璃垂在外面，車頂有巨石砸過的凹陷，前蓋冒著白煙，靜靜地告訴人們這裡發生了什麼慘劇。

「都下車，宮哥你和我去看看情況，周雨拿著警示牌放到路中間，王樂打救援電話。」馮躍率先拉開車門跑過去。

宮智偉緊隨其後，從後備箱裡拿出防護頭盔遞給馮躍：「大家把帽子都戴上，以免再有落石受傷。」

馮躍跑過去拍打著駕駛位的車門，從破碎的窗口伸手進去拉開門鎖。

「女士，女士能聽到我說話嗎？」

馮躍大聲呼喊著，傷者額頭染血，整個人偏向左側，怎麼叫都沒有反應，應該是受到撞擊導致了昏迷。

連忙又看向副駕駛，一抬眼馮躍就愣住了。

「邊巴次仁……」

怎麼會是他？！

大家聽見馮躍說的名字都圍上來，這小伙子之前還在景區門口拍快照跟人打架呢，今天就躺在了事故現場，這也太戲劇性。

馮躍知道他一定是聽了自己的話，去找了這輛進藏的車做嚮導，沒想到第一次就趕上了海通溝山石滑坡。

「快先拉開車門，把人救出來。」

馮躍拉著駕駛位的車門，用盡力氣，好不容易把門打開，但是車身好像在被砸中之後，撞上了山體，保險杠嚴重變形，卡住了駕駛座那個女人的腿。

馮躍不敢用力拉扯她的上半身，只能小心地移動著她的腿，看這樣子，這女人的腿八成是斷了。

王樂打完電話跑過來，跟宮智偉一起砸著副駕駛的車門，邊巴次仁頭破血流，鮮血糊住了雙眼。

「一二三——用力！」

山石砸落把車門擠壓變形，副駕駛的門死活打不開，山體上還有泥沙撲簌簌地往下落，所有人的心都提到了嗓子眼，萬一再有石頭滑坡，危險就落在了自己身上。

「宮，宮大哥……」邊巴次仁勉強睜開眼睛，說話有氣無力，顯然極其難受。

馮躍那邊好不容易把女司機的腿挪出來，抱著上半身把人拖到了車外，平放在地上，肉眼看著左腿骨折，以一種奇怪的姿勢扭曲，額頭應該是磕在了方向盤上，其他部位沒有明顯損傷，但這樣的撞擊最怕的就是內臟和顱內出血。

只是聽著後面一連串的喇叭聲，就知道這條路堵上了，救援車需要先從後面疏散，才能開進來。

放下女司機，馮躍去副駕駛一側幫忙，邊巴次仁連抬手擦擦鮮血的力氣都沒有。馮躍跟王樂一起用工具撬著車門，邊框都已經有了豁口，但就是打不開，急得滿頭大汗。

「你堅持住，千萬不能睡，我們很快就把你弄出去。」馮躍感覺到有泥土濺在後背上，但是已經顧不得那麼多了，必須馬上把邊巴次仁抬出來。

「馮大哥，別費力氣了，車門變形，鋼筋插進了我腿裡，你們打不開門的。」

馮躍手上的動作一僵，看向他的腿，左小腿被一根鋼筋從後面貫穿，碎裂的擋風玻璃傷了他滿頭滿臉，衣服被鮮血染濕，整個人遍體鱗傷。

「我們沒有工具，斷不開鋼筋。」宮智偉算是比較冷靜的一個。

馮躍喪氣地捶著車門：「對不起，是我害了你，我要是不告訴你這個辦法，你也不會……」

要是不告訴他做嚮導掙錢，他可能在景區門口繼續拍照，或者在醫院賣著衛生紙，不管怎樣都好，哪怕辛苦一點，也不會是現在垂危的樣子。

「不怪你，我這一趟掙了之前好幾天的錢……」邊巴次仁虛弱的聲音，像一把尖刀狠狠刺痛了馮躍的心。

跟看著申頌章去世不同，這條路是他建議邊巴次仁這麼做的，心裡的懊悔無以復加。

「別說話了，留著點力氣，我再想想辦法，你堅持住，院長還等著你呢。」

馮躍知道自己車上沒有這樣破門的工具，沿著公路往回跑，挨個車敲門。

「大哥，你們有破門的工具嗎？」

「大哥我們要救人，你有工具嗎？」

「大哥……」

一連問了十幾輛車，都沒得到想要的東西，馮躍覺得一瞬間天地昏暗，失去了希望。

「救援呢？什麼時候到？」馮躍朝著周雨喊道。

周雨緊緊抱著扎西，臉上全是淚水：「後面被堵住了，他們最少還要半個小時才能趕過來。」

別說半個小時，就算是十分鐘，對於這兩個重傷的患者來說，都是致命的拖延。

「邊巴次仁，你相信我，你不有事的，打起精神來，千萬別睡，想想你的院長，你要是睡著了就沒人管她了！」

馮躍握著他的手，一遍遍地喊著他的名字，跟他說話，慌亂的聲音暴露了他內心的焦灼。

天公不作美，越是著急的時刻越要添亂，細碎的雨滴落在臉上，馮躍內心近乎絕望。

這段路本就容易滑坡，要是下雨就更增加落石的機率，馮躍當即說：「先把那個女司機抬到我們車上去，然後把車往後開，後面過了彎道還有一段距離能停靠，別聚在一起。」

「你呢？」宮智偉看他一直拉著邊巴次仁的手不鬆開，就知道他想幹什麼。

「我留下。」

馮躍在拿命做賭注，他不信有石頭會從相同的地方落下來，他不能把邊巴次仁自己留在這，那樣的絕望會讓他更加喪失信心，至少要撐到救援隊的到來。

大雨紛紛落下，還有驚雷炸在天上，就像開山的炮彈一樣，炸在馮躍的心裡。

很快，雨水打濕了全身，馮躍渾然不覺，一直跟邊巴次仁說著話，講起他的經歷，說著院長的病情，就是不讓邊巴次仁合上眼睛。

「馮大哥，你走吧，這裡危險……」

「我不走，我陪著你，救援很快就到了，你再等等。」

邊巴次仁艱難地抬起手，從胸前掏出一個塑料袋，馮躍知道這是他裝錢的袋子。他把塑料袋塞到馮躍手裡，鮮血混著雨水握住了馮躍的手。

「這是我攢的錢，夠院長一個月的醫藥費了……」

馮躍搖著頭，他知道邊巴次仁這是在托付他，交代後事，悲從心中來，一時間分不清臉上是雨水還是淚水。

「大哥，謝謝你，不然我這幾天是掙不到一個月的藥錢……裡邊有一張紙，上面寫著賬號和密碼，都是轉給醫院的……你幫我……」

馮躍看著邊巴次仁越來越虛弱，呼吸開始急促，嘴角滲出的血在陰雨天刺痛了他的眼睛。

顫抖著手抹掉他嘴邊的血跡：「不許胡說，你要親自去賺錢，我會把錢都拿跑的，你必須堅強起來。」

邊巴次仁已經沒什麼力氣了，攥著馮躍的手都漸漸鬆了力氣。

馮躍緊緊抓住他，一遍遍告訴他不要閉上眼睛，但終究沒有抵擋住他慢慢失去力氣的身體，委頓到座位上。

「邊巴次仁！」

嘶喊的聲音穿過雨幕直擊人心，馮躍絕望地看著邊巴次仁在眼前失去生氣。

「對不起……」

馮躍無力地跪在地上，這個年輕人倔強的在逆境裡掙扎，抗住了生活給他的全部重壓，卻因為選擇自己給他的建議，早早地離開了這個世界。

邊巴次仁為了給院長治病，拼命攢錢，每一分都捨不得亂花，然而從此刻開始，再也不能為了心中的責任而奮鬥，醫院裡躺著的老人也沒有了經濟支柱，不知何時就要被動地結束治療。

馮躍哀聲痛哭，短短幾天，兩條生命在眼前逝去，給了他一次又一次的重擊。

在此之前，他從未意識到生命會如此脆弱，一場病痛，一次意外，一塊根本看不見蹤影的落石，都會奪走一個人的生命。

如此，輕而易舉。

在命運面前，人的力量渺小到忽略不計。李經緯散盡家財，都沒能換回申頌章的生命，直至陪她走到生命的盡頭，看著愛人在懷中消亡，餘生承受著孤寂和思念，那是對未亡人的折磨。

邊巴次仁從未向命運低頭，從未抱怨過生活如此難捱，卻在掙錢的路上，用染著鮮血的生命為院長交了最後一次藥費，帶著鋼筋刺骨的痛苦，結束了短暫的一生。

天邊驚雷乍響，大雨肆虐滂沱，重重雨幕看不清前路，馮躍茫然地跪在車邊，他也看不清自己了，這一路追隨小彤而來，可生命如此沉重而短暫，自己除了沒有結果的愛情，還能追求些什麼？

山頂轟然作響，馮躍遲鈍地抬起頭望向天際，遠處有人喊他的名字。

「馮躍！塌方了！快跑啊！快回來——」

「馮躍你不要命了——」

轉彎處閃爍的燈光刺痛了馮躍的眼睛，一隊穿著雨衣的救援人員抬著擔架跑來，馮躍被強行帶離，剛剛離開幾步遠，一塊落石砸在了剛剛的地面上。

救援隊把邊巴次仁抬出來的時候，就有醫生上前檢查，搖搖頭說：「沒有生命體徵了，直接送到太平間等家屬認領吧。」

馮躍聽見，激動地跑過去，像瘋了一樣拽著醫生：「為什麼不救，他還有希望的，他這麼年輕為什麼不救！」

馮躍瘋狂的樣子，在雨中拽著醫生質問，看他情緒激動，宮智偉幾人都上前攔阻。

「醫生已經說了，邊巴次仁沒有生命體徵了，別耽誤清障，我們回車上去。」

馮躍掙脫開，執意要把邊巴次仁送到醫院去，醫生為了安撫他的情緒，將屍體抬上車，讓馮躍跟著一起先撤到了醫院。

急診大廳人來人往，馮躍滿身狼狽，鞋子一踩就是一個水腳印，亦步亦趨地跟在邊巴次仁的床前。

一眾醫生圍上來檢查：「瞳孔散大，心音消失，無血壓，無心率。」

心電監護上兩排直線，就已經宣告了邊巴次仁的死亡。

馮躍痛苦地趴在他床前，恨聲道：「你為什麼就不再等一等，明明救援隊很快就到了，為什麼……」

第十四章

搶救的措施一個沒上，因為救援隊到的時候人就已經死了，失血過多，內臟破裂，根本無力回天。

馮躍一遍遍喊著他的名字，雪域高原上信奉佛教，可再高尚的信仰，也無法從生死殿將靈魂帶回軀體。

「小伙子，你說這人叫什麼？」一個顫顫巍巍的老人站在不遠處，手上拄著拐杖，雙眼無神，明明是在跟馮躍說話，眼睛卻看向別處。

「邊巴次仁。」

老人手中拐杖倒在地上，摸索著床沿走過去，馮躍趕忙起身扶住她。

「老人家，您認識他？」

老人摸著他的袖子，擼上去一截，邊巴次仁的胳膊上露出一條長長的疤痕，老人摸著那道傷疤，抖著嘴唇，嗚嗚咽咽地哭出來。

「是他，怎麼會是他……次仁，次仁啊！」

馮躍突然意識到，這位穿著病服，滿頭銀霜的老人就是邊巴次仁口中的院長。竟然碰巧在同一家醫院，讓老人驟然接受這個打擊，看著她在床前淚雨連連，馮躍心中更加沉重了。

「他從小就是最聰明的一個孩子，我最疼的就是他，有了好人家來領養，我總想把他送出去過好日子，可這個孩子粘著我，有人想帶他走，他就不好好表現。」

「後來，有一對老夫婦喜歡他，我就勸他啊，出去了才能去學校念書，以後才有出息，這才被領養，可是好日子沒過幾年，那對老夫婦就出車禍過世了，次仁又被送回到我身邊。」

老人眼睛不太好，只能用手一下下地撫摸著他的頭髮，神情哀傷，慢慢跟馮躍說著邊巴次仁從前的事情。

「他就是個淘小子，滿院亂跑，我有時候氣不過就打他兩巴掌，他就跟我笑，我是真喜歡他啊，我也沒有孩子，就把他當成我自己的孩子。」

「後來……我生病了，孤兒院也開不下去了，我給所有孩子都找了人家，唯獨他抱著我哭，死活不肯離開。」

老院長顫抖的手能看到她對邊巴次仁的死有多傷痛，把他的手放在自己臉上，像是母親心疼自己的孩子一樣愛憐。

「他為了給我看病，就到處打工，吃了不少苦頭，給我攢錢吃藥打針，給我買水果，有空了就來看看我，還說以後掙了大錢就帶我遊山玩水……」

說到這，老院長哽咽住了。

「可是……可是我怎麼都沒想到，他竟然……走在我前面。」

馮躍低下頭，眼淚砸在地面，從懷裡掏出那個染血的塑料袋，放在老院長手邊。

「這是他讓我交給您的，是他攢下的錢，次仁……最後也希望您能好好看病，您……節哀吧。」

馮躍說著讓他節哀，可是自己心裡卻一直想著次仁臨死前的樣子，那種奄奄一息的感覺，生命在掌心流逝，伴隨著海通溝的驚雷去了天堂。

「這麼好的孩子，老天爺為什麼這麼殘忍啊……」老院長伏在邊巴次仁的身上大哭，攥在手裡的錢袋還能聞到血腥味。

馮躍在太平間外的走廊上坐了一整夜，從門縫溢出的冷氣讓他遍體生寒，他近乎自虐般地一遍遍回想著邊巴次仁的樣子。

想到他那麼賣力地推銷商品，還曾說他無奸不商；想到他在景區門口被人毆打，還死死抱著錢袋子不放，護著給院長的救命錢。

他住在廢棄的民房，連一個像樣的出租屋都捨不得租，露著棉絮的被褥，一日三餐吃著饅頭鹹菜，為了省錢寧可從景區走上幾個小時回去。

他辛苦了二十幾年，最後連體體面面地離開這個世界都不能做到。

其他人的二十歲可能正在享受大學生活，在歡場中迎來送往，而邊巴次仁已經扛著生活的重擔艱難前行，然後倒在了一個雷雨天，被亂石帶走了生命。

馮躍離開醫院的時候，艷陽高照，自然聽不懂人們心裡的悲傷，不論裡面哭喊成什麼樣子，外邊的天氣依舊陽光明媚。

宮智偉看出他狀態不好，對什麼都提不起興趣，就說緩兩天再出發，但馮躍現在想要用一些新鮮的風景分散精神。賀彤的微博一直沒有更新，就按照之前的路線，直接奔向梅里。

一路上兩邊巍峨的高山磅礴壯闊，馮躍看在眼裡心中卻是沒有一絲波瀾。

一向身體強壯的他竟然也開始有高原反應，遲來的眩暈感讓他癱軟在座位上，車廂裡都是嘔吐物酸臭的味道，氧氣瓶也緩解不了他的憋悶。

馮躍站在觀景台上，周圍山勢環繞，居高臨下地看著彎曲的公路，一直延伸到遠方。這條路不知道還有多遠，他除了賀彤的指引，甚至不清楚自己的目的地在何方，就這樣茫然地走下去。

通過宗拉山，就是進入西藏境內的第一個縣城，芒康縣。

滇藏線和川藏線在這裡匯聚，短暫的休息、補充物資之後，直奔梅里雪山方向，並沒有一直爬升。

他們來的季節並不是觀看日照金山的最佳季節，山體被濃霧遮擋，有時候連山在哪裡都找不到。

進入德欽縣之後，馮躍偶然發覺了一條佈滿經幡的小路，那裡彩色的經幡迎著風獵獵飄揚，那是德欽藏民對生活最美好的期待，是對風調雨順的祈願。

入住的民宿價格很高，躺在床上，就能看到梅里十三峰一字排開，若是足夠幸運，就能在室內見證陽光如何一點點灑滿山峰。

飛來寺一直是觀看日照金山的最佳地點，在觀景台上，可以毫無遮擋地看見拔地而起的卡瓦格博主峰。

但八月夏季，山上的雪量明顯減少，有些山體還露著青黑色的岩石。當地來朝聖的藏民說，這個季節沒有雪色反射的太陽光，讓日照金山的盛景削弱很多。

但馮躍坐在上面，吹著雪域高原來的風，聞著煨桑台的煙火，聽那些藏民用自己聽不懂的話哼著悠揚的曲調，感受著不一樣的風土人情，也是旅程中獨特的體驗。

每一處人們口口相傳的景象固然令人心神嚮往，但不一樣的風俗和文化，也是旅程上應該體驗的一部分，瞭解這裡的人文，才能聽到許多藏民口中美麗的傳說，更加瞭解這片大氣磅礡的土地。

馮躍正在出神，肩上突然被石子砸中，一回頭就看見周雨憤然地站在後面瞪著他。

扎西晃晃悠悠地走到他身邊，馮躍伸手把狗抱在懷裡，摩挲著毛髮，問道：「怎麼了？」

「你們騙我！」周雨指責他，語氣裡帶著憤怒。

「騙你什麼了？」馮躍看著眼前的雪山，知道她為什麼而生氣。

「我問過了，根本沒有人登上過卡瓦格博，你們都是騙我的，把我從折多山騙下來，你們早就知道梅里根本不適合攀登。」

周雨在山下跟藏民聊天的時候，問起過什麼時候適合登山，結果那些藏民都驚訝地看著她，說從來沒有人登上過主峰，卡瓦格博到現在還是一座處女峰。

馮躍拍拍身邊的位置，示意她坐下。

「你是因為不能跳下去自殺生氣，還是因為被騙了生氣？」

周雨被他問住了，馮躍能看得出來，她現在要自殺的傾向已經很小了，不然也不可能放心讓她一個人在飛來寺閒逛。

「我……」

「你想通了，但是不想面對，是嗎？或者說你不知道要怎樣面對。」

馮躍見過的人，看透的人心，遠比周雨複雜得多，要瞭解她的那點心思很簡單。

「我無處可去，即便回去也是自己一個人。」

「可人生是你自己的，只要你能找到方向，就是有意義的。」

馮躍明顯看得出周雨這階段的變化，身上陰翳的氣息沒有從前濃重，也不整天低著頭不肯說話，尤其身邊有了王樂成天鬥嘴，更是能看見十八歲少女開朗的本質。

梅里雪山的景色很美，但更重要的是觀賞者要有一雙發現美的眼睛。

周雨從前不要說對景色有何種驚嘆，就連生命本身對於她而言，都毫無意義。

現在她會對著天空感嘆流雲的靈動，對著海子讚美水的清澈，看見高山會感嘆巍峨壯闊，這就是周雨身上最明顯的改變。

「還是那句話，好好過你的人生，看你自己眼中的風景，找到你自己人生的意義。」

馮躍抱著扎西走下山，周雨一個人坐在山頂吹風。

來梅里雪山最大的意義，就是解開周雨的心結，每天王樂或者宮智偉都會陪著她在縣城裡遊逛，接觸最真實的人間煙火。

「邊巴次仁都不知道父母是誰，從小就是孤家寡人，如果不是院長成為他生命裡的光，他二十幾年的光陰都是黑暗的。你至少還有爺爺奶奶疼愛長大，他尚且能掙扎前行，何況是你呢？」

「準確來說，你已經從泥潭裡出來了，就不要把自己困在原地了。」

馮躍反反復復跟她強調生命的意義，為了把她救出困境，大家都在付出努力。

在德欽縣的第四天，馮躍幾人圍坐在街邊的早餐舖，周圍的叫賣聲是人間最平凡的生活氣息。

「馮哥，宮哥，王哥，謝謝你們這段時間一直陪著我，我能明白你們的心意，也知道大家都是為了我好。」

馮躍沒有接話，知道周雨這番話還有下文。

「我想過了，雖然現在還不清楚自己能做什麼，但我想繼續跟你們走下去，說不定在哪個地方就找到了人生的意義。」

周雨的眼神清澈明亮，再也不像在折多山時了無生趣的樣子，那時候的眼中沒有山川，沒有陽光，甚至都沒有自己。

馮躍知道這小姑娘是想明白了，也就不再擔心她了，周雨的狀態明顯調整好了，天天跟在王樂身後到處閒逛，做直播間的常駐嘉賓，拍了很多好看的照片，臉上笑容一天比一天開懷。

等到要離開德欽縣的時候，已經完全找不到折多山時候的影子了。

馮躍坐在車上攥著手機不說話，因為已經很多天沒有看到賀彤的更新了，微博一直停留在稻城的那篇微博。

上面的紅衣女子馮躍翻來覆去看了很多次，一直都沒等到新的照片。

「別看了，你就繼續往下走，在哪裡有了消息就再趕過去。」

宮智偉知道馮躍心裡想什麼，即便他並不理解馮躍為什麼不直接找到人當面挽回，哪怕被拒絕，也再努力一次，為了自己的幸福和未來。

但馮躍並不敢像宮智偉說的那樣勇敢，現在追尋她的蹤跡，是兩人之間唯一的聯繫了。害怕自己某一次衝動，徹底斬斷了之間的聯繫，那就連照片都看不到了，以後夜晚被思念折磨的時候，連照片都找不到。

周雨還是捧著手機刷小說，時不時念出幾句自己喜歡的話，陶醉在文中的愛情裡難以自拔。

車開上怒江大峽的時候，橋下翻滾的浪濤呼嘯而過，過橋的車輛都將鳴笛致敬，為這條江水中英魂致敬，為那些魂歸異鄉的英雄們獻上自己的誠意和尊重。

怒江七十二拐名不虛傳，每一個轉彎對司機來說都是挑戰，馮躍一點不敢分神。

其實在山坡上，有一處觀景台，能鳥瞰整片怒江奔騰的浪濤，回環驚險的公路看上去層層疊疊，只有身在其中的人才能感受到其中的驚險。

過了七十二拐，就即將到達八宿，進藏最艱難的一段路程宣告結束。

到達八宿當晚，馮躍一行人困馬乏，連收拾行李的精神都沒有。

走進賓館的時候，馮躍迎面被人撞了一下，那人的行李磕在了他腿上，馮躍吃痛地彎腰，捂著腿後退。

那人拎著行李匆匆忙忙地上樓，回頭看了馮躍一眼，什麼都沒說。也不知道那行李袋裡裝了什麼，很堅硬的樣子，馮躍扶著櫃檯站了半天才緩過來。

路過大廳的時候，周雨拽了拽他的袖子，角落裡一個衣衫襤褸的中年人垂頭喪氣地坐著，沒一會搭著兩張桌子睡在了角落裡。

「那位先生為什麼睡在大廳？」

民宿老闆頭也沒抬，隨口說：「店裡的常客了，無家可歸挺可憐的，也就晚上才來不影響店裡生意，我們睜隻眼閉隻眼就過去了，就當結個善緣了，誰出門在外沒個難處的時候呢。」

第二天一早，馮躍就起床打算找民宿老闆探探路，這個季節的然烏湖並不是最佳觀賞時段。夏季雨水多，湖面變得渾濁，遠遠不是照片上清澈碧綠的樣子，所以很多這個季節到來的遊客，都會覺得被然烏湖深深欺騙了。

「老闆，這時候去然烏湖或者來古冰川的人多嗎？」馮躍吃著早飯，跟老闆交談。

「不多，這時候雨水多，都會漲水的，冰川和然烏湖都不好看，你們二三月份啊再過來，冰川是最好看的，看湖水嘛就不要趕在雨季，最好四五月份，那時候是真的漂亮。」

老闆人很熱心，詳細介紹了之後，還給馮躍贈送了一盤子小菜。

馮躍知道這就沒必要單獨往省道上走看然烏湖了，直接沿著國道也能沿途看見然烏湖，不過聽老闆的介紹，估計是沒什麼希望了。

因為時間還早，大廳裡沒有幾個人，最顯眼的就是角落裡那個中年人。面朝牆壁睡得正香，看得出來頭髮很長，有的都打結粘在一起，應該是很久沒有好好住一次賓館了。

「那位先生一直這麼蹭著睡覺？」馮躍小聲地跟老闆打聽。

「他是外地人，說是老婆死了，兒子在老家念書，他出來打工掙學費，但是不知道怎麼了突然就這麼頹廢，連著在我這住了快半個月了。」

說到這老闆嘆了口氣：「他就是在這睡一覺，也不吃東西，也不知道他這三餐都怎麼解決的。」

沒一會，馮躍就看到了，那中年人翻身坐起來，把櫈子擺好，還拿出抹布擦了一遍，整個人蜷縮在牆角。

馮躍觀察了一會，覺得他狀態不對，一直低著頭，還有些顫抖，抱著肚子一言不發。他便端著桌上還沒喝的粥走過去，放在桌子上：「先生，您喝點粥吧，我這是乾淨的。」

「先生？」

馮躍連著叫了幾聲，中年人才抬起頭，雙眼渾濁，盯著桌子上的粥，緩緩搖搖頭，仍舊低著頭坐在那。

「我看您身體不是很舒服，喝點粥會好一些。」

中年人從布袋子裡掏出一個饅頭，看上去已經發硬了，拿起來的時候還掉渣，應該是兩天前買的了。他掰下來一塊，放在嘴裡含一會，才慢慢開始咀嚼，即便很難吃，但始終沒有碰桌上熱氣騰騰的白粥。

馮躍眼看著他吃了半個饅頭，然後小心地把剩下的收回袋子，用手指按著桌面上掉下來的麵渣，都放進嘴裡，一點都不浪費。

過了一會，他從兜子裡又掏出一瓶藥，扔進嘴裡囫圇吞下去，連水都沒有。

馮躍認得這種藥，藥瓶上的名字跟申頌章之前吃的一樣，都是抗癌藥物，不過這位中年人肯定減少了藥量，只吃了一片。

這藥不便宜，估計是他並不捨得太快吃沒，寧可減半藥量，延長時間。

中年人一直沒有說話，直到馮躍覺得有些尷尬起身要走的時候，才聽見小聲的一句：「謝謝。」

「不……」

沒等馮躍說完，中年人的電話就響了，看著屏幕上的名字，他明顯開心了一下，清清嗓子才接聽。

「兒子，這麼早就起了？昨天睡得好不好？」男人的表情溫柔下來，不再像剛剛拒人千里之外的樣子了。

「……我這好著呢，老闆供吃供住，都是大瓦房，吃的也好三菜一湯的，等過兩個月就能把學費攢夠了……你就安心上學，爸爸這幹活也不累，就是給人看看庫房……」

馮躍看著他褲腿上乾涸的泥濘，一隻手一直按在胃上，顯然不舒服到了極點。即便緊皺著眉頭，強忍著不適，也絲毫沒有影響他跟兒子說話的溫柔。

這個男人為了不讓兒子擔心影響學習，即便身體不舒服，淪落到在民宿借住大廳，也沒有跟兒子抱怨一句，營造出自己生活很好的假象，所有的重擔都自己默默抗住。

馮躍一回頭，周雨坐在剛才自己的位置上，眼睛裡噙滿了淚水。

「聽見了？」

周雨點點頭：「原來，不是所有父母都把子女當成娛樂自己的棋子。」

「想開一點吧，你身上發生的都是小概率事件，別讓這樣的意外把你毀了。」

周雨已經想得很清楚了，但是母女親情仍舊是心裡很大的傷疤。

臨近出發的時候，周雨跑到中年人身邊陪他說了很久的話，她知道是一定不會接受自己所有饋贈的，真正有傲骨的人，不會在逆境中接受施捨，所以只是當做一個小輩寬慰他。

宮智偉看到這一幕，跟馮躍說：「這姑娘看樣子是徹底想開了，就是不知道以後的路怎麼打算的。」

馮躍很欣慰，自己拼命救下來的人重新燃起了對生活的希望。

「走一步算一步吧，我們能做的也就到這了，以後都是她自己的選擇。」

馮躍能救她的命，卻救不了她一生，怎麼生活下去還要看周雨自己的本事。是選擇重新考學，上一所自己理想的大學，過一過同齡人應該有的正常生活，還是進入社會，用廣泛的經驗磨煉自己，去見識形形色色的人。

這都是周雨自己需要考慮的事情，馮躍他們愛莫能助，畢竟在折多山萍水相逢，有了這一段經歷，旅程結束的時候大家分道揚鑣，沒有替別人選擇人生方向的權利。

而且自從邊巴次仁過世，馮躍對出口的建議都謹慎小心，自己琢磨出所有的可能之後，才會開口，他已經受不了再一次看見生命在眼前逝去了。

在國道上行駛的時候，從車窗能看見上然烏湖，因為此時高山冰雪融化，又正值雨季，湖水摻雜著沖刷下來的泥沙，渾濁不堪，就像民宿老闆說的那樣，沒有那些圖片上驚艷眼球的魅力風光。

「這季節不對，然烏湖每年只有兩三個月的時間最好看，秋季雖說湖水不行，但兩岸的樹林色彩繽紛，也挺好。」

王樂來過幾次，之前幾乎每年都會到這邊採風：「冬天然烏湖結冰，倒是能從湖面更接近來古冰川，現在雖說不收門票，但是去冰川的路被當地藏民攔住了，搞一些騎馬之類的營收。」

其實步行也能進去，不過路程很長，很多人堅持不到目的地，體力就耗盡了，根本看不到冰川最美的樣子，所以藏民們騎馬的生意一直不錯，慢慢就把路攔上了。

來古冰川作為隆帕藏布江的源頭，綿延十幾公里，周圍茂密的原始森林環繞，冬季最美的時候，藍色的冰川就像童話王國，陽光下晶瑩剔透，彷彿將人傳送到了遠古時期那個充滿神秘色彩的世界。

冰川佇立，更多的是向眾人展現了無法觸及的世紀，如果運氣夠好，趕上一個晴天，晚上身畔是浪漫的藍寶石一般的冰川，頭頂是閃亮的星野，一望無際，聽著風過耳側，一切都是如夢如幻的視聽享受。

這次不能大飽眼福，馮躍心裡有些遺憾，只能在王樂從前拍攝的照片裡，找到眾人口中描述的美感。

「以後有機會再來一次就是了，冰川又不會跑。」

馮躍一行人的路程其實並不是非常緊湊，遇見喜歡的地方就停下多玩玩，開車趕路的時候也不快，經常在路邊停下看看草原放鬆一下。

按照正常自駕進藏的速度，從理塘到八宿其實只需要一天的時間，所以整個行程還是十分自在的。

入住波密的時候，天色剛剛黯淡，太陽光還沒有完全消失，灑在波密縣城裡，映照著藏民們忙碌一天卸下疲憊之後的輕鬆愜意。

馮躍拎著行李上樓，在樓梯上迎面碰見一個人，總覺得在哪見過，非常面熟。那人左眼角一條刀疤，貫穿到耳屏前，看著凶神惡煞，目不斜視地從馮躍身邊走過。

馮躍一直看著他下樓的背影，也沒有想起來是誰，直到宮智偉上樓拍了他一下，才緩過神來。

「看什麼呢？」

「沒什麼，上樓吧。」馮躍沒當回事，可能就是這幾天有些累，腦子迷糊了。

這家民宿並不大，連衛生間都是每個樓層公用的，但因為廚師做了一手地道的藏餐遠近聞名，很多在波密住宿的遊客都會選擇這裡。

不過因為雨季，其實很少有人會選擇在這個時間旅遊，所以入住率也並不是很高。晚上吃飯的時候，整個一樓只有馮躍一行人和在樓梯上撞見的人。

刀疤臉那桌圍坐了五個人，四個壯漢都是膀大腰圓，唯一一個女人看著座位，應該是他們之間領頭的，說話的時候其他人都不會動筷子。

可能是這麼多年在職場上摸爬滾打，練出了一身識人的火眼金睛，馮躍直覺告訴他，這些人可能不是那麼簡單的遊客。

出門在外，多一事不如少一事，馮躍低頭吃飯，也沒把自己的直覺說給其他人聽，宮智偉還好，王樂要是知道他們不同尋常，那肯定張羅著要跟上去看熱鬧。

馮躍跟宮智偉和王樂住一個三人間，本來預定的是單人大床房，但前台說那邊漏水泡了好幾個屋子，所以只能擠在一個房間裡。

半夜，明月遙掛中空，從窗戶滲漏進來的月光灑滿地面，馮躍迷迷糊糊地起身，接著些許微弱的光亮，出門去衛生間。他們的房間在整個走廊的最盡頭，而衛生間在另一頭，馮躍揉著眼睛往外走。

剛關上隔間門，困意讓他坐在馬桶上都直打盹。

正迷糊著，外面有腳步聲走進來，站在外面點了煙。

一人說：「這今晚就出發是不是太早了？」

「那邊給消息了，說現在正是最好的時候，能抓到不少梅花鹿，到時候哥幾個就發財了。」

聽到這，馮躍一激靈，渾身的血液都彷彿凝結了，這夥人該不會是盜獵的吧？馮躍捂住嘴，大氣都不敢喘，小心翼翼地把雙腳抬起來，生怕外邊的人發現自己。

「只要這趟順利，不遇見警察，回去就能娶媳婦了。」

馮躍突然想到在上一個民宿的時候，那個磕在他腿上半天沒緩過來、現在還有瘀青的行李袋，裡面很可能放的就是槍支。

馮躍汗毛豎起，他一個平平常常的普通人，這進藏的一路也算是倒了大霉，先是遇上地震，然後是貢嘎村拐賣人口，在貢嘎山上九死一生，現在又碰上了盜獵團夥。

這些人跟貢嘎村買賣婦女的村長可不一樣，這些都是窮途末路大奸大惡之徒，手裡是有槍械的，搞不好被發現那真就是叫天不應叫地不靈了。

馮躍雙腿一直抬著，酸疼也不敢放下，聽著外邊漸漸沒了聲音，才慢慢拉上褲子，在隔間等了十幾分鐘，確認安全才敢出去。

他一路小跑回了房間，靠在門上喘氣，上個厠所接收了這麼大的信息量，多少有些緩不過神來。看看時間，半夜一點多，但是同一層裡住著這麼危險的人物，馮躍怎麼也躺不安穩，為了安全起見，索性把宮智偉和王樂都叫了起來。

「幹嘛啊馮哥，別鬧！再睡會。」王樂睡得正沉，扒拉著馮躍離遠點。

馮躍低著聲音說：「你記不記得入住的時候，你問我看什麼，就是跟我們住一層的那夥人，他們……」只好轉頭先去叫宮智偉，大半夜的把人叫醒，宮智偉一臉迷茫地看著馮躍。

馮躍緊張地嚥著口水：「他們上次撞了我一下，到現在都沒好，我剛才偷偷聽見，他們來這是要盜獵，抓梅花鹿的，上次那袋裡裝的應該就是槍。」

宮智偉瞬間清醒，坐直了看著馮躍：「你聽清楚了？」

馮躍點點頭，兩人同時看向睡得像死猪一樣的王樂。

「連夜就走，這地方不能再待了，難保上次那人會不會認出你。」

宮智偉翻身下床，馮躍倒是不想走，剛才那兩個人也沒發現他偷聽，萬一走的時候動靜驚擾到他們，那反倒是把自己送進虎口了。

「他們說今晚就行動，要不我們直接等他們走了，那也就沒什麼危險了。」

宮智偉一邊穿鞋一邊說：「梅花鹿是國家保護動物，他們要盜獵就是違法犯罪，我們不能硬剛，但是也不能明明看見了卻什麼都不做。」

馮躍心裡一顫，拉住宮智偉問道：「你要做什麼？他們手裡可有槍！」

「我們什麼都做不了，只能報警，但是在這之前，必須先保證自己的安全，而最安全的辦法就是趕緊離開這。」

「不走不行？萬一撞個正著……」

「不行！」宮智偉快速穿好外套，走到王樂床邊把人叫醒。

「不走的話，到時候警察採取行動，他們如果拒死抵抗，我們就是天然的人質，到時候才是真正的羊入虎口。」

王樂被叫起來的時候也是半睡不醒，宮智偉來不及跟他解釋，就催促他趕緊穿衣服，馮躍一邊收拾東西，一邊簡單解釋了一下，也是驚出了一身冷汗。

「王樂下去把車發動，我跟宮智偉去叫周雨，他們在樓裡不敢開槍，但是估計身上會點功夫，你小心點動作要快。」

三人分頭行動，馮躍先在房間裡給周雨打了電話，但是遲遲沒人接聽，只能先出門，到隔壁房間叫她。敲門的時候馮躍心都要跳到嗓子眼了，周雨揉著眼睛來開門，馮躍和宮智偉直接按著人，都閃進了門裡。

「怎麼了？」

「沒時間解釋了，你趕快收拾東西，我們連夜離開，路上再說。」

第十五章

宮智偉幫著周雨收拾行李，馮躍一直靠在門口聽外面的動靜。

宮智偉身上背著行李包，周雨拎著扎西的窩，三人不敢快跑，生怕跑起來動靜太大，只能在走廊快速走著，就等著出了門上車離開。

三人走到一樓，迎面撞上了刀疤男，三人大包小裹的一看就不正常，刀疤男警惕地盯著他們。

「大半夜的幹什麼去？」

馮躍下意識把周雨擋在身後，勉強扯出一個笑臉：「我們早點走，聽說前邊要施工，早上就交通管制了，怕堵車。」

刀疤男長年就是刀尖舔血的營生，警惕心自然不會輕易放下。

「去魯朗？」

馮躍點點頭。

「國道上的交通管制都是八點之後，你們出發得也太早了。」刀疤男有些懷疑。

馮躍心高高懸著：「車技不好，只能慢點開，到時候要是堵在國道上，那可耽誤行程。」

刀疤男走近了一些，看著馮躍和宮智偉，又問：「哥們從哪來的？」

「八宿。」

刀疤男好像沒看出什麼，點點頭就側身讓他們過去，馮躍經過他的時候，渾身都緊繃在一起，拼命想趕緊離開，腳上卻不能加快，只好故作鎮定。

王樂把車開到民宿門口，周雨率先上去，抱住扎西縮在角落，宮智偉緊隨其上，馮躍剛拉開副駕駛的門，身後的刀疤男就追出了門口。

「我們是不是在哪見過？」

這一句，徹底把馮躍的冷汗嚇出來了，顧不上回答，直接鑽進車裡。

王樂一腳油門，車從門口快速駛離。

馮躍在倒車鏡裡看見那刀疤男跺了一下腳，跑了進去。

「快點開，應該是露餡了。」馮躍憤憤地捶了一下車門，「剛才太慌了，不應該直接跑的，直接說沒見過就好了。」

「這情況能說出話就不錯了，哪還管得了那麼多。」王樂緊踩油門，一直加速。

眼看著車子離民宿越來越遠，宮智偉開著導航說：「往左拐，直接往派出所開。」

那些人再囂張，也不會在警察門口開槍，到時候他們就安全了，至於怎麼抓到他們繩之於法，那就真是不在他們能力範圍之內了。

車子剛剛轉彎，身後大燈頻閃，馮躍緊緊抓著扶手：「追上來了，再開快點。」

波密雖說只是一個縣城，但是這些年的旅遊業發展很好，規模遠比其它落後縣城要大，導航上顯示離派出所還有三條街的距離。

身後的車緊追不捨，看來刀疤男的反應速度很快，這麼快就追上來了。

「兩輛車，你小心點別被逼上國道，縣城裡都有監控，國道上可沒有。」宮智偉提醒王樂，扎西好像感受到了緊張的氛圍，也是低嗚著，小爪子從肉墊裡伸出來，撓著背包的外殼。

三輛車在路上生死時速，王樂一開始還遙遙領先，結果身後的車技很好，距離越來越小。

王樂罵了一聲娘，油門直接踩到底，但那些人根本不打算放過他們，一直緊緊咬著。

其中一輛轉彎繞道，企圖在前面攔截，但是估計他們也並不想在全是監控的地方動手，始終一左一後尾隨，保持著不遠不近的距離。

當離派出所只剩一條街的時候，對方好像發現了他們的企圖，左邊的車直接開上道路中間的隔離帶逆行，漸漸逼近馮躍的車。

「他們要把我們夾在中間，王樂再快點。」

「我這油門都踩到底了，再快不起來了。」王樂額頭上的汗珠順著臉頰流進領口。

眼看著兩車逐漸逼近，大有兩側夾擊脅迫他們出城的意圖，馮躍心急如焚，直接掏出手機說：「他們是改裝車，我們這小吉普跑不過他們，我現在打電話報警，希望出城之前警方能把他們攔住。」

馮躍剛撥通電話，左邊的車朝車身直接撞過來，王樂往右打方向盤，車裡的人來不及抓住東西，全都偏向右邊。

馮躍胳膊直接撞在車門上，手機掉到了車座底下。

兩輛車開始一左一右地騷擾他們行駛方向，馮躍一隻手抓著扶手，一隻在車座下面摸索。

「你快點啊哥哥，馬上就要出縣城了。」

王樂左右閃躲著撞擊，也不知道對方的車是什麼做的，這麼剮蹭，前臉也沒什麼損傷，反倒是自己這輛車，聽聲音肯定損傷不小。

「你就沿著公路一直開，剛出波密地界監控也都是整齊的。」宮智偉把導航方向換成了魯朗，途中經過雅魯藏布江流域，只要一直在國道上行駛，就肯定能碰到檢查站。

然而，對方那些亡命之徒，是不會放任他們一直在公路上亂跑的，三輛車一前兩後幾乎同時間出了波密。

馮躍這輩子沒這麼刺激過，沒想到有一天能在國道上跟別人飆車，比《生死時速》還驚險，因為他知道只要落在那些人手裡，為了不讓自己洩密被抓，就肯定不會有什麼好果子給他們吃。

好不容易抓到了手機，車身又是一撞，馮躍正俯下身子去拿手機，額頭一下磕在了前邊的收集箱上。後座上，周雨都快嚇傻了，宮智偉一手攬著她，一手抓著車門扶手，也是跟著車子左搖右晃。

三輛車在國道上飛速行駛，兩邊的景色根本顧不上，能保命才是最重要的，什麼明月映照草原，什麼高山迎著月輝，全部無暇顧及。

這邊馮躍好不容易按下號碼，那邊剛有人接聽。

「喂，您好，這裡是……」

馮躍等不及電話裡說完，旁邊的車司機已經看見他打電話了，猛打方向盤，朝他撞來，車身蹭在一起，發出刺耳的聲音。

「這是 318 國道，剛剛出了波密，我們——啊！」

馮躍被撞得整個人歪向王樂，頭隨著慣性撞在車門又彈出去，頓時嗡嗡作響。

兩輛車左右夾擊，直接逼停了王樂，後視鏡都已經刮掉了。

車上下來四個壯漢，二話不說直接用鋼管砸開了馮躍和王樂兩處的車窗，玻璃碎扎進兩人的臉，劃出的傷口滲出鮮血。

「我們發現了一個盜獵團夥……」

馮躍話還沒說完，直接被搶走了手機，摔在地上碾碎，沙包大的拳頭砸在臉上，馮躍鼻血噴湧而出，劇烈的疼痛逼出了生理眼淚。

「媽的，膽子不小還敢報警，老子做了你們！」

那刀疤臉對著馮躍又砸下一拳，馮躍眼冒金星，倒在座位上。

「老四，別衝動，這不能動手，先把人綁上我們車。」坐在駕駛位上沒下來的女人開口說話。

王樂和馮躍先被抓下車，順著駕駛位就能按開後座的門鎖，連宮智偉和周雨都被抓下去了。

「呦，這還有一個瘸子呢！」壯漢抓著宮智偉發出刺耳的嘲笑，然而此種境遇之下，誰也不能開口反駁、自討苦吃。

「你放開牠！這是我的狗，我要帶著！」周雨死死抓住裝著扎西的背包，一口咬在男人的手腕上。

周雨只是一個小姑娘，一巴掌就被扇在地上，牙齒磕破了嘴裡的軟肉，滲出血絲來，手上還是緊抓不放。

領頭的女人有些不耐煩：「她要就讓她帶著，動作麻利點，一會有車經過你們就都廢了。」

周雨這才被拎著塞進車裡，跟宮智偉在同一輛車上，馮躍和王樂在另一輛，身邊都有兩個壯漢看著。

馮躍最狼狽，臉上都是傷，嘴角被砸裂，眼眶烏青，鼻子一直在流血，只能靠在王樂肩上稍稍減輕眩暈。

他們的車被扔在路邊，沿著國道開了一段時間，從旁邊的小路直接開下去，轉向了一條碎石土路。

馮躍幾人的行李都在被丟棄的車上，身上的手機、手錶和攜帶的所有東西都被搜刮乾淨。

眼看著刀疤男從箱子裡拿出一支針管，獰笑著看向馮躍：「很快就不難受了，好好睡一覺吧。」

馮躍知道他們不會在路上殺人，那只針管裡應該就是一些鎮定藥物，等他們睡著了才不會知道最終被帶到哪裡。冰涼的液體被注射進身體，馮躍眼前慢慢變得模糊，失去意識之前看著刀疤男把針扎進了王樂的皮膚裡。

車不知道開了多久，等馮躍再次恢復知覺的時候，頭痛欲裂，感覺有一把尖刀插進腦袋裡來回撕扯。

周圍風聲很大，隱約能感到一絲涼意，雙手被綁縛在後面，已經麻木得沒有知覺，雙腿好像被固定在某個地方，動彈不得。

馮躍強迫自己冷靜下來，半晌才克制住眩暈，慢慢睜開眼睛。

宮智偉三人七扭八歪地躺在地上，手腳被一根繩子連在一起，都還在昏迷沒有動靜。

馮躍艱難地朝著他們的方向挪動身體，一下下地踢著王樂的腿，試圖把他叫醒。

「王樂，王樂醒醒，智偉，周雨！」

馮躍雖然沒看見周圍有其他人在，但是不瞭解情況也不敢大聲喊叫。

「王樂！」

一連踹了好幾腳，王樂才呻吟著醒過來。

「草，誰給小爺綁上了，這幫龜兒子！」

這樣的動作，就已經讓馮躍氣喘：「你先看看宮智偉和周雨，他倆還沒動靜呢。」

王樂臉貼著地面借力，往身後挪動：「這劑量夠足的，現在這是什麼時候了？」

「不知道，在哪也不知道。」

馮躍看著四周，眼前就是一片大草原，遠處是茂盛的森林，彷彿還有溪水流動的聲音，再遠就是一座雪山，但是認不出是什麼山，這就要等宮智偉醒過來，看看他能不能認出來。

「宮哥醒了。」

宮智偉一條腿是機械假肢，繩子雖然沒有直接綁在腿上，但是假肢以一種扭曲的角度綁縛在後面，與斷腿連接的地方生生撬出了一個縫隙，邊緣壓在皮肉上，也是一種劇痛。

周雨身體弱，那樣大的劑量連三個男人都扛不住，現在渾身無力，更何況她連清醒都做不到。

馮躍讓身體挨到身後的石堆上，利用石頭鋒利的邊緣摩擦繩子，但眼睛看不見，下手沒有準頭，好幾下都磨在手上，沒一會就已經鮮血淋漓。

「你看著點四周，他們能這麼輕易地把我們扔在這嗎？」

馮躍不信他們會如此容易地放過自己，只是打了一針安定，難不成要讓他們自己在野外自生自滅？

王樂的腦袋左右轉著，瞄到大石堆後面隱約有一頂帳篷，王樂小聲說：「他們只是暫時離開，那邊應該就是他們扎營的地方。」

馮躍知道他們是來盜獵的，要找動物就得進林子，但是扎營的地方離森林並不遠，即便是走也不會一連幾天都不回來。

因為迷藥的作用，並不能準確估算現在的時間，但是看著天色應該已經是下午了。

「你觀察著，有動靜提醒我。」馮躍顧不得手上的疼痛，加快了磨損繩子的速度，能感受到溫熱的血順著手腕流到指尖。

馮躍咬牙忍著，手上的繩子一點點被磨開，剛要用力將最後一點掙斷，王樂一聲輕咳讓他停下了動作。

林子裡有腳步聲傳來，四個壯漢抬著兩隻梅花鹿，一個女人走在前面，看上去收穫頗豐。

「昨天可是什麼都沒弄到，沒想到今天一下弄了兩隻，照這個速度，明天我們再進去一次就能滿載而歸了。」

「你小子還真是貪心，這兩隻就夠我們吃香喝辣一整年了。」

馮躍仍舊躺在地上裝昏，聽他們的話頭，昨天就應該到這了，那他們至少昏迷了兩天。

「嘿，老四你這回下手挺重啊，這幾個人現在還沒醒呢。」

老四就是那個刀疤臉。

「一個女娃娃，一個瘸子，那兩個一看就跟小白臉似的，哪有我們抗造，我那可都是按照我們的劑量給的藥，估計還得大半天才能醒呢。」

刀疤臉粗獷的聲音越來越近，馮躍不敢大意，連忙放輕了呼吸。

「正好我們要收拾鹿，省的浪費人看著他們了。」

這時候，領頭的女人說話了：「那個男人的手機最後一個電話是打給警察的，還是不要掉以輕心的好。」

老四滿不在乎地說：「那手機在國道上就砸碎了，這地方荒山野嶺的，離國道遠著呢，警察找不到這來。」

「老大，這四個人你打算怎麼處理。要不要……」

馮躍沒聽到後面的話，但估計就是要提議殺了他們，心裡緊張得揪成一團。

人要倒霉，真是喝涼水都塞牙縫。

出來旅個遊，一路上就沒消停過，不是自然災害，就是生死存亡，現在又變成野外求生了，真是比電影都刺激。

「沒想好，你們先幹活吧。」

那女人走到馮躍身邊，他能裝作昏迷的樣子，可是剛才磨繩子造成的傷口做不了假，手上一直流血，石頭上也不可避免地粘上了血跡，馮躍心如擂鼓，祈禱著女人看不見。

女人只是站了一會，就轉身離開，馮躍雖然不確定她是否看見，但是回去了也沒聽見讓人來對他做什麼，估計就是沒注意到。

因為跟他們住的帳篷這隔著一個大石堆，馮躍不敢有大動作，只能輕輕地挪到王樂身邊，用已經解開的手，幫他一點點解著繩子，但是因為看不見，還要時刻注意對方的動向，所以進度很慢。

「一會你幫我解開腳上的繩子，然後我去解周雨，你帶著宮哥全藏到石頭後面。」

馮躍解開他手上的麻繩，他有些慶幸這些人綁自己用的是麻繩，要是換成鐵鏈手銬，那真是沒有活路了。

王樂努力蜷縮著身體，費盡全力地夠到馮躍的腳，將繩子解開。

馮躍活動了一下麻木的雙腿，蹲在石碓後面觀察帳篷的情況，兩個男人在外面鋸鹿角，那梅花鹿應該只是昏迷了，為了不損害牠們美麗的皮毛，所以只是用了麻醉槍，並不是直接開槍射殺。

所以當電鋸切割開鹿角的時候，馮躍能看到牠們隱隱地抽搐，眼角是兩行清淚緩緩落下。

那樣可恨的場景，讓自然的生靈嘗盡了哀傷和無助，也知道了人類為了財富不擇手段的噁心模樣。

看沒人注意這邊，馮躍悄悄爬到周雨身邊，這小姑娘一直沒有醒過來，只是扎西的背包一直牢牢攥在手裡，扎西在裡邊急得亂跳。

解開她手腳的繩子，馮躍小聲說：「智偉，你能不能看出對面那是什麼山？我們就能推算出大致的方位了。」

只是一邊接著繩子，也沒有聽見身後有回答，一轉頭，就看見領頭的女人站在宮智偉身邊，一把匕首橫在他脖子上。

「你……」

「沒想到你還真醒了，回來的時候就看見那攤血了，你倒是挺有勇氣。」

馮躍死死地盯著她握著的匕首：「你別衝動，我們不會把你們的事情洩露出去的，你沒必要殺了我們。」

「你已經說了。」

女人手上的力氣加重一分，宮智偉的脖子上瞬間出現一條紅痕。

馮躍不敢再刺激她，只好順著她說：「這荒無人煙的，估計方圓幾百公里都沒有人家，我們的東西都被你們收走了，就算讓我們說出位置，我們也做不到，所以你大可放心。」

「等我們走出去的時候，你們已經遠走高飛了，根本不會影響到什麼，何必背上四條人命呢。」

那女人不屑地看著他：「行了，別企圖說服我。」

然後將匕首扔到馮躍面前說：「等天黑了就趕緊走，我只想賺錢，不想沾人血，但是那幾個可是不一樣，他們殺不殺你們，我也管不了。」

「大家都是刀尖舔血的日子，謹慎一些也沒錯。」女人說完就轉身走了，匕首被扔在地上。

馮躍過去撿起來，割斷了周雨腳上的繩子，把人扶起來靠在石堆上。

馮躍、宮智偉和王樂三人被女人的操作弄懵了，廢了很大功夫把他們綁來，又說不願意沾血要放了他們，這自相矛盾根本沒辦法自圓其說。

但現在只要能走，馮躍也想不了那麼多了。

「你能認出來那是什麼山嗎？」

宮智偉看看地形植被，觀察半晌搖搖頭：「這裡的山大同小異，長得都差不多，按照長度公式估計的話，那只是某個山系的小峰，高度並不出眾，估計沒有什麼名氣。」

連宮智偉都看不出來，馮躍也不抱什麼希望了，還是等天黑之後，沿著車輛的輪胎方向往回走，一定能走出去的。

「剛才你跟那女人說得很對，這方圓至少幾十公里內不會有住家，因為這裡水源只有那條小溪，還是在兩山之間，有背無靠，缺少水源，在風水學上講，這裡並不適合人們繁衍生存。」

王樂一直在觀察地形，結合所學得出這樣的結論，這說明他們即便從這跑掉了，周圍都是平原，要想追上他們簡直輕而易舉，根本無處可藏。

除非一頭鑽進林子，但是看最邊緣的樹木都參天入雲，可見這座樹林就是原始森林，他們沒有任何經驗，沒有裝備，甚至都沒有食物，進去了也只有一種結果，那就是困死在裡面。

「草原上沒有牛羊的糞便，說明牧民都不往這邊來，我們要跑就至少要跑幾十公里，才能有希望看見人家。」宮智偉掰著自己的假肢，虛弱地說起這裡的情況。

馮躍很清楚，宮智偉的腿是堅持不了這麼遠的路程的，而且周雨一直沒醒，他們帶著一個昏迷的人，根本走不快。一旦發現他們跑了，對方開著車，很容易就能追上來。

看看那片原始森林，現在天還亮著勉強能看得遠一些，等天黑了對於他們這些「老弱病殘」，幾乎可以說是寸步難行。

馮躍在心裡嘆了口氣。

不走就是個死，那個女人已經說得很清楚了，就算她不動手，那些壯漢也不會留著他們當做後患；要是走，能跑過車輛的機會也十分渺茫，除非對方一直發現不了他們失蹤。

「要不，你先走，我留下照看宮哥和小雨。」王樂咬咬牙，能跑一個是一個，跑出去了就有希望找人來救命。

馮躍搖頭否決：「你們留下更危險，要走一起走，他們不會放過你的。」

更何況，跑出去找到人家搬救兵，再等跟著救兵殺回來，那也是需要時間的，到時候一切都晚了。

「不管了，先走再說，走多遠算多遠吧。」

馮躍掙扎著撕下一塊衣料，把磨破的手腕纏上，將周雨架起一條胳膊：「你扶著智偉，等天一擦黑就走，那個女人有意放我們離開，就不會引著他們來發現我們逃跑，至於能跑多遠，就看天意了。」

沒有任何裝備和補給，天時地利人和一樣也不佔，到底能不能虎口脫險，真是說不準，跑出去就算僥倖，跑不出去就是命該絕於此。

再壞都沒有比現在更絕望了。

靜靜等著太陽落下，馮躍第一次覺得時間如此漫長。天邊的火燒雲將天空染成紅色，太陽從山尖處一點點消失，天地慢慢昏暗。

馮躍只能苦中作樂地安慰自己，好在是個晴天，不然下一場大雨想要跑得更快一點就更不可能實現了。

天已經擦黑，只能看見森林最邊緣的幾排樹木，馮躍半蹲著看向帳篷，所有人都在裡面，他利落地抱起周雨背在身上，轉身讓王樂扶起宮智偉，貓著腰往前走。

等出了帳篷的視線，馮躍的速度提起來，背著周雨小跑著往前走，但是天色昏暗，想要辨別他們進來時車輪的印記已經很難了，只能走走停停。更何況宮智偉只有一條腿能用上力氣，王樂帶著他速度也提不起來。

跑了一會，馮躍體力下降，喘著粗氣，覺得胸口就要炸開了。

「馮哥，你來扶著宮哥歇一歇，我背一會吧。」馮躍把周雨放在王樂背上，三人幾乎不停地往前跑。

「這姑娘都折騰成這樣了，怎麼還不醒，真是要……累死小爺我了。」王樂一邊往前跑一邊囉嗦地發著牢騷。

不知道往前跑了多遠，馮躍幾人的體力持續下降，在高原上劇烈奔跑，胸腔痛得彷彿要炸開，兩條腿像灌鉛一樣沉重。

「不，不行了，小爺得歇一會了……」王樂把周雨放在地上，自己癱軟在旁邊，實在是跑不動了。

這一路上都是草原，連個掩體都沒有，這麼得跑到什麼時候是個頭啊。馮躍回頭看看，已經跑出很遠了，稍微歇一下應該沒事。

看著躺在地上的周雨馮躍有些擔心，那個刀疤男說了，這劑量最多再昏迷一下午，但是現在已經晚上了，周雨還是一點蘇醒的跡象都沒有。

「她不會有什麼事吧？」

宮智偉摸了摸周雨的頸動脈：「波動正常，估計就是身體弱，藥劑還沒過去，再等等吧。」

話音剛落，周雨「嚶嚀」一聲，皺著眉很難受的樣子，緩緩睜開眼睛，看見三個男人都守在身邊，嚇了一跳。

「這是怎麼了？」周雨捂著頭想坐起來，但是渾身沒有一點力氣。

「你這死丫頭，我們藥效早就過了，就你一直不醒，害的小爺跟馮哥逃命都得背著你，沒被他們打死不說，差點被你累得去見閻王。」

王樂背著的時間最長，高原上本就缺氧，又是跑又是背人的，他嘴唇已經有些發烏了。

「我們跑出來了？」周雨看著周圍的環境有些懵。

馮躍坐在地上歇氣：「不算徹底跑出來，大家歇一會還得儘快走，不然……」

話沒說完，身後車燈就亮了起來，王樂一骨碌爬起來，嘴裡開始罵娘：「這踏馬也來得太快了吧。」

馮躍一把拉起宮智偉：「還看什麼，趕緊跑啊。」

「不能跑直線，往林子裡進。」宮智偉瘸著腿往樹林裡鑽。

周雨眼睛還發暈呢，被王樂拽著踉蹌地往前跑。

對方開著車，速度很快，但是馮躍在他們下車之前，就已經帶著大家進了樹林，裡邊不能開車，就算要追也是徒步，大家還有一絲希望。

但是並不熟悉地形，只能盲目地往前跑，還不敢進得太深，畢竟是原始森林，要是跑到中間很容易迷失方向，到時候要再走出來就更不容易了。

「在那呢！快追！」

身後腳步聲急促，四個人相互攙扶著，腳下的速度一刻不敢停，身側的樹木急速後退，馮躍覺得這一定是這輩子最驚險的時刻。

「砰！」

子彈從臉頰擦過，在樹幹上打出一個洞，馮躍心跳一停，也不敢回頭，只能拉著宮智偉加快了腳步。

「站住！」

「龜孫的，小爺非得讓這幫孫子付出代價！」王樂哪怕被追趕得狼狽至極，也不放棄嘴上佔便宜。

「砰砰！」

子彈打在腳下，濺起枯樹枝濺在腿上，周雨一歪身，差點摔個狗吃屎，被王樂撈起來，幾乎是半扶半抱地往前帶。

明月在頭上高懸，清冷的看著森林裡發生的一切，四個人被窮凶極惡之徒追趕，像走投無路的蒼蠅在樹林裡亂轉，槍聲乍響在身後，那些人看著他們狼狽的樣子，爆發出卑劣的嘲笑聲，彷彿將他們當成了獵物。

「快點跑啊，不然下一槍，老子要打在小娃娃的屁股上——」

周雨一手拎著扎西，即便自身難保也從沒想過要先拋棄掉牠。

「唔！」

「怎麼了？」宮智偉聽見馮躍一聲悶哼，緊張地問道。

「沒事。」馮躍左胳膊顫抖，垂在身側，右手扶著宮智偉往前跑。

溫熱的血順著胳膊流下，子彈擦過的灼痛感讓他面色蒼白，但是沒有發出一聲哀嚎，大家都在逃命，不能因為他的中傷而分心，要是被抓到肯定比這一槍還要慘痛。

豆大的汗珠撲簌簌地落下，馮躍咬緊牙關，只希望儘快找到一個能藏身的地方，大家體力都支撐不住了，再跑下去很容易因為高反引起一系列併發症，到時候這地方如此偏遠根本來不及送醫。

折磨他們的不止有身後窮追不捨的惡人，還有體力的極限，有饑餓和疲憊，有無休止的緊張，讓神經綳在一起，以及不知道何時才能安心的恐慌。

馮躍快速失血導致面色慘白，在月光的映照下更加灰敗，腳下逐漸虛浮，攙著宮智偉的手開始脫力，速度不受控制地慢下來。

「你怎麼了？馮躍！」宮智偉看著身邊的人往前栽倒，去扶著他的時候，摸到了滿手濕潤，詫異地看著馮躍。

「你中槍了？！」

大家圍過來，馮躍靠著樹幹，左手的劇痛已經讓他半個身子都感到麻木，微微顫抖，連舉起來的力氣都沒有。

「你們先走，我跑不遠了，別管我了。」

「不行，你留下就是死路一條。」

那些人殺紅了眼，只要放任不管，馮躍都會因為失血過多而死在這片原始森林裡。

子彈密集地打在身邊，樹幹碎渣飛濺，王樂拉著周雨躲在不遠處的大樹後面，緊張地看著那些人端著槍往前逼近。

「我們兄弟一場，也算是死在一起了，這壯烈的死法小爺我也真是沒想到啊！」

正當他們快要放棄掙扎的時候，四面八方傳出山地摩托的聲音，迅速朝中間聚攏。

第十六章

馮躍被車燈晃了眼睛，騎著摩托駛來，一手持槍壓制對方的火力，赫然就是當時跟刀疤男在一起的那個女人。

「快走！往前跑，前邊有一個山洞，躲進去別出來！」

女人騎著摩托一夫當關的架勢橫在馮躍和壯漢之間，手槍對著目標不停開槍。

馮躍顧不得多想，跟宮智偉一直往前跑，拼盡所有力氣支撐著雙腿，咬牙堅持住。

周雨抱著扎西，腳絆在一截枯樹幹上，重重摔在地上。

「啊！」

王樂趕緊把人往起拉，那些壯漢因為有人還擊，攻勢更加凶猛，槍戰的聲音不斷逼近，而他們這邊只有女人自己抵擋。

周雨崴到了腳，根本爬不起來，王樂想把人背上，還沒抓到手臂，周雨就被女人一把拽到摩托上，用自己的身體將周雨護在懷裡。

女人一邊回頭開槍，一邊對王樂喊道：「你快走，別回頭。」

王樂看有人保護周雨，自己撿起地上的扎西，追著馮躍和宮智偉的腳步往前跑。

摩托聲越來越多，馮躍知道是有人來支援，但槍聲一直不停，腳上也不敢有絲毫懈怠。

「在那裡！」馮躍借著月光看見前邊的山洞，拉著宮智偉貓腰跑過去，子彈射在身後，卻看著生存的希望沒有半點猶豫。

頂著槍林彈雨狂奔，這一定是幾人此生最驚險的時刻。

跑進山洞，馮躍驟然脫力，摔在地上，半邊身子都是血染，宮智偉緊隨其後拖著斷腿閃身進來。

「接住她！」

王樂喘著粗氣，卻站在洞口，接住了被女人甩下來的周雨，一起躲進了山洞。

摩托橫停在洞口，女人持槍半蹲在車後，對著逼近的惡徒開槍，子彈打在金屬車身上冒起火星，在漆黑的夜裡格外亮眼。

馮躍剛要開口說謝謝，就看見女人後背兩個槍眼正汩汩冒著鮮血，頓時驚在原地。

「你停下吧，我們往山洞裡跑，一槍打漏油箱，那些人也進不來了。」馮躍知道她再這樣拼命阻擊下去，也是擋不住那些人的，手槍的子彈總有被打完的時候。

女人回身開槍，利落的動作絲毫不受身後槍傷的影響，對面一聲悶哼，知道是打在了人身上。

「不行，我必須跟他們在一起，這裡地形複雜，一旦失去他們的蹤跡，再想找到就更難了。」

女人執著地不肯走，扔了一把匕首給馮躍：「拿著它防身，往裡邊走，一旦我沒攔住他們，接下來的路就看你們自己了。」

「小爺怎麼能丟下一個女人。」王樂把周雨擋在身後，緊緊靠在石壁上對著女人喊。

「你留下也沒用，只會多死一個人，趕緊跑，別讓我白救你們。」

女人手上快速地換著彈夾，以一己之力將那些人擋在山洞之外，爭取片刻的安全時間。

馮躍看著她英勇的身影，帶著死志的決絕，身後的傷口為這個女人增添著壯烈的色彩，像一朵玫瑰在彈影中熱烈而招搖地綻放著。

女人舉槍的一瞬間，胳膊被擊中，手槍掉落，胳膊砸在車身上，身中三槍，卻無一聲哀嚎。

馮躍看著眼前的一幕，心中五味雜陳，震驚和悲痛無以復加，過去扶住女人，按著她身上的槍眼，卻不知道能止住哪一個，兩隻手根本不夠用。

「跟我們一起走，攔不住他們的！」

馮躍紅著眼睛看著女人，卻被她推開，掙扎著重新撿起槍：「我就是死，也得跟他們的屍體死在一起。」

女人的堅定讓馮躍不解，她的做法顯然跟那些不法之徒不是一夥的，卻不知道是怎樣的信念，讓她甘願獻出生命也無怨無悔。

女人掏出一面鏡子，慢慢伸出去。

「砰！」

鏡子被打碎，女人快速轉身瞄準，瞬間擊斃一名壯漢。

動作颯爽，毫不拖泥帶水，一看就是經過專業嚴苛的訓練，不知道受了多少磨難才有現在這樣的身手。每一次動作，都會牽扯著傷口迸出更洶湧的血流，馮躍看得心痛，可恨自己只是普通人，什麼忙都幫不上，還成為了拖累。

「你們再不走，一會就要跟我一起被抓起來，我拼死來救你們就白救了。」女人嘶啞著嗓音，瞪著馮躍，往山洞深處推搡著。

剛要重新舉槍，外面出現了新的槍聲，在惡徒之後，女人臉上一喜，輕輕地鬆了口氣。

馮躍看著外面，四面出現很多燈光，向山洞口匯集，看女人的狀態，就知道是他們的支援到了。

對方火力被絕對壓制，女人脫力地癱坐在地上，胳膊以詭異的姿態垂下去。

人的精神力是一種很神奇的東西，緊繃著的時候，彷彿心裡有所支持，能對戰凶徒毫不退縮，能連開數槍面不改色。但放鬆下來，身體會被劇痛侵蝕，剛剛舉槍的手也顫抖起來，身後的槍眼湧出的鮮血讓整件衣服濕透，山洞裡都是血氣的腥甜。

女人喘著粗氣，看向馮躍：「你叫什麼？」

「馮躍，飛躍的躍。」馮躍緊緊按住她的槍傷，但血從指縫冒出來，根本止不住。

女人從衣領拽出一塊墜子，用力扯斷了紅繩，放在馮躍手裡。

「我叫拉姆梅朵，能不能求你一件事？」

馮躍搖頭，他知道這個女人要說什麼，但他不想答應，這一幕太過熟悉了，當時邊巴次仁就是這樣交代了後事死在自己面前的，馮躍不想再接受這樣的結果了。

「把這個墜子交給我阿媽阿爸，告訴他們……」拉姆梅朵好像控制不住身體，嘴角不停溢出鮮血。

「……告訴他們，梅朵並不是壞孩子……我，我是在執行任務……」

「告訴他們……梅朵一直都記得做個好人……但我回不去了，你……你幫我告訴他們……」

拉姆梅朵緊緊握住馮躍的手，血液從嘴角流到耳後，死死盯著馮躍，那眼光中的懇求讓他心裡顫抖。

他狠狠點著頭，卻說不出一句話。

周雨捂著嘴嗚嗚哭著，她知道身後那兩槍一定是為了把自己護在懷裡，淚眼朦朧地看著救了她的女人無力地顫抖。

「阿爸……阿媽……」
馮躍聽著她一直念著爸爸媽媽，想來此刻最遺憾就是沒見到親人最後一面。
山洞外風停樹止，森林恢復平靜，可月光慘白，照進山洞，馮躍卻滿目鮮紅。
「梅朵……回不去了……」
抓著墜子的手倏然落下，馮躍去抓，卻徒然抓住了空氣，看著那隻染血的手砸在身上，拉姆梅朵閉上了眼睛，卻嘴角含笑，會不會在最後一刻見到了心心念念的阿爸阿媽。
馮躍張大了嘴，想要把心中的悲痛哭喊出來，卻蹦起了青筋發不出聲音，抱著女人溫熱的身體坐在山洞裡，眼中全是痛苦。
這是第三個死在面前的人，馮躍被巨大的悲傷壓彎了脊背，他被拉姆梅朵拼命救下，卻眼看著她死在懷裡，那樣壯烈的身影，連子彈都不怕，卻在最後念著爸爸媽媽，像一個無家可歸的孩子，握著糖果卻不知道走向何方。
警察持槍走進山洞，看著拉姆梅朵已經沒了生氣，駐足良久。
「梅朵！」
馮躍看著梅朵血染的身體無聲地落下眼淚。
宮智偉和王樂凝視著地上的一灘血跡，默默無言，周雨哭得不能自以，這是整片天地唯一的聲音。
走出山洞的時候，風聲在樹林間回旋，風聲帶著嗚咽，彷彿為這悲劇畫上終點，山林萬物為梅朵送行，來生不必再淌過槍林彈雨，只做一個承歡父母膝下的平凡人。
馮躍緊緊握著那塊石頭墜子，正面是藏家繁複的花紋，背面細小地刻著梅朵的藏語名字，此時被鮮血包裹，告訴馮躍這是梅朵留下的最後念想，從此世上沒有梅朵，只有一個為了任務而獻出生命的英靈。

那四個壯漢，被梅朵擊斃一個，蓋著白布被抬出去。刀疤臉身中兩槍，看見馮躍的時候，依然一臉憤怒地瞪著他。

看到被裝車的兩頭梅花鹿，一隻被鋸掉了角，已經沒了氣息，另一隻跪在牠身邊，好像在哀悼同伴的死去。這就像馮躍他們和梅朵，一個在殘忍的戰鬥中溘然長逝，而他們因為梅朵的出現，依然好好地活在這世上。

馮躍幾人被送到醫院處理傷口，胳膊上纏著繃帶，幸運的是他的胳膊只是被子彈擦過，並沒有造成貫通傷。

「馮先生，感謝你們打出的那通電話。」男人是此次行動的隊長，對著馮躍幾人敬禮。

「這支盜獵團夥常年流竄在國內捕獵國家保護動物，然後走私出國外，或者在國內黑市經銷，造成不可挽回的損失。」

「梅朵三年前作為臥底打入內部，好不容易取得信任跟著他們進入林區，這次任務為了避免暴露，梅朵關閉了身上的追蹤器，放在你們被丟在國道邊上的車內，我們才能循著您打出電話的位置一路追蹤。」

「可是她……」馮躍對梅朵的死難以開口，墜子上的血跡已經乾涸，卻一直留在他心裡。

「梅朵的犧牲是我們共同的痛，本來行動在天黑的時候就已經開始了，但梅朵突然彙報說你們的逃跑被發現了，她自己率先追上去，我們調整方案動向，等循著槍聲追上去的時候，已經晚了。」

馮躍沉默了一下：「她是為了救我們才涉險，沒有等你們行動正式開始。」

「梅朵二十三歲從警校畢業，做了一年的緝私警，就被選中進入專案組，一直在追蹤這條線路。」

「山裡信號弱，她身上的定位必須始終跟犯罪分子在一起，才能保證精準定位，不然特殊的地理環境，很容易就被他們跑掉。」

隊長想到梅朵剛剛進入警隊時的意氣風發，到現在了無生息，心裡不可謂不難受。

「曾經有一夥罪犯，在抓捕過程中跑進深山，我們追蹤了兩個月，耗費大量人力物力才抓到，那次任務中犧牲的就是梅朵的師父。」

「她肯定是為了避免再次發生這樣的事情，也為了保護人民群眾的安全，才毅然地跟上去。」

馮躍一直知道和平盛世並不是真正的沒有罪犯，而是有人在和平表像的背後，默默承擔起社會的責任，背負著常人難以想像的苦難前行。

但這樣的事情出現在眼前，眼睜睜看著一個鮮活的生命在彈雨中消逝，馮躍連血液都是悲鳴的。

「梅朵家在哪裡？」

馮躍要完成她最後的願望，去告訴她的父母，你們的女兒是巾幗英雄，胭脂從未遜色男兒。

「走318國道從邦達下行，然後在接近怒江峽谷的一個小村，地圖上好像很難找到。」隊長看著馮躍手裡的墜子，知道梅朵生前可能對他有所托付。

「之前她進組的時候，我們有過嚴苛的審查，當時的負責人員去過，這樣吧，等你們出發的時候，我讓當時的警察跟你們去一趟，不然盲目地找，估計你們人生地不熟的，也很難找得到。」

馮躍點點頭，然後抬頭看向隊長：「那她的追悼會……」

隊長沉默了，半晌才說道：「沒有追悼會。」

看著馮躍不解的神情，隊長解釋說：「這樣的犯罪團隊還會有上線和下線，為了保護臥底警員的家人安全，她們的一切信息都是保密的，不止沒有追悼會，連立功受賞都是暗中進行的，直接封存進檔案，這樣才能保證消息不洩露出去。」

馮躍心裡的感覺五味雜陳，梅朵生前就活在隱秘中，沒有自己的姓名，沒有自己的生活，連父母家人都見不到，背著假名字和偽造的人生經歷，過著不屬「拉姆梅朵」的人生。死後一樣無名無姓，功勳碑上沒有姓氏，獎章上不會鐫刻名字，拉姆梅朵永遠只能活在別人的記憶中，隨著年華漸漸老去。

但她的付出和奉獻，拼死救下馮躍幾人的身影，永遠不會褪色，鮮活地烙印在每個人的心裡。

馮躍晚上躺在床上，腦海裡都是梅朵不斷流淌的鮮血，閉上眼睛也還會一幕幕地反復播放，成為一整夜的噩夢。

下樓的時候，只有周雨坐在下面吃早飯。

「王樂和宮哥呢？」

「我們的車被拍照之後，讓王樂開去修理了，宮哥去採購丟掉的裝備。」

周雨用手心給扎西餵水，這只小狗也算是跟他們同生共死過，那天驚嚇得不輕，這兩天都吃不進多少東西，蔫噠噠地窩在周雨懷裡。

「警隊打電話說，他們給梅朵立了一個無名碑，明天邀請我們去祭拜。」

馮躍坐下喝著白粥，順手把紅色的腐乳推遠，以前最喜歡配著粥吃，現在看見就覺得不舒服。

周雨點點頭：「墓園在南邊，你胳膊受得了嗎？」

「沒事。」

「梅朵姐姐她……」周雨說了一半，有些難過地不想再說，索性轉移話題：「我們什麼時候啟程去找她家裡？」

「明天祭拜之後就走。」

「那車……」

「車就扔在這修，我們租一輛別的車去。」

馮躍想儘快辦好這件事，不願意梅朵孤單地上路，在奈何橋上還沒有父母的牽掛。

周雨吃完，摸著扎西的軟毛，看著馮躍欲言又止。

「怎麼了？」

「你不繼續追著她的步伐了嗎？」

周雨指的是賀彤，馮躍聽懂了。

馮躍喝著白粥食之無味，心裡暗淡：「她已經很多天沒有更新了。」

「那你就沒想到其他能聯繫她的方式嗎？」

「沒有。」

馮躍能看到的只有賀彤旅行的微博，除此之外，也只有一個共同好友的聯繫方式，但是頻繁詢問賀彤的蹤跡，如果被賀彤知道了，那以後可能連微博都看不到了。

周雨往前湊了湊：「萬一有呢？你能用另一種方式陪在她身邊呢？」

馮躍吃到嘴邊的粥停頓了一下，慢慢垂下眼角：「不會的。」

她不會給自己這樣的機會，她說分手的那通電話，那樣決絕，那樣心痛，怎麼可能還會原諒他帶去的傷害，願意讓他留在生命裡，馮躍想都不敢想。

周雨最終沒有說話，轉身上樓了。

馮躍放下勺子，想到賀彤的杳無音信，胃裡一陣絞痛。

小彤，我見過真正的死亡了，有被病魔帶走的無奈，有親人無力的挽回，有帶著遺憾死不瞑目的哀傷，也有英勇無畏的慷慨赴死。

我意識到生命其實如此脆弱，死亡的方式如此特別，病痛可以，意外可以，死在黑暗中也可以，但我不知道自己將以何種方式死去。

從前想與你白頭並肩，老死在某一個有你的黃昏，如今這連死亡的方式都變成了奢望，身邊沒有你，連死亡都沒有了意義。

我這一路追尋，看盡了高山流水，山路反復，可我始終沒有追上你的腳步，甚至與你只相隔一個拐角，卻連親口聽你說一句話的勇氣都沒有。

那我這進藏一程山高路遠，所經歷的一切到底意義在何？

第二天，馮躍換上一身黑衣，捧著一束向日葵，他沒有買祭拜通用的雛菊，顏色寡淡，他希望拉姆梅朵來生能如同向日葵一樣，生長在陽光下，時刻沐浴著世上最燦爛的陽光，活得熱烈而蓬勃。

墓碑上沒有照片，沒有她的名字，只有一串冰冷的代號，代表著拉姆梅朵曾經出現在過這世上。

馮躍對著墓碑鞠躬，這是她留給世人的勳章，也是她終此一生的悲涼。

感謝你在無人知曉處，守護著自然的生靈，保護了我們珍貴的財產，梅朵的一生雖然短暫，卻盛大而有意義，背負著黑暗，又做著最光明的事情。

「要出發了？」

馮躍點頭，他要帶著梅朵的遺憾去她的家鄉，告訴阿爸阿媽和故鄉的土地，他們孕育了多麼偉大的生命，讓梅朵身後有人祭奠緬懷。

隊長介紹著旁邊的警員：「這是當年負責勘察梅朵檔案的警員，劉勝利。」

馮躍握手：「你好，麻煩你引路了。」

劉勝利外貌粗獷，虎口處有很厚一層老繭，估計之前也是從臥底這樣高危的職業上退下來的。

「考慮到拉姆梅朵家的特殊情況，上級決定直接把撫恤金送到家裡，所以我跟你們是同路。」

回到民宿之後，王樂和宮智偉忙著裝車，周雨搬著一些小袋子隨手就把手機放在了桌子上。

「馮躍，正好你回來了，桌上放著一些螺絲扳手之類的工具盒子，你拿來放車上。」宮智偉擦著汗，高原上臨近中午的太陽紫外線很高，曬得人睜不開眼睛。

馮躍脫下外套，拿起桌上的工具盒，下意識瞟了一眼周雨亮著的手機屏幕。

「七年前的和風吹進中山大學，我與他相遇在學校禮堂，一身灰色正裝如同王子降臨在我的生命裡，從此陽光普照，萬物向陽……」

馮躍愣在原地，中山大學是他的母校，七年前的禮堂是學校最盛大的一場迎新會，所有新生都正裝出席，史無前例。

「看什麼呢？快點啊！」

「哎，來了……」馮躍多看了幾眼，才轉身走開。

這本書應該就是讓周雨沒日沒夜捧著看的，天天在下面追著作者更新，但是那個簡短的片段實在太過巧合，每一點都正好在馮躍入學時的場面上。

晚上吃過飯，馮躍把周雨叫住。

「你看的那本書叫什麼？」

「《日落時分，我在夕陽下愛你》。」

馮躍沉默著回到房間，搜索這個書名，當看見筆名的時候，馮躍心裡一緊，一個念頭在腦海裡倏忽而過。

「滿……星河。」

馮躍呢喃著這三個字，他記得賀彤最喜歡的一句詩就是唐溫如那句「醉後不知天在水，滿船清夢壓星河」。

馮躍猛然站起來，奪門而出，敲響了周雨的房門，緊張地問道：「你知不知道作者為什麼叫滿星河？」

周雨被問懵了，想了好半天才說：「以前似乎有人在帖子裡討論過，作者說是因為一句什麼詩……」

馮躍已經肯定了腦海裡的念頭，有些怔愣地說：「是不是滿船清夢壓星河？」

「對對對，就是這句，怎麼了嗎？」

馮躍轉身離開，有些心不在焉，還差點撞上門框。

回到房間，馮躍捂著臉蹲在地上，似悲似喜地笑著：「真的是，真的是你，滿星河。」

馮躍確認這就是賀彤，因為一切都太巧了，書中出現的場景，那個充滿浪漫的筆名，都是賀彤喜歡的樣子。

那麼，你會如何描寫我們的愛情呢？

馮躍將絲帕攥在手裡，眼睛裡帶著狂熱，手上有些顫抖地點開了第一章。

電腦的熒光在夜裡照亮了馮躍的臉，那些文字不僅僅是寫給讀者的，更是馮躍與她滿滿的回憶與青春，一下就把他的思緒帶回了那個盛夏。

中山大學的禮堂人山人海，馮躍西裝革履站在後台，他作為經管專業第一的名次考進學校，被安排當作新生代表上台發言。

此時的馮躍還有些青澀，拿著演講稿略帶著緊張，當掌聲響起，自信地走上高台。

「就是那一束光打在他身上，彷彿只為他而亮，清越的嗓音在禮堂徐徐鋪展，是少年人的自信風采，是新生學子的驕傲，也是很多女孩子眼中的王子，包括我……」

馮躍讀著那段文字，才知道當天站在那裡演講的時候，在賀彤眼裡是如此的光彩奪目。嘴角帶著笑意，彷彿想像到賀彤一雙杏眼裡滿滿的都是自己，坐在台下為他鼓掌的樣子。

那樣美好，讓馮躍沉浸在賀彤用文字營造的場景裡，難以自拔。看了一會，馮躍捂著眼睛坐在電腦前面，有水痕從指縫間流出，肩膀微微顫抖。

他想到了初遇時，那些看似偶然，實則自己在原地徘徊無數次才製造的「偶遇」，那些青葱歲月，終究一去不返。

「學校的圖書館很大，我卻每次去都能看見他穿著白襯衫坐在陽光下，手邊是一本《人間詞話》，修剪整齊的指甲輕輕摩挲著書頁，瞬間，連炙熱的陽光都是溫柔的。」

馮躍讀著書裡的文字，都是賀彤的視角看見的，其實他根本不喜歡穿白襯衫，其實在寢室的時候，都是大T恤加人字拖，但知道賀彤喜歡去圖書館之後，才每天跑去凹造型，惹佳人眉眼傾顧。

那時候的賀彤是什麼樣子的呢？

穿著碎花裙子，纖細的腰身在回眸時輕擺，秀髮劃出優美的弧度，彷彿有髮梢搔在心尖上，癢癢的惹人欲罷不能，她走過帶起的馨香，和光同塵。

每一次她都會正巧坐在對面，一抬頭就能看見她秀美的臉頰被陽光親吻，馮躍那時情願與光融為一體，圍繞在女孩身邊。

「我每次都會坐在他對面，每每偷瞄他的身影，都會悄悄紅了臉，像喝酒熏紅的臉頰，像夕陽天際的火燒雲，若是不小心對視，都會心虛地移開目光，心裡如同盛夏的梅子碎冰，酸酸甜甜。」

馮躍笑起來，現在方才知道，原來那些自以為美麗的緣分，都是兩人故作有緣，其實絞盡腦汁，製造出來的「誤會」。

房間的燈亮了整夜，馮躍在電腦前又哭又笑，要是有人看見肯定以為這個男人瘋了，但是那些酸甜苦辣經過文字的形式，重新呈現在面前，馮躍五味雜陳。

被回憶折磨的感覺，在心上鈍痛，佳人在眼前重現，卻已經遠去，連一片衣角都不曾留下。

第二天出發的時候，馮躍眼下的青黑把大家嚇了一跳，周雨看見他的狀態，就知道自己心裡隱隱的猜測是正確的。

以前她對馮躍看著微博決定行程的做法表示不解，還是宮智偉給他講的馮躍的情史，後來看到這本書的時候，寫到後面，每一個地方都是他們去過的，甚至可以說是馮躍痴心追逐過的地方。

雖說無巧不成書，但世上不會有那麼多無緣無故的巧合，所以那天才會試探地問馮躍，如果有機會讓你和賀彤用別樣的方式存在，你會接受嗎？

現在馮躍自己發現了，一看就是一夜未眠。

周雨這樣不明就裡的看客都會被文字感動，何況馮躍是親身經歷，某種程度來說，他本身就是男主角。其中欣喜和苦澀，只有他自己才最清楚了。

王樂開車跟在劉勝利後面，看著後視鏡裡兩個低著頭看手機的人，憤憤不平。

「我任勞任怨地開車，堂堂地質勘測的高材生就淪為了司機！你們倒好，一老一小都玩手機，也不怕高反了。」

馮躍看得津津有味，隨口回答：「優待病號，皇權特許。」

「呦，這位爺，大清早就亡了！」王樂不倫不類的京腔把大家都逗笑了。

馮躍正看到兩人熱戀的時候，他看著賀彤描寫的表白那天，心裡甜蜜的要滿溢出來。

「那天的操場被粉紅色泡泡裝滿，我記不清扭傷的腳有多痛，但他飛奔而來抱起我往醫務室跑的時候，身上帶著淡淡的皂角香氣，眉眼掛著汗珠，彷彿是抱著什麼珍寶，讓我又羞又喜……」

馮躍記得那天是一節體育課，他正在踢球，剛要射門，就聽見身後有人喊賀彤摔倒了，踢出去的腳猛地停下，連球也不管了，顧不上是否唐突了佳人，只想趕快送到醫務室去，擦傷的膝蓋看上去疼得很。

原本設計了很久的表白，在醫務室都忘記了，緊張地搓著手指，褲線被揉出褶皺。

女孩嬌俏的眉眼在眼前鮮活，歪著頭問他：「你是不是喜歡我呀？」

原本默默背了很久的精彩詞彙都忘個乾淨，只會局促地點頭，是少年情竇初開的青澀。

「真巧，我也喜歡你。」

那天的風暖洋洋的，她的眉眼是帶著甜蜜的狡黠，讓馮躍時至今日都清楚地記得。

他們的愛情在書中成為了很多少男少女的夢，被眾多人追捧者，下面的評論都是祝福，可他們不知道這竟然是一個悲劇，是作為男主角的他一手造成的悲哀。

很快，王樂就發現，以前只是周雨喜歡抱著手機看，現在馮躍也隨時隨地拿著手機看小說，兩人像被傳染了一樣，對著手機又哭又笑，尤其是馮躍，一會眉開眼笑，一會憂鬱悲傷。

「這倆人魔怔了？」

王樂自言自語，趁著給馮躍換藥的時候，偷偷瞄著手機，看到那句「盛夏的風回旋，像在為我們的愛情謳歌」，嚇了一跳，馮哥這麼成熟的精英人士，也喜歡看小女孩的言情小說？！

「我們下了國道之後，路況就不好了，大家有個心理準備。」劉勝利走過來說。

結果王樂一臉玄幻的怔愣，馮躍和周雨壓根心不在焉沒聽到他說什麼，伸出手在馮躍眼前一晃：「看什麼呢？」

馮躍回過神，收起手機，眼裡的笑意還在：「你說什麼？」
劉勝利嘆著氣重複一遍：「下了國道的路不好走，你們有個準備。」
馮躍連連點頭，以為就是顛簸一點，沒想到直接把他晃得暈車，起起伏伏的山路凹凸不平，人抓著把手才能勉強穩住身體。
這條山路是從山壁上直接修出來的路，看上去就像一條玉帶懸掛在半空，一側是堅硬的山體，一側是萬丈懸崖。
山路不知道開了多久，晃得馮躍懷疑人生，眼前才豁然開朗，從山路轉為平地。
王樂靠邊停車，一刻都不等地開門下去，大口大口地呼吸著。
「這什麼破路，差點把小爺的隔夜飯顛出來。」
大家臉色都不是很好，看著眼前這人來人往的小縣城，以為已經到了，沒想到劉勝利走過來，拍拍乾嘔的馮躍：「要不在這休息一晚，明天再走。」
王樂一聲哀嚎：「還沒到？！」
劉勝利有些幸災樂禍：「要是在這麼大的縣城，隊長還用讓我們帶你們來嗎？」

第十七章

小縣城的賓館並不大，但是對於奔波了一天，飽受山路摧殘的眾人來說，有一張床休息就很好了。

馮躍躺在床上，舉著手機一頁一頁看，即便身體已經很疲憊了，仍舊捨不得放下。

宮智偉翻身看見他的手機還亮著，基本已經能猜到原委了，勸說道：「快睡吧，明天還有一天的路呢。」

馮躍看完一章，才戀戀不捨地關上手機，把絲帕從手腕上解下來，放在枕邊。

夢裡，馮躍看見賀彤穿著圍裙站在廚房，笑意盈盈地問他要吃些什麼，然後催促他洗手吃飯。飯菜的香氣彌漫著整間屋子，窗外是大雪紛飛，有孩子們堆出的雪人，俏皮地插著胡蘿蔔鼻子，而他抱著賀彤親吻，一切溫馨又平常。

一覺醒來，天光大亮，馮躍知道那南柯一夢終究是虛幻的，賀彤不知所終，而他的世界四季如冬。

穿出縣城，兩輛車又轉入了一條更窄小的山路，車身擦著兩旁的樹枝駛過，甚至能看到樹葉上清晰的紋路。

開了一上午，劉勝利靠邊停下，馮躍環繞一周並沒有看見村落，心裡有一種不好的預感。

果然，劉勝利走過來說：「前面車就進不去了，大家帶上東西走進去吧。」

看著那條細小的只能容納一人通過的盤山路，王樂又一次發出了絕望的哀嚎。

「這歷經辛苦，桃花源都能找到了吧！」

「快了快了，這條路出去就能看見梅朵出生的村了。」劉勝利背上行李率先往山上走。

馮躍摸摸兜裡的石頭墜子，梅朵，我馬上就要看見你的家鄉了，你放心，你的父母一定會為你感到驕傲。

等馮躍一行人頂著大太陽翻過一座山頭，看見村莊的時候都不禁一愣。這現代化的二十一世紀，竟然還能夠看見住著泥胚房的村戶，唯一的一間瓦房就是村部，牆體也已經開裂了，院子裡掛著一面國旗，隨著風獵獵飄揚。

村口只有幾個小孩子玩耍，手上捏著泥碗，摔在地上發出一個響聲，泥碗沒壞的孩子就會大聲地笑起來。

跟著劉勝利一路走向梅朵的家，門口掛著兩盞紙糊的白燈籠，院門開著，裡面傳出女人尖利的哭聲。大家的心情一下子沉重起來，梅朵的死訊是不會傳到這裡的，那就是家裡有其他人去世了。

走進院子，突然出現的一群外人讓大家不明就裡地看過來。

一個披著中山外套的老人走過來，生硬的普通話問道：「你們是什麼人？」

馮躍連忙回答：「我們是梅朵的朋友和……同事。」

話音剛落，坐在院子裡哭泣的婦女就站起來踉蹌地走過來，指著他們哭喊：「梅朵那個沒良心的死孩子，他阿爸都死了也不回來看一眼，我們不認識你們，滾出我家！」

馮躍看著眼前的女人，滿頭白髮，微微佝僂著身子，胸前別著一朵白花，猜到這可能就是梅朵的阿媽。

「阿姨，我們就是梅朵的朋友，她……讓我回來看看你們……」

馮躍不忍心在丈夫離世的悲痛裡告訴她女兒的死訊，生生把口中的話忍住了，更何況院子裡人這麼多，梅朵的死根本不能放在明面上說。

誰想到梅朵阿媽根本不聽他們解釋，推搡著就要把人趕出去，滿臉淚痕的女人一邊罵著女兒，一邊哭喊著丈夫不管不顧地就走了，馮躍幾人心裡都很壓抑。

最後還是村長出面攔住了她，看著馮躍說：「梅朵的阿爸剛剛走了，你們要是來祭拜的就上個香，要是沒有什麼事，喝杯水就走吧。」

大家好像對梅朵都很有意見，指指點點地議論著。

馮躍雖然對梅朵家裡的態度早有預料，但站在這裡才知道不被人理解的滋味有多難受。

梅朵的阿媽叫格桑，撲在丈夫的棺材上嚎哭，說起女兒不孝，重病的時候傳信出去都不知道回來看看，何等狼心狗肺。

馮躍幾人走上前，對著棺材鞠躬，用晚輩的禮節祭拜，就當作替梅朵送阿爸一程。

若是梅朵知道，臨死前還念念不忘的阿爸已經走了，沒能看上她最後一眼，該是多麼的遺憾和愧疚。

劉勝利把格桑勸到屋子裡，馮躍跟著進去，看著悲痛的女人，心裡彷彿堵著一團棉絮。

「阿姨，我是梅朵的同事，她……」

劉勝利對梅朵的死訊一樣難以開口，同時知道丈夫和女兒的死訊，這樣的打擊對於一個女人來說，可想而知。

「是不是她又闖禍了！」格桑拍著桌子哭道，「我就知道她不安分，好不容易考上大學，那是全村的金鳳凰啊，哪知道這死孩子出去了就不學好，成年不回家，一回來整個人都變了，再也不是以前的梅朵了。」

馮躍看著屋子裡的東西，泥塊壘起來的牆面有著幾個縫隙，窗戶用破紙糊上，灶台旁邊就是一張床，被褥堆疊在上面，而拿來墊桌角的廢紙上，畫著梅朵的畫像，那是專案組為了梅朵打入內部故意散播的通緝令。

格桑和村民應該就是出去縣城的時候，看見了這個，才認定梅朵變壞了，在外面胡作非為不敢回家，甚至犯了事，連阿爸重病都不肯回來看看。

「阿姨，梅朵不是您想的那樣。」

劉勝利把專案組準備的文件和勳章拿給格桑看，解釋說：「梅朵大學畢業就被特招進了專案組，一直從事臥底秘密行動，因為任務的特殊性，她不能跟家裡說，甚至還要自毀名聲，即便被人誤會也不能說，她在外面不叫梅朵，她不能有阿爸阿媽，她一直是個心裡有家國的好孩子。」

格桑摸著那個印著國旗的冊子，小心翼翼地捧起來看，但是她不識字，不知道裡面寫著什麼，但是她認得國旗，知道印著國旗的書，一定是好書。

她又拿起那塊勳章貼在臉上，冰涼的觸感讓她眼淚撲簌簌地流下來。

「梅朵她……你們都來了，都告訴我了，她怎麼不回來？她阿爸……昨天走了，在床上掙扎了四天，就要等著看她最後一眼，最終也沒等到……」

格桑把勳章捂在胸口，趴在桌子上痛哭。

馮躍紅著眼圈，把那塊石頭墜子掏出來，放在桌上，格桑看見那墜子明顯愣住了。一把抓起來問道：「這是梅朵從小戴在身上的，怎麼在你這？」

馮躍張了張嘴，他不敢看格桑悲傷的眼睛，低著頭說：「梅朵在執行任務的時候……中，中彈，已經……已經不在了。」

說到這，格桑張著嘴愣愣地看著馮躍，不可置信地看著他，不相信自己聽到的話。

「她臨走之前，最後的願望，就是讓我把這個墜子帶回來，交給阿爸阿媽，讓我告訴你們，她一直都是好孩子，一直都是，從來沒有變過，沒做過傷天害理的事情，她是你們的驕傲。」

馮躍又想起那個英姿颯爽的女子，用立馬橫刀的氣勢擋在前面，從不為槍彈呼嘯而瑟縮，最後渾身浴血倒下的時候，那是此生唯一一次心裡只有自己的小家，念著阿爸阿媽永遠閉上了眼睛。

屋子裡尖銳的哭聲帶著撕心裂肺的絕望，院子裡眾人不知道發生了什麼，但是聽著梅朵的名字，格桑哭得驚天動地，就覺得應該不是什麼好事情。

劉勝利出來跟村長把能說的解釋了一下，村長也是滿臉震驚，把院子裡的村民都勸走了，自己站在院門外，長嘆一聲轉身離開。

「梅朵……梅朵……」

格桑抱著梅朵的墜子放聲悲哭，身子從櫈子上癱軟到地上，一聲聲地叫著：「心肝啊女兒啊！」那哭聲裡有失去孩子的痛苦，也有從前誤解梅朵的愧疚，壓在她心上喘不過氣來。

馮躍默默退出房間，看著院子裡放著的棺材，默默想著，您老要是在天有靈，聽見了梅朵的事情，請保佑梅朵來生只在膝下做個平凡的小姑娘，不要再背負著黑暗行走，生前受盡苦難，死後無名無姓。

正在出神，從角落裡走出一個小孩子，怯怯地站在棺材旁邊，揪著衣服看著他。

馮躍蹲下去，朝他招手：「小朋友你是誰呀？」

小男孩黝黑的皮膚上有兩朵高原紅，眼睛亮晶晶地轉著，小聲說：「阿姐是不是不會回來了？」

馮躍一愣，這竟然是梅朵的弟弟。

劉勝利走過來，摸著小孩的頭說：「梅朵離開村子的時候，這孩子才五歲。」

梅朵離開六年，男孩已經十一歲了，但從未見過大山外面的世界，甚至對阿姐的印象也只是阿爸阿媽談起的時候，那一兩句不好聽的描述。

但是對這個姐姐，可能小小的心裡還是惦記著的，所以他要問梅朵是不是再也回不來了。

馮躍摸著他的頭髮說：「你阿姐去了很遠的地方，等你長大了，走出大山，就能看見她了。」

「你叫什麼名字？」

「我叫央金，阿姐叫拉姆梅朵，阿爸說了，阿姐的名字就是仙女恩賜給我們的花，是大山裡最美的花。」

孩子童言童語，讓馮躍心裡更加酸澀，只能勉強笑著說：「對，你阿姐是最美的花。」

梅朵在最應該盛放的年紀，保持了最美的樣子，她的確是最美的花，不只是在大山裡，在每一個瞭解她的人心裡，也是這世上開的最耀眼的花。

在院子裡等了許久，格桑才扶著門框慢慢走出來，雙眼紅腫著，身上滿是哀傷和絕望。

「想來你們是梅朵最好的朋友，明天她阿爸下葬，你們能不能替她送一送，我不想她在天上太孤單了。」

「好。」

馮躍答應下來，其實他們只跟梅朵見過一次，還是不太愉快的開場，但梅朵用自己命救了他們，這樣的大恩，別說送葬了，就算是抬棺馮躍也願意。

劉勝利走進屋子，把桌子上放著的勳章和文件收起來，裝進背包裡。

格桑看著，眼淚又止不住地流下來：「這些東西，也不能留給我嗎？」

劉勝利雖然悲痛，但保密原則不能破壞，能拿出來給格桑看都是看在梅朵悲慘犧牲的情分上了。

「阿姨，梅朵的死不能說出去，她的名字，她的一切，她所有的經歷，都是絕對的機密，不然您和央金都會有危險，這也是組織上對二位的保護，請您諒解。」

這個村子並不大，左鄰右舍都互相認識，格桑帶著小兒子走在前面，身後是高高掛起的靈幡，格桑哀聲痛哭，大家只以為她是沒了丈夫，家裡沒了頂樑柱，孤兒寡母所以哭自己命運悲慘。

但格桑還哭自己可憐的女兒，卻不能說出來，只能自己默默忍在心裡，連一張梅朵長大之後的照片都沒有，只能摸著梅朵小時候穿過的衣服，暗暗思念著女兒。

那些年的怨懟，在得知真相之後，都化成了愧疚和心疼，折磨著身為母親的心，孩子是她身上掉下來的肉啊，趴在丈夫靈前一聲聲控訴，為何獨獨留下她們母子。

山腳下巨大的土坑裡放著棺材，這裡太過偏僻，推行的火葬並沒有傳進來。

格桑抱著兒子跪在邊上，那傷心欲絕的樣子，如果不是央金還小，估計她就要跟著丈夫女兒一起去了，好過一個人守著思念和空蕩蕩的家難熬。

格桑手心裡一直攥著那塊石頭墜子，慢慢放在了丈夫的棺椁上，小聲念叨著：「我們都愧對梅朵，她是最好的孩子，死之後是蓋著國旗的，我們家養了最好的女兒，你在那邊要是看見她了，告訴她阿媽對不起她，等我死了就去找她……」

「這墜子是小時候你給她刻的，你帶走吧，下面冷，有孩子陪你也好受些。」

格桑的聲音很小，明顯是記住了劉勝利的話，不能把梅朵的事情說出去，只有馮躍幾人站的近才隱隱約約聽見一些。

泥土滿滿覆蓋著棺椁，格桑拉著央金看著丈夫被掩埋，臉上的悲傷讓人不忍多看，等村民們都走了，格桑對著劉勝利說：「我想在旁邊，給梅朵立一個墳，以後我想她了也能來說說話。」

劉勝利有些為難：「阿姨，梅朵已經下葬了，雖然是無名碑，但組織上會永遠記得她的。」

「我老了，這輩子都出不去大山了，她在外面有碑，我又看不見。」格桑抓著劉勝利的手，說：「我也不寫字，我就立個墳，知道那是我女兒的就行，好不好？」

馮躍雖然動容，但是並不瞭解他們內部的保密制度是怎麼規定的，也不好貿然開口。

劉勝利糾結了一下，這真是大山溝裡，估計也沒人能找到這來，硬著頭皮答應了，叮囑說：「阿姨，千萬不能寫字啊，這是為了保護你和央金。」

格桑抹著眼淚，連連應下，對著馮躍懇求：「幫我挖個坑，不用太大，我把梅朵小時候穿過的衣服帶來了。」

摸著小衣服，已經洗得發白，領口泛起了毛邊，可見這些年梅朵不在的時候，格桑也經常把它拿出來睹物思人。

從前思念著在大山外面的女兒，以後就只能對著這座衣冠冢，思念亡魂了。

把衣服放進去，格桑捧著土一下下回填，馮躍根本不敢去看她臉上的表情，白髮人送黑髮人本身就是一個悲劇，何況格桑誤解了梅朵多年，昨天還在咒罵著女兒狼心狗肺，如今心裡的情緒只會更加沉重。

格桑哼唱起藏語歌曲，悠揚的曲調隨著土壤一起埋進衣冠，那是母親對孩子最深沉的思念和愧疚，馮躍聽不懂語言，但是能聽懂格桑顫抖的嗓音。

格桑抱著央金站在梅朵的衣冠冢前，鄭重地說：「這是你阿姐的墳，阿媽老了，以後你祭拜阿爸的時候要一起看看阿姐，她小時候最疼你了，要記得給她採山裡最好看的花，要記著你阿姐的名字。」

「拉姆梅朵。」

馮躍在心裡默默念著，這世上不止有央金記得她，我，我們，那些被她拯救過的動物生靈，都會記得，曾經有一個玫瑰一樣的女子，那樣熱烈地出現在生命裡，用自己單薄的肩膀，扛起了莽莽原林上的和平，將最嬌美的年華奉獻給黑暗，卻把光明帶給眾生。

劉勝利把撫恤金交給格桑之後就走了，她抱著那一袋子錢默默流淚，這是女兒的一條命啊。

這足夠給她們家帶來更好的生活，在縣城裡過上更好的日子，但格桑不願意離開大山，這是生活了一輩子的地方，每天日出而作日落而息，只想守著丈夫和女兒的墳墓過完餘生。

馮躍看著這個山谷裡的村莊，與外面很少通訊，只有在天氣晴好的時候，才會有人帶著積攢下來的糧食到縣城裡去售賣，買一些生活用品回來，出去的路要翻過一個山頭，走上好幾個小時才能往返。

村子裡信號不好，要爬到高高的土坡，才能搜索到一點信號，但是他們淳樸又善良，每個人臉上都帶著滿足的笑意，靠山吃山，他們格外敬重自然給予的一切。

留在格桑家裡吃飯，大門外走進來一個男人，帶著黑框眼鏡，手裡拎著一個黑包，看上去文質彬彬的，不像村子裡的人。

央金放下飯碗跑過去，抱著男人的手臂往院子裡拉：「顧老師，你怎麼來了？」

男人看見院子裡這麼多人，有些局促地扶了扶眼鏡：「你好幾天沒去上學，我來看看是不是出什麼事了。」

「我阿爸死了，我在家陪陪阿媽。」

男人摸摸央金的頭，有些歉意地對著格桑鞠躬：「抱歉，我之前不知道，沒能幫上什麼忙，您節哀。」

格桑有些慌亂，他們對於老師都是天然的尊敬，這是有知識的人，能把孩子帶出大山的恩人。

「沒有沒有，快坐下一起吃點，從學校來肯定沒顧上吃早飯。央金，去拿個碗筷給老師。」

「您別忙活了，我早上喝過粥的，就是來看看央金。」

顧老師看著馮躍幾個人，這大山裡很少有外人來，有些奇怪：「您好，我叫顧襯，是這裡的鄉村老師。」

馮躍握手：「你好，馮躍，是……央金姐姐的朋友。」

寒暄之後，顧襯坐在一起，他好像很長時間沒接觸到外面的人了，想跟馮躍他們說話，又不知道從何說起，有些局促地一直去摸眼鏡。

馮躍開口問道：「這裡的學校離得很遠？」

顧襯點點頭：「要走一段山路，這些孩子都是附近村子裡的小孩，除了這還有旁邊那個村子。」

說是旁邊的村子，其實中間隔著一個小山頭，要站在最高處才能相互看見，當時為了村子裡的教育，兩個村子就在折中的地方選址，蓋了一個小學校，但是這裡實在貧窮，沒有老師願意常駐，甚至分不出幾個科目，這兩年一直都只有顧襯自己教這些小孩子，除了他只有一個上過高中的中年人在學校裡打雜，偶爾還得代代課。

「顧老師都教些什麼？」

「叫我名字就好，數學、語文、英語，我都教的，這裡教育資源並不完善，正經老師就我自己，從四五歲開蒙的小孩，一直到十幾歲要上初中的大孩子，都在那個學校上課。」

說起學校的事情，顧襯明顯放得開了，侃侃而談，對現在的環境有很大不滿，但是又能怎樣呢，這裡閉塞，經濟上不去，教育就跟不上，一直在惡性循環。

馮躍給他倒了一杯水：「那你任務一定很重吧？」

顧襯無奈地搖搖頭：「並沒有幾個學生，小孩子倒是多一些有九個，大一點的十三四歲的就兩個，女孩子更少了，整個學校只有三個。」

「為什麼啊？」周雨抱著扎西餵水，不理解兩個村子就這麼點學生。

「因為大一些的孩子已經能幫家裡幹活了，算是一個勞動力，所以很多家長就不會送孩子再讀書，女孩子……就是沒有那麼重視，遲早要……嫁人的。」

宮智偉給周雨解釋，他以前在其他地方也看見過這樣的事情，教育排在溫飽之後，大家連活下去都已經用盡全力了，哪會有時間去想教育這件事。

周雨的臉上有些忿忿不平，但也沒有說出來。

顧襯摸著央金的頭笑著說：「央金的姐姐我聽說過，是村子裡唯一一個大學生，以後央金也要跟姐姐一樣，考上大學，離開大山啊。」

說起梅朵，大家都沉默了。

馮躍率先開口轉移了話題，對顧襯說：「等吃完飯，能帶我去學校看看嘛？」

「當然可以。」

顧襯早上穿過山路走過來，褲腿上都是泥濘，但身上的衣服一絲污漬都沒有，笑起來乾淨清爽，就像山間的風，像當空的明月，明明只是普普通通的臉，但氣質裡帶著恬淡。

往學校走的時候，馮躍問道：「你這個年紀在外面應該能找到不錯的學校任教，怎麼就想留在大山裡？」

「我是畢業之後到這邊支教的，一開始條件確實艱苦，但是看著那些孩子用懵懂的眼神看著我，我就心軟，他們要是沒有老師，這輩子很難走出大山，去看看外面的世界。」

顧襯領著他們往前走，擦擦額頭上的汗珠，輕車熟路地避開路上的坑，看來這條路已經非常熟悉了。

「上面不管嗎？」

顧襯嘆口氣：「管，那所學校就是上面撥錢給建的，但是有了學校沒有老師，總不能逼著人家來啊，所以到現在就我一個，還有德旺大哥，他是唯一一個上過高中的村民，一直在學校幫忙，我忙不過來的時候，就給小孩子們講講算術題，認認生字。」

這裡條件確實艱苦，經濟基礎決定上層建築，面朝黃土背朝天的日子，能有人家願意送孩子上學就已經很不錯了，能認識幾個字，會寫自己的名字，對大山裡的人來說就足夠用。

還沒走到學校，遠遠看見國旗飄揚，馮躍總覺得從村子走過來一路，有哪裡不太對勁，但是一時間又想不明白。

還沒等開口問顧襯，就聽學校那邊有巨大的爭吵聲，顧襯無奈地搖搖頭，快步跑過去。

馮躍在後面跟上，看見學校的時候那種心情有些複雜，他們從城市裡來，大城市的學校動輒好幾個教學樓，窗明几淨，上課都是現代化教育，有的孩子四五歲就已經能說一口流利的外語，操場比這村學校十幾個都大。

可是這裡呢，碎石鋪路做操場，零散地扔著幾個漏了氣的籃球，窗框的木料有的已經長出了霉點，掛著國旗的木桿子搖搖晃晃，更別提教室裡面了，今天是個多雲天氣，教室裡更加暗沉，連燈都沒開。

操場上，兩個女人拉扯著一個女孩子，口中說著藏語，馮躍聽不懂，但是中間有個男人一直把女孩子護在身後，臉上已經被兩個女人撓得掛了彩。

顧襯跑過去，拉開女人，先回身看看女孩子有沒有受傷，才有些無奈地對那兩個女人開口。

「珠拉成績很好的，又聰明，不上學可惜了，再說她年紀這麼小，是不符合規定結婚的，讓她多上幾年學，以後也能走出大山去，不用在這裡呆一輩子。」

那個叫珠拉的小女孩怯生生地躲在顧襯身後，眼睛水汪汪地要哭出來，馮躍看她的年紀也就十四五歲，比周雨還小，就要被嫁人了。

「她上學沒用，趕緊幹活，要不就嫁人，她弟弟還小呢，念念書倒是有用，她以後終究是要嫁人的。」

顧襯在中間勸了很久，那些話翻來覆去地說，馮躍一看就知道這樣的場景一定出現過很多次了。

「顧老師，以前我們來你就在中間攔著，這回你說什麼都不行了，我們連人家都給找好了，就等著她嫁過去，對方聽說她還念過書，還多給了一隻羊，我們還得謝謝你呢。」

多了一隻羊，就這樣興高采烈地要把女兒送走，馮躍無法理解，但是看著女人臉上的光彩，知道這不是她們的錯，真正的原罪是貧窮，但凡手上寬裕一些，也不會看重一隻羊比女兒的前途還重要。

顧襯不能眼看著女孩子這麼小就嫁人，從此在這座大山裡過一輩子，讓自己的後代再重蹈覆轍。但是怎麼勸都沒有用，兩個女人鐵了心地要把珠拉帶走，拉扯之間，顧襯的眼鏡都被碰掉了。

周雨本來一直站在馮躍身後，但是看著那個比自己還小的妹妹，麻木地看著眼前的一切，就於心不忍，衝上去把珠拉帶到身後。

「她不會嫁人的，她應該有自己的生活，孩子不是你們的工具，她有權利選擇自己的人生！」

馮躍知道周雨情感迸發，是因為在珠拉身上看見了自己，被家人支配的人生，無力反抗的無奈，而珠拉比她還要小，全部是世界都圍繞著這個大山，而念書出去上學，可能是她離開這裡的唯一途徑。

那些人根本不會聽她講道理，對周雨一個外人可沒有對顧襯的尊敬，上來就撕扯著珠拉，周雨緊緊抱著珠拉不鬆手，胳膊上被捏了好幾下。

馮躍趕緊上前拉住，擋在周雨前面，他知道跟村民說大道理是沒用，只能先把人分開。

「姐姐，你放開我吧，我跟她們回去。」

珠拉的聲音讓周雨一愣，她呆呆地看著懷裡的小女孩。

「我不可能在學校住一輩子，也不可能再也不回家，只要回去就會被送走的，我逃不掉，也改變不了任何事情。」

珠拉麻木的樣子讓周雨心裡一顫，她認命了。

周雨彷佛看見了當初的自己，在學校裡期盼著有人能救自己，結果到最後也只有被母親一次次推回深淵的絕望。

「你……你知不知道這可能是你唯一的機會……」

珠拉鬆開拉著周雨衣服的手，眼睛看向自己的阿媽：「我知道，但是我沒有別的選擇。」

馮躍也知道自己其實改變不了什麼，他們都是外地人，這些村民根本不會聽自己的，那些道理顧襯都已經說過幾百遍了，一樣救不了珠拉。

珠拉走了，被阿媽強硬地帶走，一步三回頭地回望著學校，今天的離開，就再也沒有機會踏進學校，那條通往山外的路，那些書上描繪的世界，終究被埋葬在了阿媽換來的一隻羊身上。

周雨看著珠拉遠去的背影，心裡五味雜陳，那個小姑娘還沒有自己年紀大，就已經看得清命運，知道反抗無效，即便對外面的世界充滿了期待，也只能跟著阿媽回家，一隻羊買定了後半生。

第十八章

整個學校，一共有兩間教室在用，裡面桌椅擺得整齊，但到處都是接水用的盆子，孩子們只能坐在不漏雨的地方看書。

「一到雨季，教室裡就開始下小雨，屋頂修了好幾次，到冬天大風刮得很猛，就又掀開了，這些年就一直反反復復。」

顧襯隨手把講台上被雨水泡了的粉筆撈出來，放在窗台上曬乾，再接著繼續用。

「那就是珠拉的座位。」

馮躍走過去，看著書本整齊地擺放在書桌裡，名字工工整整地寫在書頁上，字體娟秀，一看就是個聰明細膩的小姑娘。

「她是這個班裡最有希望考上縣中學的，這回也被帶走了。」

顧襯說，原來這學校剛剛成立的時候，還有七八個女孩子來上學，但是漸漸地都被家長接回去了，反倒是男孩子更多，女孩字們經常在外面偷偷聽課，等天快黑了再跑回家做飯。

「這麼一對比，梅朵家還是挺好的。」周雨看著珠拉留下的課本，小心地包起來，避免被水淋濕了。

「梅朵是央金的姐姐吧，她上學的時候我還沒有在這，不過聽以前的老師說，梅朵是大山裡唯一一個大學生，當時念書的時候，村裡人都說梅朵家有錢沒處花，後來都覺得羨慕，但一樣很少把女兒送來學校。」

顧襯看過太多珠拉這樣的悲劇了，那些孩子只要上了學就沒有不羡慕大山外面的世界的，沒事的時候就纏著他講外面的世界，聽聽外面的學校是什麼樣子。

顧襯就給他們講大學，幼小的心靈裡就埋下了對大學的渴望，但是這裡實在是太窮了，一個孩子上學，家裡就少了一個勞動力，村小學的孩子來來往往，數量總是不多。

馮躍晚上就住在學校的空宿舍裡，跟宮智偉擠一間，但是沒有那麼多房子，王樂和周雨就去了村委住。

天色剛剛變暗，馮躍舉著手機滿操場找信號，但是都只有小小一格，連微博都加載不出來，顧襯出來倒水看見了，就讓他去左邊的小山坡上，那上面有信號。

馮躍舉著胳膊站在山坡上，好不容易把頁面刷新出來，但是賀彤的微博一樣沒有絲毫動靜，不管刷新多少次，馮躍胳膊酸疼，都沒有新的照片出現，這才失落地走回去。

「給媳婦報平安去了？」顧襯打趣道。

「沒有，我還沒結婚呢。」馮躍摸著頭，有些窘迫。

顧襯捲著袖口往庫房走，說：「明天有體育課，操場上那幾個球都不行了，我拿幾個新的出來。」

一開庫房，馮躍有些驚訝，裡面都是嶄新的桌椅，還有體育用品、美術用品，應有盡有。

「這麼多東西！」

顧襯笑著說：「這都是之前有人捐贈的，但是我們這地方用不了這麼多，也沒這麼多學生，就放在庫房裡了。」

馮躍一邊往外搬，一邊看著箱子裡，各種球類就有十幾個，看著就是大手筆。

等看到箱子上寫著「賀彤敬贈」的時候，馮躍愣了一下。

賀彤？

「這些東西是什麼時候捐贈的？」

顧襯抹著額頭上的汗說：「去年吧，是我一個同學，知道我支教的地方孩子們都可憐，就捐了這些東西，我還不知道怎麼表示感謝呢。」

去年兩人還在一起呢，但是這件事馮躍一點都不知道，賀彤給小學捐款一點都沒告訴他。

轉念一想，去年正是自己競爭高位的時候，職場上的事情都忙不過來，回家倒頭就睡，可能賀彤想說也沒機會吧。

自覺錯過了她很多瞬間的馮躍，心裡很難受，原來在自己看不見的地方，賀彤做了這麼多事情。

把愛情整理成小說，吸引了一大批讀者，那麼多粉絲每天在下面催更，還給小學捐款，為這裡的孩子營造更好的學習環境，而自己現在偶然發現這裡，才知道這一切。

「怎麼了？你認識小彤？」

小彤？

馮躍有些詫異，這關係這麼好嗎，叫得如此親昵。

「嗯，以前是我女朋友。」馮躍本來沒打算說出來兩人的關係，但是聽見顧襯這麼稱呼賀彤，就故意這麼說。

要說男人至死是少年，有些幼稚，馮躍也不想想，你已經說了以前是女朋友，那現在就不是了，有什麼意義。

顧襯看馮躍的眼色有些變化，滿臉的一言難盡：「去年小彤曾經來過一次，心情很不好，在這待了半個月呢，後來就給捐贈了很多東西，我一直覺得是出了什麼事情。」

馮躍沉默了一下，雖然有些難以開口，但還是說：「去年我工作太忙，沒時間陪伴她，導致後來我們分開了。」

「你們之間的事情我不應該多嘴，但是小彤卻實是個好姑娘，她在這的時候孩子們都很喜歡她。」

馮躍沒說話，他知道賀彤的美好，以前是自己有眼無珠，現在幡然悔悟，但為時已晚了。

他默默把東西搬出來，拿著新籃球，這是小彤的捐贈，她如此美好，願意救濟任何深受苦難的人，連素不相識的孩子都很喜歡她，唯獨自己有眼無珠。

幹完活，兩人坐在小山坡上吹風，夜晚的山谷明月高懸，正好在兩山中間，村莊內一片寂靜，大家經過一天的勞作，都開始休息了。

顧襯拿出兩罐啤酒，遞給馮躍：「這在村子裡可是稀有東西，我上次進城才帶回來的，一直沒捨得喝。」

馮躍接過來，仰頭灌下去一口，今天格外難受，因為他跟小彤在一起七年，直到今天才發現小彤的另一面，樂善好施、博愛溫暖的一面。

事實上，他並不是一個合格的男朋友，然而如今再怎樣檢討都沒用了，佳人不在，而自己錯過了她生命裡很多的精彩瞬間。

「這個村子很奇怪，但是我又說不上哪裡不對，就好像跟一路上所看見的其它地方不同。」

這個感覺從一進村子就有，但是仔細觀察每一處都沒有什麼問題，馮躍一直沒想明白。

顧襯微微一笑，指著下面的村子說：「這裡沒有樹。」

馮躍瞪大了眼睛，仔細看過每一處地方，確實沒有一棵樹，別說樹了，連一顆綠草都沒有。

「可是我們進山的時候，那邊的樹林還非常茂盛啊，這不過一山之隔，就能什麼都種不出來？」

顧襯點點頭，說：「這裡就是這麼奇怪，村民能耕種的地都要去另一邊的村子，兩個村耕種在一起，從我來到這裡開始，就種不活樹苗。」

顧襯想了一下又說：「這麼說也不準確，之前的老書記就種活過，但是種一百棵也只活下來一棵，大面積還是種不了。」

「在哪呢？」

「就在學校身後，每個在這任教的老師，最重要的任務就是保護這棵脆弱的樹苗，每到颱風下雨都要好好地看管起來，那是村子裡唯一一棵樹了。」

馮躍站起來往後面走，當看到的時候有些詫異，這根本不能叫樹，這就是一棵苗，還沒有小腿高，風一吹就搖搖晃晃的，彷彿下一秒就會被吹倒。

因為沒有任何植物，所以這個村莊顯得死氣沉沉，馮躍才會看著就不舒服。

「是不是這個品種不對，橘生淮南則為橘，橘生淮北則為枳，說不定就是品種選錯了呢。」

顧襯搖著頭否定：「之前因為這裡種不出樹，還有人進來研究過，但是換了很多品種都種不活，即便活下來，也是撐不過半個月就會死，所以能活下來這一棵，已經很讓人驚喜了。」

「那估計就是土壤的問題了。」

樹苗長大就三個條件，土壤、水源和光，這裡光照充足，降水也豐富，冬季還有地下河，不應該出現這方面的問題，那就只剩下土壤了。

這裡條件太艱苦了，科研專家堅持不了多久就會走，每次都帶著土壤回去，但是從沒有什麼結果能傳進來。

「但是村子沒有樹，說明人氣不旺，書記很著急，索性自己開始琢磨種樹，用自己的積蓄買了各種各樣的樹苗回來，無一例外都死了。」

「老書記退休了？」馮躍喝著酒，對著一棵樹苗蹲著聊天。

顧襯神色黯淡：「在最後一次運輸樹苗的時候，天雨路滑，車翻進深溝裡摔死了。」

「老書記一生都在為種樹努力，只要能種出樹來就說明我們的土地是有救的，村民們就不用翻山越嶺地去種地了，生活也會變好的。」

「他最後的願望就是讓我把樹苗照顧好，總會有一天長成參天大樹。」

綠色就是新生的希望啊，馮躍覺得這不僅僅是一棵幼嫩的樹苗，這更是全村的希望，改變生活環境的希望。

「為什麼不直接遷走呢？」

「這裡的人家幾輩子都住在這，故土難離，尤其是上了年紀的人，遷不走的，就算年輕人走了，剩下這些老年人，有一天爬不動山了，那不就餓死了。」

顧襯在這裡做老師已經很多年了，從意氣風發的小伙子，到現在步入中年，一直堅守在這，憑藉這麼多年的支教經驗，出去了能在很好的學校任職，可他捨不得。

捨不得這些孩子，因為資源跟不上，那些孩子對大山外面的世界充滿了幻想，他走了無人接替，這些孩子就會一輩子在大山裡，他看著一雙雙充滿期待的眼睛，就邁不出離開大山的腳步。

馮躍知道這世上並不是只有燈紅酒綠的城市，那些炫目的霓虹燈充斥著現代都市的繁華，可這座小村莊，彷彿被人忘記了一般，保持著男耕女織的生活，甚至連電壓都不穩，時常斷電。

這裡沒有物欲，因為人們連走出大山都很難，能飽腹就是最大的追求；這裡沒有浮躁，大家的日子都差不多的貧窮，每天看著太陽作息，平靜卻清苦。

但這裡有外面沒有的安定，左鄰右里互相幫忙，夜不閉戶，路不拾遺；但想到白天的珠拉，貧窮就變成了村莊的原罪，耽誤了一批又一批的孩子成長。

外面的世界總是充滿了誘惑和吸引，但出去要翻越大山，要開闢道路，要有在都市生活下去的本領，村莊裡通通沒有。

我們不能責怪珠拉的母親不近人情，因為他們最實際的利益就是吃飽飯，讓家裡的勞動力都派上用場，才能在這樣的山村裡活下去。

珠拉的悲哀是一代一代的貧困造就的，如果不解決根本問題，即便救了一個珠拉，還有千萬個珠拉深陷泥潭，與一隻羊等價。

上學的時候，熟讀橫渠四句：「為天地立心，為生民立命，為往聖繼絕學，為萬世開太平。」可背誦容易，理解容易，做起來卻太難了。

有多少人在社會的花紅柳綠中迷失了眼睛，有多少人為了自己的生活奔波著，縱然有天大的理想抱負，最終都會因為現實的磨難而不得不底下頭顱。

高尚如顧襯，堅守山村十幾年，能有幾人？

天地無心，但人有心，有博愛濟仁之心，顧襯就在傾盡所能，幫助想要走出大山的孩子實現夢想。即便這條路很難，難道要與村莊的現實抗衡，但他還是堅持下來了，這十幾年，每當有孩子走出大山，那眼中的光彩，就是顧襯一年年堅守的理由，他讓孩子們的雙眼代替自己，去盡情地感受外面的世界。

晚上馮躍躺在床上，這一路走來，所看見的事情和人越多，越知道從前只知道追逐功名利祿有多淺薄。

他甚至可以說自己的前半生是失敗的，因為對名利的執著，傷害了曾經摯愛的女人，因為對名利的追求，錯過了生活中那麼多精彩的瞬間，事到如今，要從別人嘴裡才能瞭解七年枕邊人的另一種性格。

梅朵的捨生取義，在黑暗中承載光明的堅韌；顧襯的高風亮節，在大山教化了一個個孩子，甘做搖籃推送他們去看外面的世界；邊巴次仁在生活的重壓下苦苦掙扎，卻因為落石意外身亡，攢下的錢並沒有讓生活變得更好；李經緯的深情，散盡家財陪伴身患絕症的愛妻，那才是人間愛情最美好的樣子，死生不負。

每一個人都是馮躍從前沒有見過的，但只有親眼見過，才知道自己之前對愛情的理解有多淺薄；被子彈追趕過，看見有人在眼前死去，才明白生命只有一次，脆弱到難以想像；看見過貧窮的大山，質樸的孩童，才知道生命的意義不止有名利雙收，還有澆灌花朵，用有限的能力為更多人創造出無限可能。

他感謝賀彤，在這追逐腳步的一路上，讓他遇見這些人，心中除了小情小愛，也有了對生命，對活著意義的思考。

馮躍想，這將是進藏旅程中，最珍貴的財富。

第二天，馮躍被孩子們的笑聲叫醒，推開窗，就看見一個個活躍的身影，抱著籃球在操場上奔跑。

他們連一個正規的籃球架都沒有，但這並不影響他們熱愛奔跑本身。

馮躍回身對剛剛起床的宮智偉說：「我們走之前給孩子們做一個籃球架吧。」

馮躍會畫圖，宮智偉和顧襯從村民家撿來了廢棄的橫樑，叮叮噹噹一上午，組裝起一個簡易的籃球架。

當拋起的籃球穿過陽光，孩子們的眼睛彷彿隨著籃球飛向了更高的天空，拍著小手雀躍起來，馮躍擦著臉上的汗珠，覺得孩童的笑容是能治愈一切的良藥。

籃球架是馮躍做的，球是賀彤送的，在某種意義上，兩人做了同樣的事情，為大山增添了些許的歡笑。

周雨手裡拿著一塊花布跑進來，笑著說：「我今天在村委會吃飯的時候，發現這裡的布料都很好看，顏色都是村民自己染的，上面的花紋都很有特色，這要是拿到外面去，一定能賣個好價錢。」

馮躍看著周雨臉上的笑，有些無奈，這姑娘想得太簡單了。外面的機綉效率更快，花紋比這個更精緻，更何況這裡的交通並不發達，人們想要出去一次都要走上好幾個小時的山路，就算有再好的東西都運不出去的。

馮躍在山裡彷彿忘記了時間，每天陪著孩子們玩，幫村裡的老人搬搬東西，很快就到了日落西山。吃完飯就爬到山坡上，看看賀彤有沒有更新微博，然後看兩章她寫的小說，心滿意足地回去睡覺。

「我們在大禮堂初遇，又在大禮堂結束校園時光，陽光依舊濃烈，我們愛得真誠又奔放。」

馮躍連躺在床上時腦海中都回想著賀彤的這句話，原來兩人的愛情在她的回憶裡，依然是如此美好，並沒有因為自己的冷待而變質。

「明天走嗎？」宮智偉擦著臉走進來，他們已經在這待了三天了。

「走吧，梅朵的事情也辦完了，她在天上也會願意看到這樣的結果。」

馮躍來到這裡，最重要的事情，就是代替梅朵說出那些心裡的話，解開爸媽心中多年的心結，從此清明寒食，有她一祭。

山裡的天氣就像孩子的臉，一日多變。白天還是晴空萬里，晚上一個驚雷把馮躍從睡夢中驚醒。夏季的雷雨來勢洶洶，帶著摧枯拉朽的氣勢，一瞬間席捲了整個山谷。

閃電照亮夜空，馮躍起身關窗的時候，看見有人影從院門跑出去，依稀看著像顧襯。

馮躍穿上雨衣，推開門追上去，風雨頃刻間穿透了雨衣，但也顧不上這麼多了，隔著雨幕追著顧襯，這麼晚不知道要去哪，山路濕滑很危險的。

等馮躍追著他去到後山坡，顧襯正舉著一塊塑料布站在小樹苗前面，用身體給它擋去狂風的侵襲。那幼嫩的樹苗在風中搖搖欲墜，少得可憐的樹葉掛在樹枝上，顧襯彎著腰，小心地呵護著每一片綠葉。閃電下，他彎下去的腰桿，竟然比身後的山丘還要高大。

這一幕深深烙印進了馮躍的心裡，那樣的震撼讓他站在原地寸步難行，這棵樹苗被顧襯在風雨夜小心地守護，何嘗不是象徵著他十幾年守護著大山裡的孩子一樣呢。

馮躍跑回宿舍，拿著一把傘回到山坡，支撐在樹苗的上方，但是大風猛烈，吹得雨傘左搖右晃。知道這樣不行，也不能下一整夜大雨，他們就在外面站一夜，到時候樹苗沒死，他們先病倒了。

馮躍再次折返回去，找了幾根木棍，要把顧襯手上的塑料布固定在地面上，這樣既能保住樹苗，又能解放雙手。

卻被顧襯攔住了，他大聲喊著：「風太大了，這塑料布兜風，會把樹苗壓壞的——」

馮躍有些洩氣，很難想像種下樹苗之後，每到風雨夜，顧襯就這樣站在樹苗旁邊，用雙手支撐起一片天地，護佑著它長大。

兩個人扯著塑料，用身體擋去狂風，在外面一直站到大雨將歇。馮躍的雨衣早就被吹壞了，顧襯也是從頭濕到腳，眼睛上都是大雨留下的水珠，在風停時分打著噴嚏。

「你是不是傻啊，我都輕車熟路了，自己也應付得來，你還陪著我站了一夜。」顧襯收起塑料布，看著落湯雞似的馮躍打趣。

馮躍摸摸濕漉漉的頭髮，傻傻地笑著：「我都看見了，就不能讓你自己挨澆啊，再說這雨後半夜才下，不算站了一夜。」

正說著，馮躍腿上一軟，站了這麼久腿早就僵直了，活動了好半天才能正常走路。

他們一邊說笑著往回走，就看見宮智偉舉著傘站在學校門口，看著兩隻落湯雞走回來。

「我熬了薑湯，進去喝點吧，小心別感冒了。」

顧襯回房間換衣服，馮躍就看著後坡上那棵連一片葉子都沒掉的樹苗傻笑。

宮智偉拿來一塊毛巾遞給他，說：「喜歡這裡？不打算走了？」

馮躍有些愣，隨即釋然一笑：「我喜歡那棵樹，也想幫他們種更多的樹。」

「我活了三十幾年，從沒有像昨晚守護那棵樹一樣，守護什麼，我不覺得累，看著樹苗好好地，我就很開心。」

「反正現在她也沒有消息，我想在這裡待一段時間，一邊等她更新出現，一邊幫這裡的人做一些事情，哪怕只是一點點，我也沒有白來一趟。」

馮躍堅定地看著那顆樹苗，在青灰色的碎石地上，那抹綠意更顯得生機盎然，就像這座山裡默默孕育的希望，總有一天會茁壯成長，長成參天大樹。而馮躍，就想在這個時候為它遮蔽一些風雨，讓它成長地更順利一些。

宮智偉看著馮躍閃著光亮的眼神，有些踟躇，抿了抿唇不知道說些什麼。

馮躍回頭看見他的眼神，笑著說：「我知道你的想法，珠穆朗瑪峰並不是什麼低矮的小山，一年當中可能只有一兩個月的時間適合攀登，就是你們說的叫什麼窗……」

「窗口期。」

「對，窗口期，你就別在這陪著我了，要是錯過了窗口期，就得等到下一年了，白白浪費了時間。」

「該做什麼做什麼去，等你從珠穆朗瑪峰下來了，我可能也離開這了，到時候我們再匯合，什麼都不耽誤。」

在八千多米的海拔之上，季候風無遮無擋，肆意搜刮著一切可以摧毀的事物，而只有春秋兩季的季候風轉向時，珠穆朗瑪峰之上既沒有東南季風造成的暴雨，也沒有西北寒流的控制，是最適合登山的時間。

此時已經是八月末了，宮智偉不能再耽誤下去，攀登珠穆朗瑪峰要準備的裝備，和路上浪費的時間，都要在窗口期到來之前準備就緒。

「你是最有經驗的，我不擔心你的裝備，但是絕不能自己去珠穆朗瑪峰，你有沒有找到一個靠譜的團隊？」馮躍還是擔心他，因為他的身體並不適合登山，更何況是世界海拔最高的山峰。

宮智偉遙望珠穆朗瑪峰的方向，點點頭：「我之前認識不少登山隊，他們今年就舉辦一場登珠穆朗瑪峰的活動，我跟他們一起上去，你就放心吧。」

馮躍怎麼可能放心，宮智偉對珠穆朗瑪峰的執念簡直可怕，正常人上去都是九死一生，他還有一條腿不靈活，這假肢在平地上還能用，到了珠穆朗瑪峰，零下的天氣，山體近乎垂直，這條腿沒有多大用處。

這些事情，他能想到，宮智偉自己怎麼會不清楚。無非就是為了心裡不滅的念頭，抱著置之死地而後生的念頭，非得要上去一次，至於結果如何，宮智偉根本沒有考慮過。

馮躍知道勸阻根本沒有用，這一路上，宮智偉從沒有放棄過任何一個登山鍛煉的機會，等的就是那一天，再一次回到珠穆朗瑪峰，回到愛人的身邊。

午飯時，馮躍、周雨和王樂都坐在一起，聽著宮智偉講述他和妻子在珠穆朗瑪峰上的愛情。

「……我當時是領隊，一直帶著他們往上走，那年的窗口期很不穩定，但是我們作為當時唯一一支有資質攀登珠穆朗瑪峰的隊伍，代表的是國家，所以即便知道很危險，很艱難，也沒有人打退堂鼓……」

「上山的時候，只有一些小狀況發生，也算有驚無險，站在珠穆朗瑪峰頂上，我們親手把國旗掛上，看著雲海和腳下壯闊的山河，那種激動的心情根本無法用言語描述。她很激動，站在我身邊歡呼，我抱著她，站在世界最高的地方，就真的像擁有了全世界。」

「本來以為下山也會如此順利，但我們很不幸，遇到了暴風雪，扎營的平台被風雪肆虐，帳篷釘直接被大風捲出來，扎進我腿裡，眼看著整個帳篷壓在我身上，她為了救我，撲過來用雙臂撐住了壓下來的帳篷……」

宮智偉第一次說起那天的畫面，一直穩重的男人也不禁紅了眼眶。

「……等我抱著她脫離危險的時候，她兩隻胳膊都錯位了，雪鏡被刮走，劇烈的反射讓她開始失明，腿上身上都是被碎石打爛的皮肉……」

「我背著她一點點往山下走，可是我腿上扎著一根鋼釘，根本支撐不住兩個人的重量，暴風雪並沒有停，整整下了一天一夜，我拼盡全力也沒有保住她，她為了不拖累我，親手割斷了繩子……」

「我……我就那麼看著她掉下去，我不敢哭喊，只能無力地張著雙手……」

宮智偉哽咽著，愛人墜落成為他這些年的噩夢，而重回珠穆朗瑪峰，是支撐他完成復健的全部動力。

「她的命，我的腿，都留在了那，還有我們的未來，都被暴風雪埋住了，所以我不可能不去，我要去看看她，那裡太冷了，她一定會害怕的。」

周雨偷偷抹著眼角，所有人都沉默了，聽著他們的愛情，驚天動地，沒有人能把勸退的話說出口。

這是一條明知道結果的路，他們知道，宮智偉自己也知道，但就是非去不可。

馮躍清清嗓子，忍住心裡的悲愴：「相識一場，我尊重你的決定，等你找到了，幫兄弟給嫂子帶個好，然後等你下來，我們好好喝一頓酒。」

王樂用力點頭：「你這經驗絕對傲視群雄，直接登上兩次珠穆朗瑪峰，讓那些人看看我們宮哥封神有多厲害。」

「那你呢王樂，你接下來要去哪？」

王樂看著馮躍問道：「你不會真打算在這一直待著吧？」

馮躍點點頭又搖頭：「我也不知道會待多久，至少再次確定目標之前，我想一直待在這裡，做一些力所能及的事情。」

馮躍知道這個村子的弊病很多，每一樣都是導致貧窮的重要因素，他不是救世主，挽救不了所有人，但至少能在能力範圍之內盡力一試，也算不虛此行。

顧襯給他的觸動很大，這裡電力供應都很不穩定，衣食住行沒有一樣舒服的，可就是心裡的博愛和毅力讓他在大山堅持努力了這麼久，他的存在不止是一個老師，也是這麼多孩子眼中的希望所在。

馮躍看著教室裡那些灼灼目光看著黑板、汲取知識的孩子，那些沒有長在溫室裡的花朵，即便條件艱苦，他也心甘情願。

「我還要走下去，我背後是一千七百萬的粉絲，但是我已經搜集了很多素材，會用我的熱度，為這裡的村民和孩子，送來一些物資，儘量幫助他們過得舒服一些。」

王樂現在的粉絲量已經是千萬級的了，很多人翹首以盼等著他更新，他所見過的風景會通過網絡平台傳給更多人，那些沒有條件走遍山河的人，從他的作品裡看到了山川的壯美，即便是一條小溪，也有自己獨特的生命力。

最後就是周雨，她一直看著院門的方向，彷彿在心裡掙扎著做出什麼決定。

「我要留下。」

周雨看著他們，目光堅毅：「但我不同，我要一直留下，我要看著那些孩子都能走出大山，不必被這裡的貧窮困擾，不用與牲口相提並論，要讓他們真正有選擇，有能力地創造未來。」

珠拉的事情給她的影響很深，她在這些孩子身上看到了自己的影子。

不同的是，她的悲劇是人性的缺失所創造的，是她無能為力時的結果，但這裡的孩子無法選擇是因為環境如此，那她就用盡全部能量，改變這裡的環境，把自己知道的一切都交給他們。

等到真正有一天，孩子們像小鳥一樣離巢，飛向更高空，她會真正開心，彷彿自己的苦難都得到了救贖。

王樂倒是一派陽光，還叮囑他們要看他的直播，還會在直播間講述這一路的驚險瞬間。

「小雨，你個死孩子，可別把小爺我忘了，記得給我點讚，不然我就是不睡覺，也得殺回來揍你一頓。」王樂跟周雨開著玩笑，還像從前那樣，周雨給了他兩拳。

「馮哥，等你出去了，找個信號滿格的地方給兄弟們打個電話，我們還約著一起喝酒呢。」

馮躍用力地抱了抱他，點頭答應。

宮智偉和他最先相識，就像那天毫無徵兆地在九寨溝的山坡上看到高山羚羊一樣，分別也是這樣的偶然，只是經歷了一場風雨，只是見到了一棵艱難存活的小樹。

「保重，我等你帶著珠穆朗瑪峰的照片匯合。」

馮躍抱著他的時候，心裡的酸澀翻江倒海，但沒有一絲一毫展現，他知道宮智偉不需要憐憫，不需要眼淚，只要看著他踏上征途，就足夠了。

分別的時候，大家都將悲傷心照不宣地藏起來，馮躍和周雨站在村口，看著宮智偉背著行囊，知道他的路在遠方，可身上濃厚的悲傷呼之欲出，周雨還是紅了眼睛。

第十九章

馮躍轉身回到學校，顧襯已經把兩間宿舍收拾出來，讓馮躍和周雨安心住下。

「馮躍跟我說，你以前學過畫畫，上學的時候作文還得過獎，以後你就教孩子們美術課吧，我忙不開的時候你就代我教語文，孩子們都很喜歡你，不用害怕。」

顧襯拿著一本教材交給周雨，書裡滿滿的都是這些年顧襯教學的筆記，和一些與小孩子相處的心得，文人帶著書墨的氣質安撫了周雨有些緊張的心。

馮躍笑起來，看著顧襯：「顧老師對我有什麼安排嗎？」

顧襯不知道怎麼安置他，索性說：「你就當體育老師吧，教孩子們打籃球，然後修修課桌椅什麼的。」

好嘛，直接把他變成勤雜工了。

村裡的孩子成天漫山遍野地跑，小腿肌肉格外發達，要真是比拼起來，恐怕比他體力還要好呢。

馮躍看著他說：「我覺得後坡的小樹能活，就代表這裡的水土還是可以種活的，所以我想先拿一些土壤標本送檢，要是能請一個專家來看看就更好了。」

「專家只有在很多年前剛剛有人注意到這個問題的時候來過，也陸陸續續地採集過標本，可是之前那些標本……」

馮躍擺擺手，不在乎地說：「我知道，我在這方面雖然沒有什麼人脈……」

「但是我有錢啊！」

最後這句讓顧襯和周雨同時翻了個白眼，顧襯順手把籃球砸在他背上。

現實凡爾賽，突然想孤立他怎麼辦，在線等！

馮躍並不擔心拿不到檢測結果，公立機構要走流程等審批，耗費時間長，但是還有大把的私人檢測機構，有錢就能拿到結果。

俗話說得好，有錢能使鬼推磨，好巧不巧，我們馮躍大爺最不缺的就是錢！

馮躍想了一圈，他有個髮小林歇現在在一家檢測機構就職，但是不知道有沒有土壤檢測的業務，他只好舉著手機爬到土坡上找信號打電話。

接通的時候，沒等馮躍開口，那邊就是一句「霧草」。

「哥們你上哪去了啊？這電話也打不通，連個消息都沒有，叔叔阿姨都急瘋了！都找到我這來了。」

馮躍一哽，自己走得匆忙，一直沒給家裡報平安，還是先給他說了這邊的事情。

「……事情的經過就是這樣，但是現在有個更重要的事要問你，你上班的地方能檢測土壤嗎？我在的這個地方常年種不活植物，只有一顆小樹苗活了，所以我想看看是不是土地有問題。」

林歇滿口答應：「沒問題啊，但是我這可不便宜，檢測的錢是你花還是他們村裡花啊？」

馮躍想著這村裡的情況，估計村委也沒有餘錢做檢測，就說：「檢測的錢我先花，以後再有其他費用再研究吧。」

「哥們你這好人好事做到西藏去了，以前也沒見你有這閒心啊。」

以前的馮躍滿腦子只有工作，對工作之外的人和事都漠不關心。

「等你來了就知道為什麼了，這村子實在是……太慘了。」

要錢沒錢，要糧沒糧，以前還掙扎過，但慢慢沒有效果就開始躺平了，每天翻過一個山頭去耕種，那邊的村子不見得有多富裕，但至少能自給自足，比這裡要好上太多了。

馮躍回去的時候，看見周雨坐在院子裡一臉惆悵，跟她說話也不理人。

「怎麼了這是？」

顧襯小聲告訴他：「剛才珠拉來了，說明天就要嫁人了，周雨一下子就難受了。」

這是沒辦法的事情，總不能去跟人家搶親，那真是變成村民的公敵了。

「想要把人們的思想轉變過來，就得從根本上改變問題，經濟上不去，看不見來錢路，村民們是不會有變化的。」

馮躍看著大山外面的方向，問道：「上面沒有撥款給修路嗎？」

說起這個，顧襯又是一聲嘆息，無奈地揉著額頭：「怎麼沒修過，難度大不說，我們連青藏鐵路都能修，這山路沒什麼修不了的，難就難在，村民根本不讓。」

馮躍很詫異，要想富先修路，這小孩都明白的道理，怎麼村民寧可窮著也不讓修。

「第一次動工的時候，趕上流感疫情爆發，工人倒下不少，又一連著下了三天的暴雨，村民就慌了，非說是驚動了神山，站在機器面前不讓開工，僵持了好幾天還是給攪黃了。」

「村民不知道怎麼回事，難道連村支書也不管？」

馮躍有些不能理解他們的思想，飯都吃不上了，還惦記著神山，那暴雨明明是這裡的橫斷山脈阻擋雲團北上造成的高原山地氣候，流感也不是從這裡開始的，怎麼就扯到神山震怒上了。

「村支書怎麼沒勸，挨家挨戶做工作，但那些村民就是咬死了不肯同意，只要機器一動，他們就讓老年人往車軲轆下面一躺，哪還有施工隊敢動啊，村支書就算急上火，也沒用啊。」

顧襯剛到的時候看見這件事，就不能理解，那些村民哭天搶地地攔著不讓修，寧可每次出去都艱難地走山路，也絕對不讓動大山一下。

馮躍有些苦惱，因為村民們對神山的敬畏已經不可理喻，到了就算與世隔絕，也心甘情願的地步。

「可是想要種樹，就得大規模地試驗，一樣要在山上動土。」馮躍擔心村民的反應會像開山修路一樣激烈，那種樹計劃就被會無限期擱置。

顧襯和馮躍到後坡上看那棵樹苗沉默著，他們無法怪罪村民的不開化，那是在心裡根深蒂固的思想，不是幾天時間就能化解的，村支書土生土長都沒辦法，他們兩個外鄉人即便盡力勸說也很有可能收效甚微。

樹苗在陽光下舒展著樹枝，每一片葉子對這裡來說都是珍貴的，綠油油的色彩與碎石砂地對比明顯，生命就在這樣的土壤裡孕育出來，需要人們仔細呵護才得以存留。

「不管怎麼樣，總要試一試才行，土壤檢驗的人明天就會出發，他們來之前，先去找村長聊一下吧。」

馮躍不喜歡這裡的閉塞，盲目地堵住了人們對外界的認知，但他的力量太小了，老話講，眾人拾柴火焰高，要把村子改頭換面，沒有村民們的配合是不行的。

「好。」

顧襯守護這棵樹，已經成為了習慣，如果能看見這裡也是滿山綠茵，那將是何等壯觀開闊的場面。

珠拉結婚那天，顧襯作為老師帶著馮躍和周雨去觀禮，本想見識一下藏式婚禮，但沒想到只有兩塊紅布裹著房樑，門口圍了一堆湊熱鬧的鄰居，珠拉穿著一身還算隆重的衣服，從房間裡走出來，臉上沒有一絲笑意。

反倒是她阿媽臉上的皺紋笑得擠在一起，拉著珠拉的手往外走，看見馮躍和周雨的時候，臉色一下就變了。

阿媽把珠拉擋在身後，生怕他們上前搶人。

珠拉看見了周雨，被阿媽拉著踉蹌地往前走，翻過那座山頭，就是另一個要生活一輩子的村莊了。

珠拉回頭看著周雨，驀然一笑，那雙眼睛含著熱淚，戀戀不捨地看著周雨的方向。

就是這樣一個笑容，讓周雨徹底忍不住了，跑到沒人的地方痛哭。她知道那個笑的意義，是認命，是不再掙扎，是對貧窮和命運的妥協。

「別哭了，你改變不了她的。」馮躍捏著一張紙遞過去。

周雨捂著眼睛哽咽：「那天，我明明已經抱住她了，我已經抓著她的手了。」

「那又能怎樣，珠拉說了，她不可能一輩子不回家，你也不可能替她阿媽做決定。」

「貧窮才是根源，你不是。」

馮躍看見了珠拉家院子裡的那隻羊，脖子上掛著紅繩，就像套在珠拉身上的枷鎖一樣，看不見摸不著，就是將人一輩子關在不喜歡的地方，然後循環往復過著一樣的生活。

周雨哭了一會，她想她這一生都忘不了珠拉最後的那個笑容，捏著紙團站起來，看著珠拉離開的方向，堅定地說：「我一定要改變這些女孩子的命運，要把她們送出大山。」

顧襯看著陰沉沉的天氣，有些不好的預感，跟馮躍說：「你知道塑料大棚嗎？」

馮躍點點頭，：「見過一次，怎麼了？」

「上回你說用塑料把樹苗蓋上我就一直在想，給它弄個大棚，不颳風的時候就打開，有風就把塑料合上，你覺得怎麼樣？」

說幹就幹，趁著還沒起風，加快速度做出來，小樹苗不高，並不需要太大的塑料棚。

但是馮躍和顧襯都不會做，對著圖紙研究了半天，才勉強拼接出一個能用的，但是插進土裡搖搖晃晃，好像風一吹就要倒下似的。

「唉，這真不是說做就能做出來的。」馮躍拎著錘子有些感嘆。顧襯搬了很多大石頭來，密實地壓在四周多餘的塑料布上：「先把今天對付過去，等天晴了咱再好好研究。」

吃過晚飯，天上烏雲壓境，從雪山頂上徑直蔓延過來，看得人滿眼壓抑，帶著水汽的山風呼嘯而至。

「還真是被你說準了，這雨看上去不小啊。」

話音未落，雨點就砸在馮躍臉上，劈里啪啦的雨聲在山谷蔓延。

馮躍披著雨衣衝進雨裡，後坡上樹苗被保護在塑料棚裡，裡面平和安靜，沒有風雨侵襲，檢查了一圈沒有漏雨的地方，才安心回到宿舍。

躺在床上，馮躍翻看著白天下載的小說，即便沒有網絡也能看，手裡捏著那張絲帕，這已經變成他下意識的動作。

「清明時節雨紛紛，細碎的雨線彷彿銀針，悄然落在地上，我站在南山墓園，手裡捧著一束雛菊，我將在今天把他帶到爸爸面前，告訴他我們很恩愛，女兒已經找到了像您一樣愛護我的男人……」

馮躍記得那天清明節，他已經答應了賀彤一起去給她父親掃墓，但那天他並沒有出現，賀彤回家的時候臉色陰沉，身上被雨水淋濕，質問他為什麼沒有出現。

他是怎麼回答的呢。

「有個很重要的客戶要見面。」然後馮躍興致勃勃地講述了今天的談判有多成功，忽略了賀彤越來越難看的神情。

從前他經常用應酬當做藉口，一次次冰冷著賀彤等他回家的心，現在想想，真是千刀萬剮都不為過。

「雨幕深深，雛菊花瓣上凝結水滴，我獨自走下墓園的台階，很遺憾爸爸，他並沒有來，這是第幾次了呢？答應了又做不到，說好的約會永遠遲到，這樣的雨季已經持續太久了……」

馮躍看著文字，就能想像到當時的賀彤心裡有多失望，寧可一路淋雨回家，也沒有打電話催促一聲，因為從那時候開始，她是否已經意識到，催促是沒有用的，不會將他從應酬上拉回來，也不會彌補失約帶來的遺憾。

「對不起……」馮躍只能看著絲帕說出口此刻的歉意，今天去刷新微博，一樣沒有更新，已經半個月沒有任何消息了。

他翻身準備睡覺，希望明天醒來，能看到雨過天晴，天地澄澈，樹苗安穩。

馮躍被砸門聲吵醒，外面的雨聲勢浩大，夾雜著有人呼喊的聲音。

「咚！咚咚咚！有人嗎？」

馮躍披上衣服開門，竟然是滿身狼狽的林歇。

「你怎麼這時候到了？快進來！」馮躍連忙把人往屋子里拉。

林歇一把抓住他的手臂說：「不只是我，還有叔叔阿姨。」

「什麼？」馮躍怔愣了一下，「爸媽都來了？」

「來不及說了，你快跟我走，阿姨腳扭了摔下了山坡，叔叔在那等著呢，我是來找人救命的。」

馮躍心裡咯噔一下，連雨衣都來不及穿，就跟著林歇跑出去，跑到大門又折返回來敲響了顧襯的門。

他對山裡的地形並不熟悉，叫上顧襯以免迷路。

兩人跟著林歇往山上跑，看著周圍的環境，就在馮躍進村的時候走的山路上。

「你們到了怎麼不跟我說一聲啊？這都半夜了還往山裡走？」

馮躍踩了一腳泥濘，褲腿上都是濺起的泥點，下雨使山路濕滑，他們走起來都要小心，何況父母年事已高。

林歐身上的雨衣早就破了，打著冷顫說：「打你手機打不通，正好遇見一個人說是村裡的，能順路帶我們一程，但誰知道那人是個黑車騙子，拉了一半我看跟你給的定位對不上，就把我們扔下了，當時天已經快黑了，阿姨著急見你，執意進山，我和叔叔勸不住才跟進來的。」

「誰知道走到一半就開始下雨，阿姨一邊走一邊找信號給你打電話，腳上沒踩穩，就把腳扭了，順著山坡滑下去了。」

馮躍著急地往前走，拿著手提電筒在山路上四處尋找：「媽——爸——」

「叔叔阿姨——你們在哪呢——」

雨越下越急，馮躍心裡慌亂，在山路上摔了一身泥，爬起來接著往前找，山裡地勢複雜，爸媽從未在這樣的環境裡待過，心裡很擔心。

「在這呢！」

林歐帶著他們找到跟叔叔阿姨分開的位置。

馮父正趴在路邊往下探頭，看見兒子跑過來，連忙大喊：「快下去，你媽媽在下面呢！」

馮躍把帶出來的繩子纏在腰上，順著山坡往下爬，在下面看見跌坐在地上的母親。

「媽！你怎麼樣！」馮躍把身上的外套穿在母親身上，低頭查看她有沒有受傷。

馮母摸著腳踝坐在地上，看著兒子把繩子綁到自己身上，心裡那些埋怨都說不出來了，只是一眼不眨地看著馮躍。

「先上去再說，媽你抓著繩子，別害怕我就在下面。」

馮躍用手提電筒給母親照亮，看著她一點點被顧襯和林歐拉上去，狠狠抹了一下臉上的雨水。

等馮躍也爬上去，背著母親一路下山，他的車就停在山腳，從那麼高的山坡滾下去，還是要檢查一下才能放心。

等一行人滿身狼狽地跑進縣城醫院，馮躍的心才稍稍放下來。

等在影像室外面的時候，馮父看著很久沒有音信的兒子，抬手一巴掌打在馮躍臉上。

「啪！」

馮躍挺著火辣辣的臉頰，一動沒動。

他挨這一下一點不怨，出發之前被賀彤分手的消息打亂了陣腳，沒跟父母說一聲就遠上四川，一路追著賀彤的腳步而來，把父母家人都拋在了腦後。

馮父指著馮躍大罵：「你眼裡還有我這個當爹的嗎？還有你媽媽嗎？這麼長時間連一個電話都沒有，知不知道我們有多擔心，你媽媽天天睡不好覺，要不是林歐把你的消息告訴我們，你就是死在這我都不知道！」

馮躍自知理虧，看著父母因為擔心連夜進山，心裡苦澀，低著頭說：「對不起爸，是我不好。」

「要是你媽媽有什麼事，我就當沒你這個兒子！」

「叔叔您先消消氣，喝點熱水，等阿姨的檢查結果出來再說。」顧襯端著水放在馮父面前。

馮父正在氣頭上，對誰都沒好臉色，原本做著高管的兒子，風風光光的工作前程大好，幾個月不見就在一個山溝溝裡，他心裡的火氣哪是一杯水就能平復的。

看醫生拿著檢查單出來，馮躍迎上去：「醫生，我媽媽怎麼樣？」

「沒什麼事，就是腳踝有些扭傷，沒有大問題，好好養著十天半個月的也就沒事了。」

馮躍心裡的大石頭這才算徹底放下，把母親扶出來，看著狼狽的二老，心裡的愧疚呼之欲出。

「爸媽，我在縣裡給你們開個賓館，先把傷養好再說。」

「你呢？你去哪？」馮母看著消瘦不少的兒子，眼睛裡都是心疼。

馮躍猶豫了一下，接著說：「村裡的土壤有些問題，我明天帶林歇去採樣，然後……」

「然後就跟我們回家！」馮父強硬地說。

馮躍低著頭沒說話，村裡種樹的事情還沒著落，孩子們的教育也沒有改善，他信誓旦旦地留下，怎麼能尚未開始就離開呢。

父子兩個都不肯退讓，對峙著不肯說話，林歇見狀只好出來打圓場。

「今天都累了，叔叔阿姨也受了驚嚇，還是先找個住的地方，洗個熱水澡，歇一晚上，有什麼事都明天再說。」

馮躍背著母親走出醫院，母親向來都是最懂孩子心的，趴在兒子背上，馮母輕聲問：「你和小彤是不是分開了？」

馮躍被母親猜中了心事，嗯了一聲，不願意再解釋什麼。

馮母嘆著氣，過了一會說：「你的心情媽媽能理解，但是你不能因為感情就不要工作了啊，我去你單位問過了，你離職很久了，就不打算再回去了嗎？」

馮躍沉默著，不知道要怎樣跟母親說自己的心情，那樣驟然得知珍寶不在的失落和迷茫，即便回去了，也是面對著滿是清冷，難以自處。

馮躍在縣裡安頓好父母，本想跟顧襯連夜回去，又想到爸爸今天的態度，明天要是知道自己不管不顧地又走了，估計要氣壞了，索性也在縣裡住一夜。

林歇擦著頭髮走出來，水珠順著胸膛滑入浴袍，很難想像一個在實驗室玩化學試劑的人，能有如此充滿雄性張力的身材。

「哥們你咋想的，因為一個女人就失魂落魄成這樣，百萬年薪也不要了，工作前程也不要了？」

「我可聽說，你們公司最近有大動作，你以前那個死對頭借著東風直接高升了，跟你平級了。」

馮躍滿不在乎地聳肩：「已經這樣了，你看我後悔嗎。」

林歆換女朋友比換衣服還勤快，身上女人的香水從來沒重樣過，自然體會不到馮躍刻骨銘心的感情是什麼感覺。

「別說這些了，明天跟我回村子，取點土壤儘快送檢，最快的速度給我出結果。」

林歆撇撇嘴：「你是有錢沒處花了？那地方不是哥們給你潑涼水，我見得多了，有去無回，壓根沒戲。」

馮躍知道他的意思，以為自己要投資什麼項目，但是從一開始，馮躍就沒打算把這個當成項目來做，而是真心想為村民做一些事情，追根究底，還是顧襯那個風雨夜默默守護樹苗的樣子，震撼了他。

「先看看結果再說吧，那村子裡有一顆種活的樹，但是其他同時種下的樹苗都死了，所以我覺得可能是某些因素影響了存活率。」

「這需要大批的試驗田，土壤結果只能作為一小部分因素，投入是很大的，不論是人力物力都不是你自己能承擔得起的。」

馮躍知道這裡面有多艱難，還是堅定地說：「總要讓村民看到一些希望，才有機會去說服他們。」

林歆看著馮躍準備睡覺，把手上的絲帕整齊地放在枕邊，就知道這一定是賀彤的東西，撇撇嘴沒再說話。

「你還是先想一想怎麼說服叔叔阿姨吧。」

馮躍更頭疼了，爸爸今天的態度已經很明確了，不把自己帶回去估計不會善罷甘休，他當了一輩子的幹部，向來說一不二，就是個倔脾氣，硬著來肯定兩敗俱傷。

一覺醒來，馮躍買好早餐在大廳等爸爸媽媽醒來，想了一晚上的說詞在肚子裡打轉，就等著爸爸先開口。

「林小子，一會幫我訂三張票，明天就回去，這地方不適合你阿姨養傷。」

林歐低頭喝粥，隱晦地看了一眼馮躍。

馮躍醞釀了一下剛要開口，就被馮父打斷了。

「你什麼都不要說，要是還想讓你媽媽和我多活幾年，就趕緊跟我回去，好好上班，別不務正業搞出這些事情來。」

一句話，把馮躍想了一晚上的話都堵住了，悶悶不樂地攪動著碗裡的粥，卻一口也吃不進去。

馮母知道兒子不高興，白了丈夫一眼：「你呀，專制了一輩子，兒子都多大了，還像跟小時候似的什麼都要你給拿主意啊！聽聽兒子怎麼說，他什麼時候心裡沒成算了？」

「兒子，你說說，媽媽聽聽你為什麼想留在這。」馮母慈愛地掰了一塊米糕放在馮躍手裡。

「我一路走來，遇見了很多人，也發生了很多事情，正是因為這些人，我才知道人生不止有金錢能衡量一個人存在的意義……」

馮躍把梅朵的事情娓娓道來，講給父母聽，那些留在山洞裡的鮮血在他的記憶力尚未凝乾，這個村子是她的家鄉，是珠拉不幸的源頭，是樹苗脆弱的根源，所以他要留下，哪怕作用微乎其微，但也要拼盡全力去試一試。

哪怕只有一絲成果，也將是這裡微弱引航的燈光。

「……顧襯在村子裡堅守了十幾年，讓無數孩子有能力走出大山，他沒有錢，沒有房沒有車，但是他擁有的是我缺少的，比我更有魄力和勇氣，讓我覺得生命之偉大應當如此。」

「梅朵並不是大眾眼中的美人，甚至沒有人知曉她受的苦難，死後墓碑上沒有名字，連她母親知道女兒不在了，都不能在墳前為她放聲大哭一次，可她無畏地擋在我面前的時候，她就是最美的。」

就像她的名字一樣，是天女恩賜人間的花，一朵至純至淨的天山雪蓮。

馮母一臉動容，搖著頭哀嘆：「都說讀萬卷書不如行萬里路，我以前就覺得你太忙了，忙得缺少了一些人情味，現在好啊，經歷了事情也歷練出來了，我覺得是好事。」

馮父看著媳婦瞬間轉移戰壕，乾咳一聲，板著臉問：「那你的工作呢？那麼好的工作說不要就不要了嗎？」

「還有你之前說要結婚，現在怎麼也沒消息了……」

不等他把話說完，被馮母在嘴裡塞了一塊饅頭：「快吃吧你，哪壺不開提哪壺。」

馮躍想了一會，提議說：「爸媽，要不你們跟我去看看吧。」

馮母倒是滿眼放光，點著頭贊同，馮父這輩子除了當官最擅長的事情就是聽老婆的話，馮母都決定了他也沒反對。

不知道林歐從哪整了一輛自行車，馮躍載著母親，沿著蜿蜒的山路往村子裡走。

「兩個村子只有一所學校，年紀大的小的都在一起上課，七八年了只有顧襯一個老師，這地方太窮，支教都沒人願意來的。」

馮躍一邊走一邊給爸爸媽媽介紹這裡的情況，他知道父母都不是不開明的人，尤其是爸爸，做了一輩子領導，想事情從來都不是冥頑不化，只要讓他們瞭解這裡，想來他們會支持自己做的決定。

「那孩子們上課也要翻山嗎？」馮母抓著兒子的衣服問。

馮躍點點頭：「這是進村的路，比較難走，他們上學雖然比這個好走一些，但也沒好太多，跟我小時候是比不了的。」

他從小家庭條件就很好，上下學都是車接車送，那個時候在同學中就已經是佼佼者了，這座大山裡的孩子都沒見過汽車長什麼樣子，因為山裡根本進不去車。

家長們進城，也很少會帶著孩子，小孩子走路慢，一來一回太耽誤時間。

「我想去看看孩子們，我可以教他們唱歌。」馮母退休之前是歌舞團的台柱子，即便年過半百那也是風韵猶存。

馮父在後面跟著走，聽見這話冷哼一聲：「就知道哄別人家孩子，自己的孫子都不知道在哪呢！」

「嘿你這老頭子，就堵不上你的嘴了是吧！兒子自己心裡有數，我們別跟著摻和了，都是年輕人的事情，現在都講究戀愛自由，知不知道。」

「什麼自由？分手也自由！我看我們那時候相親的包辦婚姻就挺好，咱倆不也是好好過一輩子了！年輕人就會瞎搞。」

馮母仰著臉傲嬌地回懟：「那是你遇上我了，就你那臭脾氣你換個人試試，天天跟你把房頂都打起來。」

「對對對，你說的都對。」馮父知道自己在媳婦面前討不到便宜，乾脆利索地調轉炮頭：「馮躍，還有多久能到啊，累死你爹了。」

「這才走了一半，還早著呢。」頂著大太陽騎車，還都是上坡，馮躍後背都已經濕透了。

到學校的時候，正趕上孩子們上課，朗朗書聲從破舊的窗戶裡傳出來，那是孩子們的希望，也是大山的希望。

馮母站在外面看著孩子們認真的小臉，臉上兩朵高原紅，可愛極了。

「阿姨您好，我是周雨，是馮大哥的朋友。」周雨端著兩杯水走過來。

「你好你好，來的時候馮躍都跟我們說了，真是個好小姑娘，長得真好看，心地也好，一看就是有福氣的。」

馮母拉著周雨的手笑呵呵的，就是個慈祥的老人家。

馮父背著手觀察周圍環境，一邊看一邊搖頭：「退休之前正好趕上扶貧，那些帶著貧困帽子的地方，都比這裡強上一些，那房子牆都裂了，這孩子在裡面上課怎麼保證安全，就沒人給修修？」

馮躍咕咚咕咚喝著水，擦擦嘴說：「您沒發現這裡沒有耕田嗎？村民種糧食都得去另一個山頭呢，一來一回就是一天，哪有時間修理這個，再說這就顧襯一個老師，他忙不過來。」

「走，我帶您去看看那棵樹。」馮躍站在院子裡招呼林歆：「你拿著東西，跟我走啊。」

唯一一棵樹苗在微風裡輕輕搖擺，自由自在地享受著山谷裡的愛撫，昨天扣上的塑料棚，被顧襯打開通風。周圍只有這一抹綠色，更顯得彌足珍貴。

「就這一棵，還是顧襯日夜守護才留下的，不然一場大風就能把它摧毀了。」馮躍拿著旁邊的小水壺要給樹苗澆水。

林歆趕緊阻止：「昨天剛下過大雨，你澆什麼水啊。」

「暴雨得把它蓋住，沒淋到雨的。」

「那場雨足夠把土地澆透了，土壤裡的水分就夠它生長了。」林歆打打開背包，拿出小鏟子和玻璃瓶，清空上面一層的碎石，挖了些土裝進去，又仔細收集了附近不一樣的石塊裝進瓶子裡。

馮躍看他就拿一點點有些懷疑：「這麼少能夠嗎？你多裝點，有的是。」

林歆翻了個白眼：「不懂就閉嘴，這只是這一塊地的樣本，你要送檢就索性多檢查幾塊地，不然我得來回折騰多少次，我也好告訴你哪裡的土壤最適合種樹。」

這方面馮躍確實是門外漢，痛快地閉嘴不打擾他，沒注意到旁邊路過一個村民看了他們一眼，轉身走了。

第二十章

林歐一連走了周圍好幾個山頭，臉曬得通紅，才把最後一個樣本標注好放進背包。他拍拍手上的土說：「行了，走吧，回去洗洗。」

「我跟你說這都應該是你們自己做的事，我算是友情贈送，別忘了給我轉辛苦費。」

馮躍對著他屁股踢了一腳：「快走吧你，一會喝點水就趕緊下山，再晚你就得在山裡過夜了。」

林歐哀嚎一聲，驚飛了落在地上的小鳥：「你不上班了也還是資本家的惡毒心腸啊！這山村都沒能淨化你的心靈！連口飯都不給吃啊！」

顧襯聽著他們打鬧，笑著從院子裡走出來，遞給林歐一杯水：「潤潤嗓子，哪能沒有飯呢，都準備好了就等你們回來了。」

「你不上課了？」

馮躍難得看他清閒，因為孩子年紀不一樣，有時候給小孩上完課，就要趕著給大孩子講數學題，不上課還要去修理那些損壞的桌椅，整天忙得腳不沾地。

顧襯往教室裡指指，笑得一派霽月清風：「馮阿姨給孩子們唱歌呢，我除了正經科目一點藝術細胞都沒有，這學校裡還是第一次有人帶著孩子們唱歌呢。」

孩子們唱歌童謠，又新奇又高興，一個個小臉上樂開了花，馮母也打著拍子和聲，教室裡其樂融融的，馮躍覺得這才應該是小孩子應該有的樣子，無憂無慮地在大人們的羽翼下長大。

「快吃飯吧，給你們留了飯菜的，我們都吃完了。」

馮躍看著桌上的菜，裡面有幾塊肉，素菜上也漂著油花，就知道顧襯肯定是把捨不得吃的都拿出來了，他們自己吃的菜可是十天半個月見不到一點葷腥。

林歇忙了一上午，狼吞虎嚥地吃著，馮躍把肉挑出來放在他那邊，自己就著小鹹菜吃米飯。

這個大米半生不熟，時不時還有小沙子硌牙，是縣城裡賣得最便宜的一種，顧襯常年吃的就是這種米。

正吃著，外面傳來一陣嘈雜聲，馮躍回頭一看，一幫村民拿著農具趕過來，站在院子裡叫顧襯。

「倫桑大叔，這是怎麼了？」

領頭的倫桑在村民裡很有影響力，站在最前面開口：「顧老師，你們是不是又要開山？」

顧襯剛開始還有些懵，一聽他這麼問，就知道什麼事情，避重就輕地說：「就是拿一些土壤去化驗，我們這一年到頭也種不活什麼植物，正好有這方面的專家就讓他給拿出去看看。」

「種不出糧食，那是神山給我們的懲罰，你們要是動神山的主意，我們是要倒大霉的！」

馮躍聽見這幅論調就想笑，都什麼年代了，早就推崇無神論了，種不出糧食，吃不飽飯，不找原因改善，還安之若素，這不是自討苦吃嗎。

但是之前顧襯跟他說過修路的事情，所以心裡也算是有個準備，倒是身邊的林歇頭一次聽說，氣得想笑，就要上前理論。

馮躍把他攔住了：「這是人家的信仰，你別亂說話，我們不瞭解這裡的風俗，小心被趕出去。」

林歇只好委屈地閉上嘴：「真是窮山惡水出……」

馮躍警告地看他一眼，林歇在嘴上劃了一下，表示不說話了。

「大叔，不能種地我們就沒法掙錢，難道一輩子都要這麼苦哈哈地過日子嗎？」顧襯好聲好氣地跟村民解釋。

「幾輩子都過來了，不都這樣嗎，怎麼就不行了！你別找藉口，我告訴你，別看你是老師，教我們孩子讀書識字的，但要想動神山，誰來都不好使！」

那領頭的倫桑看著就蠻橫，什麼話都聽不進去。

人群裡一個瘦瘦小小的男人說：「就是因為你們留了一棵樹在山上，這些年才年年下暴雨，以前我們村子風調雨順，哪裡有那麼大的雨，我看就是神山的警告！」

馮躍真是被這些村民刷新了三觀，颳風下雨那是自然界的規律，怎麼就跟神山有關了，就是沒有山，那江南地區還每年都有梅雨季節呢。

再說了，什麼叫風調雨順，糧滿倉才叫風調雨順，這地方連棵小麥都種不活，哪來的風調雨順。

馮躍往前走了幾步，對著村民說：「我們村子地處兩山之間，種樹不但沒有危害，還能防風固土，減少山體滑坡，是一件大好事，跟神山沒有關係。」

「你一個外鄉人，哪有你開口的份！」

「我看就是你出的主意！」

「就是！你別管我們村子的事！」

那個瘦小的男人又指著站在最後面的林歇喊道：「那些土就在他背包裡，我們搶回來，還給神山，神山就能保佑我們了！」

「對！不能讓他們害了我們！」

村民一窩蜂地朝林歇撲過去，林歇抱著背包往後退，眼看著情況不對，馮躍對嚇住了的周雨說：「快去找村長。」

周雨點點頭，悄悄溜出去，往村委跑。

馮躍和顧襯擋在林歇前面，不讓村民接觸到背包，場面越來越亂，連教室裡的馮母和孩子們都驚動了。

「大家聽我說！這不是壞事，我們都是為了我們村子好，大家別亂啊！」顧襯拼命喊著，想阻止村民們的行為，但是根本喊不過群情激奮的村民，聲音都被淹沒了。

林歇把包背在前面，用手緊緊抱著，這可是忙活了一上午的成果，要是被搶走就白幹了。

馮躍一看快抵擋不住了，就回頭跟林歇說：「要不你先把包給他們，大不了晚上我們再挖。」

林歇死死抱著就是不撒手：「開什麼玩笑，晚上怎麼分辨土壤分層，再說我累死累活的，還不落好了！」

馮躍看著眼前的亂象，一種無力感油然而生，他盡力而為能稍稍改變外部環境，但是人們心裡的執念，那是長年累月，聽長輩口口相傳的，不是他一兩句話就能撼動的。

村民們的不配合，不理解，甚至上手強搶，讓他看到了以後的重重阻礙。

「讓一讓，村長來了！」周雨拖著六十幾歲的村長跑進來，老村長跟在後面累得氣喘吁吁。

「你這小女娃，哪來這麼大力氣。」

村長扶著膝蓋喘著粗氣，周雨急地亂轉：「您先解決問題吧，完事了我給您按摩。」

「都幹什麼呢！停下！倫桑你又帶頭鬧事！」村長推散村民走進來，把倫桑手裡的棍子搶走。

「這都是貴客，你們想幹什麼？」

「他們要開山，好不容易不讓他們修路，平息了神山的怒火，他們又來找事，我們還有沒有安生日子了！」倫桑很不滿地看著村長，指著馮躍和林歇大喊。

「什麼怒火，就胡說！我們本分過日子，神山只有保佑我們的，哪有什麼怒火。」

瘦小男人又在人群裡喊話：「這些年自從那棵樹種下，我們村經常漲水，這就是神山的怒火，你也是我們村子裡的，怎麼向著外人說話！」

村長看著他：「當初修路你就跟大家說這些胡話，下雨那是為了莊稼長得好，我們村子的水都是山上下來的雪水，不下雨到了夏天也會漲水，你別在這鼓動大家。」

來的路上周雨把事情都跟村長說了，其實他是一直想要改變這裡的環境，但是村民們抵死不同意，就一直擱置著。

有村長發話，大家也不像剛才那樣激憤，村長捂著胸口坐在櫈子上，剛才跟著周雨跑得太快了，一時半會還沒緩過來。

「當年上面要給我們修路，就是一件好事。你們想想，我們村子雖然種不出糧食，但是我們有年輕人啊，修好了路，出去闖一闖，幹點體力活，家裡的條件就能更好。」

村長語重心長地指著教室裡的孩子們說：「誰家都有小娃，修了路，送他們出去念書識字，以後有更大的發展，不比跟著我們窩在山裡好？」

沒等村長說完，人群裡又有了不一樣的聲音：「出去了就跟格桑家的女娃似的，阿爸死了都不回來，在外面都學壞了，那我寧願不讓孩子出去，在這被神山庇佑著，做個好人！」

央金從教室裡跑出來，攥著小拳頭，紅著眼睛瞪著村民：「我阿姐不是壞人！她是最好的阿姐！」

周雨抱住像小獸一樣憤怒的央金，在懷裡安撫著。

村長之前被劉勝利叮囑過，梅朵的事情不能往外說，所以也沒有重新提起這個話題，轉身指著馮躍和林歐。

「他們就是大山外頭來的，你們看看他們說話，那都是有文化的，你們真的想讓以後的子子孫孫都在山裡邊窩一輩子？跟我們一樣飯都吃不飽？」

「還有顧老師，在我們這教了十幾年書，那就是我們自己人，他能害我們？他的朋友能害我們？」

瘦小男人拎著鋤頭站出來：「我不管他們有沒有壞心，要動手神山就是不行！我第一個不同意！」

「都是那棵破樹弄的，我去砍了它！」

男人說著就往後坡跑，馮躍愣了一下才反應過來，這男人真要去砍樹，趕緊追上去。

那棵樹是現在唯一的希望了，沒有了這個樣本，以後就算是專家來了，也對比不出什麼樹能在這種活，所以一定不能讓他傷害樹苗。

「站住！」

那男人跑得很快，眼看著跑到樹苗跟前，被馮躍一把抓住：「這是你們村唯一一棵樹了，你想幹什麼！毀了它對你有什麼好處！」

「你放開我，我弄死它，你們就種不了樹，動不了神山了。」

男人像瘋了一樣掙扎，手裡的鋤頭往樹苗上揮舞，馮躍使出全身力氣才能拽著他離開一點點。

「你懂個屁，種樹能改變水土，等兩代人之後這裡說不定就能種出糧食了，這分明是好事，你們怎麼就不聽勸。」

馮躍簡直要被氣死，這些不開化的村民，把山奉若神明，可自己日子過得這樣艱難，自己上趕著想幫助他們，卻不被領情，連這唯一的一抹綠色都要毀掉。

「你們就會撒謊，我們就想跟神山在一起，我們不想出去，關你們什麼事！」

那男人看掙脫不了馮躍，把手裡的鋤頭扔出去，正好砸在樹苗上，早上還迎風搖擺，快樂地做著光合作用的小樹苗，現在被一把鋤頭重重壓在地上。

馮躍看著樹苗，整個人都愣住了，手上一下鬆了力氣。

男人跑上去扯著樹苗狠狠拽出來，摔在地上。

「不要——」

馮躍撲上去的時候已經晚了，樹苗就躺在他腳下，珍貴的幾片葉子落在地上，樹根盡數折斷，樹枝被鋤頭砸斷。

顧襯守護了這麼多年的樹苗就這樣被毀了，自己在暴雨夜都放心不下，用盡一切辦法要保住的樹苗，在眼前失去了生命。

馮躍緩緩蹲下，輕輕摸著樹枝，小心地喘著氣，生怕吹走了一片葉子。

他雙眼通紅地看著那個男人，恨得咬牙切齒：「冥頑不靈！」

顧襯姍姍來遲，看著馮躍瞪著男人，小樹苗了無生氣地躺在那裡，就像自己精心照顧的孩子被奪走了一樣，一步步挪到山坡上，跟馮躍站在一起。

顧襯一字一句地問道：「你知不知道，這對村子來說有多珍貴，我為了這棵樹廢了多少心思，你知不知道你毀掉的是什麼！」

那男人沒想到他們會是這樣的反應，像要吃了他一樣，強撐著腰桿說：「你們要是不種樹，不動神山，我就不能這麼幹了。」

「去你媽的！」馮躍攥著一片樹葉，衝上去，抓著男人的衣領就要砸下去拳頭。

顧襯尚且保留著一絲理智，攔住他要落下的拳頭，無奈地搖搖頭：「沒用的，你跟他們說不清楚的。」

顧潮轉身抱著小樹往回走，馮躍看著光禿禿的山坡，僅存的綠色也被村民親手毀了，這片山又回到了從前的樣子。

唯一的樹苗被毀，大家心情異常沉重，圍坐在一起，氣氛壓抑。

「不用這麼悲觀，樹苗還在，只要找個專家來一看就能辨別，現在棘手的是那些村民的愚昧。」林歐把背包放在身邊，他今天算是見識到什麼叫「窮山惡水出刁民」了。

馮躍把掌心的樹葉撫平，夾在一本書裡，看著低頭唉聲嘆氣的村長問道：「那個去拔樹苗的男人是誰？」

村長深深吸了一口煙，瞇著眼睛說：「他叫貢達，當初修路的時候，他的反對聲音是最強烈的，實在是他身上發生的事情，讓他更信奉神山了。」

「什麼事？」

「那年貢達的阿爸進山打獵，三天三夜都沒回來，同行的那個人說他阿爸從懸崖上掉下去了，大家都不敢去救，因為實在太高了，根本看不見底。」

「貢達就獨自進山找他阿爸，本來大家都以為這兩人都是九死一生，沒想到過了兩天，父子兩個毫髮無傷地回來了，貢達說找到他阿爸的時候，他爸從那個高的懸崖摔下去，就扭了一下腳踝，其他地方的骨頭都沒事。」

「所以他對神山的信奉更高漲了，每年的祭祀活動都衝在最前面，家裡有個大事小情都要去燒香問一問。」

馮躍以前聽說過有人從十幾樓跳下去，落在沙土堆上，經過緩衝也很可能毫髮無傷，但這樣的機率太小了，貢達的阿爸就是幸運的一小部分人之一。

這樣的人心裡有執念，是最不好說服的，有他家做例子，其他村民難免受到影響，在這件事上，馮躍今天也見識到了，貢達說話一呼百應，村民們都很聽他的。

信仰是人們心中的寄托，所謂的神山在馮躍等人的眼中，就是一座拔地而起的山峰，是地殼運動的結果，但在村民心裡，神山就是有生命的，在他們的生產生活中保佑他們。

馮躍知道要撼動他們的思想很難，從出生開始就接受著這樣的教育，馮躍在村子裡見過他們對這神山上香，裡面不乏剛剛學會走路的嬰孩，這無論馮躍怎樣勸說，就是磨破了嘴皮子都說不通的事情。

「多說無益，走一步看一步吧，說不定就柳暗花明了呢，先把眼前的事情處理好吧。」

馮躍自己心裡知道這話說出來就是在安慰自己，但是又能怎樣呢，他總不能強逼著人家村民改變世世代代的風俗，也不可能直接挖坑種樹，前腳種下去，後腳貢達就帶著村民都給拔出來了。

「今天的事情耽誤了時間，現在出去不能到縣城天就黑了，林歐你還是等明天再走吧，不然山上也危險。」

林歐點點頭，又看了一下馮躍，手指向外邊院子裡跟孩子們玩耍的馮母：「你打算怎麼辦？」

馮母一天都跟孩子們在一起，唱唱歌跳跳舞，看上去很喜歡這裡，應該問題不大，但是馮父自從目睹了這裡的民風彪悍，臉色就一直陰沉著，馮躍也摸不清他的想法。

吃過晚飯，馮躍端著水杯出去找父親，坐在院子裡，抬頭看著漫天星光，這裡沒有二氧化碳的污染，即便是夜晚天空也是澄澈的星空藍。

「爸，喝點水吧。」

馮父指著山腳下的香爐說：「這就是你放棄工作選擇的地方？」

馮躍看著香爐裡裊裊升起的煙，就是這麼不可理喻，連飯都吃不飽的村莊裡，家家戶戶都會到縣城買上許多香，山腳下的香火從未斷絕過。

「放棄工作並不是因為這裡，但正是因為這裡的一切讓我看到都市之外的世界，沒那麼美好，也並不是一帆風順，但人們都在知足常樂，有人為這樣的地方奉獻生命，所以讓我覺得在這裡做一些事情會更有意義。」

馮躍知道父母的想法，他名校畢業，百萬年薪，社會地位超然，每一項都是多少人夢寐以求的，但如今說放棄就放棄了，在他人眼中多少有些難以理解。

若是從前，馮躍也會覺得這樣的事情難以想像，在繁華都市和窮鄉僻壤之間，似乎是一個不需要猶豫的選擇。

但並不是所有的一切都可以用金錢和利益衡量的，從前他不懂，但邊巴次仁和梅朵用生命教會了他這個道理，顧襯用十幾年的青春詮釋了何謂大愛，馮躍才會坐在這裡，為一個素昧平生的小山村絞盡腦汁。

「我的能力並不會因為一份工作而減退，但我既然身在這裡，一路上見過那麼多的無可奈何，有的人拼盡全力也走不出困境，那麼我有什麼理由不伸手幫他們一把。」

馮躍指著空蕩蕩的教室，那裡白天洋溢著歌聲嗎，孩子們純真的笑是山野間最動人的音樂。

「那些孩子都沒有看過外面的世界，顧襯為了他們能犧牲自己的前途，我只是暫時在這裡幫助村民們把日子過得好一點，以後終將回到您和媽媽身邊，我不想等我走出去了，某一天還會後悔當初為什麼沒有為這裡艱苦的條件做出努力。」

「種樹也好，援建學校也罷，都是我只要盡力就能做成的事情，但對於村子來說，就是幾年十幾年都改變不了的事情。」

馮躍有這裡的人最缺少的東西，就是錢，他掙了十幾年的錢，身價不可估量，莫說一座學校，就是十座他也蓋得起來，但問題不在這裡，而是村民們對貧窮習以為常，對閉塞的世界安之若素。

馮躍說了這麼多，馮父雖然沒有表態，但已經不像剛剛到這裡來的時候那樣堅定地反對了，只是仍舊臭著一張臉。

馮母從後邊拍了兒子一下，寬慰他說：「別看你爸這個德行，他一輩子都沒一張笑臉，別往心裡去，其實他心裡高興著呢，他兒子不是滿身銅臭的商人，是個有情有意、心裡有大愛的人，他且得瑟著呢！」

馮父被媳婦拆台，滿臉無奈，輕哼一聲轉身回去了。

馮母挨著兒子坐下，把他手裡的涼水換成熱的：「自己在外面要學會照顧自己，以前你身邊有小彤，我也不操心，現在就你自己一個人，我這個當媽的還真是放心不下。」

馮躍沉默著沒有說話，馮母小心地問：「你和小彤……真的沒可能了嗎？」

馮躍搖搖頭：「不可能了，我自認是個好兒子、好領導，在工作上從未有過紕漏，但是唯獨對不起她，辜負了她這些年的付出，是我做的不夠好。」

賀彤要走，他甚至都沒有理由挽留，只敢如同現在這樣，在他身後做一個懦弱的偷窺者，看著她的生活，沒有自己的生活是那樣的自由美好，眼中一切都是她喜歡的事情，不必為自己傷神，也不必守著空蕩蕩的房子等著他回家。

馮母能看出兒子的傷心，握著他的手說：「做你想做的事吧，不用惦記我們，媽媽在家等你回來。」

馮躍躺在床上，賀彤的小說，他已經看到了，他們第一次因為他的夜不歸宿爆發爭吵的時候，馮躍記不清那天用什麼樣的話傷害了她，但賀彤字裡行間都是對愛情的失望。

「……我久久不能相信對我冷言冷語的男人，是我用一整個青春愛上的人，也不相信他就是那個在醫務室，青澀而害羞的男孩，我從不懷疑他的忠貞，但這樣冷清清的家，讓我時常覺得窒息，我想逃離，又想站在原地等他醒悟……」

馮躍痛苦地閉上雙眼，原來一直賀彤都在等他，等他發現自己的冷淡，可很抱歉，他醒悟得太晚了，已經耗盡了一個女孩所有的期待。

他們在青春裡濃烈地相愛過，是所有人眼中歆羨的金童玉女，但最後殊途陌路，都是馮躍自作自受的結果，沒有可供狡辯的理由。

也許是今天的事情衝擊太大，馮躍第一次衝動地在她的書評下留言。

「女主角的愛恨掙扎都是因為愛，男主角的冷淡造成了一切惡果，希望未來風雪披掛，他不會後悔。」不，男主角已經後悔了，後悔沒有珍惜那個禮堂下笑容明媚的女孩，後悔在一個個深夜丟下她一人，也後悔沒有早一點眼明心亮，看清她的等待和付出。

馮躍關上手機，不再去想內心深處的掙扎，慢慢沉睡夢鄉，可能因為賀彤對他的怨懟太深，竟然不肯入夢。

第二天林歇走的時候，順便帶走了馮父馮母，孩子們跟在馮母身後戀戀不捨，嘴裡哼唱著昨天學會的歌謠。

「我帶回去檢驗，結果會發給你，怎麼也要三天時間，你關注一下消息吧，這網絡不好別耽誤了正事。」林歇拍拍他的肩膀，看著站在遠處虎視眈眈的村民到底沒忍住，接著說：「注意安全，早結束早離開吧。」

「行了，我爸媽就麻煩你多照顧了，我這要是種上樹了，估計還要一段時間才能回去了。」

馮躍把背包遞給他，林歇拍拍他肩膀：「我們之間還用說這個，家裡你放心，有哥們呢。」

林歇他們一走，馮躍閒下來了，種樹的事情要等著結果傳回來找專家商討才能有下文，索性就給學校房頂漏水的地方修補，給桌椅加固一下木腿，整天叮叮噹噹地就過去了。

馮躍擦擦汗，看著水盆裡倒影的臉，灰頭土面，身上蹭得都是磚灰和泥巴，絲毫看不出以前西裝革履，噴著淡淡的香水，精緻到頭髮絲的形象，要是讓那些合作夥伴看到，都不敢認他就是在商界叱咤風雲的馮躍。

一抬頭，央金站在院子門口，有些羞赧地看著他。

「你怎麼不回家啊？一會天就黑了。」馮躍招手叫他過來。

央金揪著衣服有些不好意思地說：「阿媽讓我叫你和小雨阿姐去家裡吃飯。」

馮躍失笑，怪不得一整天這孩子都似有似無地盯著他看，原來是這件事啊。

自從梅朵的事情告訴格桑之後，她就經常會叫馮躍過去聊聊天吃個飯，但是顧及到她家裡的條件不好，寡母帶著一個孩子生活艱難，馮躍五次有三次都推拒。

「好，那你等一下，我和你小雨姐姐一起跟你回去。」

馮躍洗個臉，招呼著周雨就往央金家裡去。

格桑看見他們來了，眉開眼笑地迎進來，桌子上的飯菜都是家常菜，或許是格桑自己太寂寞了，倒是很喜歡他們過來。

「多吃點，你們在學校裡一直幫忙，都累壞了。」格桑給馮躍和周雨碗裡加菜，沒一會就堆成了一座小山。

「昨天的事我聽說了，你們別往心裡去，他們也沒有什麼壞心思。」格桑又給馮躍碗裡夾了一口菜，「自從梅朵走了之後，我就只有央金一個寄托了，我知道外邊的好處，所以一定要供著他念書，以後也像他阿姐一樣有出息。」

自從馮躍把前因後果都告訴格桑之後，母女之間的心結就不存在了，一提起梅朵，格桑臉上都是驕傲，她的女兒是最勇敢的孩子。雖然不能跟鄰居們炫耀，但是只要有人說梅朵念書出了大山也沒學好，格桑就會衝上去理論，再也不是之前掩面就走的狀態了。

央金小聲地靠近馮躍說：「你能跟我講講阿姐的樣子嗎？」

梅朵走的時候，央金還小，這麼多年都記不清梅朵的相貌了，唯一一張畫像還是通緝令上的，被格桑小心翼翼地收起來，從來不許他看。

馮躍想著梅朵的樣子說：「你阿姐很漂亮，梳著滿頭的小辮子，就像盛開在荊棘叢裡的野玫瑰，很耀眼，比陽光都亮眼。」

尤其是她舉起槍的時候，眼中的犀利和尖銳，是平常女孩沒有的英氣，那是一種從磨難中歷練出來的氣質。

「她還是一個很溫柔的女孩子，說話的聲音很好聽，但是不愛笑，如果笑起來一定會更好看。」

馮躍只在她最後快要閉上眼睛的時候，在嘴角見到了一抹微弱的笑意，帶著對阿爸阿媽的想念，對故土的眷戀，她完成了使命，卻長眠在了濕冷的山洞，與原始森林靈魂共存。

央金有些不理解：「不愛笑的人為什麼會溫柔呢？」

「因為心裡是溫柔的，心裡有愛，有牽掛的人，所以即便不笑，她的眼睛也是明亮的，笑容並不能代表一個人的性格好壞，但是喜歡笑的人，心底都是善良的，因為他們本身就帶著善意看待這個世界。」

這些道理央金聽不太懂，但是都好好記住了，馮躍摸摸他的頭：「小央金也要喜歡笑啊，笑起來多好看。」

央金搖搖頭，有些不高興：「我不笑，他們總說阿姐不好，我不喜歡他們，不想對他們笑。」

小孩子看待事情就是這樣直白又炙熱，喜歡就親近，不喜歡就皺著小臉不理人。

馮躍想起村民鬧事的時候，有人對梅朵出言不遜，央金就像小炮彈一樣衝出來，要不是周雨抱著他，估計這個小孩子就要對那人拳打腳踢了。

「可是你和阿媽知道阿姐是好人，對不對？」

央金點點頭。

「這樣就可以了啊，你阿姐並不在乎他們的看法，只有你和阿媽才是她的親人，是最瞭解她的人，所以別人的話都不重要，只要你自己認定阿姐是好人，阿姐就會很高興啊。」

馮躍不想讓央金從小就養成陰鬱的性格，他年紀雖然小，與梅朵相處的並不多，但是心裡知道那是阿姐，從小很疼愛她的阿姐，所以不允許有人說梅朵，也喜歡自己模糊的記憶裡的阿姐。

第二十一章

正吃著飯，院子外邊就喧嘩起來，最前面的貢達手裡捧著香爐，身後跟著的人拿著僅有一點的肉，腰上繫著彩繩，被一幫村民簇擁著往山腳下走。

隊伍後面跟著一個婦女，眼睛紅腫著，頭髮散亂，懷裡抱著一個孩子，馮躍認得這個小孩，這是村子裡少有的不去上學的男孩，是貢達的孫子。當時顧襯來走訪勸貢達送孫子上學的時候，貢達說神山會交給孩子做人的道理，不用去學校一樣能學到生存的本領，把顧襯從家裡請了出來。

孩子在阿媽懷裡哭泣，小臉通紅，下身被一張毯子包裹著，他阿媽抱著他跟在人群最後面，看樣子是不想走的，被丈夫硬拉著往前去。

格桑出去拉著一個村民打聽情況，才知道貢達家的孩子不知道得了什麼病，身上起了很多紅斑，幾天前開始潰爛，整個皮膚都紅腫發癢，徹夜哭泣。

馮躍看著一行人徑直往山腳去了，有些疑惑：「這也不是出去醫院的路啊？」

「不去醫院，這點小病神山就能治好，貢達家一直都被神山庇佑，去祭拜一下就好了。」村民一邊解釋一邊往前走，趕著一起去祭拜祈福。

馮躍簡直不能理解，那孩子面色潮紅，哭聲嘶啞，一看就是很難受的樣子，不趕快去醫院看病，拜哪門子的山啊。

他跟著人群往山腳去，貢達擺好香爐，點燃線香，對著大山虔誠地鞠躬，又拉著那婦人對著大山磕頭，嘴裡一直念叨著什麼話。

「請神山保佑我的孩子遠離災難吧，我們全家都願意供奉您，神山啊，您顯靈吧！」

看著貢達對著一座岩石構成的山體磕頭，那迷信的樣子讓馮躍覺得不可理喻。孩子折騰這一路，可能擦碰著傷口，更加難受，在阿媽懷裡不停地哭鬧，讓整個場面變得揪心起來。

磕完頭，把彩繩壓在石頭上面，貢達一臉自信地站起來，看著大家：「我的孩子一會就會好了，只要供奉神山，神山就會保佑我們的。」

馮躍觀察著那個母親的樣子，她一直看著懷裡的孩子，神色緊張，孩子哭一聲她就皺著眉輕哄，看上去並沒有因為貢達的祭拜而放心。

臨近傍晚，太陽從山頂漸漸隱沒，孩子的哭聲一直沒停過，人群裡竊竊私語的聲音越來越多。在孩子又一聲尖銳的哭喊之後，那位母親抓著孩子不停想要去抓撓皮膚的手，忍受不住了。

「阿爸，我們送他去醫院吧，多吉一直在哭啊！」母親抱著孩子哀求貢達，那一聲聲哭喊就像刀子扎在她心上。

「神山會保佑他的，不會看著他的子民受苦的。」貢達對著神山跪下去，雙手合十虔誠地叩拜。

馮躍聽著山風中夾雜的哭聲，於心不忍，對村民們的愚昧感到痛心，走過去，掀開孩子腿上的毯子，那一片片的紅斑觸目驚心，有的地方已經被抓破，滲出血絲。

「得趕快處置一下，這樣很容易發炎的。」馮躍想帶著孩子和他母親去學校，他包裡有應急用的藥品，塗上能讓孩子好受一些。

卻被猛然起身的貢達攔住去路：「你要對我的孫子做什麼？他有神山保護，不用你那些亂七八糟的方法。」

馮躍怒從心中來：「到底誰的方法才是亂七八糟，你對著它拜了一下午，孩子有好轉嗎？」

「神山聽見我的聲音是需要時間的，他一會就能好的。」貢達黝黑的臉上都是倔強。

「你的孫子耽誤不了了，要是發炎了對孩子來說是很危險的事情，不及時處理容易造成更重大的後果。」

馮躍敬重他們的信仰，那些朝聖進藏的人，馮躍從來都是尊敬的，認為他們毅力值得敬佩，但是貢達這是愚昧，是拿孩子的身體開玩笑，與朝聖根本就是背道而馳。

「你一個外鄉人憑什麼在我們的地盤上撒野，我不聽你說，我自然有神山保佑，當年我和阿爸就是被神山保護才平安回家的。」

馮躍推開他抓著孩子的手：「你那只是千分之一的幸運，你不能用孩子賭博，你聽不見他的哭聲嗎！」

那母親好像忍不住了，抱著孩子一把扯下石頭底下壓著的彩繩：「這是我的孩子，只要能治好他，我怎麼樣都行，阿爸，神山並沒有聽見你的祈禱，他管不了多吉的病！」

「這不是病，這是神山給我們家的警告，就因為有你不敬重神山，他才會發怒！」貢達就像茅坑裡的石頭，不管大家怎麼說，就是攔著馮躍不讓他帶著孩子離開。

多吉哭得淒慘，他阿媽撞開貢達攔路的身體：「我不信神山，他要是真的有靈，怎麼會對一個孩子下手，我只要我的孩子健康，我不跟你們拜山。」

「你帶著我們去吧，我聽你的，你從外面來一定有更好的辦法。」

馮躍帶著孩子往學校走，一邊走一邊問：「孩子發燒嗎？有其他情況嗎？」

「沒有，不熱的，就是突然起了這些紅斑，還很癢，一直在撓。」母親淩亂著頭髮，腳下不停地跟著馮躍往前走。

馮躍大概能判斷出來，這孩子應該只是一種皮膚病，並不是免疫系統上的併發症狀。

馮躍掏出醫藥包，先給傷口消了毒：「你按著點孩子，別讓孩子亂動，消消毒塗上藥膏就舒服了，回家觀察一下，要是一直不消紅腫，就去醫院看一下。」

馮躍把藥膏塗抹在孩子大腿內側的紅斑上，腰藥膏有些冰涼，讓孩子紅腫發熱的皮膚稍稍好受一些，哭聲小了很多。

他母親開心地抱著孩子輕哄，看著馮躍就像看著恩人。

「謝謝，謝謝你。」

「不用客氣，回去看看吧，要是沒什麼大問題這個藥膏一天塗兩次，慢慢就好了，注意通風，別捂著出汗，那樣不好。」

馮躍把孩子哭花的小臉拿毛巾擦乾淨，看孩子輕輕抽噎著，不像剛才那樣哭得撕心裂肺，心裡也輕鬆了一些。

沒等娘倆走出去，貢達就帶著村民追了上來。

「你個忘恩負義的婆子，你忘了神山對咱家的恩德了？竟然來找一個外人，都不相信神山。」貢達指著女人的鼻子喝罵。

「誰能治好我的孩子我就信誰！你們看，多吉都不哭了。」

貢達像是發現了什麼，伸著手臂呼喊：「這是神山顯靈了啊，神山治好了我家孫子啊！」

那女人翻了一個白眼，躲開貢達來摸孩子的手：「阿爸，這是人家馮……馮先生的本事，他給的藥好用，跟神山有什麼關係。」

女人學著外面的叫法稱呼馮躍，還有些不適應。

「胡說！要不是我們祭拜神山，怎麼可能這麼快見效！」

女人似乎忍無可忍：「多吉這是皮膚病，人家說了只要好好塗藥，就能好，你們拜山拜了一下午，多吉除了哭得更厲害哪有什麼好轉，你一直都在自欺欺人，那就是一個冰冷冷沒有感情的山，是石頭疙瘩，什麼保佑人都是假的，有病就得看病，免得耽誤了我的多吉。」

女人也是潑辣，這些話就敢直接說出來，馮躍作為外人是沒有這個底氣的。

貢達氣得指著兒媳婦說不出話來，哆嗦著手：「你，反了你了！」然後回身對著神山作揖，「我敬愛的神山啊，您可千萬不要往心裡去，都是孩子們說的胡話，您要繼續保佑我們啊！」

馮躍看著貢達這痴迷的樣子，什麼勸解的話都說不出來，說出來也沒有意義，他根本不會放下心裡的執念。

孩子生病都挺著，寧可在神山下面聽著哀嚎，也不願意去相信正經的醫學技術，這已經不是信仰了，這就是愚昧，是自我閉塞之後，無知的固執。

「好了阿爸！神山根本就不會管你，不會管多吉的！要不是這個藥膏，多吉今天就會一直難受，你怎麼還想不清楚啊！都是人家馮先生不計較你之前的態度，才出手幫忙的！」

那女人抹著凌亂的頭髮，抱著孩子往家走，連看都不看貢達一眼。

村民們看著貢達被兒媳婦懟得啞口無言，都小聲地議論著，貢達有些惱羞成怒，揮著手說：「都散了散了，女人說胡話你們也聽。」

馮躍看著貢達佝僂著背，瘦小的身體在高山的對比之下更顯渺小，他到底能不能明白信仰和無知的區別，大山可以是寄托，可以是人心裡割捨不掉的情懷，但不能將他當做一切，生活永遠都是自己用腳一步一步走出來的。

人因為有了信仰會變得更加堅強，遇見困境心裡依然有一束光支撐著走下去，這才是信仰力量的本身。

而這樣的信仰不能代替醫療，不能抹除貧困，不能讓人們眼界開闊，它只存在心裡，是看不見摸不著的精神。

林歇的消息是他離開後的第三天傳來的，馮躍當天就走出大山，到林業局找了一個專家，背包裡的塑料袋子裝著被貢達損毀的樹苗。

那專家滿頭花白，他推著老花鏡看著報告，對馮躍說：「這個村子我有印象，很多年前曾經做過一次試驗，只活下一棵，其中的原因是當地村民的阻撓並沒有機會詳細研究，怎麼，現在村民願意配合了？」

馮躍可想而知，因為修路和種樹，這個村子已經臭名遠揚，但沒想到這麼讓人印象深刻。

馮躍支吾著：「總想著再試一試，您看看有沒有什麼好辦法？」

老專家說：「這份報告顯示，南面和東南面的山坡土壤條件更好，要是種樹存活率會更大一些，這跟氣候也是有關係的，這裡的高原山地氣候晝夜溫差大，對樹的品種也有高要求，我給你列出一些名字，你回去試一試，這總要經過大面積栽種才能比較出存活率，這個功夫可不能省。」

馮躍拿著名單回去，心裡激動，既然專家這麼說，那就是有機會的，盡力一試總能找到一種。植物生命力的旺盛是自然界的奇跡，在石頭裡都能開出花，何況要種活一棵樹呢。

馮躍信心十足，但他被喜悅衝昏了頭，忘記了最大的阻礙根本是不品種的選擇，而是村民們的不配合。

馮躍跑回學校，急切地想跟顧襯分享這個好消息，他因為樹苗被毀，已經好幾天沒睡好覺了。剛進去，就看見顧襯滿面愁容地坐在櫈子上，身上都是泥土，額頭還磕破了一塊，整個人都狼狽不堪。

「怎麼了這是？」馮躍走過去看他的情況，仔細一瞅，眼鏡都碎了一個鏡片。

顧襯指了指後坡，一句話都說不出來，只能無奈地嘆氣。

馮躍下意識覺得又是貢達又起了么蛾子，連忙跑到後坡，這一看差點氣個倒仰。

貢達帶著村民沿著山腳豎起柵欄，明顯就是不讓馮躍和顧襯再進去，斷了他們種樹的念頭。

「你們這是幹什麼？」

貢達握著鋤頭，站在柵欄裡，居高臨下地看著馮躍：「你們是外人，這山是我們的神山，不讓你們進也沒錯處，以免你們衝撞了神山反倒要讓我們遭殃。」

馮躍指著柵欄氣得說不出話，這貢達冥頑不靈，他孫子的事情還沒有讓他反應過來嗎，竟然一根筋地要作對到底。

馮躍爬上一顆大石頭，對著村民們說：「鄉親們，你們說這是神山，但是這座山給你們帶來了什麼？」

「他阻擋了你們出去的路，走出去要三個小時，你們手裡的貨物運不出去，你們的孩子也要跟著一輩子窩在深山裡，見不到外面的世界，一輩子耕地種田，卻依然填不飽肚子，這就是這座山帶給你們的一切！」

「我們想種樹，是想改變這裡的環境，在不可能中創造一個奇跡，告訴孩子們，不管多難的難關，只要肯努力，就能戰勝困難，這就是種樹的意義。」

「種樹，漫山遍野的樹，等他們長大了，就能賣錢，讓大家的日子好過一些，就算不賣錢，我們用它改善土壤，以後能種越來越多的植物，這難道不是造福村民嗎？」

馮躍把自己心裡所想都說出來，他看著眼前這一幕，就像村民們在自找苦吃，絕了自己的後路，看在眼裡痛在心裡。他是改變不了人們心裡的執念，但只要說出了口，哪怕只能動搖一點點，都是讓種樹計劃順利推行下去的希望。

真的只需要一點點，馮躍就能堅持下去，他不想看著那些孩子不知道花的樣子，不知道參天大樹有多壯觀，都是祖國的花朵，即便不在溫室裡長大，也應該在屬自己的天地裡見到應該有的一切。

馮躍回身指著學校，那裡孩子們清悅的書聲傳出來：「你們聽見了嗎？那是孩子們瞭解世界唯一的途徑，這麼多年為什麼只有顧襯一個老師？你們真的沒有想過嗎？因為這裡太窮了，太落後了，上面的政策再好都沒人願意來，這就是根源啊。」

「你們世世代代生活在這，可是你們的孩子也要在這裡食不果腹，眼中除了這一座山，再也看不見其它，這真的公平嗎？」

村民們的躁動慢慢平靜下來，馮躍喘著氣站在那，他多希望這些村民可以想通啊，不辜負顧襯十幾年的堅持，不讓孩子們連豐滿羽翼的機會都沒有，就永遠留在大山裡。

「可是梅朵一樣走出去了，不還是……」貢達不死心地狡辯著，妄想用梅朵的經歷打消馮躍的念頭，但很不巧，馮躍是見證梅朵壯烈的人，那種震撼是他一輩子都忘不了的。

「梅朵怎麼了？她究竟如何你們有誰親眼見到過？你們不曾瞭解外面的世界，不知道大山外面的規則，所以你們只願意相信你們道聽途說來的一切，這是你們的錯，不是梅朵的錯，你們都不是她，都沒有經歷過她的一切，有什麼資格站在這裡評價她？」

馮躍絕不能接受他們潑在梅朵身上的污水，他們不讓孩子們讀書，讓女孩子早早嫁人，這是自己的無知，不過是在用梅朵的假象粉飾太平，說到底仍舊是在自欺欺人罷了。

可是看著村民們茫然的表情，那種無力讓他一瞬間失去了慷慨激昂的情緒，蹲在大石頭上，終於理解了什麼叫眾人皆醉我獨醒，那樣在精神上的無人共鳴，才是最讓人疲憊的。

馮躍轉身回去的時候，貢達在後面說：「我們的事情不需要外人來管，每天留幾個人在這輪守，不能讓他們驚動神山。」

馮躍沒有回頭，他現在只覺得這些人無可救藥，千辛萬苦帶回來的土質檢測報告和種樹名單，都像一張廢紙，沒有任何用武之地了。

雨季的雲團格外沉重，被高山阻擋著再次盤旋，等到不堪重負的時候，就會用一場大雨讓自己發洩。就像人生一樣，總有情緒積攢到一定程度的時候，就會爆發，猛烈而凶悍的揮灑著，讓自己重新回歸輕鬆。

馮躍本想跟顧襯一醉方休，但是發現這裡並沒有酒，連最便宜的啤酒都是奢侈品，而不要說什麼對月小酌的紅酒了，宣洩計劃夭折，只能老老實實上床睡覺。

窗外的大雨一連下了整夜，馮躍醒來的時候，暴雨帶來的涼氣讓他打了個寒顫，裹緊了被子坐在床上。外面雨勢凶猛，地面被雨滴砸出青煙，映襯著瑟瑟高山，如同不問世事的秘境，有種一局棋未了，世上已千年的縹緲。

馮躍想到昨天貢達說的話，要村民留守山下，披上衣服往後坡去，果然有六七個人站在山底下簡易搭起來的雨棚中，看見他走過去都紛紛看過來。

「這雨太大了，容易滑坡，你們回家吧！」雨聲在山谷迴響，馮躍只能隔著柵欄喊話。

那幾個村民恍若未聞，仍舊拿著手裡的農具盯著他。

「這大暴雨我們什麼都做不了，也不進去，你們安心回家吧，萬一山體滑坡，大家都有危險的！」

馮躍頂著暴雨勸說著，即便昨天被村民的麻木氣死，也不能眼看著他們涉險而不去提醒，他覺得自己自從來了這，就是操心的命。

有兩個村民有些動搖，回頭看著巍峨的高山，想往前走兩步，卻被同伴攔住了，馮躍隔著雨幕聽不清他們說什麼，只是那兩個人又看了看他。

「我也不進去，你們快回家，真的很危險的，亂石是會砸死人的。」

馮躍見過邊巴次仁的車被砸爛，不治而亡，那樣的慘劇不應該重現，就他們那簡易的雨棚，一塊塑料被四根桿子撐起來，別說落石了，一會雨再大一點都能把它砸塌。

馮躍恐怕自己在這站著，村民們不放心，索性先轉身回去，在屋子裡換了衣服，喝著熱水，跟顧襯聊天，但是眼睛始終對窗外留有餘光。

顧襯看他的心不在焉的樣子，抬手給他添了一杯熱水：「你也去勸過了？」

馮躍點頭。

「我早上起來就去了，但是沒用，沒一個人聽話的。」

「不，」馮躍指著窗外那兩個雨中往村子裡去的身影，「並不是所有人都不拿命當一回事。」

「你說他們為什麼那麼聽貢達的話？」

顧襯說：「因為無人可信，他們這樣的環境，不把希望寄托在神靈身上，哪能看見什麼希望。」

「他們沒有走出去過，不知道發展的重要，所以村長回來傳達的政策，都不能讓他們立刻看到功效，但貢達不同，他說的就是村民從小接受的熏陶，更容易被接受。」

任何一項計劃實施都是需要時間的，就像種樹，要觀察能不能種活需要時間，等它們長大所需的時間更長，村民們沒有這個耐心，不能切身體會其中的利益，所以默認他們都是無效的，相較而言，在神山下面磕頭更容易做而已。

「你就是在這樣的環境裡堅持了十幾年，真是不容易啊。」馮躍在這受到的阻撓越多，越是敬佩顧襯。

「一開始並不是很難，村民們都很熱情，後來提倡種樹修路才慢慢變成這樣，他們都沒有壞心，只是不開化而已。」顧襯搖著頭有些許無奈，「十幾年也沒有轉變他們的思維，我這個老師做得也……」

「轟隆——」窗外一聲驚響，馮躍和顧襯同時抬頭向外看去。

「打雷了？」

「不像啊……」

「壞了！」馮躍率先反應過來，可能是擔心的事情發生了，雨衣也顧不得穿，一邊往外跑一邊提上鞋。先去敲了周雨的門：「趕緊穿上雨衣往村子裡去，可能要滑坡，讓村民趕緊往高處跑。」

馮躍往後坡跑，看見的時候，那個雨棚已經被窸窸窣窣落下的碎石砸穿了，剩下的四個村民仰著頭往山上看，他們從沒有意識到口中的神山會如此危險。

「快跑啊！看什麼呢！要滑坡了！」

馮躍推倒了柵欄，招呼著村民趕緊往學校跑，但是已經晚了，巨大的山石落下，被重力和慣性加持之後，下降的速度根本來不及等人反應。

顧襯拉著馮躍往後退，村民躲閃不及，有的被碎石擊中摔倒在地，有的嚇傻愣在原地，最先往前跑的那個在越過柵欄的一瞬間，身後被落石覆蓋。

馮躍拉著他往學校方向跑，在倉庫裡找出工具，轉身就回了後坡。

「你瘋了！滑坡還沒結束，很危險的！」

「顧不上那麼多了，有人被埋在下面了，不趕緊救出來再等一會就沒命了！」

馮躍頂著暴雨往前衝，劈里啪啦的亂石落在身邊，顧襯一跺腳，拎著一把鋤頭跟著就上去了。

落石重量很大，馮躍和顧襯兩個人都沒能撬動，先搬開周圍零散的石塊，尖銳的石頭劃破了馮躍的手掌，但現在眼中只有救人，他眼看著村民被埋在下面。被暴雨淋著的石頭格外濕滑，他能聽見石頭下面痛苦的哀嚎，救人心切的他忘記了自己也身處險境，臉上被雨水沖刷著，一片模糊。

聞信趕來的村民紛紛上前幫忙，但是太重了，四五個人一起用力，巨石都沒有被撬動分毫。

之前聽了馮躍的話回家的兩個村民，看著眼前的一幕都驚呆了，本來回去還被貢達抓住錯處教訓，沒想到意外轉眼就發生了，如果不是走得早，現在躺在下面的很可能就是自己，這樣的認知讓他們嚇出一身冷汗。

「一二三——用力——」

「一二三——」

馮躍喊著號子，組織村民把人往外救，在一片碎石地下發現了一個村民，他正好在兩塊石頭重疊的三角區，雖然性命保住了，但是一隻胳膊被砸爛，斷肢掉在一旁。抬走的時候還能透過雨幕聽見他痛苦地嘶喊。

身邊的碎石越落越多，顧襯拉著瘋狂搬動石頭的馮躍往後退：「又要滑坡了，大家趕緊走啊！」

「人——人還在下面呢！」馮躍看著巨石外面被砸爛的一條手臂，激動得紅了眼睛。

「再不走都得搭進去，快跑！」

顧襯拉著他往回跑，剛進學校大門，又一聲轟隆巨響，那片小山坡被徹底掩埋。

馮躍脫力地跪坐在地上，手上一道道傷口帶來的痛感，比不上他此時內心的無力。他知道那兩個人沒有希望了，成噸的巨石砸下來，別說命了，連屍體都未必能找到完整的。

他看見旁邊站著的貢達，撲上去抓住他的領子：「為什麼要讓人守在那？最近雨季經常有暴雨你知不知道？那是要死人的！你到底懂不懂啊！」

「那神山一定是震怒……」貢達口中的神山已經成為了他解釋一切事情的口頭禪，想都不想地脫口而出。

馮躍再也忍不住了，這些天積攢的怒火竄到了一起，一拳砸在他身上。

「什麼神山能要了村民的命！你『踏馬』有沒有點科學常識啊！」馮躍指著後坡，「山體滑坡知不知道，大暴雨導致的，不是神山，是你的愚昧一定要讓他們待在那，他們的死，你脫不了干係！」

村長姍姍來遲，看著被埋在下面那兩個村民的家人，坐在地上嚎啕大哭，眼睛一酸，一拐杖打在貢達身上。他知道貢達讓人在山腳輪崗的時候就覺得不合適，還沒等他把人勸回來，就發生了這種慘劇，怎麼能讓他不生氣。

「你看看你做的好事！布拖家的孩子才兩歲，桑吉連媳婦都沒娶，就這麼……沒了。」村長聲音哽咽，一連在貢達身上敲了好幾下。

顧襯打開其他空房間的門說：「村子地勢低窪，不安全，大傢夥先在這將就一下吧，別在外面淋雨了。」

馮躍站在人群前面，渾身被雨水澆透，身上都是泥漿和被碎石劃破的衣服口子。

「你們知不知道，如果山下是樹，落石下來有緩衝區，他們也許根本不用死。」聲音平靜，就在闡述這個事實，然後他轉身回到房間，坐在床上發呆。

雨水順著鬢角流下，衣服把床褥都染濕了，他打著冷顫也渾然不覺，眼前一直都是巨石轟然落下，瞬間踏平了村民所佔之地的樣子。

突如其來的山體滑坡，驚醒了人們一直營造的神山美夢，果然痛苦不落在自己頭上，是不知道疼的。

布拖和桑吉家一直在鬧，堵在貢達家門口，要求給個說法，老母親坐在地上哭天抹淚，唯一的兒子就這麼走了。

「你不是說神山會保護我們嗎？就是這麼保護的嗎？你還我的兒子，就是你讓他去那站著的。」

貢達掐著腰反駁：「你們平時祭拜就不虔誠，所以神山才會怪罪，這次一定是因為那兩個外鄉人搗亂，神山知道了才會懲罰我們。」

馮躍聽說多吉的藥膏用完了，來給他送藥，還沒等走進去就聽見貢達在那大放厥詞，他已經沒有力氣去跟他爭辯什麼了，永遠喚不醒一個無知的人。

「你撒謊！就是馮先生讓我們回家，我們才逃出來，不然大家都得死在那。」那兩個提前離開的村民站出來為馮躍說話。

馮躍穿過人群走進去，手裡拿著藥膏，卻被站在門口的貢達攔住了。

自從山體滑坡發生之後，他就像變了一個人，整個人都瘋魔了，每天去殘缺的山體下面磕頭，然後洋洋得意地回來說：「你們看，我在那待了一整天都沒事。」

「你手上拿的什麼東西？」

「藥。」馮躍看都不想看他一眼。

「我孫子不需要了，神山已經把他治好了。」

馮躍心裡對他已經沒有波瀾了，多說一個字都覺得是浪費口舌。

「多吉阿媽，我給你送藥來了，再塗兩天就能徹底好了。」馮躍朝著屋裡喊話。

「我說了不用，你趕快走吧，晦氣。」

多吉阿媽從房間裡衝出來，對著馮躍感激地鞠躬：「謝謝馮先生，多吉真的好得差不多了，那些紅斑都消得差不多了，晚上也能睡個好覺了。」

她剛要把藥膏接過去，就被貢達搶下來扔到一邊：「我們用不著這個，神山會怪罪的！」

「阿爸！」多吉阿媽忍受不了他了，孩子整夜哭鬧的時候就只會祈禱，那些沒用的彩繩纏了孩子一身，更難受了。

「你還沒想清楚嗎？神山根本就不管用！」女人撿起藥膏攥在手裡，「都是馮先生送來的藥，多吉的病才能好，你那些繩子和所謂的符咒，什麼用都沒有，只有你每天去磕頭，可是你看看村子裡都變成什麼樣了。」

「神山要是真的把我們當成子民，怎麼會山體滑坡，怎麼會讓人變成殘疾，怎麼會讓村民去死，那根本就是你自己幻想出來的。」

那兩個活下來的村民也跟著說：「對！大家不要再聽貢達胡說了，我們有病就要治病，沒錢就要出去掙錢，神山是不會讓我們日子變好的。」

「馮先生和顧老師說的才是對的，就是他們讓我回家，我才沒有被山上的石頭砸死，我們應該聽他們的話。」

馮躍看著村民裡終於有覺醒的人了，但是卻不感到高興，因為這代價實在是太大了，用兩條鮮活的生命才讓他們看清事實，不管這個結果能為以後帶來多大的便利，都無法換回那兩個無辜的村民。

「馮先生，你說吧，要我們幹什麼，我們都聽你的。」

「對，都聽你的。」

馮躍想了一下說：「大家別著急，我正在想辦法，明天大家到學校去，我跟大家詳細說說。」

「多吉阿媽，這就是一支普通的藥膏，外面縣城的藥店都能買到，你給孩子用吧，很快就好了。」馮躍轉身就走，絲毫不在乎貢達臉上的表情有多扭曲。

「你們這樣，神山是不會放過你們的——」

儘管貢達在門口吶喊著，這一次也沒有人駐足停留，再也不是他一呼百應、所有人都深信不疑的樣子了。

第二十二章

晚上，馮躍在山坡上找信號的時候，看見滑坡的地方坐著一個身影，遠遠看著像是貢達。

馮躍走過去，聽見他嘴裡念念有詞，好像念叨著什麼，地上的影子讓他發現了馮躍。

「你贏了，大家都不相信我了。」貢達的聲音很是落寞。

「並不是我贏了，我贏你有什麼用，是大家願意走出愚昧，去接受科學的正確方法。」

貢達猛然回頭等著他：「可是神山真的救過我和我阿爸的命！」

「那不是神山的功勞，是你們運氣好罷了。」馮躍踢著一顆石頭，「有的人從十幾層高的地方掉下去，都會因為地面有其他東西作為緩衝而不死，那是你們幸運，不是有什麼神靈在幫助你們。」

「那暴雨呢？自從在山上種樹之後，每年都有很多暴雨，以前從來不是這樣的。」

「不過是這兩年東南風強勁而已，那是雲團遇見山地會抬高，雲層中含水量增加，負擔不了自然會下雨，不止你這裡下，長江一帶都會有梅雨季節，那地方可沒有這麼高大的山脈。」

馮躍用科學解釋了貢達所有的疑問，他好像還不死心：「你怎麼證明你說的話都是對的？」

「不用我證明，這都是科學道理，每一個有生活常識的人都應該知道，可你們不願意走出去，甚至不願意接受新鮮事物，這些自然界的規律統統被歸為神山的旨意，這才是你的無知。」

貢達不再說話，對著石堆愣愣地發呆，呢喃著：「真的是我的錯嗎？」

「大山只是大山，裡面只有岩石，沒有所謂的神靈，你可以去相信它是有生命的，但是不能盲目地把它當成救世主，他管不了你的一切，不然你如此虔誠地祭拜，為什麼生活還是一貧如洗。」

馮躍看著那些巨大的石頭，下面壓著兩條生命，在沒有任何防備的情況下，永遠與這個世界訣別。他記得他們看著落石墜落下來的驚恐，那種絕望和無助，他跑回去搬動石塊的時候，尚且能聽見裡面痛苦的哀嚎。

現在一切歸於平靜，死去的人永遠不會回來，做錯的事也從來不會有贖罪的機會。

村民們自發地來到學校，還有一些人沒有看到，聽村長說，是在貢達家裡跟他一起給神山準備祭拜用的東西。

「無可救藥。」

馮躍搖搖頭不再管他，在桌面上鋪開一張圖紙，指著中間的山谷部位說：「這就是我們大家所在的位置，四面環山，進出都很不方便。」

「前幾年上面說要給大家修路，結果大家去施工現場一頓大鬧，這個項目被迫終止了，可是大家想一想，道路不開，我們一樣跟外界隔絕著，有什麼新鮮事物都接觸不到，生病了要翻過山才能去縣城，很不方便。」

村長聽著馮躍的話，一邊抽著煙袋一邊點頭：「說得對，是這個道理，前年東邊有人家的媳婦難產，生不出孩子來，就是因為送到醫院晚了，大人小孩都沒保住，所以才一直提倡大家修路。」

馮躍又把手指向山體說：「我們一直種不出樹，跟土壤、水源、氣候都有關係，但是這座山才是主要因素，因為山體結構的複雜，導致沒有一點可以利用的耕種田地，所以我找專家研究過了。」

「可以將修路和種樹同步進行，修路挖出來的土壤運到山腳，在對山體進行加固的時候，鋪上一層土壤保證種樹所需，雖然工程量大一些，但是可以有效地防止山體滑坡造成人員傷亡的事情再次發生。」

重提修路和植樹，大家心裡都有些猶豫，但是村長直接拍板敲定：「我明天就進城找領導彙報去，這中間要花上不少錢，沒有上面的支持我們自己是做不出來的。」

馮躍點點頭，他雖然有錢，但是逢山開路這種事，要花費的遠遠不是他能承受的。

馮躍組織村民把落石先清理出來，雖然帶著手套，但是巨大的石塊還是可以輕而易舉地劃破它，然後在手掌上磨出血泡。

馮躍頂著烈日幹活，沒兩天就曬黑了，周雨看著他黝黑的臉，一笑就露出兩排潔白的牙齒，有些傷眼睛，默默轉開視線。

「小丫頭片子，你還嫌棄上了！」

周雨撇著嘴：「這就是天賦你還不信，你看顧老師也天天在外邊幹活，他就不黑，你看你跟個煤球似的。」

馮躍打量著鏡子裡的自己，果然是沒有以前玉樹臨風的樣子了，不在乎地笑了笑，扒拉著頭上的灰，一邊刷著手機一邊往山坡上去。

在村子裡盤桓快一個月了，賀彤雖然一直沒有更新微博，但是連載的小說倒是每周都能更新，就是不知道她走到哪裡了，等這邊的事情辦得差不多了，馮躍都不知道要去哪才能繼續這趟旅行。

「山村裡的孩子有一雙帶著靈氣的眼睛，看著你的時候，彷彿林間的小鹿，帶著對事物的好奇和青澀，羞赧地拉住裙角，挽留你即將離開的氣息……」

看來賀彤對這裡的印象很好，更新的小說裡描寫了她和孩子們相處的畫面。

馮躍有些出神，要是他當初多顧忌小彤一些，是不是也會有屬他們的孩子，女孩子就像小彤一樣，有一雙溫柔的杏眼，那馮躍一定把世界上最好的一切都捧到她面前，讓她做最幸福的小公主。

如果是個男孩，馮躍就教他從小要保護媽媽，以後又多了一個男子漢疼愛小彤，教他正直善良，君子端方。

要變成什麼樣呢？女孩有梅朵的果敢和堅韌，有周雨的聰慧和善良，在他們的羽翼下茁壯成長。男孩要有宮智偉的穩重成熟，有邊巴次仁的情義和堅持，然後做個頂天立地的男人，和他一起為媽媽遮風擋雨。

他這一路遇見了太多人，每個人身上都有值得學習的特質，但每個人也有不能言說的隱痛。

思緒發散到這，馮躍想起已經一個月沒有宮智偉的消息了，按照他的速度應該已經開始登山，不然珠穆朗瑪峰的窗口期就要過去了。

這個沒良心的，出發之前也不知道給自己報個平安。

「想什麼呢？」周雨在後面拍了他一下。

「智偉應該在珠穆朗瑪峰上了。」

周雨沉默了，跟馮躍一起遙遙看向珠穆朗瑪峰的方向，但山脈重重，根本看不到。

「你說，宮哥會平安下來嗎？」

「會的。」

馮躍說得沒有底氣，上面什麼情況他沒去過，但是看過各種資料和紀錄片，那是健全人都難以挑戰的身體極限，宮智偉的執念是他登山的唯一支撐，能不能平安只能看造化了。

如果到達愛人埋葬的地方就及時返回，說不定還能有一線生機，若是固執地繼續向上，那就是九死一生。

「一直沒有什麼消息，希望這就是最好的消息。」

馮躍心裡的擔憂從沒有放下過，他好像對於眼前出現的苦難，沒有任何作用，他阻擋不了宮智偉明知赴死的路程，也救不了邊巴次仁在車裡的奄奄一息，救不了被亂石砸中的村民，也讓梅朵因為救他們而死。

可是馮躍真的不一樣了，他知道了生死之間只有毫釐，明白什麼是真正的人固有一死，或重如泰山，或輕於鴻毛。

他也在重新思考人生的意義，跟顧襯一樣做一些事情為村子帶來改變，某一天故地重遊，這裡長滿了野花，漫山遍野都是綠樹，後來人不必再為一棵樹苗傷懷。走進這裡的山路變得平坦寬敞，瀝青在陽光下炙烤得滾燙，孩子們可以牽著大人的手，去縣城的集市上看熱鬧，見到許多從前沒有的風景。

學校會興建起來，一批批的物資援助，有越來越多的老師願意到這裡教學，孩子們的知識豐富起來，有了更多走出大山的機會，像梅朵一樣，感受不同的世間，做一個真正的心裡有大愛的人。

這就是馮躍對這座貧窮的山村最大的願景，即便現在只能徒手搬石頭，樹苗一棵也沒有種下，野花的種子還在風裡不知飄往何處。但馮躍始終相信事在人為，只要肯努力，大家心往一處使，馮躍此前所有的麻煩就沒有白受，那些從賬面上劃走的錢款就有了花出去的意義。

馮躍知道重新修路這件事不容易申請，村長每天天不亮就往縣城裡去，蹲在大樓門口等著領導來，碰上了就三催四請地磨嘴皮子，終於在一周之後，上面同意開始建設。

從山的另一邊開始修路，挖出來的土村民們就會用扁擔挑進村子裡，堆在山腳下。

山坡上被釘進了一顆顆鋼釘，打造防護網，施工的時候，貢達來看過，也鬧過事，但是這一次跟幾年前不同，不等馮躍出手阻止，就有村民把他架著送回家。

一擔擔土就這樣從山外運進來，遇溝填溝，遇石蓋石。

馮躍每天跟村民們一起勞作，一開始掌心都是血泡，手上胳膊上都是被劃傷的口子，雙氧水倒在上面，就滋啦一聲泛起一層白沫，疼得齜牙咧嘴，但是仔細包紮好之後，第二天照樣幹活不誤。

一個月下來，手心裡都是厚厚的繭子，摸上去粗糙生硬，再也不是從前端著咖啡杯，敲著鍵盤，坐在奢華的辦公室開會的馮躍了。

他雖然辛苦，但是看著進程一天天順利起來，眼中的光亮就越發繁盛，有著莫可逼視的風采。

「馮躍！馮躍！」顧襯揮著遮陽帽，滿身是土的從外面跑進來，一臉興奮的樣子指著外邊。

「怎麼了？」

「試驗田，試驗田的樹，活了！」

馮躍從床上一躍而起，半個月之前，他們在最先釘好的南坡上重新用土回填，栽種了十棵小樹苗，每天澆水灌溉，精心伺候了半個月，沒想到還真的養活了。

馮躍本以為不能這麼順利，沒抱太大的希望，誰知道一覺醒來就有這麼好的消息，連鞋都顧不上提，跟著顧襯就往山坡上跑。

看著迎風招展的小樹，馮躍眼眶發熱，他還記得那顆小樹苗在暴雨中孤單的樣子，顧襯扯著塑料精心呵護著，沒想到這一轉眼，就有十棵一樣的小樹站在這，這樣的成果怎麼能不令人激動。

「我跟專家溝通過了，現在雖然活了，但是能不能一直好好長，還要看之後的發展，不能高興得太早。」顧襯用手抓著土壤給小樹埋在樹根上，用力拍了拍，像是在叮囑它們一定要好好長大。

馮躍樂得眉開眼笑：「只要能種上就有希望，我們有的是時間慢慢嘗試，終於不再是光禿禿的一片了。」

馮躍指著工人在山上叮叮噹噹的操作說：「這個辦法雖然麻煩，但是已經是能最快實現變化的一種了，還能防止滑坡傷人，對這個村子來說百利而無一害。」

顧襯沿著山腳一直走：「我知道，這些村民能放下堅持，同意植樹開路，你是頭功啊！」

馮躍哈哈笑著，看著綠色就像眼裡有了希望。

「這個好說，等我出去的時候，你在縣裡請我吃頓飯就行。」

馮躍用手機記錄下這個場面，原本寂靜的山村因為施工而喧騰起來，但是大家都沒有再出來阻撓，願意看到這個景象的都來幫忙，那些頑固的人，諸如貢達之流，彷彿知道大勢已去，除了站在現場說一些酸話，也做不了什麼手腳。

顧襯停下腳步，拽著馮躍看向樹的另一端，貢達站在那呆滯地看著樹苗。

「自從開工之後，他精神狀態就一直很差，我前兩天看見多吉的阿媽，她說貢達經常在外面亂逛，也不種地了，就整天跟大山說話，還把石頭抱回家，要摟著睡覺。」

馮躍看得出他眼睛的渾濁，但是沒想到已經嚴重到這個地步，明顯有些精神疾病的徵兆。

「等我去他家，跟家裡人說說，實在不行還是趁早去縣裡看看吧，別耽誤了治病。」

顧襯詫異地看著他：「你真覺得他是精神病？」

「把石頭搬回家，對著石頭說話，這就明顯是出現幻覺了啊，不看病等到嚴重了，就不知道會演變成什麼樣了。」

馮躍轉身回去，走了兩步不太放心又返回來跟顧襯說：「你看著點他，別讓他對樹苗動手腳。」

他現在多少有些神志不清，身體的行為都不控制，甚至有些舉動常人都無法理解，萬一讓他傷到了樹苗，那真是得不償失。

畢竟，貢達是有前科的。

馮躍剛到貢達家裡，只有多吉阿媽帶著孩子在家，看見他來了連忙熱情地倒水。

「馮先生，你那不忙了？」

馮躍坐下也不寒暄了，直奔主題：「你阿爸最近很不正常？有沒有什麼地方不太一樣？」

女人點點頭，一邊哄著孩子，一邊把被褥掀起來，下面密密麻麻地鋪著一層石頭，馮躍驚訝地看著。

「這都是他撿回來的？」

女人愁眉苦臉的，她阿爹一直信奉神山，自從村裡面開始施工，貢達就開始嚷嚷著身上疼，見沒人搭理他鬧了兩天就消停了。

「大家都以為他想通了，但是第二天就往家裡搬石頭，每天都搬，要是給他扔出去，他就罵我們不孝順，自己再一點點撿回來，天天就睡在石頭上，說神山告訴他會長命百歲的。」

馮躍看著那些石頭，心裡也有些發毛，這就是典型的精神疾病啊，但是在村民們眼中就是瘋了，貢達家未必會接受這個結果。

「那還有沒有什麼其它的？」

女人想了一會，突然說道：「他最近經常出去。」

「去哪？」

「山外邊，就是修路的那段，我們以為他沒什麼事，也不往回帶石頭，所以都沒在意。」

馮躍也想不清楚他為什麼要去那，他一開始故技重施在車底下躺著，阻撓施工，都已經被施工隊報警教育過了，那些人都不待見他，他沒事往那走什麼。

馮躍想不通，又問了幾個問題，就旁敲側擊地提醒他們，要格外關照貢達的精神狀況，不要因為對神山執念太深影響到自己的身體。

馮躍還沒有想明白貢達為什麼會變成這樣，央金就推開門跑進來，氣喘吁吁地說：「不好了馮先生，顧老師受傷了，樹苗……樹苗也不好了。」

馮躍騰地一下站起來，心裡火氣旺盛，那些樹苗剛剛有些好消息，這就被破壞了，明擺著是有人跟他們過不去嘛。

想到今天貢達一直在樹苗附近徘徊，看了一眼驚慌的多吉阿媽，說：「你跟我一起去，要真是貢達幹的，我就不客氣了。」

馮躍跑回後坡上，顧襯坐在大石頭上，左腿捲起來一截褲腳，小腿上被燙起了一層水泡，有的地方直接被灼燒得泛紅，看上去慘不忍睹。那些樹根上都堆著厚厚一層瀝青，空氣中刺鼻的氣味直沖大腦，熏紅了馮躍的眼睛。

「誰幹的？」

顧襯指了指旁邊被村民按住、垂頭喪氣蹲在一邊的貢達：「你不是讓我注意他嗎，我盯了他一上午，他也只是在旁邊閒逛，我轉身去學校喝水的功夫，不知道他在哪找來的一大桶瀝青，都澆在樹根上了，等我趕回來的時候，就剩一棵樹倖存了。」

顧襯疼地齜牙咧嘴：「我去制止他，撕扯的過程中剩下的瀝青就都灑在我腿上了，好在躲得快，並沒有什麼大礙。」

「這還沒有大礙？」

眼看著那塊灼傷就是要潰爛的，這大熱的天好得慢，怎麼可能舒服得了，這大山裡條件也不好，那瀝青在皮膚上還有殘留，很容易就感染的。

「先去醫院把傷口處理一下。」馮躍攙扶起顧襯，對那兩個按著貢達的村民說：「交給村長吧，你們村子自己的事情總要好好解決，不然我們栽一次樹，他毀一次，這件事沒法進行下去。」

貢達一直都很平靜，盯著地面不出聲，但是馮躍知道他心裡一定很高興。

一開始看見他這狀態，還以為他精神有疾病，但是哪個精神病知道去修路的地段偷瀝青，還知道一次不能偷太多，攢了好一段時間才藏在了樹苗附近。這絕不是一個精神病能做出來的事情，所以馮躍斷定他沒事，只是再用這樣的裝瘋賣傻，讓大家放鬆警惕，這不，顧襯和馮躍很輕易就相信了，並且讓貢達得逞了。

馮躍一直都不明白他不讓種樹意義何在，明白這就是一件功在當代、利在千秋的事情，貢達一根筋地執拗著，現在人也傷了，樹也毀了，貢達依然什麼變化都沒有。

馮躍在外面等著顧襯處理完，坐在醫院的長椅上，感覺身心俱疲，每次到看見一線希望的時候，總會有各種各樣的突發狀況出現，然後一切又重新回到原點。這樣下去，村子裡的種樹計劃不知道要什麼時候才能完成，自己總要在離開之前看見一顆樹苗在山風和陽光下茁長生長吧。

「還犯愁呢？」顧襯被護士扶著，一瘸一拐地出來，坐在馮躍旁邊。

馮躍嘆著氣，把醫生開的藥裝進背包裡：「怎麼不發愁的，貢達這三天兩頭的折騰，就沒人能整治他了？」

顧襯也覺得無奈：「村子裡都是幾輩子的老鄰居了，就算是村長也不可能強硬的把貢達怎麼樣，再說他現在這個狀態，就是送到派出所去，警察也不能把他怎麼樣，就是毀了幾棵樹苗，也不能真的把他拘留了。」

「那就任由他無法無天？」

顧襯覺得他中心思想偏離了，他們只是要種樹，不是整治村民的歪風邪氣，貢達鬧得再難看，只要把樹苗保護好，就能完成任務。

「可是他這樣對樹苗深仇大恨的，我們總不能也一天二十四小時地輪守吧。」馮躍愁眉苦臉的，一點笑模樣都沒有。

顧襯摸著腿上纏了厚厚幾層的紗布說：「那就把種樹的事情移交給上級，反正暫時之前也是打過報告的，到時候上級派人下來監管，貢達要是再鬧事，自然有人去收拾他。」

顧襯在村裡當了十幾年老師，很多事情都有情面在，不好出面，馮躍又是個外鄉人，說話做事都不方便，貢達畢竟是村子土生土長的人，別看之前大家對馮躍都信服的樣子，要是真的跟村民對立起來，那也是有理說不清的。

馮躍用自行車把顧襯馱回去的時候，村長就站在學校裡等他，看見顧襯瘸著一條腿，滿臉歉意地迎過來。

「真是抱歉啊顧老師，您在我們這教了這麼多年，我們還傷著你了，真是對不住啊！」村長聽到這件荒唐事的時候，差點沒被一口煙嗆死，對著貢達一頓教育，勒令他不要再出現在後坡。

馮躍隔開村長要伸過來的手，冷淡地說：「我們都不是這個村子的人，管不了你們村子的事情，但是種樹這件事，我們既然開始了也不會就這麼放棄，不過從明天開始，上級會差派專人來看管進度。」

看著村長有些漲紅的臉，馮躍就知道他聽出話外之意，就是在刻意防備著他們的村民，貢達之流並不是一兩個，要是人人都這麼效仿起來，這種樹還是趁早停止。

「到時候誰要是再搞破壞，自然有人能管得了你們，免得顧老師再瘸一條腿。」他說完就帶著顧襯進了房間，把村長晾在外面。

馮躍知道這個村子的人都不容易，也知道他們心裡對神山的堅持並不是一朝一夕就能改變的，當然也不肯能聽自己慷慨激昂地說上幾句之後，就會茅塞頓開，大徹大悟。

但是種樹已經不能再拖了，要是等著村民全部從內心的接手這件事，那寒流北上的時候，這件事就要擱置到下一年。

既然懷柔政策不管用，貢達還在得寸進尺耍上了心機，索性把這件事情移交給名正言順的人管理，等到時候貢達他們踢到了鐵板，受一些教訓，就明白了種樹勢在必行，已經不可逆轉，也許就不再折騰了。

第二天，馮躍扛著鋤頭把被瀝青燒死的樹苗一一鏟除，最後只剩下一顆奄奄一息、樹幹上也有一些不小心被潑灑上的瀝青，但是並沒有什麼大礙。

昨天還連成一片在風中搖曳，今天就又變成了一根獨苗，馮躍怎麼看都覺得心酸。

自己沒來之前，這裡也是一棵樹苗，來了之後經歷這麼多事情，這裡是一棵更小的樹苗，馮躍覺得努力這麼久還在起點徘徊，一時間有些洩氣。

馮躍拎著鋤頭爬上山坡，仰面躺在地上，湛藍的天空彷彿西藏最清澈的海子，絲絲白雲如同漣漪一般在天境蕩漾，自由地隨著清風律動。

馮躍掏出手機，去看賀彤的小說。

「……我第一次走進大山，那裡的孩子沒有聽見過花開的聲音，甚至不曾被一棵樹輕撫，他們坐在漏水的教室裡，用著潮濕的粉筆寫字，就像螢火，即便只有些許微弱的熒光，也不曾放棄對光明的追逐。」

所以她才會給這裡捐贈那麼多用品，與馮躍的初衷一樣，都是為了這裡的孩子們能過得更好。

「這裡的陽光炙熱，我到這三天了，可沒有收到過一條短信，他好像並不在乎我的人間蒸發，此時我在大山裡，他在山外面，隔著千萬裡之遙，我開始逼迫著自己認清這個男人……」

馮躍看著賀彤的闡述，他確實不記得賀彤來過這裡，也許那段時間他正在因為一個策劃案通宵加班，也許正在準備一個上億的合同洽談，總之那年瘋狂工作的自己，確實把愛人忽略在了腦後。

從另一個視角看小彤對那段時間的闡述，就知道她的內心有多掙扎。

明明從前那麼相愛，若是因為一方出軌或者移情別戀而分手，或許只是憤怒一時，並不會如此長久地在愧悔與無奈中自我折磨。

但賀彤知道不是這樣的，馮躍也知道，甚至相信小彤從未懷疑過他的忠貞。

但對一個對婚姻充滿浪漫想像的女人來說，丈夫總是在公司忙碌，對於家庭沒有絲毫的歸屬感，這樣的婚姻看不見幸福，那麼還要不要繼續忍受這樣的生活，一旦說了「我願意」就是未來幾十年的風風雨雨。

賀彤在書裡說得很清楚，一次次的留下機會，想要看到馮躍的改變，但可惜的是，馮躍並沒能發現她的良苦用心，最終在婚禮前夕，徹底惹怒了她，連面都不願意再見一次，甚至沒有坐下來好好談一談，因為賀彤可能覺得這個男人無可救藥。

馮躍在書評區留言：「你說的這個村子已經開始修路了，以後一定會越來越好，那些孩子守在小樹苗前面等著它一起長大。」

不知道能不能收到賀彤的親自回應，馮躍看著那些互動過的書評都很羨慕，帶著這樣的願望，轉身回了學校。每天忙裡偷閒去山坡上看小說，已經變成他放鬆身心最大的樂趣了。

周雨在院子裡炒菜，這樣的大鍋飯很累，甩著酸痛的肩膀，翻炒這鍋裡的青菜。

馮躍看著她擦汗的樣子，手上的灰蹭在臉上，像一隻狼狽的花貓，滑稽可愛。但是馮躍從沒忘記，她才十八歲，她想留在這裡幫助每個孩子走出大山，想解救像珠拉那樣命不由己的女孩，可她也是一個正值青蔥歲月的姑娘。

吃過晚飯，山間清爽的風吹過髮梢，周雨擦著頭髮坐在院子裡，頭上是燦爛的星河。

「你好像格外喜歡看星星。」馮躍搬著櫈子坐在她旁邊。

周雨點點頭：「是啊，小時候奶奶就說，人死了會變成星星，在天上看著我，以前我並不相信的，但是現在他們真的走了，我寧願相信他們在天上看著我。」

「這就是成長，從相信到不信，再到相信，這個過程就是你對人生或者對事情的感悟，有了質的飛躍。」

從前年幼，相信童話，想像所有的房子都是巧克力做的，所有花都常開不敗，高樓裡住著金髮公主，天上的雲都是棉花糖。

後來長大了，知道童話都是杜撰，天上沒有神仙，巧克力也不能做成房子，雲朵只是水蒸氣的凝結，從前浪漫的一切都能用科學解釋的時候，人們就開始不那麼相信浪漫。

隨著人生閱歷的豐富，我們願意去重新接受童話，房子是不是巧克力做的並不重要了，我們想它是什麼就可以是什麼，所以當我們知道星星只是冰冷的隕石的時候，也為了寄托心裡的情感，而主觀上選擇相信天上有一雙眼睛。

這就是成長，童話並不是美好的，而長大就意味著我們接受這樣的不美好，接受一切神話裡的瑕疵，就像我們接受星光來自億萬光年之外，而仍然願意去欣賞它的美麗。

可周雨的成長代價太過慘痛，所以馮躍想讓她自私一回，為自己活一次。

留在大山固然是她高尚的想法，可十八歲的年紀不應該埋葬在這裡。

第二十三章

「修路工程正在進行，要不了多久，大山與外界就會互通有無，人們可以隨時走出去，孩子們也不會時時刻刻困在山裡了，所以，你還要留下嗎？」

馮躍看著周雨的側臉，在黑夜中還稍顯稚嫩，但眼神已經足夠深邃成熟，超越了大部分的同齡人。她身上展現出的成熟令人心驚，馮躍為她高興，因為在身邊空無一人的時候也有能力保護好自己，但馮躍也為她難受，這樣成熟的背後一定會承受著常人無法忍受的磨難，一步步挺到今天，失去了同齡女孩子身上的明媚氣息。

周雨不明白他的意思，這件事情早在一開始就已經說過了，她想要留在大山裡幫助孩子們走出去，讓他們代替自己用雙眼看世界。

「你還小，可以選擇的路還有很多，現在後悔完全來得及，我是建議你出去重新考學，上大學，拿到屬自己的畢業證書，然後你要是想回來支教，那時候一樣來得及，而不是在沒有見到人生不同的一面之前，就強制性地戛然而止，若是有一天你再後悔，那一切都來不及了。」

周雨並沒有直接拒絕，她已經習慣去傾聽別人的意見，所以會好好思考，到底以何種方式實現自己的人生價值。

「那你呢？你打算什麼時候走？」

馮躍看著遠方：「總是要親眼看著一棵樹長起來才能行。」

現在那片山坡上只有一棵樹苗掙扎著，本來大片的綠色都是希望，被貢達一攪和，真是一朝回到解放前。

這兩天穿著制服的人在山坡那裡走來走去，對村民們很有震懾力，大家也都安安靜靜地幹活，每天從山路上擔土回來，鋪滿每一片防護架。

馮躍整天盯著那棵奄奄一息的小樹苗，樹幹被瀝青灼燒之後，一開始還沒有什麼大礙，一場大雨過後就開始有些發爛，馮躍特意拍了照片去諮詢專家，也只能是養一天算一天的。

從掉落第一片葉子開始，馮躍的預感就不太好，顧襯腿傷之後也不能做體力活，每天上完課就搬著板櫈坐在樹苗旁邊，要是有一陣山風吹來，都要緊張地護住葉子，保留每一寸綠意。

現在馮躍也沒有什麼特別的事情要做，新的樹苗還沒有運進來，只能跟著村民一起鋪土，為樹苗奠定養分。晚上就躺在床上，一邊祈禱著收到賀彤的回復，一邊看著連載的小說。

「我們是真的相愛。」

看到這句話的時候，馮躍眼睛酸澀，明明都知道對方的情誼，卻又走到今天這步，有緣無分四個字最貼切不過了。

「月亮高懸，他看我的眼睛比月光還溫柔，他說，請你做我一輩子的新娘，用最美的嫁衣和鮮花迎你回家。」

「我那一刻是真的相信等待有了回報，這個男人是真的醒悟了，所以戴上戒指的時候沒有猶豫過，我甚至沒有想過他會不再愛我。」

求婚的那天，馮躍精心策劃了很久，小彤最好的朋友將她帶到鋪滿玫瑰的場地，小提琴手演奏著她最愛的篇章，在她毫不知情的情況下，為她戴上頭紗，然後馮躍從幕後緩緩走出來，手裡捧著一束向日葵。

馮躍還記得那天的深情表白，七年的戀愛長跑，他是真的想安定下來，給彼此一個真正的家，那時候剛剛憑藉自己的努力買房，心裡有了底氣去把愛人娶回家。

擁吻在花海的時候，馮躍顫抖地雙唇暴露了內心的激動，抱著賀彤迎著漫天紛飛的花瓣旋轉，那一刻是他們直到如今最後的美好回憶。

馮躍嚥下酸澀，繼續往下看。

「一切美好的事物都是有保質期的，愛情也是。」

「他故態復萌，留我自己在新房子裡生活，每天一個人澆花，一個人做飯，一個人看電影，飯菜涼了再熱，熱了又涼，總也等不到吃飯的人回家。」

馮躍撫心自問，他那時候真的意識到工作與家庭的不平衡了嗎？

答案自然是沒有。

他仍舊周旋在一場場應酬中，在每一份文件裡消磨掉時間，經常在辦公室從日出坐到日落，為了合同殫精竭慮，帶著部門同事創造奇跡，獎金翻了好幾倍，但是在家的時間也越來越短。

經常他回家的時候賀彤已經睡了，但早上起床上班，賀彤還沒有醒。

有一次，馮躍記得自己連著三天沒有在家跟賀彤說上一句話，匆匆忙忙地回家，又匆匆忙忙地走，兩個人就像合租的房客，一點情侶間的溫存都沒有。

現在想來，不是賀彤狠心一定要分手，而是自己積攢的失望太多了。

「……那棟房子比出租屋要大上很多，樓下就是最繁華的商圈，朋友們都很羨慕我找了一個好老公，年紀輕輕就全款在市中心買房，可是我只要一棟房子有什麼用呢？那些人間喧鬧和煙火離我太遠了，我只有滿世清冷和不見蹤影的未婚夫。」

所以賀彤才會在結婚前夕猶豫，看著一張張鮮紅的請帖，透露著喜氣的窗花，她並沒有感到興奮，因為這一切都只是她的意願，新郎並不在乎，每一樣用品都是她自己敲定的，好像結婚的只有她自己一樣。

馮躍看著賀彤的描述，心中抽痛，他從未變心愛上他人，但同樣用最不可原諒的手段傷害了他愛的人。甚至他的做法，在賀彤書中的閨蜜口中，那就是不愛的憑證，是沒有希望的未來。

「……我眼中的家，不必有寬敞的客廳，豪華的臥室，只要兩個人的牙杯靠在一起，衣櫥裡你潔白的襯衫和我彩色的長裙掛在一處，你挑剔我做的菜難吃，我指出你碗刷的不乾淨，然後躺在沙發上看電影，你身上有我洗髮水的味道，我也因為你的溫柔而沉醉，這就是我心中與你最美好的小家……」

馮躍讀著這段話，自虐似的一遍遍重複，手裡緊緊抓著絲帕，他從未聽賀彤說起過這些，想來並不是她不想說，而是自己根本沒有給兩個人坐下來好好聊天的機會。

所以即便是賀彤如此簡單樸素的願望，也直到兩人分開這麼久，馮躍才在她的文字中得知。兩人在愛情中，馮躍一直對賀彤有所虧欠，欠她一個解釋，一個道歉，一個美好的未來。

甚至他腦海裡想到的，一直都是婚禮當天，應該何等隆重，高朋滿座，賀彤穿著聖潔的婚紗款款走來，然後牽起她的手，在神父面前莊嚴宣誓，共度餘生。

可餘生該怎樣度過，馮躍沒想過，他沒有意識到當時的相處是病態的，忽略了伴侶的感受，連有效的溝通都不存在，這才是導致悲劇的最大原因。

可賀彤對生活的期待充滿了煙火氣息，在每一個小細節裡都是未來的幻想，可她是越羅曼蒂克，馮躍的當頭痛擊就越嚴重，賀彤心裡落差逐漸加大，終於有一天，在沉默中爆發了。

馮躍現在還記得接到分手電話的那天，他心中的驚愕難以訴說，直到失去了，他才安靜下來，好好思考為什麼會走到這一步，然後帶著滿腔悔恨上路，做著最懦弱的事情，跟在賀彤的影子裡踽踽獨行。

馮躍被文字中的悲傷籠罩著，他甚至可以想像到賀彤坐在電腦前，用何等掙扎的情感去回憶那些往事，那一個個孤寂地坐在房間裡的黑夜，可房門外永遠沒有鈴聲響起。

關上手機，馮躍看著外邊皎潔的月光惆悵，小彤啊，已經很久沒有你的消息了，不知道進藏這條路你走到了哪裡，是不是一邊看著某一片海子，寫下了我們愛情的回憶錄。

賀彤文字精湛，情感細膩，吸引了一大批讀者，書評區罵聲一片，都是討伐文中男主角的，馮躍看著心裡不舒服，又找不出那些罵聲中的毛病，因為他的確對賀彤過於混蛋了。

馮躍第二天頂著碩大的黑眼圈出現，嚇了顧襯一跳。

「你這是發愁呢？還是修煉什麼邪術？」顧襯抹掉嘴邊的牙膏泡沫，他還是第一次看馮躍的臉色臭成這個樣子。

馮躍沒精打采地坐在櫈子上，看著顧襯逆著陽光走過來，瞇了瞇眼睛：「你今天怎麼這麼高興？」

顧襯哼著小曲說：「剛剛縣裡快遞點給我打電話了，有人捐贈了一大批物資來，這孩子們又能改善一下環境了，但是……」

顧襯拍拍自己纏著紗布的腿，笑瞇瞇地看著馮躍：「我是個傷者啊，山路那麼難走，我可帶不回來。」

馮躍咬了一口饅頭，無奈地點點頭：「我吃完就去，知道誰捐的嗎？」

「電話裡沒說，會不會是王樂？」

馮躍想了想搖頭：「要是王樂他會填我的電話，而且最近沒收到他的消息，估計忙著自己的事情吧。」

除了馮躍和周雨留在大山裡，宮智偉目標明確直奔珠穆朗瑪峰，而王樂就是遊山玩水，哪裡好看就在一個地方盤桓幾天，不疾不徐地往前走，走到哪裡都一切隨緣。

「取回來就知道了。」馮躍大口喝著稀粥，一抹嘴就推著自行車往外走。

等走到山腳快進縣城的時候，站在施工隊旁邊看了很久，這條路就是村子的命脈啊，以後進進出出的除了村民，還有那些發家致富的機會，要想致富必先修路，只有人能出去了，才有機會發掘更大的天地。

走到快遞點時候，馮躍看著快遞員手指的方向，人還是愣住了。快遞堆滿了整個牆角，不知道哪位好心人這麼大手筆，這些物資只怕價值不菲。

馮躍看著停在外面形單影隻的自行車，有些心疼自己，這箱子這麼大，一次能帶回去兩個就很要命了，不知道要往返山路多少次。

多說無益，馮躍把兩個箱子用膠帶固定在一起，搭在後座上，頂著大太陽往山裡趕，北面上坡的時候還有一些樹蔭能夠遮涼，等越快靠近村莊，植被越稀少，最後馮躍被太陽光晃得睜不開眼睛。

眼前一花，腳不小心踩到一塊石頭上，車子不受控制地沿著山路往下衝，裝上右邊的山體，倒在地上。車圈還在隨著慣性不停地轉動，後座的箱子散在地上，裡面的東西七零八落地滚了一地。

馮躍頭疼，額頭上的汗珠順著臉頰流下，鼻翼隨著急促的呼吸翕張著，無奈地蹲下去把東西重新撿起來。箱子裡大多都是一些圖書繪本，給孩子們閱讀的，馮躍把書歸到一起，一陣風吹過來，馮躍感受到一絲清涼，隨手拿起一個繪本的時候，馮躍瞥見了書角。

「H……T……」馮躍皺著眉拼讀，一開始沒有反應過來，讀了兩遍之後恍然大悟，拍著腦門：「賀彤！是賀彤捐贈的書啊！」

馮躍坐在山路上，挨個翻開那些箱子裡的繪本，每一本書角幾乎都寫著賀彤的名字，還有一些書籍大部分都是賀彤曾經讀過的，裡面還有她娟秀的字跡。馮躍如獲至寶，摸索著上面每一個文字，這是在那條已經摸得泛起毛邊的絲帕之後，又一件來自賀彤的東西。

馮躍把書籍都重新裝箱，擺在後座上，小心翼翼地扶著走回學校。

顧襯看著馮躍滿眼歡喜地回來，打趣道：「拿到什麼好東西了這麼高興？」

顧襯伸手去翻看箱子裡的東西，被馮躍一下拍掉了，抱著箱子直接放回房間，出來說：「先別給孩子們發，縣裡還有兩件快遞，我都取回來再說。」

顧襯不明就裡，看馮躍這興奮的樣子，裡面的東西不見得是不好的，看著馮躍騎上車風一樣又朝著山路而去，轉身去了他的房間。

顧襯掀開在山路上摔碎的紙箱，拿起一本，看著書角上的泥手印，被覆蓋住的兩個字母，他一下就明白了，把書放回去，也就只有賀彤能讓馮躍這麼精明的人變成傻子了。

山風吹起衣角，馮躍迎著陽光騎在山路上，臉上都是飛揚起來的笑意，賀彤突然出現的舊物，讓他無比歡喜，那些字跡是他熟悉的，看見它就像看見賀彤還在身邊，恍然間回到了大學生活。

兩人在圖書館約會，馮躍給她講高數，賀彤小腦袋一點一點地垂在桌面上，原本工整的字跡也變得凌亂起來，馮躍就會嘲笑她。

「小貓咪寫得都比你好。」

賀彤惱羞成怒，揉亂了紙張，鋪上來撓他，馮躍就會寵溺地攬著她的腰肢，然後偷偷親在她光潔的額頭上，賀彤像小貓一樣害羞。

那樣青澀的時光在眼前重現，馮躍想馬上看到剩下的兩箱東西，會不會發現更多與賀彤有關的事物，這樣的想法讓馮躍狂喜，加速往縣城騎去。

「又來啦小伙子！」快遞點老闆招呼著，幫忙把最後兩箱貨綁到車上。

馮躍推著車往回走，此時連山風都是甜的。

回到學校，馮躍搬著箱子回到房間，一打開馮躍就愣住了，最上面的一張素描就是他與賀彤在醫務室表白的時候。他臉上的緊張和局促，被賀彤細膩的筆觸描繪得很好，讓他瞬間回想起當初兩人表白時的場景，彷彿就在眼前。

這滿滿兩大箱子東西，都是賀彤曾經用過的，現在郵到了這裡，馮躍有些疑惑，難不成她已經回去不在西藏了？所以這一個多月一直沒有更新微博，是因為她已經結束了旅程嗎，馮躍暗暗想道。

馮躍把那張素描畫留下，小心地折疊好夾在書裡，沒事的時候都會拿出來仔細看一看，靠著校園時期的美好回憶抑制思念。少年時的驚鴻一瞥在遠山連綿中起伏，馮躍看著絲帕泛起的毛邊，知道分離日久，總有一天連佳人的面貌都會模糊，但是那份感覺永遠不會消失。

賀彤的小說越來越悲情，馮躍時常不忍去看，之前那條書評石沉大海，可他總是不死心，在評論區躍躍欲試。

「孩子們又收到了一批捐贈，那是來自大山外面的色彩，每一張畫紙都畫著孩子們心心念念的天地。」

馮躍暗戳戳地發表評論，希望賀彤看見之後可以回復，微博已經停止更新了，但是他想用另一種方式與她靈魂溝通。這就是周雨之前問過的那樣，願不願意以另一種方式存在她身邊，馮躍本以為自己能把持住思念，但與她交流實在過於誘人，還是沒忍住按下了回車鍵。

「叮鈴——」

馮躍看著手機來電，接起來那邊就是暴躁的王樂。

「我的祖宗啊，可算打通了！我這邊在組織捐贈，那村子缺乏什麼，我一起給送去啊。」

馮躍想了想說：「學校的孩子們其實缺了冬天的棉衣，這邊已經開始種樹了，我打算要點種子，看能不能把修路剩下的土移到村民們的院子裡，嘗試著種一些耐活的青菜。」

「行，我馬上就安排，你經常關注一下手機，我這邊準備好了就給你發消息。」

「你就不能送進來嗎？又不是沒來過，正好來幫我幹點活。」

王樂哀嚎一聲：「我就逃脫不了被你使喚的命運了是吧，我肯定要跟車過去的，但是志願者只有一個司機，所以你需要帶著村民把東西運進去，這車又進不去。」

馮躍答應下來，就轉身去村委找村長。

「馮先生！怎麼到村委來了？有什麼事情？」

村長嘴裡時常叼著一隻大煙袋，這個在西藏地區是很少見的，可能村長祖上有中原地區的人吧。

馮躍擦擦汗說：「我想著修路挖出來的土我們也用不了，所以朋友說要給我們村子送物資的時候，就提了一嘴，能不能在村民的院子裡也移過去一些，種一些適合我們這的蔬菜，以後村民生活也方便一些。」

村長拍著手稱好，看著馮躍就像看著恩人一樣，自從他來這了，村子裡路也開始修了，樹也熱熱鬧鬧地種起來了，一切都跟從前截然不同了。

「貢達這幾天有沒有什麼動靜？」

村長搖搖頭，嘬了一口煙袋：「他倒是安靜，他兒子兒媳婦管得嚴，一直在家看孩子，連門都很少出。」

馮躍聽村長這麼說，雖然覺得哪裡怪怪的，但是畢竟是人家的村民，也不好直接說出來，點點頭就回去了。

為了避免再次出現瀝青事件，馮躍經常到後坡去看，村民們將挑進來土都堆在一起，工人們自己施工，有時候馮躍不忙，就會跟著一起從山路上外裡面挑土，一天下來肩膀都會磨紅。

看著鏡子裡紅腫的肩膀，有的地方被堅硬的木條磨壞，翻起一層皮，出汗的時候像針扎一樣疼。馮躍以一種及其彆扭的姿勢，將酒精塗在傷處，頓時疼得齜牙咧嘴，死死咬住牙，不讓痛呼發出聲來，但是脖子上青筋迸起，可見這種疼意是鑽心的。

仔細塗上的藥膏，這是顧襯拿來的土方子，說當地人治這樣的外傷很管用，馮躍雖然半信半疑，還是用了，塗上之後冰冰涼涼，那種磨壞之後灼熱的刺痛就消失了。

馮躍躺在床上，酸軟的身體讓他很疲憊，但是輾轉反側也找不到一個舒服的姿勢入睡，最後抱著絲帕，心裡有了一些安慰，才緩緩進入夢鄉。

馮躍睡夢酣甜的時候，房門被敲響，顧襯在外面急促的喊：「醒醒！貢達出事了！馮躍！」

馮躍擁著被子坐起來，抓著手機一看剛剛凌晨，外面天還沒亮，心裡一陣煩躁，這貢達怎麼消停不了幾天就開始鬧事。

「怎麼了又？」馮躍扒著頭髮，看著顧襯著急的樣子很不耐煩。

「貢達又去打樹苗的主意了，被上級抓了個正著，現在正鬧著呢，村長他們都過去了。」

馮躍很不想去：「那我去有什麼用，我又管不了。」

顧襯拉著他就往外走：「快走吧，貢達一直嚷著要見你。」

馮躍的不耐煩在臉上體現得淋漓盡致，跟顧襯發著牢騷：「你知道他要見我幹嘛嗎？」

「不知道。」顧襯原本半夜睡不著才去後面山坡轉轉，沒想到還沒等他回去睡覺呢，貢達拎著一把斧子就衝出來，要不是躲得及時，就被傷到了。

馮躍到的時候，周圍站了一圈村民，貢嘎跪在中間，身邊圍了幾個對神山虔誠的信徒，對著大山一直不停地磕頭，那兩個穿著制服的站在旁邊有些懵，可能也是第一次見這樣的場面。

村長看見馮躍走過來，一把上去抓住他的手：「馮先生，貢達一直要見你，你不來就一直在磕頭。」

馮躍探著頭就去看他，果然額頭上已經磕壞了，滲出血絲來。

「我已經來了，你要幹什麼？」馮躍面無表情地看著他，他被貢達折騰得沒有任何感覺了，既不同情也不可憐。

貢達看向他，當對視到眼睛的時候，馮躍覺得身上一顫，貢達的眼睛裡帶著瘋狂，那種好像對著仇敵一樣的瘋狂。

「你毀壞了大山的神靈，神山要找你算帳，你馬上就要大難臨頭了！」

馮躍知道他在胡言亂語，無所謂地站在他旁邊：「哦，所以呢？」

貢達看著他突然笑起來，露出一排牙齒：「所以你要死啊。」

貢達從腰裡掏出一把尖刀，整個人彈起來，朝馮躍撲過來，嘴角帶著獰笑，一直重複著：「你要死啊，要給神山祭祀贖罪！」

馮躍反應過來，急忙後退，腳上踩到一顆碎石，重心不穩倒在地上，看著刀尖翻著寒光逼近，手上已經攥住了一塊石頭，要往貢達腦袋上砸一下。

「阿爸！」

貢達的兒子從人群裡衝出來，一把抱住貢達的腰往後拖，腳上鞋都跑丟了一隻。

「阿爸你這是在幹什麼！你不要命了啊！」

負責監管的人就在現場站著，貢達也不知道是真傻還是裝瘋，大庭廣眾之下就敢對馮躍動手，這要是真的傷到了他，後半輩子就要在裡面度過了。

馮躍站起來，拍著身上的灰塵：「你真是瘋了！徹底瘋了！」

馮躍看著他兒子說：「你們要是管不了他，我會直接追究他法律責任，送他去吃牢飯，愚蠢無知，冥頑不靈，不管怎麼說都死不悔改，那就換個地方讓他悔改。」

周圍跟著貢達一起跪著的村民都被貢達突然的舉動嚇到了，愣在原地，也忘記了磕頭。

馮躍知道這些人的固執，自從他來到這個村子之後，就一直在試圖改變他們的想法，想從愚昧中帶他們脫離，但到了如今也沒有什麼成效，再多的口舌都只是浪費。

看著貢達在他兒子懷裡掙扎，紅著一雙眼睛朝馮躍叫囂。

「你知道你最悲哀的是什麼嗎？就是你死不悔改，你不敢面對你的失敗，你不願意承認自己相信了一輩子的神靈竟然沒有用，這是你的懦弱，你的無知。」馮躍冷笑著，「祭祀？就算縱觀上下千年，也沒有哪一個神靈需要活人祭祀，都是惡人的藉口，是魔鬼的傀儡。」

馮躍轉身離開，他並不想追究貢達身上的責任，因為那就是個看不清的糊塗人，多說一句話都是不值得的。

村長嘆著氣跟馮躍抱歉：「不好意思啊馮先生，差點傷到你。」

馮躍停下腳步，看著村長：「我留在這是因為於心不忍，但不要挑戰我的底線，貢達已經不是第一次威脅到我了，如果你們管不了，我還是那句話，我會送他到能管他的地方。」

「一定一定。」村長知道馮躍的本事，之前說的那些種子能改善村民們的生活，他並不會因為貢達一個人得罪馮躍，影響到整個村莊。

馮躍被吵得睡不著覺，躺在床上格外煩躁，這村子什麼都好，就是一個貢達壞了一鍋粥，攪得大家都不得安寧。

當肩上的傷口磨成了繭子，馮躍已經適應了村子裡勞作的生活，看著太陽每天東升西落，覺得這裡沒有紛擾憂愁，每天的疲憊讓他能倒頭就睡，不再胡思亂想。

馮躍彎腰在山坡上填土，口袋裡的手機就響了，一看是王樂就笑了。

「你們到了？」

「是已經到了，快出來迎接我吧。」王樂的聲音還是活力十足。

馮躍把鋤頭插在土裡，找到村長，帶著兩個身強力壯的村民就從山路往外走。

「我們快點走吧，我看這天要下雨。」村民看這遠處山頂的烏雲說。

今天一直都陰天，抓緊把東西運進來，要是趕上大雨山路就更難走了。

馮躍看見王樂的時候，他靠在車身上嘴裡叼著一支煙，吊兒郎當的樣子跟之前一模一樣。

「好久不見啊，馮哥！」

王樂撲上來一個熊抱，把馮躍撞得後退幾步，大笑著拍拍他的肩膀：「有沒有看我直播？」

「我那連打電話都費勁，上哪看你直播去。」

王樂帶了一整個貨箱的物資過來，招呼著志願者和村民往下搬，馮躍去施工隊借了兩個小推車，看看逐漸陰沉的天：「快點走吧，一會下雨就不好走了。」

雨季還沒有過，這幾個月的天氣一直陰晴不定，常常早上晴天，晚上就開始下大雨，前一陣子還發生過滑坡，所以馮躍覺得雨天在山裡走很危險。

大家把物資運上小推車，裝滿之後，留下志願者在原地看車，馮躍和王樂跟著兩個村民往山裡運。

「這些都是外面的種子，我特意找人諮詢過了，應該很容易種活，都是這裡的人經常吃的。」

王樂扶著推車往前走，山路上碎石很多，走得很艱難，沒一會就滿頭大汗。

馮躍看著滿滿兩車種子，知道這些會改善村民們的生活，至少能吃上新鮮的蔬菜了，自給自足地慢慢把小日子過起來。

王樂一直跟馮躍聊著這段時間發生的事情，嘻嘻哈哈地往前走。

山風吹過，帶著一絲水汽，馮躍抬頭看看天，陰雲已經飄到了頭頂，還沒等說出來要下雨，一顆雨滴就滴在臉上。

「快走快走，這些東西都不能淋濕的。」馮躍把外套脫下來，蓋在箱子上，推著車快步往前走。

雨天山路濕滑，雨勢來得又快又急，幾個人都淋成落湯雞，在山路上飛快地往前走。馮躍和王樂推車在前面，視線被大雨澆得模糊，身後突然傳來村民的叫喊，還沒等把車挺穩，就聽見後面喊著。

「快搬上來！滾下去了！快扶住。」

馮躍一回頭，就看見後面的小推車整個翻到了山坡底下，村民好像被砸中了腿，坐在地上呻吟，剛要跑過去拽他起來，王樂在身後大喊一聲。

「小心！」

第二十四章

山石滾落的聲音讓馮躍下意識地抬頭看，一塊山石極速墜落，沒等他反應過來，就被王樂撲到一邊，山石從身邊滾落，轟隆一聲砸在山坡下面。

馮躍驚魂未定，喘著粗氣，放在前邊的推車也被零碎的石頭撞倒，箱子散落在地上，有的直接掉在山坡下面。

「種子！」

村民從地上把散開的箱子裡掉出來的種子用手攏到一起，雖然被雨水打濕，但村民心疼地收集著。

「別管了，快走吧！一會再有石頭落下來，我們跑都沒地方跑！」馮躍對著村民大喊。

這裡實在是太危險了，山石落下的時候是不會給人反應的機會的，剛才要不是王樂及時推他一下，估計就要血灑大山了。

「可是這些物資怎麼辦！好不容易得到的。」村民還在抱著箱子不撒手，艱難地往前走。

「不要了……命重要！」馮躍話音未落，一顆碎石子落下來，砸在那個村民頭上，猶豫慣性的加持，即便石子並不大，但打在頭上還是讓人一下子眩暈，晃了兩下，腳下不穩從山坡滾了下去。

馮躍趴在山坡邊上往下看，凸起的石壁會用尖銳的角峰劃破皮膚，滾下去的村民在下面抱著腿哀嚎，大雨不斷沖刷掉血跡，看得人心裡一緊。

馮躍看著身後的那些已經被大雨泡掉的種子，很是著急，抹了一下臉上的雨水，看著王樂說：「我回去找村長來救人，你趕緊到安全的地方去，不要再被落石砸中。」

然後對著下面大喊：「緊靠山體，石頭因為慣性會飛出去，不會垂直砸在山腳的，靠著不要動！」

雨勢太大了，山裡都是雨聲，馮躍一連喊了好幾遍，下面的村民才聽見，拖著傷腿挪到山壁邊上。

馮躍冒著大雨往村子方向跑，身上的衣服被淋濕，緊緊貼在身上，一陣風吹過激起一陣顫慄，扶著山體跨過攔路的碎石，馮躍腳下打滑，重重摔在地上，尖銳石子扎進掌心，鮮血隨著雨水沖淡，痛感卻在一點點增加。

馮躍咬著牙，一狠心，把石子從肉裡拔了出來，那一瞬間湧出的鮮血讓馮躍眼前一紅，使勁按了一下傷口，劇烈疼痛帶來的麻木讓他繼續往前走。兩個小時的山路，馮躍只能加快腳步，時間耽擱得越久，留在那裡的人就越危險。

雨水流進眼睛，酸澀的感覺讓他眼前一片模糊，又按著掌心的傷口強迫自己打起精神，大口大口喘著粗氣，胸腔的鈍痛和灌鉛一樣的雙腿，都在告訴他體力已經瀕臨極限了。

但是不能就這樣慢下來，馮躍給自己打氣，快一點，再快一點，已經快要看到村子的屋頂了。

這一路馮躍連滾帶爬的回到村子，直奔村委會，一腳踢開村長的門，身上的雨水在地上會成一灘，把屋子裡的人都嚇了一跳。

「你不是進城了嗎？怎麼冒著這麼大的雨回來了？」村長錯愕地站起來看著他。

馮躍顧不上解釋那麼多，直接說：「志願者送來的種子在山路上翻車了，發生了山體滑坡，村民掉下去了，我跑回來的時候還在繼續落石。」

村長嘴裡的煙袋都忘了抽，揮著手讓屋子裡的幾個年輕人都趕緊拿工具跟著去救人。

「我也去。」

馮躍聽見聲音，才看見貢達一直蹲在牆角，垂著頭看向地面。

「你就別去了，挺大歲數了，在這看家吧。」村長穿上雨衣，現在貢達的狀態時好時壞，誰也不放心讓他出去。

更何況他還想要過馮躍的命，兩人再待在一處，誰能保證會不會發生什麼，大家都忙著救人，一時不察讓貢達得手，那豈不是追悔莫及。

貢達的兒子也出來阻攔：「阿爸你就在家吧，我跟著去，肯定沒問題的。」

貢達的兒子身強力壯，看上去就是一個膀大腰圓很有安全感的小伙子。

貢達拍拍身上的灰，認真地說：「既然是掉在山下，我跟神山最熟，所以我去。」

貢達一直堅持，馮躍也不想再在這浪費時間，乾脆同意，一行人又冒著風雨往山裡趕。

「不知道還有沒有落石，大家小心一點。」馮躍在前面帶路，鞋裡已經灌滿了雨水，沉重地邁著腳步，但是一刻都不敢停下。

貢達一邊跑一邊念叨著什麼，神神叨叨的樣子看著就很邪門。

回去的山路上又多了很多石頭，大一些的從中間把路攔住，他們只能翻過去，小的石頭乾脆清理到山下。

馮躍不時會被細碎的石子砸到肩膀，也不在乎，連抬頭看一眼的機會都沒有，就是看著前邊快跑，心裡祈禱著，千萬不要有事啊。

村長看到那些灑落的種子的時候，都要心疼出血了，抓著一把哭喊：「可惜了這麼好的種子啊！這得夠我們村吃上多久啊！」

馮躍大步上前，將一根繩子繫在腰上，另一端綁在落下來的大石頭上：「別廢話了，救人要緊。」

剛要順著山坡往下面去，就被一隻手拉住了。

貢達蒼老的皮膚上交錯著幾個傷疤，緊緊抓著馮躍的胳膊，馮躍不耐煩地瞪著他：「這時候別添亂，我要下去救人。」

「我去。」

貢達已經六十多歲了，下面那個是年輕的小伙子，別說是他了，就算是馮躍下去要想把人拉上來，也要費上一番功夫。

「阿爸，你就在上面吧，這太危險了，我去吧。」貢達兒子上前阻攔。

貢達推開兒子：「你湊什麼熱鬧，沒有人比我更熟悉神山，我是被他庇佑的，只有我下去才不會有事。」

貢達一邊說，一邊把繩子解開，套在自己身上，一隻腳試探地往下踩，囑咐拉著繩子的人：「拽住了，我讓放再放。」

馮躍一眼不差地盯著他，說實話此時此刻，他只擔心這個年紀老邁的人能否安全地上來，那些信仰和厭惡在人命面前不值一提。

貢達每一腳都踩在凸起的石塊上，但是雨水減少摩擦力，石頭表面變得更加濕滑，一腳沒踩穩，整個人懸掛在半空，左右搖晃。

「阿爸！」

「貢達！」

貢達抓著繩子大喊：「收！快拽住！」

馮躍看著他在石壁上撞了幾下才勉強穩住身體，雙手緊緊抓著繩子，小心翼翼地往下看，踩住一塊石頭，才繼續向下。

「怎麼樣？到了沒有？」

過了一會，才傳來回音：「到了，我先把他送上去——」

一邊的王樂早就準備好了，等人一上來，就趕緊帶著往醫院走，這救援的一來一回已經耽誤了不少時間，就怕失血休克，或者傷腿導致的壞死，因為這些種子賠上一條命可不值得。

「一二三用力——一二拉——」

受傷的村民用不上力氣，拉上來的時候比放貢達下去要費力得多，大家都拽緊了繩子往上拉。

「轟隆隆……」

馮躍心裡一緊，下意識地抬頭，一塊石頭在山壁上搖搖欲墜，看來還有一小部分沒有與山體分開，趕緊加快口令。

「拉！一二快拉——有石頭要下來了！」

村民慌了陣腳，紛紛抬頭看，躲避著石頭要落下來的方向，手上都不自覺地減輕了力量，馮躍被突然的放鬆晃了一下，整個人被繩子另一端的重量帶著往山坡邊摔去。

「啊……」

「馮躍！」

王樂就站在他旁邊，看著他不受控制地往下滑，撲上去抓住他的腳，自己勾住了山路上的一塊大石頭。他回頭看著那些匆匆躲避的村民：「你們良心被狗吃了！差點害死人了知不知道！還不趕緊拉上來，要不然大家都活不了！」

馮躍倒掛在山壁上，手裡緊緊攥著連接受傷村民的繩子，已經慢慢勒出了血色，還是咬牙堅持著。

村民反應過來，手忙腳亂地上來拽繩子，剛把馮躍拉上來，上面的碎石就撲簌簌地落下來。

馮躍趕緊回身抓住繩子，用盡全力把那個受傷村民拉上來，村民一條腿已經被鮮血浸透了，臉色蒼白，躺在地上連呼吸都微弱了。

「堅持住！王樂，趕緊送他去醫院！」

王樂和他帶來的那個志願者背起村民就往山下跑。

馮躍剛要把繩子扔下去，頭上一聲巨響，那塊巨石終於擺脫了山體，朝著下面砸來。

馮躍趕緊往旁邊一滾，周圍的村民瞬間鳥獸散，巨石轟然砸在山路上，停在邊上搖搖欲墜。

「貢達！快躲開！危險！」

「阿爸！快走啊！」

馮躍趴在邊上往下看，貢達弓著背撿著那些散落的種子，他急得不行眼睛都瞪大了：「你不要命了你！快躲開啊——」

「阿爸——」

貢達抱了滿懷的種子往旁邊跑，抓住馮躍扔下來的繩子，懷裡的種子劈里啪啦地往下掉，貢達又鬆開繩子跑回去撿。

「貢達！回來！」

馮躍話音未落，巨石從山坡滑落，朝著山坡下面飛去。

貢達抬頭看著巨石飛落，愣在了原地，腳下往旁邊挪動的時候已經晚了，巨石從肩膀砸過，整個人撲在地上，種子拋到半空。

「阿爸！」

貢達兒子抓著繩子往山坡下滑，嘴裡不停喊著阿爸，當他下去的時候，貢達已經躺在地上抽搐了。他緊緊抱著貢達的身體，一聲聲阿爸喊在心上，那種絕望的聲音讓馮躍感到不妙。

「快拉上來！」

馮躍對著下面喊，被那麼大的石頭砸中，整條手臂都垂在下面，看上去一定是保不住了。

但是當貢達被拉上來的時候，馮躍看著他的身體還是愣住了，何止是一條胳膊，整個左邊身體都被砸爛，骨頭在外面翻著，白花花的骨色和模糊的血肉摻雜在一起，一灘灘湧出的鮮血被雨水沖刷掉，貢達手裡還緊緊抓著一袋種子。

「阿爸！」貢達兒子不停地抹著他身上的血，臉上雨水和淚水混雜著，整個人哀傷到絕望。

貢達用盡全力抬起右邊胳膊，把種子遞給村長，艱難地吐出幾個字音：「種……種子……能種出來……種菜……」

再後來，貢達開口也說不出話了，嗓子囫圇不清地吐著聲音，看著兒子甚至叫不出他的名字，掙扎了一會，胳膊陡然落下。

「阿爸！阿爸——」

「貢達！」

馮躍看著血肉模糊的貢達，之前他還跳著腳要殺他，跟自己據理力爭，守護神山像守護他的祖先，但是最終被山上落下的巨石砸中，在暴雨天死在了山裡。

守護了一輩子的山，不捨得讓任何人傷害一點的山，最後要了他的命。可是他最後還是緊緊攥著種子，他知道那是村民們改善生活的珍貴種子。

馮躍覺得，這一刻他是把種子和村民的利益放在了神山前面，即便看到巨石高懸在頭上，也要用盡全力保住種子，哪怕只有一點點，也是希望。

「把他帶回去吧。」馮躍捂著他的眼睛，將遺體扶上兒子的後背，村長在後面拖著他的雙腿。可是大雨未停，神山也沒有因為最虔誠的信徒死去而心軟，滑落的石頭依然橫亘在道路中間。馮躍先翻過去，然後接住貢達的遺體，一點點將他運過來，幾個人簇擁著往村子裡走。來時匆匆忙忙，回去時傷心沉重，貢達兒子的抽噎聲沒有停過，一路上除了風雨，再沒有人說話。貢達的屍體就放在家中，那被砸爛的半邊身體，請村子裡德高望重的老人處理過，血跡被擦洗乾淨，破爛的衣服換成嶄新的藏袍，馮躍把在九寨溝收到的那柄藏刀放在貢達身邊，刀柄上珍貴的紅寶石是他棺材裡唯一奪目的色彩。

馮躍並沒有因為他的離世，以後再無人阻撓種樹修路而開心，反倒記著他最後捨不得那一點點種子的模樣，他願意相信貢達在那一刻是悔過的，他終究是大山的子民，是在村子生活一輩子的人，他對這裡的感情遠比馮躍自己更加濃烈。

貢達出殯那天，漫天飛舞的白紙和幡靈是整座大山唯一的色彩，這個村子裡的人都在後山腳下有一片墓地，所有逝去的人都在這裡長眠。

貢達家給他找了一塊離神山最近的地方，周圍壘滿了從山上搬運下來的石塊，兒子和媳婦跪在墳墓前，年幼的孩子啼哭著，他可能不知道今天的意義是是什麼，但這樣濃重悲傷的氛圍，小孩子也能感同身受。

馮躍捧著一棵樹苗走來，看向貢達的兒子說：「你阿爸生命的最後就想看著村民們種下種子，自己開闢菜園，但是現在的條件還不能種菜，所以我帶來了一顆樹苗，想把它種在你阿爸的面前，讓這棵樹代替神山，守護你阿爸的魂魄。」

這棵樹苗是馮躍連夜從縣城裡買回來的，之前被貢達用瀝青燒壞的那顆，在貢達死去的那個晚上也跟著枯萎，所有樹葉掉了一地，很神奇地跟著貢達一起走了。

也許這就是冥冥之中的天意吧，燒壞的樹苗就像後來神神叨叨的貢達一樣，在同樣的暴雨中歸於天際，希望來世能長在綠茵陣陣、松濤蕭肅之地，再不見這寸草不生的茫茫石山。

馮躍把樹苗栽種在貢達的墳塋旁邊，用手培土，接過顧襯遞過來的小水壺，一點點澆撒在上面，彷彿在澆灌著貢達死前那劇痛的靈魂。馮躍看著在墳塋旁邊招展的樹苗，新綠在灰暗的山石間迸發，彷彿周圍的土壤染綠，下一世請生在江南吧，讓朦朧煙雨治愈你對神山的愚昧，讓丁香小巷給你溫柔撫慰。

馮躍轉身回去，貢達已經去世，剩下的那幾個村民並不會一直延續他的想法，與種樹修路的工程做對。這山體滑坡已經帶走了這裡很多人的性命，植樹造林保護山體，早已經是勢在必行。

村長每天在大喇叭前面宣傳修路的好處，時不時就搬著椅子坐在施工隊前面，一邊抽著大煙袋，一邊瞇著眼睛，樂呵呵地看著一片片被壘起來的土地。

「馮先生啊，多虧了你堅持幫助我們植樹啊，前幾年因為村民們強烈反對，我這工作進行不下去，一直拖著，上面也派下來過調查組，但是沒有一個能堅持住。」提起從前的事情，村長很感嘆。

也許這條路因為施工難度大，要修上一年半載，但只要開始了，就有希望，距離人們走出大山，就一天天臨近了。

也許這片回填的土壤還要經過很久的試驗周期，才會見到樹苗逐漸長成參天大樹，但村民們的希望一定會被眷顧，等到這一批樹都變得茁壯，落石即便從山上滾落，也會給人反應的幾乎，足夠逃離了。

馮躍想到了貢達，自從樹苗被種下之後，他一次都沒有去過，想了想，從包裡拿出一瓶王樂上次來送到的白酒，轉身去了墳塋。

讓馮躍驚奇的是，這棵樹苗就像有人精心培育一樣，在山風的吹拂下更顯精神，這片土壤是臨時從山路上挖過來的，並沒有山坡上鋪得精心平整，但這顆樹就是活了下來，宛若奇跡。

那一片片枝葉伸向墳塋，彷彿在用自己的方式為貢達遮風擋雨。

「真沒想到，村裡第一棵種活的樹，是在你的墓前。」馮躍倒了一杯酒放在墳前，伸手摸著壘砌的石塊。

「大家現在都往自家的小院子裡運土，你救下來的種子有一部分帶著塑料包裝，所以都能種活，等種好了，一定會拿給你嘗一嘗的，讓你看看自己為這個村子付出的結果。」

馮躍蹲在墳墓前說著話，算算時間他留在這裡已經快三個月了，每天除了跟村民幹活，就是跟顧襯在一起，偶爾還給孩子們講講故事，他們格外喜歡聽外面的世界。

一到那時，馮躍就會摸著孩子的頭，看著他們嚮往的眼神說：「很快了，等路修好，你們就能去縣裡、市裡，去更多更好看的世界，但是不管到了什麼地方，都不要忘了你們的故鄉。」

「可是這裡很落後。」有的孩子提出異議。

「但這裡孕育了生命，是你們生長的地方，你們出去學到了更大的本事，要把這裡建設得更美好，就像你們的顧老師一樣，他並不是這裡的人呢，但是他卻熱愛這個村子，所以留下來把你們送出大山。」

有時候馮躍看著顧襯在房樑上忙碌，修補著一塊塊破瓦片的時候，就會聯想到他以前的模樣，一定在教室裡讀著書，從不會修補什麼房頂，但到了這裡，將一個剛出校園的毛頭小子，逼成了如今這十八般武藝樣樣精通的男人，變得頂天立地起來。

說起支教，他一直沒有去問周雨到底是什麼打算，但是看她每天安逸地陪著孩子，教教詩詞，用賀彤捐贈的畫筆給孩子們畫出外面的高樓大廈，就能看出來，這姑娘應該是下定決心留在這裡了。

馮躍也不好再勸，只能尊重她的選擇。

周雨活蹦亂跳地出現，懷裡抱著書本，臉上是熱情洋溢的笑容，雖然皮膚不比初見時白嫩，但那種健康毫無陰鬱的樣子，卻比天上的太陽還要耀眼。

「想好了？要留下咯？」

周雨點點頭，看著顧襯站在講台上揮灑汗水，笑著說：「我以前背過一句話：師者，傳道受業解惑也。」

「以前我不明白是什麼意思，但是在這裡這麼久，我看著他不畏艱辛的樣子，那些孩子渴望的眼神，我突然就知道了這句話的意思。」

「我知道這裡並不是我最好的選擇，但是我依然想要留下來，想看著那些孩子自己走出大山，能給予他們的希望對我而言更珍貴的。」

馮躍看見了周雨那平靜卻又暗藏著激動的眼神，這個小姑娘在折多山一心求死的樣子尚在眼前，那決絕的表情對人世間沒有半點眷戀，能都重新回到現在的狀態，實屬不易。

「那就在這好好的吧，做你想做的事情，等你想出去走走的時候，就給我打電話，馮大哥一直都是你大哥。」

馮躍拍拍她的肩膀，這個小女孩承受了世間最大的不幸，在大山裡這麼久，他從沒見過她的母親打過一個電話，孩子失蹤了這麼久都不知道關心一下，希望以後在這樣安穩的地方過著喜歡的生活。

不知道為什麼，這幾天右眼睛一直在亂跳，他是不迷信的，只以為是因為沒睡好，並沒有放在心上。

「馮大哥，你電話有一條信息。」

馮躍放下手裡的斧子，拍拍手上的碎屑走過去：「什麼消息啊？」

是一個陌生號碼，馮躍點開一看，整個人都愣住了。

周雨看著他呆愣的樣子，伸手在他眼前晃晃：「怎麼了？寫什麼了？」

馮躍看著周雨逆光站著，感到一陣眩暈，張了張嘴卻沒有說出話來，整個人的狀態都不對了。

「到底怎麼了啊？你別嚇我啊！」

馮躍很少有這麼失態的時候，狠狠閉了一下眼睛：「珠穆朗瑪峰登山大本營給我發消息，說宮智偉在山上失聯了。」

「什麼！」周雨手上的碗啪的一聲摔在地上：「他不是跟登山隊一起上去的嗎？那支隊伍呢？有沒有聯繫？」

「電話裡沒仔細說。」馮躍轉身往房子裡去：「我儘快去一趟看看是什麼情況。」

馮躍估計情況不太妙，但是周雨整個人都慌起來了，所以並沒有說出來。

顧襯正在上課，馮躍看看時間已經是下午了，再著急也只能明天再走。

晚上吃飯的時候馮躍一直心不在焉，顧襯悄悄問周雨：「這是怎麼了？又睹物思人了？」

周雨搖搖頭，馮躍早就不會因為看到賀彤的舊物而傷神，彷彿已經習慣了這樣的思念方式。

「下午珠穆朗瑪峰大本營打了電話，說宮哥在山上消失了，所以馮哥著急過去，估計明天就要動身了。」

「這麼著急啊！」顧襯有些吃驚，記得宮智偉走的時候狀態還不錯，但是現在就消失在茫茫雪山了。

那樣的世界屋脊，想要找到一個人簡直就是天方夜譚，所以「生死不明」這四個字在珠穆朗瑪峰，就只有一個結局，那就是死。

馮躍走之前，到貢達的墓前看著那棵樹苗，摸著它伸出來的樹枝：「我不能看著你長大，好好扎根，在這裡活下去，我有時間就回來看你。」

在貢達墳前敬了一杯酒，馮躍背著行李轉身離開。

顧襯和周雨一直跟在身後，但是村長不知道從哪知道他要離開的消息，領著一幫村民等在村口。

「馮先生這麼著急就要離開，我們大家都不知道怎麼感激你才好。」村長激動地握著他的雙手，眼睛裡都是感激的淚光。

「我有些事，也比較著急，所以來不及跟大家夥告別了，謝謝大家這麼久的照顧。」馮躍對著他們鞠躬，不管之前有過什麼齟齬，到了分別的時候都會被離別的氣氛渲染。

格桑帶著央金走出來，從手裡拿出一個荷包，放在馮躍手裡，雙手顫抖地說：「感謝你把我女兒的消息帶回家，這是我親手染好的布，縫製的荷包，在神靈面前供奉過的，報平安很靈驗的。」

央金抱住他的腰，小男子漢已經知道跟阿媽相依為命了，漸漸扛起來家裡的生計，但仍舊帶著哭音問他：「你還會回來看我嗎？我和阿媽、阿爸、阿姐都會想你的，你不要忘了我們啊。」

馮躍摸摸他的頭，他怎麼會忘記這裡呢，這是英雄梅朵的故鄉，是他生命找到旅行意義的地方，是見證綠意從無到有的地方，是被顧襯偉大的精神感動的地方，所以他此生都會把這裡的景色刻進腦海裡。

「大家快回去吧，我這就走了，等有時間我一定會回來看看的。」

馮躍看著顧襯和周雨不捨的樣子，調侃著說：「你們應該高興啊，以後少做一個人的飯，那可輕鬆不少啊。」

顧襯在他肩上捶了一下：「就會瞎說，我還差你一口飯了，處理完給我們一個消息，我們也很惦記宮大哥。」

「一定，快回去吧，我已經買好票了，連夜就過去的。」

馮躍把格桑給他的荷包揣進懷裡，轉身踏上山路，這條山路等他再回來的時候，估計就已經變成平整的馬路了，上面人來車往，大山內外互通有無，村民們都能過上幸福的日子。

看著山路上還沒有被清理的碎石，馮躍想到在這喪生的貢達，因為特殊的地理和氣候因素，山路上的山體是不能像村子裡山坡上那樣建造防護林，每到雨季，還是會有山體滑坡的風險，是不能避免的事情。

只能希望道路修好之後，行人能快速通過，不再用雙腿慢悠悠地走過去，大大降低了自然災害對人們的威脅。

馮躍走在路上，回想著在大山裡的一切，他為村民們的愚昧而憤怒，為顧襯的奉獻而欽佩，為周雨的堅定而感動，也為梅朵至死的掛念而釋懷。

即便在地圖上都找不到名字的村莊，存在得那麼渺小，在群山與萬里層雲之間，不被矚目，但他養育了一方人，這裡有血有肉，有嚮往外界的年輕人，也有拼命想要發展的村支書，老人們的羈絆太多，「故土難離」四個字似乎被打上了烙印。

馮躍想，等自己安頓好一切，總要再回來看看的，他看到這裡一無所有的樣子，等他重新轉身來到這裡，只是站在村口就能看見綠樹成蔭，孩童嬉鬧，十幾歲的姑娘也在學校裡安穩地念書，不用因為一隻羊就去嫁人。

馮躍把行李放在車上，在後備箱的墊子角落摸到了一根手杖，這是第一次在九寨溝遇見宮智偉的時候，他手裡拿著的，雕刻精美，一隻羊頭栩栩如生，代表他這一生對攀登高山的熱愛。

想來，他是故意把這跟手杖留下的，馮躍在手心裡把玩，一不留神，擰動了羊頭，竟然能直接拔下來，長棍中間是一截空心的構造。

馮躍有些驚訝地從裡面倒出一封信，奶白色的信紙上是宮智偉端正的字，完好無損地封存在裡面。

「這都什麼年代了，還有人寫信。」馮躍一邊吐槽，一邊把信紙展開。

第二十五章

「馮躍，展信佳。你看到這封信的時候，我已經開始人生中的最後一段旅程了，你不必感到驚訝，我為高山而生，腳底是踏過三山五岳的厚繭，掌心是珠穆朗瑪峰岩石劃破的傷疤，我所有奔騰的血液都在山川中湧流，我一生全部的事業都在登山。」

「即便多年前我被大山重傷，但我從不承認自己被它打敗，復健的過程艱難而心酸，我曾在黑夜裡一次又一次地痛恨殘缺的身體，想用麻藥麻痹神經，然後就那樣在極致的幻境中死去。」

「可我心裡的不甘從未消失，每一次嘗試站立，都彷彿有一雙溫柔的手在後面拖著我走，那雙手的力量堅定又強大。我不在乎假肢為我引來的異樣目光，因為我殘缺的只是身體，而我的靈魂仍舊活在眾山之巔，高傲而不朽。」

「馮躍，珠穆朗瑪峰之行你們一定會為我擔憂，但請放下對我的執念吧，我勢必要上去走一遭，即使我復健之後也恢復不到頂尖運動員的水平，但哪怕是用平凡人的雙眼，我也想要再看看。」

「可能我連二分之一都走不到，但我的目標不是峰頂，只是那一片埋葬了我一生摯愛的雪原。」

「珠穆朗瑪峰的黑夜太冷了，冷風會吹透人的皮膚，直擊肺腑，從內而外地感受到精神的寒涼。」

「我捨不得她獨自一人在上面長眠，上一次我留下了一隻腿陪著她，但是前幾天我又夢到她了，一定是她感到了寂寞，我一定要去看看她，用我的身體和靈魂，融化那場雪原的冰雪。」

馮躍讀著信件，滿紙都是心酸，彷彿在交代遺言一樣，跟他將前因後果娓娓道來，看得他眼圈通紅，不停地收緊攥著拐杖的手，連指節都青白了。

馮躍穩定一下情緒接著往下讀：「前程是何種面貌我全都知曉，或許這一次終將埋骨珠穆朗瑪峰，在世界屋脊上長眠，馮躍，不要為此感到悲傷，那是我夢寐以求的歸宿，窗口期已經快要過了，這封信在車的角落裡，你找到的時候已經不能上山了，所以不要到珠穆朗瑪峰上找我。」

此時馮躍已經開始哽咽，宮智偉這些話就說明他死志已明，即便再也下不來，也要去奔赴那場以生命為契的愛情之約。

「如果不幸我沒有找到她喪生的地方，就已經沒有力氣繼續走下去的話，屆時若屍體得以保存，我會委托帶我上山的團隊將我帶下去，請你將我火化，然後隨著大風撒在珠穆朗瑪峰腳下，我將馮虛禦風，在珠穆朗瑪峰周圍環繞，生生世世陪伴著她。」

信中沒說，如果找到了愛人犧牲的地方，他要怎樣。

馮躍撫摸這手裡的拐杖，他知道那時候宮智偉一定不希望有人去打擾他，就那樣以天為蓋，以地為廬，在大雪封山的時候享受寧靜和壯美，在有人途徑向上的時候就默默祈禱，目送他們遠行。

但是既然收到了大本營的消息，那很可能就是信上說的那種結果，宮智偉已經離世了，並且沒有在閉上眼睛的最後一刻找到愛人當年喪生的位置。

他心裡的遺憾無法言說，為了「生同襟，死同穴」的愛情信仰，宮智偉用一條腿探路，再用生命祭奠，可巍峨的珠穆朗瑪峰如此冰冷，最後也沒等到伊人香魂消散的土地。

馮躍忍者眼淚讀完最後一段話：「馮躍，能認識你是一個偶然，但很開心我們的相識，一起經歷了那麼多驚險刺激的時刻，梅朵之後，我們也算是生死之交了，周雨這個小姑娘聰慧機靈，但是不管你怎麼勸說，她最後一定想在深山扎根，為鄉村教育事業添磚加瓦，立足於泥土與草木。」

「王樂就是天生的樂天派，萬事隨心，整天歡聲笑語，我希望你能跟他一樣，心境豁達一些，愛情是重要的精神食糧，但失去之後就將回憶妥善安放吧，不要時時刻刻戴在身上折磨自己，你曾愛過的人也不會希望你因此終日寡歡。」

「我的愛情其實並不遺憾，我們炙熱而濃烈地相愛過，我相信你也一樣，所以釋懷吧，放過自己，你值得擁有新的生活，緬懷不能成為一切。」

「馮躍，我虛長幾歲，稱你一聲弟弟，此生相識恨晚，若有來生，一定把酒言歡，彼此都獲得一個完美的人生。」

「兄，宮智偉絕筆，順頌時安。」

一顆淚砸在信紙上，洇濕了字跡，馮躍聲音哽咽，趴在方向盤上顫抖著，他們相識的時間並不長，但交往已深。

一起從地震中逃亡，在到處都是餘震的廣場上相互取暖；在貢嘎遇險，自己身中一刀，他拖著殘腿在大雨中匍匐求救，不顧血肉磨爛的殘肢，冒著生命危險在暴雨中連夜下山，自己才撿回一條命。

逃離盜獵團夥的時候老成穩重，每一個決定都堅定有力，在槍林彈雨中拉著他跑進山洞，兩人同生共死過，心有靈犀過，但最終也沒能見上他最後一面。

宮智偉在信中交代的事情，不管遇到什麼樣的困難，馮躍都會去完成他的遺願，讓他的精魂在珠穆朗瑪峰上環繞，與愛人靈魂永存。

馮躍把信件折好，重新塞回手杖，穩定情緒之後，直接奔赴珠穆朗瑪峰大本營。

那邊也許是信號不好，再打回去幾次都無人接聽，他在大山裡耽誤了三個月，早就不是登山的窗口期了，之前上山的團隊應該已經帶著宮智偉的遺體下來了，一定要儘快趕過去，讓他的遺體以最體面的方式告別這個世界。

從這裡開車到珠穆朗瑪峰大本營需要二十多個小時，馮躍自己一個人駕駛穿行，不敢連軸開車，只能先走著，在中途找一個小鎮留宿休息。

從小村開上318國道還需要三個小時，馮躍將車裡的音樂開得很大，強迫自己沉浸在樂聲中，不去回想那些讓人難受的事情。

但是好像沒有什麼用處，他總是看向副駕駛，以前宮智偉就坐在那裡導航，手裡拿著一卷地圖，不停地用紅筆圈畫著線路，然後坐在旁邊指揮。

後來王樂加入之後，馮躍坐到了後面，宮智偉依然是副駕駛，他總是擔任著團隊中最核心的部分，像航行中的舵手，掌控著方向，遇到危險的時候拿出解決方案，即便不成功也會拉著大家一起逃出生天。

「前方道路曲折，請小心駕駛。」

導航冰冷的語音將他的思緒拉回來，看著蜿蜒的公路，還是318國道，那個曾經坐在副駕駛的人，最終還是沒有一起走完。

馮躍有些後悔，自己當時如果沒有留在大山，跟著宮智偉一起離開，到珠穆朗瑪峰這麼長的路，是不是能有機會說服他放棄登山，那現在他一樣坐在副駕，跟自己談天說地。即便這樣的可能性微乎其微，但馮躍還是用這種近乎自虐的想法折磨自己，拼命忍住眼淚，將地圖和紅筆放在了副駕駛上，假裝宮智偉還在的樣子。

這一段的國道與雅魯藏布江並行，因為水域的滋潤，這一段的草原格外豐沛，成群的牛羊悠然地從道路中間穿行而過，車輛只能停下給牠們讓路，因為這些生靈才是這裡的主人。

馮躍很想把油門踩到底，不去管它是否限速，但為了安全起見還是克制住了，穩住心神專心開車。

中午把車停在草原上，踩著備用胎爬上車頂，看著珠穆朗瑪峰的方向沉默，一口口咬著有些乾硬的麵包，杯子裡的熱水不多了，等到了下個村鎮就得補充物資了。

然而此時離大本營還十分遙遠，甚至根本看不見珠穆朗瑪峰的一個山尖。

但他心中有方向，即便曲折漫長，也會肆無忌憚地朝著目標駛去，因為他身上承載的是宮智偉的遺願，他在這世上最後一件未完成的事情，等待馮躍去畫上句號。

因為不能與愛人合葬，宮智偉甚至不能說此生圓滿，但馮躍能做的只是儘量讓他的奈何橋，過得沒有那麼大的遺憾，安心地轉世投胎到另一個世界，與愛人重逢。

只是請不要再上演生死離別的橋段了，請給他們一段平靜安穩的愛情吧，每天吃著豆漿油條，宮智偉的衣服上總有愛人留下油脂印，下了班一起買菜做飯，在小小的廚房裡打鬧，水花濺在臉上，都是嬉笑怒罵。

這樣平常的煙火氣，才是這世上大多數人的愛情，不轟烈，卻足夠溫暖一顆漂泊的心。

馮躍覺得自己見到的愛情都不圓滿，李經緯和申頌章在病魔之前無能為力，最終在人間天堂香格里拉分別，頌章倒在潔白的頭紗裡，白馬在旁邊用響鼻哀鳴，李勝利宛若中世紀最勇猛的騎士，跪在大草原上抱著他的公主痛哭，從此踽踽獨行，愛人永別。

而宮智偉是一生痴情，與愛人從大山相識，也從大山離別，珠穆朗瑪峰上的暴風雪不近人情，為了抱住他的性命，愛人撲身相救。從那之後，宮智偉心裡多了一處隱痛，而珠穆朗瑪峰上多了一顆飄蕩等待丈夫的亡魂。

反觀他自己，從前對愛情並不上心，等到鏡花水月才想起挽回，但這一路追尋到現在，再次失去了佳人的音訊，只能憑藉連載的小說去回憶過往的一切，每每更新的一章，都是記憶對他的譴責暴擊。

他和賀彤，宮智偉和他的愛人，李經緯和申頌章，哪一對曾經不是情深義重，但竟無一人圓滿，都未曾逃過命運的捉弄。

馮躍的心情鬱鬱寡歡，攥著手杖摸索著上面的羊角，每一條紋路都輕輕撫摸著，靜靜懷念著摯友。

馮躍遠遠地看見一個穿著藏袍的女人蹲在路邊，捂著肚子，好像很痛苦的樣子。

觀察了一下，馮躍本想過去問問是不是需要幫忙，但是想到之前路邊那些刻意賣慘企圖蹭車的「文藝女青年」，馮躍伸出去的腳又收了回來。

本來自己就比較著急地趕路，多一事不如少一事，還是不要管了，萬一又是一個那樣的女人，白白給自己找麻煩。這條路車流量並不少，即便真的需要幫助，也會有其它路過車輛停下幫忙的。

馮躍用手絹一寸寸地將手杖擦拭乾淨，手臂一撐，從車頂跳下來，下意識地轉頭去看那個女人，兩人不期而遇地對視上了。

馮躍明顯感覺那個女人捂著肚子踉蹌地往前走了兩步，但是看見他臉上無動於衷的表情，咬著嘴唇又退了回去，還把頭一起轉走，就像是寧可自己疼著，也絕不上前要他的憐憫。

馮躍看見她腳上的小動作還有些不忍，周圍只有她一個女人，馮躍發動車子從她身邊開過。本來並不想停下耽誤時間的，但是從後視鏡裡看到她獨自蹲在路邊，方圓幾里都只有這麼一個身影，馮躍到底還是動了惻隱之心。

車子已經開出一二百米，又慢慢倒回女人身邊，馮躍按響喇叭，降下副駕駛的車窗，但是遲遲沒有看見女人的身影。

「喂，小姐你怎麼樣？」馮躍提高了音量。

「誰是小姐，你才小姐呢。」女人有些虛弱的聲音從外面飄進來。

馮躍被懟了，摸摸鼻子有些尷尬：「抱歉，這位女士，你是不舒服嗎，我可以送你去最近的鎮上。」

「不用了，謝謝，你走吧，我不需要幫助。」

這姑娘真犟，聲音都顫抖了，還挺著不肯上車，看來是剛才的拒絕讓她記在心上了，不肯給自己添麻煩。

馮躍放下手剎，從後座拿了一瓶水，下車繞到她身邊，放在她面前說：「喝點水吧，我也要沿著國道開的，到了下一個鎮子就把你放下，不然你自己不一定走到什麼時候呢。」

女人仰頭看著他，逆著光有些看不清楚，瞇起眼睛猶豫了一會，才接過水慢慢地點點頭。

馮躍並沒有去扶她，只是回去坐在駕駛位，女人扶著車子慢慢站起來，透過車窗看見副駕駛位子上放著地圖，就非常自覺地拉開後座車門，虛弱地道謝，就趴在車坐上喘息。

馮躍一邊看著後視鏡一邊問：「你這是中暑？還是高反了？」

女人沒搭話，馮躍見她不愛說話，還蒼白著一張臉，就把熱水瓶遞給她，那裡還有一些熱水，喝了會舒服一些。

接過去的時候，女人的指尖擦過他手上的皮膚，馮躍一瑟縮，順勢收回了手，輕咳一聲目視前方的開車，不再跟女人搭話了。

「我還不知道你姓什麼呢？」

「馮。」

馮躍言簡意賅，一個字都不多說，顯然並不想跟女人有什麼交談，車速很快，只想到下一個鎮子就把人放下。

女人撇撇嘴，把杯子裡最後一杯熱水一飲而盡，手依然捂在肚子上，沒一會就左右扭動著，好像坐立不安的樣子。

馮躍在鏡子裡發現她的異樣，就問：「你怎麼了？」

女人的臉一下子變得通紅，支吾著說：「你……馮先生，你有外套能借我一件嗎？」

馮躍不明就裡，但看著女人為難的樣子，還是回手指了指她旁邊的袋子說：「這裡有，你拿一件吧。」

「謝謝。」女人拿出一件衣裳，偷偷聞了一下，才繫在腰上，然後把熱水瓶的餘溫放在肚子上，小聲地緩了口氣。

馮躍看她把衣服繫在腰上一瞬間都明白了，也不好再關心什麼，有些窘迫地移開視線，專心開車。

反倒是女人可能暖和舒服一些了，就開始跟馮躍有一句沒一句地找著話題。

「馮先生哪裡人？」

「您結婚了嗎？」

「我家是河南的，到這邊旅遊，結果在賓館的時候被小偷搶走了行李，你呢？也是自己自駕遊嗎？」

她問五個問題，馮躍有時候只回答一個，原本以為她穿著藏袍應該是個本地姑娘，沒想到也是來旅遊的遊客，這經歷也是夠慘的了。

「你可以報警。」

女人停頓了一下說：「警察也給找了，但是找了三天也沒有找到，我覺得太麻煩就走了。」

「本來是有一輛車願意拉著我的，但是在之前那個鎮子上的時候，我去買東西耽誤了一會，等出來的時候車子就走了，我身上的零錢又花光了，所以只能步行。」

女人吸了吸鼻子，可能是太坎坷讓她提起來就有些脆弱。

馮躍有些不解，東西都丟了難道不應該趕緊想辦法掉頭回去嗎？還接著往前走什麼，這不是自討苦吃。

「怎麼不回去？或者給你朋友打電話，讓人來接你啊。」

「我在前面的鎮上有朋友的，他本來要來接我的，但是車子壞了，我只能自己想辦法過去。」女人懊惱地說，「誰想到又趕上不舒服，走得又慢，最後被你撿到了。」

女人摸摸腰上的外套，那上面清新的皂角香氣還在車裡彌漫，就像夏日的青草一般清香。

「之前就沒人要拉著你走？」這條路上的車並不少，這個時候進藏的人也不少，不可能只有他一個路過的。

女人點點頭說：「也有啊，但是我只有自己一個人啊，怎麼能輕易上別人的車，萬一是壞人，那我豈不是遭殃了，到時候車一開起來，我跑都沒地方跑的。」

警惕心還挺強，馮躍一樂，這女人還挺有保護意識，有些好奇地問：「那你怎麼就上了我的車？就不怕我是壞蛋？」

女人對著他翻了個白眼，沒好氣地說：「你以為我沒看見啊，你坐在車頂上的時候，明明不想管我的，後來還從我身邊開過去了，你要是壞人早就上前跟我搭訕了，還能晾著我？」

馮躍摸摸鼻子有些尷尬，沒想到還讓她看出來了，一開始確實是怕麻煩沒想管，但是看她蹲在那實在是難受，才倒車回來的，這就讓她點破了，還是有些意想不到的。

女人晃著手裡的保溫瓶說：「你也不用擔心我白吃白喝，等到了鎮上找到我朋友，我會讓他把錢都給你的，我可不會白白蹭車的。」

馮躍失笑，這女人看著年紀不小了，竟然還這麼較真，輕哼的樣子像個小姑娘，但是手上有些粗糙的皮膚，卻不像是小姑娘應該有的樣子。

「你叫什麼？」

「方若。」女人有些不見外地從袋子裡翻出一包餅乾，哢哧哢哧地吃了起來。

這女人有一種獨特的美感，飽滿的嘴唇是鮮艷的大紅色，眼角眉梢之間，一顰一笑都帶著嫵媚風情，卻並不妖艷，大笑的時候眼神又乾淨清澈，像一隻模樣狡黠、又純又欲的小狐狸。

「你叫什麼？剛剛只告訴我一個姓，現在我都說了，你不會還那麼小氣吧？」方若撇著嘴，嘎吱嘎吱地嚼著餅乾，手指上的餅乾碎屑都舔乾淨。

「馮躍。」

「月亮的月？」方若歪著頭問道。

「跳躍的躍。」馮躍看著她吃得車墊子上都是，甩過去一個垃圾袋，「接著點，吃我一車，洗車很麻煩的。」

方若有些不好意思，彎腰把地上的碎屑都擦進口袋，捧著餅乾低頭接著吃。

馮躍看她的樣子，一包沒什麼味道的蘇打餅乾都吃得津津有味，估計是一天沒吃東西了，就說：「袋子裡還有速食的飯團，你拿出來吃了吧。」

方若一邊往嘴裡放餅乾，一邊用手扒拉著袋子，拽出一根絲帕：「誒？這不是女人的絲帕嗎？馮先生跟愛人一起出來的？怎麼不見她？」

馮躍從後視鏡看到她手裡拿著賀彤那條絲帕，之前收拾車的時候怕弄髒，就跟外套一起放進袋子裡，然後被宮智偉的一封信亂了心神，就忘在裡面了，沒想到被她拽了出來。

馮躍把手伸到後面：「給我。」

方若把絲帕放進他手心，調侃道：「馮先生這是睹物思人還是愛而不得啊？」

馮躍沒有回答，而且不打算跟一個剛剛認識一個小時的女人說自己的情史，索性閉口不言。

「小氣鬼。」方若撇著嘴，在袋子裡找出一個已經壓扁的飯團，小口小口地吃了。

正行駛在國道上，兩邊的綠野飛速後退，馮躍的速度並不慢，他儘可能地不浪費時間，在最快的時間裡趕到大本營去。

這時，電話鈴聲響起，馮躍按下藍牙鍵，對面是王樂的聲音。

「宮哥的事情我知道了。」

馮躍一哽，儘量穩住聲音說：「我在去的路上了，還不清楚是什麼情況，說不定已經找到……」

話沒說完就被王樂打斷了：「你瞞得了周雨卻瞞不了我，珠穆朗瑪峰是什麼地方我會不知道嗎？馮哥，我知道你怎麼想的，但是我勸你不要衝動，登上珠穆朗瑪峰是要有資質的，你從沒有成功登頂過一座海拔超過六千米的山，所以你只能走到遊客區，大本營是不會放你上去的。」

馮躍沉默了，半晌不死心地說：「我有錢，我可以讓人……」

「你就算富可敵國都沒用！」王樂的聲音有些著急，「那是人命關天，你就是給再多的錢都不會有人敢私自放你上去，每一個登上珠穆朗瑪峰的人都要記錄在冊，我當年人脈廣泛都沒能登上去，更別提你了。」

「我相信宮哥上山之前一定有所安排，你就不要有上去找人的念頭了，簡直就是天方夜譚。」

馮躍說：「他給我留了一封信，說如果沒能找到當年出事的地方，就會讓同隊的人將他的屍體帶下來火化，但是我接到的通知，是他失蹤了，說明他和他的隊友都沒有了聯繫，大本營找不到他們了，所以才通知我。」

王樂沉思了一會說：「你下一站到哪停？」

馮躍伸手撥弄了一下導航地圖說：「桑達鎮。」

電話那邊靜默了一會，王樂才開口說：「我現在啟程，你在桑達鎮等我，我們在那裡匯合。」

「現在不知道什麼情況呢，我看還是我先過去看看，你再……」

王樂半開著玩笑說：「馮哥，論做生意我比不過你，但是要比起天南海北的朋友，你門路可不一定比我多，就這樣，在桑達鎮等我，我離得不遠，不出意外的話，今晚就能到。」

王樂電話掛得果斷，沒給馮躍拒絕的機會，轉念一想，王樂跟宮智偉也是在九寨溝就認識的，心裡的著急一定不比自己少，去盡些綿力也是理所應當，自己沒有理由攔著他。

馮躍看看導航，離桑達鎮還有一段路程，估計要半夜才能到，看來王樂從大山離開之後，一直沿著國道往前走，比自己過去的速度要快，此時一定在他前面。

「我跟朋友約在了桑達鎮，這是離這裡最近的鎮子了，你到時就在那等你朋友吧。」

馮躍幫方若只是一時心軟，不可能帶著她一直趕路的，所以送到桑達鎮已經很夠意思了。

方若有些猶豫：「可是……我跟朋友約的地方在更前面啊……」

馮躍在後視鏡裡看著她為難的樣子，也並沒有妥協：「我是有事要辦，不可能一直捎帶著你，要麼聯繫你朋友往前走接你，要麼在鎮上再找一輛順風車。」

方若有些失落，黯然地低著頭。

馮躍看見了，但是不會鬆口的，他又不是什麼慈善家，能帶著她走一段已經很難得了，不會再因為她耽誤行程，畢竟多一個人就多一些事情，萬一以後再有什麼事情，總不能把人扔在荒無人煙的國道上，索性在鎮子上把人放下，分道揚鑣，彼此都省心。

等趕到桑達鎮的時候，天色已經完全黑了，看了看錶正好半夜一點，按照王樂發過來的定位找到一家賓館。

這個鎮子面積不大，這賓館已經算是鎮上最好的了，但也就只有小小的兩層房間，還都是公用廁所，走廊窄得兩人對面走過都能碰上肩膀。

王樂坐在一樓的小板櫈上，看見馮躍走進來，就趕緊迎上去，看見他身後跟著一個女人，倏然瞪大了雙眼。

「你……你這是……新嫂子？」

馮躍在他身上捶了兩拳：「去你的，什麼就嫂子了。」

然後他回頭看著方若說：「不是讓你聯繫你朋友嗎？你不用再跟著我了，衣服放前台就行。」

方若抓著身上的外套，跟在馮躍身後亦步亦趨，半點沒有要回頭離開的樣子。

王樂看著女人抿著唇不肯離開，曖昧地看著馮躍：「你這桃花質量挺高啊，跟哥們說說，這一路上發生不少事情吧？」

王樂賤兮兮的表情讓馮躍按著頭推回了房間，他轉頭把女人攔在了門口：「我把你帶到鎮子上就算結束了，這衣服你要是喜歡，就留著吧，別再進來了，不方便。」

他說完就把門關上了，沒再管女人一臉錯愕的表情。

「馮哥好絕情哦！」王樂衣服半脫不脫地靠在床頭，學著夜上海的腔調對著馮躍搔首弄姿。

馮躍一枕頭砸過去，王樂瞬間收起嘻嘻哈哈的笑臉，拉上衣服坐好。

「我們明天就接著往大本營去，你有什麼打算嗎？」

自己上山肯定是行不通了，馮躍和王樂都沒有這個資質，就算上去了也是危險重重。

「搜救隊呢？」

馮躍眼前一亮，他們上不去，但是總有人有這個資質登山的，想到在貢嘎山上的時候，有人曾經跟宮智偉認識，說不定能找到能登上珠穆朗瑪峰的人。

馮躍給當時搜救的齊隊長打電話，那邊聽說他要找人上珠穆朗瑪峰，很是猶豫。

「兄弟，不是我不幫忙，實在是我們圈子裡的人都知道，現在已經過了窗口期，珠穆朗瑪峰上變幻莫測，上去了能不能安全下來都是未知數啊。」

馮躍知道這有些為難人：「實在是十萬火急，齊哥你幫忙問一問吧，我這邊找不到別的人有這樣的門路了。」

齊隊長開口問：「你身邊那個宮先生，以前就是國家登山隊的隊長啊，他肯定比我認識的人多啊？」

馮躍有些猶豫，踟躇了一下還是說：「實不相瞞，這次我找人上山，就是因為宮哥在珠穆朗瑪峰上失蹤了，我不能看著他杳無音信地在山上沒個結果，是生是死我都要看見他人。」

齊隊長沉默了一會，咬著牙說：「我幫你問問吧，以前搜救隊有個老隊員，也是登山隊退下來的，說不定能有結果。」

「謝謝齊哥了，只要能上，價錢不是問題，裝備補給我都負責到底，就一個要求，活要見人死要見屍。」

大本營打了幾次電話都說得不甚清楚，一口咬定是失蹤，檢測不到他們在山上的信號，但是大家心裡都清楚，那樣惡劣的環境生還的希望已經很渺茫了。

不管是活著還是已經遇難，馮躍都要親眼看見，如果活著，就算把人綁起來，也不會再讓他登上珠穆朗瑪峰一步。如果不幸已經死了，那就帶著他的遺體火化，按照他生前的遺願，骨灰撒在珠穆朗瑪峰腳下，生生世世與妻子的亡靈廝守。

「答應幫忙了？」

馮躍點點頭：「但是這個搜救隊隸屬機關，不能幫我們上去，但是齊哥已經同意幫我們找找人。」

「不能耽擱太久，明天再問一問吧。」

這件事可以說是迫在眉睫，如果還活著，那每一分一秒都是生命，即便已經遇難，早一點找到他遺體的希望也就更大一些。

第二十六章

馮躍看他把那些直播設備從背包裡拿出來，就知道王樂又要開始直播了，看看時間有些詫異。

「這都後半夜了，你直播還能有人看嗎？」

王樂得意地笑著：「這你就小看兄弟了，我就是早上四點播都有粉絲支持的，我現在可是千萬博主，嘎嘎厲害。」

「失敬失敬。」馮躍把攝像頭轉向一邊，不讓自己出現在畫面裡。

看著王樂開始打招呼，自己拿著浴袍去洗澡，一會好好睡一覺，明天才能繼續趕路。

溫熱的水流打濕頭髮，馮躍精緻的臉在水中更顯誘惑，帶著小麥色的皮膚更有男性的誘惑，這幾個月的鍛煉讓以前坐辦公室的腰間肥肉都消失了，隱隱約約能看出肌肉的輪廓，水珠沒入腰間，充滿張力的軀體更加誘人。

閉著眼睛任由水流沖刷，馮躍想著小彤，想著宮智偉，一個杳無音信，一個生死不明，都是壓在他心上的大石，只要一天沒有消息，就一天讓他喘不過氣來。

「篤篤篤。」

「馮哥，開下門——」

王樂在外面大喊，馮躍無奈，只好套上浴袍，一邊擦著頭髮一邊往外走：「這麼晚了誰啊？你叫餐了？」

王樂頭都沒回：「這小鎮哪能叫到餐啊，對對對，就是之前一起遊玩的馮哥。」

王樂自從跟馮躍他們一起走之後，直播間裡的老粉對馮躍幾人都是知道的，當然了最熟悉的還是經常被王樂拽去當模特的周雨，就連宮智偉也強迫出過幾次鏡，只有馮躍只聞其聲不見其人。

馮躍一開門，以為是賓館的人，沒想到是方若站在門外，一瞬間就愣住了。

也不知道方若從哪弄到這身衣服，晚上的高原只有零上幾度，方若穿著一身輕紗薄衣，一雙長腿在紗裙下若隱若現，玲瓏有致的身材倚在門上，胸前大片美好風景讓馮躍移開眼睛。

「馮哥，晚上好啊。」

方若聲音嬌媚，一伸手，輕紗從肩上滑落，帶著芬芳的香肩半露，肌膚吹彈可破，在昏暗的燈光下依然泛著如玉般光澤，眼睛裡彷彿有一把小勾子，含情脈脈地看著馮躍。

馮躍輕咳一聲，有些尷尬地問：「你有事？」

方若說著話就靠上來：「太晚了，我那個房間太黑了，有些害怕，來馮哥這兒聊聊天嘛。」

她手伸過來的一瞬間，馮躍後退著躲開了，就想遇見什麼洪水猛獸一樣。

「燈不亮找老闆，我幫不了你。」

看馮躍這不解風情的樣子，方若咬咬唇，接著往前走，回手就將門虛掩上了。

「馮哥你聽聽，我這心裡嚇得怦怦直跳呢。」方若伸手來拉馮躍，但仍舊被躲開了。

馮躍側著身要去把房門打開，沒成想反倒被方若撲了個滿懷。

「你！」

「馮哥，你幫我到這，我還沒來得及感謝你呢。」

馮躍推開她搭在脖子上的手，眼睛四處亂瞄，就是不敢低頭看她，這一身暴露的裝扮在馮躍眼中真是有傷風化。

「不用謝。」

方若再接再厲，直接把整個身子靠在他胸前，聲音又甜又嗲，跟白天句句回懟的樣子判若兩人。

馮躍擰著眉頭有些不耐煩：「離我遠點。」

「不嘛！」方若雙手在他身後死死抓住，讓馮躍掙脫不得。

「王樂！滾出來！」

「怎麼啦？」

聽見房子裡還有別人，方若明顯愣了一下，看著王樂從裡面走出來的時候，眼神回縮。

見二人這麼曖昧的姿勢，王樂還打趣地說：「這……你們這是什麼節奏！」

馮躍死死拽著方若的胳膊，要把人從身上脫下來，女人有些微涼的身體靠在身上，不安分地扭來扭去，一片柔軟蹭在馮躍身上，讓他格外噁心。

「方若，請你自重。」

他並不是看見女人就走不動道的色鬼，這樣的舉動只會讓他從心裡感到厭惡，像被一隻蒼蠅塞進了嘴裡，噁心得胃裡直酸。

「馮哥開車一天累了吧，我給你放鬆一下。」

看見王樂出來，方若也沒有從馮躍身上下來，反而抱得更緊了。身上的輕紗薄如蟬翼，半透明的材質裡面的風情若隱若現。

劣質香水鑽進馮躍的鼻腔，嗆得他反胃，掐著方若胳膊的手泛起青筋，見王樂還在一邊看熱鬧，低吼一聲：「還不來幫忙把她整出去！」

王樂看出馮躍的憤怒，趕緊上來一起把方若從他身上拽下來，其實他壓根不相信馮躍會這麼快移情別戀，而且他是見過賀彤照片的，美得出塵，根本不是方若這樣的庸脂俗粉能比的。

看著面前兩個男人，方若一咬牙，直接把手挎在兩人胳膊上，小臉蹭在王樂胸前，直接把人嚇得僵硬。

王樂張著兩隻手，說話都磕巴了：「大姐你這是什麼操作！」

「你，你怎麼還無差別攻擊呢，這事你調情你得找……」

後半句被馮躍凶狠的眼神嚇了回去，縮了縮脖子，手上一直扒拉著方若挎在身上的手。

「放手！」馮躍捏著她的手往旁邊一甩，微紅的眼睛顯然已經憤怒到了極點。

兩人撕扯這幾下，馮躍身上的浴袍已經散開，只剩一根帶子懸在腰上，頭髮滴下來的水珠從精壯的胸膛滑下，在腰間消失，方若的眼神越發纏綿，勾著他身上的帶子不鬆手。

腳下踱著碎步往馮躍身邊湊，馮躍直接往後退，拿著浴巾在身上狠狠擦了幾下，看著方若的眼神就像在看什麼髒東西。

「王哥！」

方若看馮躍不成，就轉頭往王樂身邊去，嚇得王樂直接往後蹦了好幾下，指著她的手都哆嗦了。

「合著大姐你這還是無差別攻擊啊！這大晚上的你作什麼妖！」

方若一抬手，身上鬆垮的紅紗直接褪到地上，精緻的鎖骨、纖細的腰身在燈光下格外晃眼，只剩兩件內衣在身上欲蓋彌彰。

馮躍和王樂同時移開了眼睛，方若不死心一樣往前湊，彷彿沒看見馮躍脖子上已經蹦起來的青筋。

「馮哥……」

「你要是還要一點臉面，就趕緊滾出去，不然別怪我把你扔出去。」

馮躍看她一眼都嫌髒，更別說碰她了，不停地用浴巾擦著剛剛被方若接觸過的地方。

「春宵苦短，我們何必浪費時間呢，這小鎮上哪裡還有我這麼好看的人啊。」方若搔首弄姿的樣子，有蘇妲己的妖嬈，卻沒遇上紂王那樣的好色之徒。

馮躍並非不解風情，只是對面並不是他心裡的人，可以想見，若對面站著的是賀彤，這時候估計早就拉燈了。

「滾！」

馮躍把浴巾扔在她頭上，要把人直接扔出房門，還沒等走過去，房門就被推開了。

「狗男女！你們幹什麼呢？」

突然衝進來的男人讓馮躍手上的動作一滯。

看著眼前的場景，男人臉上像是帶著幾分怒色：「還是倆男人，你們玩得挺花啊！」

「敢碰老子的女人，你們活膩了吧！」

男人上來就把方若拽到身後，一巴掌把人打倒在地，方若捂著臉趴在地上，拽起輕紗披在肩上。

「不是……大哥你誤會了，是她自己跑過來的……」王樂看男人凶神惡煞的，指著方若就開始解釋。

這都什麼事啊，大晚上的被一個女人佔了便宜不說，還被她男人搞了一出「捉奸大戲」。

「甭說那些沒用的，老子就看著你們玩我女人了！」男人從腰間掏出一把刀，已經開刃的刀鋒在燈光下泛著寒光。

一看見刀王樂往後退了一步，揮著手解釋：「不是大哥，大哥你冷靜一點，我們真的什麼都沒幹，你媳婦自己跑進來的……大哥！」

「別放屁，我親眼看見的，你們都哪只手摸我女人了？」

看著那男人拿著刀就往前衝，王樂急得直跳腳，看著趴在地上的方若喊道：「你快說兩句啊，明明就是你自己非要擠進來的，喂！」

王樂也是急糊塗了，方若都主動送上門了，怎麼可能開口幫他們說話。

馮躍站在旁邊沒有開口，看著兩人你來我往的鬥嘴，心裡覺得不對勁，方若一個被「捉奸的女人」，不哭不鬧坐在那一臉震驚，腦海中的想法一閃而過。

「你，你別狡辯了，我都親眼看見了，你也不出去打聽打聽，方圓幾十里誰不知道你爺爺我的大名，敢動我的女人……」

「別別別……大哥！」

王樂攥著是手機都退到茶几了，小腿磕得生疼也不敢吱聲，就怕這男人手上不穩真在身上捅一刀，那可要命了。

馮躍看著男人如此憤怒，還能跟王樂有來有往地理論，心中的想法更加肯定，他兩手一攏浴袍，坐在沙發上，看著男人張牙舞爪的樣子，點了一根煙，透過煙霧看向地上的方若。

「把衣服穿上吧，這齣戲還沒唱夠？」

此話一出，不只是方若，連王樂面前的男人都愣了一下。

「你說什麼呢你！趕緊給……」

馮躍吐著煙圈，直接打斷他的話：「要多少？」

「什，什麼？」王樂還沒反應過來，有點怔愣地看看馮躍，又看看男人。

男人也沒想到幾句話就讓馮躍看出來了，直接開口問價錢，這麼爽快讓他吃不準馮躍的來路。

「算你懂事。八千塊錢，這事就算拉到，不然爺爺我可就報警了，送你們進去吃幾天牢飯。」

一聽到要錢，馮躍一臉了然，看著王樂目瞪口呆的樣子，知道這孩子雖然在外邊遊歷這麼多年，但顯然沒見過這事，估計正懵著呢。

「那你報警吧。」

馮躍知道王樂當時正在直播，手機一直在他手裡攥著，出來得匆忙肯定也沒來得及關上，自己有證據在手根本不怕報警。但是他們著急往珠穆朗瑪峰大本營去，報警處理估計又要浪費上一整天的時間，因為這兩個人渣耗費掉寶貴的時間，多少有些犯不上。

看著男人和方若的樣子，估計也只想求財，要真進了局子慌亂的還不一定是誰呢。

男人看他這麼痛快地答應報警，也懵了，這種醜事都應該花錢了事，怎麼不按套路出牌呢。

「八千……」

聽著男人磕磕絆絆地開口，馮躍實在沒有耐心再糾纏下去，直接看著王樂說：「王樂，把你……王樂！」

馮躍喊了兩聲，才把愣神的王樂叫醒。

「啊？」

馮躍滿臉淡然，對著那男人抬了抬下巴，說：「把你手上的直播讓他看看，這年頭法治社會，還有人敢出來用這種下三濫的手段詐騙，真是很久沒聽說過了。」

「什麼，什麼直播？」男人看看馮躍，又看看王樂手裡的手機，可能第一次碰見這種情況也磕絆著，眼神在兩人之間飄忽。

王樂明白了馮躍的意思，把手機舉起來給男人看，此時的直播間耳聞了全過程，已然已經炸鍋了，彈幕上飛快地刷屏，討論的都是他們的事情。

男人目瞪口呆，想伸手去搶手機，被王樂快一步收回來：「看見了啊？誰是爺爺？還要八千塊錢呢？」

馮躍緊接著開口：「你這女人引我上鉤，跟你裡應外合陷害我，今天這事往大了說就是詐騙，八千可夠你們在裡邊蹲上一陣子了。我要是真給了錢，你們敢要嗎？」

男人愣住了。

「要想安穩走出去，就帶著她馬上離開，不然我這手裡可攥著視頻和錄音呢，到了警察局我們不一定誰去吃牢飯呢。」

王樂聽著馮躍的話，腰板立刻挺直了，耀武揚威地說：「這種事居然自己來抓，我說你是真沒經驗還是腦子有病啊。」

看著王樂又得瑟地嘴賤，馮躍也忍不住扶額，這傻子站那麼近就敢嘲諷人家，也不怕對方情緒激動回首給他一下子。

那男人看看馮躍，又看看方若，擠眉弄眼的樣子一看就是在徵求女人的意見。方若撐著手臂站起來，攏好身上的薄紗，深深看了一眼馮躍，轉身就走了出去。

男人可能是第一次碰見這樣的硬茬子，舉著刀不知所措，馮躍好心開口：「搭檔都走了，這戲你還怎麼往下演啊，快走吧，我這電話都要打出去了。」

男人冷哼一聲，把刀收起來，追著方若就跑了出去。

看著兩人消失的身影，馮躍緩緩鬆了一口氣，按滅了煙頭，暗道好險。

「馮哥你太厲害了，你怎麼反應這麼快！我剛才真是懵了，以為那男人真是方若的老公呢，沒想到竟然是個圈套。」

王樂眼看著危機解除，蹦躂著去關了門，在馮躍身邊獻殷勤，拍了一溜十三招的馬屁。

「幸好你開了直播，把他們嚇跑了，不然咱倆估計還真要破財免災了。」

王樂擺擺手說：「有錢也不能給這些孫子啊，直接報警就好了，讓他們看看什麼叫正道的光！」

馮躍像看白痴一樣看著他：「你知道他們為什麼設圈套嗎？」

「為了騙錢！」

「所以你手上既沒有證據把人嚇跑，又不想給錢，你是想挨打嗎？」馮躍站起來收拾著明天要帶走的行李，跟王樂解釋。

「也就是今天運氣好，這男人一看就沒什麼經驗，估計也是新手，才被我們唬住了，要是多來幾個人，今天不花錢是完事不了的。」

只要花錢能辦的事，馮躍都不放在心上，但是不能給這些人渣花錢，還是冤大頭的錢，讓他心裡憋氣。

「這女人跟了我一路了，算準了我們著急趕路，肯定不會同意報警，不然這種骯髒的手段，都是問你要錢還是要命，哪有把自己送到警察局的，他們又不傻，不是不知道走廊的監控亮著燈。」

王樂一邊聽一邊點頭：「有道理有道理，那你是……」

馮躍嫌棄他墨跡，直接把人推走：「趕緊去直播間看看吧，你那些粉絲估計都要炸鍋了。」

「對對對！」王樂恍然想起被自己遺忘的直播間，連忙抱著手機回了裡間。

馮躍坐在床上有些疲憊，趕了一天路，還被這些糟心的手段打擾休息，那女人一開始看著還是個很有風骨、牙尖嘴利的女人，沒想到都是偽裝出來的，能配合男人做出這種齷齪的事情，也是為了圈錢連底線都不要了。

萬一他真的見色眼開，方若豈不是把自己都打進了狼窩，到時候就算要到再多的錢，心裡能洗掉這樣屈辱的回憶嗎？

君子愛財取之有道，這種手段卑劣的人，馮躍都不願意多做回想，看看時間離天亮不遠了，索性閉眼休息，為明天的路程好好養精蓄銳。

縣城裡的生活寧靜安逸，早上五點天微微放亮，大街上還沒有什麼行人，只有一些早餐鋪開始營業，一籠籠包子伴著奶茶的清香，喚醒人們空空的肺腑，引人坐下祭拜五臟廟。

高原氣候清涼，馮躍穿著衝鋒衣坐在鋪子前，一大口奶茶喝進去，渾身熱乎起來，即便晚上被吵得頭疼，也被治愈了大半。

「早啊，馮哥。」

王樂拎著背包晃晃悠悠地坐下，眼下一片青黑，馮躍不用問都知道，昨晚肯定通宵跟粉絲們侃大山了。

吃過早飯，馮躍猛灌了一杯咖啡，昨晚沒有休息好的精神才算勉強恢復起來，揉著眼睛開車繼續往前走。

清晨的風帶著沁人心脾的爽意，馮躍開始先行，王樂緊隨其後，但是他的狀態還沒有馮躍好，所以馮躍一直壓著車速，不敢開太快。

馮躍正想著齊隊長的消息，就接到了他打來的電話。

「齊隊長，怎麼樣了？」

那邊齊隊長朗聲大笑：「我也算是不負所托，聯繫了好幾個人才找到一個，這人要是宮智偉在，一定能認識，當年宮哥病退之後，這人就頂了上去，現在正好在一家私人登山俱樂部當主教練，聽說這件事之後，立刻就答應了。」

「就他一個？」馮躍有些不放心，那珠穆朗瑪峰都是團隊上山，一個人要面臨的突發狀況太多了。

「我把你手機號給他了，估計不能一個人，他也是有經驗的人，要是找其他人的話他比我靠譜。」齊隊長嘆氣，「兄弟，我能力有限，能幫的只有這些了。」

馮躍已經很感激了，這方面他實在是沒有什麼辦法，能找到這麼一個人已經很不容易了。

「別這麼說齊哥，感謝你的幫忙，等我們事情辦完了回去請哥幾個吃飯。」

跟齊隊長寒暄了一會，馮躍就用對講跟王樂說了這件事。

馮躍接到那個教練電話的時候，就讓他趕去珠穆朗瑪峰大本營，大家在那匯合，看看情況再制定方案。

為了不再耽誤時間，馮躍和王樂果斷在鄰近的小鎮放下一輛車，準備充足的補給，兩人換著開，晝夜不停往珠穆朗瑪峰方向去。

夜晚的國道只有車燈的光亮，王樂在副駕駛睡著，馮躍想到大本營還是沒有關於宮智偉一行人的信號，知道情況不容樂觀，不由得加重了油門，車子在國道上飛馳。

一天一夜兩人只在車上解決吃喝，個個熬得雙眼泛紅，只在日喀則辦理通行證的時候，才稍微下車休息了一下，拿到證件又第一時間開車出發。

當晨曦第一縷陽光從山尖破雲而出，馮躍的車開進了大本營的大門。

因為失蹤了一行人，大本營門口早就有工作人員等候，看見馮躍從車上下來，連忙迎上來。

「您好，是馮先生嗎？」

「你好，辛苦你們等著了。」馮躍握手，連行李都顧不上拿，就跟著工作人員往據點去。

來人叫王甫，也是宮智偉的老朋友，這次他能上珠穆朗瑪峰都靠王甫從中斡旋。

王甫靠近馮躍，低聲說：「按照珠穆朗瑪峰的審核規定，宮智偉這樣的殘疾人員是不能登山的，所以他這次上去並不是正規渠道，裡面那些人都不清楚內情，一會我們進去觀測信號，千萬別說漏嘴了。」

馮躍點點頭，他早就猜到以宮智偉的身體狀況，一定是用了什麼暗箱操作的手段才能登山，不止是帶他上去的隊員要靠得住，就連大本營內部也要經過層層打點，才能拿得到相關手續。

馮躍停下腳步，看看後邊整理行李的王樂並不在身邊，小聲問道：「那你看我能不能跟著搜救隊一起上去？」

王甫有些為難：「你有六千米以上高山成功登頂的資質？」

馮躍搖搖頭，王甫擺擺手說：「那你這肯定是不行的，這邊的審核機制其實是很嚴格的，宮智偉那是我費了好大的心思才糊弄過去，你一點相關經驗都沒有，就算為了你的安全考慮，我也不能幫你辦這個事。」

馮躍還要開口，被王甫制止了，王甫語重心長地說：「宮智偉的事情我都知道，所以於心不忍才這麼做的，你儘管放心，我們的搜救隊都是最好的，等明天天氣的觀測報告出來，如果相對理想，大本營一定會派人出去搜索的。」

馮躍聽他的態度如此堅決，就知道自己是絕不可能跟著隊伍一起上山的，只能在大本營耐心等著。

進了房間，滿牆都是大屏幕，上面閃爍的都是珠穆朗瑪峰上人員的遙測信號，不過這個時間已經過了窗口期，所以只有零星幾個還在閃爍。

王甫指著右上角的屏幕說：「十八天之前，他們上山的時候所有信號都是正常的，因為珠穆朗瑪峰上環境複雜，一旦到了窗口期最後的期限，我們都會通過通訊系統提醒他們趕快返程。」

「六天前他們收到消息就已經開始往下走了，按照預測如果不出意外，這個時間足夠他們走下來，但是四天前，他們十二人的信號相繼消失，大本營失去了對他們位置的監控。」

馮躍看著沒有一點閃爍的屏幕，皺起了眉頭，手指不自覺地拈著手腕上的絲帕：「那怎麼沒有馬上搜尋？」

王甫嘆了一口氣：「前兩天氣象站觀測到珠穆朗瑪峰上的氣候條件並不可觀，別看山下還好，但是山上有的地方已經開始下雪了，還伴有大風預警，如果派遣搜救隊上去，我們是無法保證後續隊員的生命安全的。」

「我也找了一個老登山隊員，他肯定是有資格的，到時候能不能跟你們的搜救隊一起上山？」

「你說的是向文吧？他昨天半夜就到了，正在後面的園區休息呢。」

「您認識？」

王甫拍著肚皮嘿嘿一笑：「別看我現在的工作，以前我和向文、宮智偉都是一起在國家隊共事過的，不過我一直都負責觀測和後勤工作，他們才是正式的登山隊員，你能找來他也是不容易，這小伙退役之後一直在私人俱樂部當教練，比我們那時候風光多了，輕易請不動他的。」

馮躍會心一笑，確實風光，跟向文通電話的時候，可是下了重金下去，又有宮智偉的情面在，才把人請出山，不然等閒是叫不動這尊大佛的。

「我帶你們去園區入住，看你們這狀態也是連夜過來的，現在左右也沒有消息，都得等氣象預測報告出來才能商量，你們好好休息一下，一有結果我就通知你。」

跟著王甫往外走，兩人閒聊，馮躍還沒見過向文，但是通過齊隊長和王甫的口中描述，這人是個了不得的登山天才。

「他素質這麼好怎麼就退役了呢？」

「他是在宮智偉退役之後頂上當隊長的，當年一次任務中，他在山上沒信號，他老婆難產一屍兩命，母子兩個都走了，他回來之後就很消沉，索性就辦了退役，再也沒經手過這樣的事情，聽說在俱樂部都是以隊員的日常訓練為主，很少能聽見他出山的消息。」

馮躍一聽，得，這又是一個大情種。

入住的時候，馮躍迎面看見一個男人，長髮攥成一個揪綁在腦後，手裡拿著一瓶水，嘴裡叼著煙，坐在門口的大石墩上哼著歌，看見王甫領著馮躍，半眯著眼往這邊看。

「向文，睡醒了啊，這位就是馮先生。」

向文看著馮躍微微點頭示意：「你好。」

「幸會。」

馮躍第一感覺，與其說他是登山運動員，不如說更像一個藝術家，仰頭看著天的時候，獨有一種憂鬱的氣質，像極了殿堂裡沉醉音樂的小提琴手。

「那你們聊著，我先去前邊忙。」

馮躍站在向文對面，王樂進去放下包袱倒頭就睡，小伙子睡不醒，一整天都沒什麼精神。

「宮智偉的事情我都聽說了。」向文停頓了一下，吐著煙，「自從他堅持復健，後來又找我訂購了一大批裝備之後，我就知道他遲早有這麼一天。」

跑到珠穆朗瑪峰上圓夢，現在生死不明，地下的人都只能乾著急，等著老天爺賞臉，好歹讓天氣放晴，讓他們有機會上去看一看。

「宮智偉決定的事情，沒人能勸得住，我相信你也肯定說了不止一次，簡直油鹽不進，當年我去醫院看他的時候，那個慘烈啊，後來他找我的時候，那眼睛裡都有光了，我就想著，有個目標總比渾渾噩噩的要好，誰知道，現在還是變成了這副局面。」

向文踩滅了煙頭，看著高聳望不見山頂的珠穆朗瑪峰，一簇簇厚重的雲團遮擋著，就像秘境不願被人窺見真容，只能讓山腳下的人極力瞻仰。

「他今年進藏我是知道的，就算你不找我，我也是要直奔珠穆朗瑪峰來的，總要最後見一見他，這輩子也算兄弟一場。」

向文的眼睛裡比宮智偉多了一抹柔和，看上去就像情場浪子，不論是嗔是笑，都帶著多情。

馮躍看著上面的雲團，就算不懂氣象學，也知道上面的情況之複雜，根本不是憑藉一腔熱血就能上去的，一場大風就能要了他們的命。

「只能等著他們的氣象預報了。」

「這裡的氣象組都是國內頂尖的專家，要是他們說不行，我們沒有一個人能上去，所有通道包括遊客區都會關閉的。」

向文來過這裡，對大本營的一切都很瞭解，這些年雖然不再登山了，但是一直沒有停下對珠穆朗瑪峰的關注，現在設備越來越先進，比他們十年前登山的時候保障要高出很多。

向文看著馮躍，眼中似有千鈞之勢：「你要知道，宮智偉這次上山並不符合大本營的規章制度，要是悄無聲息地下來也就算了，憑藉我們的關係怎麼也能抹平，但如果……」

後邊的話他不說，馮躍也知道。

如果是被抬下來的，不論是生是死，在珠穆朗瑪峰上面出了事，大本營都會徹查的，到時候但凡被宮智偉打點過的人都會被牽扯進去，王甫就首當其衝。

「都信得過嗎？」

向文嗤笑一聲：「哪有什麼真正信得過，除了王甫有舊交，那些人都是被買通的，宮智偉這一趟把老本都砸進去了，到時候一旦被查出來，恐怕他身後名都保不住。」

「先看眼前吧，車到山前必有路，事情爆發了就找解決的辦法，總要把傷害降到最小。」

馮躍也沒有頭緒，這本身就是一件違反了制度的事情，不是他掏點錢就能平息的，珠穆朗瑪峰的地理位置太特殊了，發生事故都會引起各方關注，只能到時候見機行事，現在他們計劃得再好，也算不準變數。

第二十七章

馮躍回去躺在床上也睡不著，身體是極度疲憊的，但是精神一直緊張著，珠穆朗瑪峰就在眼前了，可宮智偉還是一點消息都沒有，只能眼巴巴地等著。

他掏出手機，習慣性地打開微博，還是那個反反復復看了很多遍的照片，一個更新都沒有，就連小說都已經停載兩天了，賀彤就像突然消失了一樣，一點音訊都沒有。

看著界面上的電話，這是他們共同的朋友，但是馮躍遲疑著，始終不敢點下去撥通，他不敢賭這萬一的機率，如果賀彤知道自己一直在隱秘的角落關注著她的行跡，一定會徹底消失，從此再也不會有她半分音訊。

小說寫到他們分開的那天，馮躍每次看到這裡都會心如刀割，如果他早一些醒悟，就不會把結尾弄成如此進退兩難的局面。

「那通電話是我此生最艱難的決定，我以為把分別說出口將會是一件很難的事情，可一旦開始了，就又會覺得有今天的結果，我們怪不了任何人，情深緣淺四個字，原來是如此刻薄。」

賀彤並沒有在這裡說出馮躍一點薄情，但只有他自己看見了，才真的透過文字，體會到當時賀彤的絕望和掙扎，絕不會比他自己少上一分。

心裡的抱歉已經說了幾萬遍，但賀彤聽不到，任何人都聽不到，只有他自己躺在珠穆朗瑪峰下面的硬板床上輾轉反側。他默默忍下的眼淚，是賀彤這些年獨自一人坐在空蕩的房子裡所承受的一切，所以馮躍也怪不了任何人，甚至連情深緣淺幾個字他都沒臉說出口。

緣分不淺，他們在幾萬人的校園相遇，在茫茫人海中有了這多年的緣分，可終究是他自己沒有握住，在婚禮前夕，在所有人都即將祝福他們美好一生的時刻，一切都戛然而止。

所以在九寨溝看到的那場婚禮，讓馮躍心裡的遺憾放大了無數倍。

看到李經緯和申頌章至死不渝的相守，馮躍也知道自己所謂的深情，有多麼淺薄，以為物質健全就已經足夠了，他忘記了要用時間去維護，忘記了一個逐漸堅強的女孩身後，都有著他忽略掉的心酸。

可是到了現在，他已經沒有辦法挽回了。

在貢嘎醫院看見的那片裙角就是他們此生最近的距離了。

馮躍半睡半醒間，聽見有人在耳邊叫他的名字，一睜開眼，王樂碩大的臉在眼前，瞬間嚇得清醒。

「你幹嘛？」

王樂無辜地眨眨眼，指了指門外：「王甫敲了半天門了，你都沒反應，都把我敲醒了。」

馮躍心想應該是氣象監測出結果了，剛翻身站起來，眼前一黑，差點栽倒，幸好王樂手疾眼快扶了一下。

「你怎麼了？」

馮躍捂著額頭晃晃悠悠地勉強站穩，就要往外走，王樂伸手一抹，臉色大變。

「怎麼這麼燙！」

高原上發燒是極容易要命的事情，王樂擔心得不行，按著他就要去叫醫生，被馮躍攔住了。

「我先去看看王甫那邊怎麼樣了，我沒事，一會吃點藥就好了。」馮躍忍著眩暈，面色有些泛白，但還是穿好衣服要往門口走。

王樂扶住他：「你就是最近操心的事情太多了，累病了，要我說，反正已經到珠穆朗瑪峰了，你就好好休息一下，他們能不能上去找人反正你都上不去，靜觀其變就是了。」

馮躍沒有說話，宮智偉一天沒有消息，他怎麼可能休息得好，在外邊跟著忙碌至少還有事可做，自己待著更容易胡思亂想。

打開門，王甫在外邊還舉著手要敲，剛要說起正事就看見馮躍明顯的虛弱了很多：「生病了？我們這有醫療隊，一會送你過去看看。」

「先說正事，是不是觀測報告出來了？」馮躍聲音虛浮，躺著的時候不覺得有事，一站起來就頭暈目眩。

王甫點點頭：「雖然山頂雲團很厚，但是今晚預測會有一場大風將雲團吹散，明天預計可以登山。」

馮躍聽說可以派遣搜救隊上山，喜悅之情溢於言表，但是向文卻滿臉凝重，顯然是想到了什麼不同的事情。

王甫和向文對視一眼，果然有經驗的人在一起就是能想到對方的點，向文說：「大風能吹走雲團，但同樣會給在山上的人造成困難，如果他們還活著，今晚將是難熬的一個夜晚。」

馮躍看著山頂厚重的陰雲，此時山上會是什麼景象呢，狂風大作或是暴雨如注，他們沒有可以遮擋的地方，肉體凡胎如何能經得起自然的摧殘。

「只能等著了。」

王甫長嘆一聲，轉身回去。馮躍站了一會，眼前一花倒在王樂身上，向文快走兩步一起把人送到了醫療隊。

「這麼嚴重的高燒應該馬上到醫院去，這裡的條件畢竟沒有醫院好。」

馮躍迷糊中抓住了王樂的胳膊，吐出來的氣息都是滾燙的：「不去，我要在這……等著。」

「你這樣，沒等他下來，你就先把自己送下去了。」王樂著急地就要把人往外推。

馮躍死死抓著欄桿，也不知道他高燒不退哪裡來的力氣，任憑王樂怎麼拽都拽不動。

「我要在這盯著，親眼看著他下來，走下來！」

看著馮躍堅定的樣子，王樂也不忍心動手了，但是擔心他的身體也沒有馬上妥協，還是向文做主，讓醫生先給掛水，觀察一晚再說。

聽著外面呼嘯往來的風聲，馮躍躺在床上也睡不著，想著以前看過的電影，那樣艱苦卓絕的生存環境，想要全須全尾地下來本身就希望渺茫。

馮躍被風聲和冰涼的藥液夾雜著，心裡冰火兩重天，一會充滿希望，祈禱著他們度過今晚就好，一會因為查閱過的資料而擔心，他並不是王樂那樣的樂天派，十幾年的職場生涯，讓他習慣性地將最壞的結果考慮在前面，越是這樣想，越是令自己感到痛苦。

就這樣半夢半醒，腦海裡一會是暴風雪，一會是四季春，轉念之間又變成了宮智偉在亂世之下掙扎的樣子，一會又是賀彤站在清澈的海子邊回眸淺笑。

馮躍在難捱的夢境中輾轉了一夜，一早醒來，渾身都是汗水，自己摸摸額頭已經沒有昨天那麼熱了，就是身上還沒有什麼力氣。

「怎麼樣？有沒有舒服一點？」王樂拿著保溫桶走進來。

「好多了。」馮躍撐著手臂坐起來，靠在床頭上，接過王樂手裡的熱粥：「我自己來，向文他們準備出發了？」

王樂點點頭：「正在外面準備著呢。搜救隊一共六個人，加上向文，還有兩個負責觀測和後勤保障的隊員。」

馮躍一聽就坐不住了，掀開被子就要下床：「我去看看。」

「你著什麼急啊，你去了也幫不上什麼忙。」

「不行，我去看看回來就吃，先放著吧。」馮躍趿拉著鞋子就往外走，一隻袖子還在身側耷拉著，一邊拽一邊推門出去。

王樂手忙腳亂地把蓋子擰好，對著馮躍的背影喊：「人在大廣場呢，你走反了！」

馮躍走到廣場的時候，向文已經打包好所有東西，手裡拿著登山杖，雪鏡卡在帽子上，文藝范的長髮被掩蓋起來，眼神看著珠穆朗瑪峰，堅定又執著。

「要上去了？」

向文看看手錶：「七點一刻出發，我們先到他們信號消失的地點去找，不過昨晚一場大風，估計什麼痕跡都已經吹沒了。」

馮躍知道這件事情的沉重，宮智偉他們上去的時候，尚在窗口期，有一段路是順暢的，但向文等人現在上山，馬上就要面對無常的天氣帶來的一切危險，上面雨雪紛飛，稍有不慎就會危及生命。

「辛苦了。」馮躍不知道說些什麼才能稍稍安撫他內心的不安，這些人履行著自己的職責，同時背負起多少人的祈願，身上的重擔難以估量。

「不用說這些，都是為了智偉，我一定會找到他的。」

然後把他好好地帶下來。

向文背起行囊，一揮手：「出發！」

馮躍站在原地看著一行人坐上擺渡車，往最近的埡口行去，此一去能不能找到宮智偉的下落，就看他們了。

「我知道你擔心，但是我們能做的就只有等，耐地的等。」王甫拿著地形圖出現在身旁，指給馮躍看，「這是宮智偉消失的地方，離向文登山的地點至少要走上一天一夜，還是在一切順利沒有任何突發事件的情況下。」

馮躍抿著唇，他突然感到無力。

那種渾身都失去勁頭的無力感將他淹沒，看著高聳巍峨的珠穆朗瑪峰，上面有他亦兄亦友的朋友，明知道身陷險情等人解救，可自己什麼都做不了，高原上稀薄的氧氣已經讓他感到不適，甚至連埡口都不能靠近，只能在營地裡一分一秒地等待。

從九寨溝開始，地震埋葬了那麼多的人，那些趴在石堆上絕望哭泣的人何等悲涼，他只能用手搬動石塊，親眼見過斷肢殘骸，見過家人抱著一隻手臂狼狽大哭，他無從挽救。

在香格里拉，他看著申頌章死在穹蒼四野，潔白的頭紗覆蓋了李經緯餘生全部悲歡，高壯的男人哭泣得像個孩子，草原上回旋的風都在為這樣的愛情哀悼，他除了一場婚禮，再沒有能為這對有情人能做的事情了。

難道要他對著病魔講述他談成過多大金額的合同嗎？還是他能背誦畢業時的金融論文挽回生命？拯救這個奄奄一息的小家庭？

他什麼都做不了，面對生命的逝去，他一次次地做了旁觀者，在香格里拉如此，在邊巴次仁面前一樣如此。他攔不住子彈貫穿梅朵胸膛的力量，也化解不了盜獵分子的罪惡，甚至捂不住那些汩汩湧來的鮮血。

生命之脆弱，他那些曾經引以為傲的成就，在這片高原上渺小得不值一提。

馮躍看著自己的雙手，他敲擊過鍵盤，擊響過華爾街的鐘，簽過上億的訂單，卻面對朋友的離世連動動手指的力量都沒有。

失魂落魄地轉身，全部希望都寄托在他人身上，這樣的感覺真的不好，馮躍的脊梁彷彿有一座大山，壓彎了他的精神和自信。

被王樂一口口塞進嘴裡的粥填滿臟腑，可食之無味，他的心裡還是空洞的。他愛的人因為忽視而遠去，他的朋友們在這趟318之旅中不得善終，短短幾個月，馮躍覺得自己似乎經歷了人世間全部的悲苦，愛別離，求不得，每一樣都讓他如嚙齒噬心般疼痛。

王樂清清嗓子，似乎不知道要說些什麼，但還是張張口找出話題：「你別這麼悲觀啊，說不定向文一上去就把宮大哥找到了呢，到時候我們狠狠揍他一頓，讓他不聽話……」

王樂自己越說聲音越小，到最後只是呢喃著：「……向文那麼厲害，一定可以找到的……宮大哥可是登山隊的傳奇，一定會沒事的……」

這話彷彿只是說給自己聽的安慰，王樂索性閉上嘴，攪動著碗裡的粥。

滿室沉靜。

馮躍每隔兩個小時就會到營地門口張望，一輛輛擺渡車從身邊駛過，都是興致勃勃的遊客，來自四面八方，說著各有特色的語言，若是從前，馮躍一定上前攀談，但這一次，所有嘈雜的人聲都是背景音，他耳中只有從山間吹來的風。

這一天一夜馮躍幾乎未曾合眼，送去的飯菜都沒有吃過幾口，整個人聽不進勸，越是隨著時間的推移，越是焦灼。

「王甫，王甫！」馮躍推來檢測室的門，大步走進去。

「怎麼還沒有消息？他們走到哪裡了？」

王甫頭也沒抬，指著身後的屏幕說：「你今天都問了我四遍了，自己看去。」

屏幕上閃爍的綠點距離宮智偉消失的地方已經只剩下一點點路程了，馮躍呢喃著：「快了快了，就快……」

沒等他把欣喜染上眉梢，檢測室裡的警報霎時間響起，刺耳的聲音讓他有些不適，一行人拿著報告書和儀器行色匆匆地走進來。

「王甫，山上是不是還有人在？快，快發信號讓他們下來！快！」

王甫站起身檢視對方手裡的報告，臉色大變：「快發信號，馬上撤離！」

馮躍茫然地看著眼前的一切，站在原地雙腿有些僵硬：「怎……麼了？」

「之前監測的雲團受到寒流北上的影響，改變了預定軌道，珠穆朗瑪峰上比地面要惡劣上幾倍，搜救隊員在上面太危險了，必須馬上掉頭回來。」

馮躍不懂這些氣象學的事情，轉頭看看屏幕，向文一行人距離目標點只剩下最後一點距離，又看看操作電腦發布信號的人，遲鈍地說：「可是……他們馬上就找到了……很快了……」

「你在屏幕上看是只剩下一點，但是實際路程還有至少三個小時才能到，他們耽誤不起，雲團也不會等他們的。」王甫不跟他廢話，直接越過他去按撤離的信號鍵。

馮躍抓住他的手，眼中懇切地哀求：「再等一等，向文一定會更快的，他們，他們馬上就要找到……」

王甫警告的眼神讓馮躍反應過來，生生咽下了宮智偉的名字，但是眼中的焦急仍舊不能作偽。

「我不能拿隊員們的生命開玩笑，耽誤一分鐘都有可能發生變數，你懂不懂！上面的人不都是向文，他是天才，是登山隊的奇跡，是多少年才能出一個的大山之子，可同樣也是活生生的一條人命！」

王甫推開他，果斷按下信號鍵，看著屏幕上赫然變紅的感嘆號，馮躍呆滯地站在原地，就差那麼一點，就能看見宮智偉的蹤跡了。

周圍的工作人員開啟應急預案，沒人顧得上他，馮躍看著眼前的忙碌，轉頭看著安靜肅然的高山，任憑人們為它有多少忙亂和敬畏，它就像高高在上的神，站在世界之脊上俯瞰眾生。

馮躍拖著步子走回房間，木然地看著外面的人跑來跑去，為這座屹立的高山陡然間的變臉緊張著。

高山在人間看著百代更迭，人們為征服它而努力著，在上面歡呼，看著紅旗迎著風獵獵招展，雲海在腳下翻湧，似乎是容納日月的天堂，可也有人因為它的神秘莫測而痛苦，一次次不死心地登上去，看著愛人薨逝，看著殘軀湮滅，直到最後丟掉了全部的勇氣。

然而高山依舊巋然，人們只能在山腳下回望風雨路，或長嘆，或感慨。

窗外的光從濃烈到黯淡，雨滴從細微到瓢潑，馮躍始終站在窗前不曾挪動腳步，直到王樂帶著滿身水汽推門進來。

「回來了，向文回來了。」

馮躍彷彿沒聽清一樣，機械地轉頭看向他。

王樂把雨衣套在他身上，拉著他往外走：「快去啊，你不是著急地要命嗎，人都回來了怎麼還不去問問情況。」

馮躍跟著王樂的腳步跑出去，推門進去的時候，一把抓住向文的手臂，目光灼灼地盯著他：「找到了麼？找到沒有啊？」

向文搖搖頭。

旁邊的隊員解釋說：「我們按照他們登山之前留下的備案路線一路搜尋上去，雖然沒有到達最後信號消失的準確地點，但是也只差一個小坡了，只是之前那場大風把所有痕跡都毀了，什麼都沒找到，連一點動向的痕跡都沒有。」

向文拽下帽子，長髮散落，凌亂地搭在肩上。

馮躍頹然地鬆開手，往後退了一步，他不想相信這樣的結果，廢了這麼多力氣，竟然一絲一毫都沒有找到。

「怎麼會呢……」

馮躍看著向文一行人都狼狽地坐在櫈子上，顯然也是拼盡全力才跑贏了風雨回到安全的營地，可是宮智偉怎麼辦，他那雙腿根本不可能像向文這樣跑回來的。

「再去。」

「什麼？」王甫沒有聽清，問道。

馮躍轉身看著他，眼中是近乎瘋狂的光亮：「再去！不管怎樣，都不能把他扔在山上不管。」他的愛人死於高山，獨自承受了數年的風吹雨打，他不能放任宮智偉也落得同樣的下場，明明他就在山下，明明可以把他帶回來的。

「我不在乎花多少錢，只要把他帶下來，什麼裝備，什麼物資，我都可以承受。」馮躍捏緊了拳頭。

「那人命呢？人命你能承受嗎？你受得起嗎？」王甫質問他，他能理解馮躍此時的焦灼，但他要為所有上山的隊員負責，不能只憑藉私情就做出頭腦一熱的決定。

王甫指著向文說：「你看看他，他都尚且這麼狼狽地才能安全回來，現在山上的風雨足以掀翻一整個團隊，你要把多少人送進去，你才肯認清現實。」

「他就是失蹤了，在珠穆朗瑪峰失蹤了，不是在一條小路上失蹤，這裡面意味著什麼，你到底明不明白！」

「可就讓他這樣留在上面嗎？他已經留下一條……」

「馮躍！」

王甫及時的大喝讓馮躍找回了理智，脫力地坐在椅子上，山腳下風雨如晦，山上更是災難，這樣的極端惡劣天氣，別說是人，就是神仙來了也要脫一層皮才能走。

桌面被捶的砰砰作響，馮躍指甲死死掐進掌心才忍住了心裡的悲鳴。

房間裡安靜得厲害，每個人都低著沉重的頭，最後還是向文開口打破寂靜。

「即便要上，也要等這場風雨過去再說，不然只是徒增傷亡。」向文把一枚徽章放在手心裡，那是登山隊統一的標志。

「就算是珠穆朗瑪峰又怎麼樣，我就是一寸一寸地爬，也不會讓他在上面躺著，就是要死也得死在地面上。」

馮躍失魂落魄地走出房間，大風掀翻了帽子，冰涼的雨水順著脖頸灌進雨衣，雨幕中，珠穆朗瑪峰的身影更加模糊，看不清上面的石棱，是不是就像宮智偉看不清前路一樣。

「我找不到你……你要是有感應就給我一點提示吧……」馮躍在心裡默默想道。

找出宮智偉留給他的手杖，栩栩如生的高山羚羊依舊鐫刻著，馮躍撫摸著羊頭說：「你不是羚羊轉世嗎，這麼一點小事就把你難住了？要是找到了你想看到的，就下來吧，我們說好了要一起喝酒的……」

看著書信上熟悉的筆記，一灘灘墨跡被暈染開，如同涓滴在墨海中的水痕，蕩漾開他們之間生死與共的回憶。

「你連捅刀都不怕，連子彈都能躲過去，怎麼就迷路了呢，宮智偉你是狗屁的登山隊長，再不出現你英明就要沒了！」

不管馮躍怎樣嘟囔著話語，外面依舊只有攜風帶雨的聲音，那聲「馮躍」始終沒有出現。

拿著手杖站在窗前，還是凝望著珠穆朗瑪峰的方向，他多希望此時宮智偉從風雨深處而來，帶著高山的精魂和魄氣，笑著說：「走啊，喝酒去。」

一屋一燈一人一仗，就這樣對坐等候風雨過去。

大雨連下兩天，整個營地都封閉起來，外面執勤的工作人員晝夜輪崗，馮躍就這樣數著一天三班輪換，看著他們在雨中巡邏。

每天只睡三四個小時，木然地咀嚼著飯菜，他思考了很多事情，這一路走來見過太多驚嘆的風景，也看了形形色色的人事，可到頭來自己仍是孑然一身，追尋的沒有得到，得到的也在翕忽間失去。

雨後的山腳空氣清爽，邁出房門的一刻，馮躍不適應地抬頭看著久違的陽光，心裡的悵然被深深埋葬，臉上還是從前那個在職場呼風喚雨的馮躍，但有什麼已經不一樣了。

是眼神。

變得悲憫而透徹，笑看眼前的山脈綿延千里，不再對過去的無能為力而自責，只是帶著隱晦的希冀，不時地轉向埡口的方向。

向文坐在院子裡收拾行囊，裡面高精尖設備讓人眼花繚亂，但他把玩在手上，彷彿連金屬都有了生命。

他抬頭看看馮躍，對著他拄在身邊的手杖有片刻出神，然後說：「我會再上去的，我的兄弟一定要活見人死見屍。」

「還是要原路上去？」

向文搖搖頭：「宮智偉的目標根本不是登頂，所以既定路線對他不適用，我用當年出事的地方作為目標點，推測了他上山的路線，跟實際路程偏差了七公里，所以這一次我按照自己的方向走。」

馮躍沒說話，這兩天兩夜的大雨已經把他澆得足夠清醒了，沒有人能在自然的力量面前稱王，向文如此，宮智偉一樣如此。

行李還沒有收拾完，王甫氣喘吁吁地跑過來，招呼著兩個人，上氣不接下氣的地指著大廣場方向。

「快去，快去看看……宮，回來了。」

馮躍最先反應過來，拔腿就往廣場上跑，向文手裡的繩索驟然落地，緊隨其後跑過去。

馮躍看著眼前的場景，不由自主地停下了腳步。

廣場上癱坐著幾個人，身上的防風服已經不成樣子，臉上都掛著彩，饑渴地灌著水，可是人數不對，只有寥寥九個人，缺了三個。

「其他人呢？」

王樂指了指另一邊臨時搭起來的帳篷，不等走進去，馮躍就看見被白布蓋著的兩具屍體，死氣沉沉地躺在哪裡。

馮躍蹲下去，顫抖著手，猶豫許久才醞釀起勇氣掀開白布，被亂石砸花的臉，只是雙腿健全，不是宮智偉。

憋著一股氣，馮躍刷地掀開第二張白布，左邊的胳膊已經被磨爛了，缺了一條腿，遲疑著去摸斷肢，斷口圓滑有皮肉包裹，肯定是陳年舊傷，這就是宮智偉了。

馮躍看著他全是傷口的臉，已經分辨不清往昔英俊的容貌，翻出白骨的胳膊有皮肉垂在外面，整個人安安靜靜地躺著，再也不會跳起來跟他嬉笑。

他猛然蓋上白布，跪坐在前面，一顆顆眼淚砸在地上，無聲地顫抖著肩膀，攥著拐杖的手泛起青筋，身後站著的王甫等人一見他這樣的狀態，都站在原地，一句開口安慰他或者安慰自己的話都說不出來。

巨大的悲傷籠罩在馮躍周圍，他果真只見到了宮智偉的屍體，晝夜奔赴以為能有一線生機，哪怕是重傷下來也尚有一點機會活著，他向高山祈禱了那麼多次，日日夜夜地擔心，最後也只看到了一具傷痕累累的屍體。

工作人員端來一盆水，要給宮智偉淨面，馮躍抬手接過來，用帕子一點點把他臉上的髒污洗淨，有細小的傷口層疊在上面，最深的一處在額頭，深可見骨。

馮躍一邊擦，一邊念叨著，語氣平靜得像兩人在聊天。

「你還欠我一頓酒呢，我跟你說這回可便宜你了，等下輩子你要是還賴帳，我就把你腿……」馮躍哽咽了一下，接著說，「我就把你這些破事說給嫂子聽，讓她教訓你。」

馮躍擰乾帕子，執起一隻手，沿著指縫慢慢擦拭：「怎麼就這麼強呢，十頭牛都拉不回來你，看看，這回玩脫了吧。」

「不過你放心，你交代的事情我都給你辦好，每年都來看你，即便留在這你也不會孤單的是不是，這是你心心念念的地方啊。」

「你也不用遺憾，沒找到就沒找到唄，我跟你說，你要是找到了，嫂子非得捶你一頓不可，不過我們是大男人，得讓著點女人，你就乖乖聽話好了。」

馮躍看著他缺了的那條腿，忍不住熱淚，從眼角滑落，抬著頭看著帳篷頂，想讓哽咽聲咽回去，嘶啞著嗓音說：「你倒是要在風裡自由自在了，留我年年跨越千里來給你掃墓，你說你多損啊，死了也讓人惦記。」

他給宮智偉擦乾淨，換好了衣服，因為要秉承他的遺願，火化之後揚灰在珠穆朗瑪峰腳下，所以馮躍聯繫了殯儀館，要等明天才能上來。

馮躍就拿著一瓶酒和手杖，坐在帳篷外邊陪著宮智偉。

晚上月色正濃，繁星閃爍，這裡的星空比任何一處都要耀眼美麗，像是一雙雙好會說話的眼睛，馮躍想到周雨以前說過，死去的人會變成星星在天上看著他們。

他突然就明白了信仰一樣東西的魔力，就在於，他會賦予死亡新的定義。或是靈魂去了天國，或是留在某一個角落默默守護，或是變成光年之外的一束光，如同神祇一般看著這顆深藍色的星球。

宮智偉一定也會這樣變成了一顆星星，看著他，看著他又愛又恨的珠穆朗瑪峰，然後心滿意足地散發光芒。

馮躍自己喝一口，酒精順著口腔滑進胃裡，灼燒一路，嗤笑一聲：「一直都說要喝一頓酒，今天我們哥倆可算是安排上了，這可是我從下邊帶上來的好酒，你也嘗嘗。」

在帳篷前給宮智偉倒上一杯，馮躍對月遙敬：「下輩子可別這麼苦了，平平常常地過日子，把沒享受到的福氣都找回來吧，這瓶酒給你留著。」

馮躍從不相信來生，但此刻，唯有這樣的說辭能稍稍安慰自己些許。

第二十八章

這一夜彷彿有無數的話想說，就這樣絮絮叨叨地在帳篷前坐到天明。

晨光熹微，一絲橙色的雲彩從山腰飄過，天地間被燦爛的朝霞籠罩，馮躍抬眼看著這樣的美景，感嘆著自然造化弄人。

搜救隊上山的時候大雨傾盆，宮智偉沒等找到愛人也被狂風侵襲，現在諸事皆平，連天氣都變得晴朗起來，微風不燥，吹在臉上是恰到好處的舒爽。

殯儀館的車來接人的時候，所有隊員都來送行，宮智偉換上嶄新的登山服，躺在袋子裡，被抬上車，馮躍和王樂開車跟在後面。

還沒等車開出大本營的大門，迎面三輛越野直接將車逼停，馮躍隨著慣性前衝，腳上猛點剎車，才沒有跟殯儀館的長麵包追尾。

王樂捂著額頭下車，指著前邊的越野大罵：「會不會開車啊你？沒看見我們要出去嗎？瘋子吧！」

越野上下來一行人，為首的是個西裝革履的中年人，身後的助理手上拿著特別通行證和一沓文件，直接走到馮躍面前。

「請讓你們這裡的負責人出來說話。」

馮躍看著他們的樣子，就不像善茬，這氣勢洶洶直接逼停車子，一看就像是故意來找茬的，好像提前知道他們是誰。

那西裝男人一揮手，身後的人徑直朝殯儀車走過去，伸手就要拉開車門，被馮躍一把攔住。

「慢著。」馮躍看著他們，站在車門前寸步不讓，「死者為大，你們打擾亡者不太妥當吧？」

男人拿著調查令懟在馮躍面前：「有人舉報大本營內部違規操作，偽造資料，讓重度殘疾的人登山，我們奉命調查此事，現在有權核查登山者的身份，請你讓開。」

馮躍心裡一驚，還真讓向文說中了，宮智偉賄賂內部人員的事情果然沒兜住，被捅出去了。

「證件呢？拿著一張調查令就要掀人家的棺材板，不合適吧？」馮躍沒動，他要是真的讓這些人看見了宮智偉的遺體，查下去肯定是瞞不住的，那宮智偉的身後名就保不住了。

「我們是委派的特別調查組，如果你決議阻攔，我有權認為死者身份存疑，會通知邊防協助調查，馮先生，你確定要妨礙公務嗎？」那穿著西裝的男人好像對他們的身份了如指掌，直接點出了馮躍的名字。

王甫匆匆趕來，看著兩方對峙，頭都大了，他也是剛剛聽說消息，還沒來得及告訴馮躍先把人藏起來，就被堵了個正著。

「歡迎領導來檢查工作啊，裡邊請，裡邊請。」王甫笑著上前招呼。

誰知道對方根本不吃這一套，繼續跟馮躍大眼瞪小眼，王甫偷偷擺擺手，向文在旁邊把馮躍拉開了。

「你拉我幹什麼，這能讓他們看見宮智偉那個樣子嗎？」

「你以為你攔得住機關下來查啊。」向文悄聲在他耳邊說，「你們前腳剛上車，王甫就接到了電話，說有人實名舉報他受賄，這事人家是攥著真憑實據來的，根本就阻止不了。」

「那王甫豈不是……」

向文點點頭，看著那個在前邊寒暄的王甫，從國家隊離開之後他是發展得最好的，幾年時間就做到了大本營的一把手，因為升職太快自然免不了遭人嫉妒，明槍易躲，暗箭難防，這不就被人抓到了馬腳，狠狠擺了王甫一道。

「王甫說了，他這些年也有些累了，趁此機會退位也好，就是……名聲不太好聽。」

何止是不好聽啊，這事情要是傳出去，王甫在圈內多年的口碑算是毀了。

「那宮智偉？」

「你不用擔心，他們是沖著王甫來的，宮智偉雖然行賄違反規定，但是畢竟已經過世了，他們能追究的方向不多，充其量就是剝奪宮智偉身上所有的榮譽稱號，再罰點錢，不會讓他不能入土的。」

向文說得風輕雲淡，但實則這樣的處罰，已經相當於磨滅了宮智偉這一生所有的榮光，那些輝煌過往在身後都保不住了。

可馮躍知道這是沒辦法的事情，宮智偉確確實實走了門路，王甫也當真幫了這個忙，馮躍再有錢也不可能收買整個調查組的人，事情到現在也是有心無力了。

可是就眼看著宮智偉的名聲在身後還保不住，馮躍到底於心不忍，思考著怎麼樣才能保住他萬分之一的榮光，不至於此後大家談論起宮智偉，都是那個違反規定登山的業內恥辱。

王甫被調查組帶進一間單獨的屋子，路過馮躍的時候，那會心一笑，讓他動容。馮躍看明白這個笑了，王甫從答應宮智偉開始，對於這一天的到來就已經有了準備。

看著宮智偉的遺體被從車上抬下來，有專人帶走，對身上的傷口一一核驗，看到斷腿的時候，那檢驗人員長嘆一聲：「不知道他是為什麼登山，這身體狀況就是明知是死路一條啊。」

特別調查組來勢洶洶，把王甫帶走連續詢問了一整天，出來的時候整個人都萎靡了，身後跟著兩個人看著他，路過馮躍的時候，有氣無力地笑了。

「今天的事情我都想到了，不用難受，這是我能為智偉做的最後一件事了，以前在隊裡都是他照顧我的，我沒事也不後悔，你還是想想怎麼保住智偉的榮譽吧，這一輩子他在乎的就只有兩件事，老婆和登山。」

馮躍站在原地有些失落，宮智偉真是給他留下了一個大難題啊，他賭上登山事業的全部榮耀，也要在珠穆朗瑪峰上尋找愛人的蹤跡，渴望葬在一起，現在他遇難了，馮躍不能幫他找到愛人，總不能看著他真的連一輩子的輝煌都葬送了。

王甫這麼多年的經營不是白給的，這邊調查組剛要查封他的賬戶，上面就有領導打電話要求重新審查，表示絕不能草率認定一個對珠穆朗瑪峰事業有著卓越貢獻的人受賄，王甫也只是暫時被限制在大本營內不允許隨意出去。

馮躍本想靜觀其變，看看最後的結果才好見招拆招，沒想到疾風不等人，他還沒想好怎麼辦的時候，營地門口就聚集了大批了媒體記者，要求對這件事故跟蹤報道，一下子把大本營整個審核機制推上了風口浪尖。

「怎麼會這樣呢？這件事再怎麼說也還在內部調查階段，就把媒體驚動了。」馮躍在房間內踱步，眉頭緊緊皺著，一旦被曝光，王甫工作肯定保不住了，而且連宮智偉都要被從頭扒到尾。

向文坐在床上，手裡把玩著徽章，他瞭解王甫和對家爭鬥的內情，這些媒體八成就是對家招來的，打算用輿情施壓，儘快讓王甫解職。

「王甫瀆職板上釘釘，我們操控不了上級機關查證，在他身上已經是無能為力了。」向文看得清楚，這一出手就打了他們措手不及，連善後的時間都沒給留。

馮躍冷靜下來，仔細斟酌，既然是刻意找來的媒體，那能否對宮智偉的事情如實報道都是未知數，說到底，保不保得住他的正面形象，就看大眾接受宮智偉執意登山的出發點是不是情有可原，就足夠了。

一直沒說話的王樂聽見媒體眼睛一亮，開口說：「他們能製造輿論，我們也能主動發聲啊，用我的賬號來一場直播，把宮智偉登山的內情說出來，這樣痴情到不惜賠上整個職業生涯的男人，大眾多多少少都會同情的。」

「可這樣也保不住他的榮譽。」向文不是很支持。

馮躍倒是贊同王樂的觀點：「榮譽在於心，宮智偉執意上山的時候就知道有一天會事發，但是作為朋友，救不了他紙上的榮譽，至少不能讓他曝光之後在公眾心裡都是黑的。」

思考片刻，馮躍對王樂說：「你觀察著網上的風向，等處罰結果出來，幾家媒體發聲之後，我們就開直播澄清，既然違反了規定，我們認罰，但是要把宮智偉的事情都說清楚，雖然多少有些道德綁架上的卑劣，但這是目前唯一讓他身後名好聽一些的辦法了。」

馮躍看著宮智偉留下的手杖，把裡面的信紙拿出來，工整地鋪在桌面上，這是宮智偉的親筆信，是最有說服力的一樣東西。

智偉啊，你小子肯定算到我們不忍心看著你這麼糟踐自己的名聲，你倒是躲清閒去了，我們幾個可是被你坑慘了。

有媒體輿論壓著，調查組顧不上講什麼人情面子，火速結案，王甫被帶離大本營，剝奪一切職務權利，終身禁止從事相關職業，並處大額罰金。

對於宮智偉，畢竟人已身亡，消除業內全部榮譽紀錄，並處罰金七十萬，這樣的結果都在馮躍幾人的意料之中。

網上對於珠穆朗瑪峰事件的輿論一邊倒，都是指責宮智偉為了自己的職業榮光，不顧規定，是個用心險惡，追名逐利的小人，對王甫的聲音也好不到哪裡去，總之兩人就像過街老鼠，在熱搜榜上掛了兩天，每天都有人進來大罵一通。

馮躍拿著手杖，坐在鏡頭前，有些緊張地咽著口水。

「準備好了嗎？」

馮躍點點頭，王樂按下開始鍵，直播間裡瞬間湧進幾百萬人。因為宮智偉在王樂的鏡頭中出現過，他的事情被曝光之後，不少粉絲都在評論區等王樂開口發聲，一看到公告要直播，大批的人瞬間湧進來。

彈幕其實並不友好，有一些鍵盤俠，連著王樂都一起罵，說什麼近墨者黑，這博主也不是什麼好東西之類的。

不過王樂在新媒體摸爬滾打這麼多年，人越紅是非就越多，對這些話已經能夠做到自動免疫了。

馮躍第一次出鏡，清清嗓子還沒等開口，粉絲團就開始瘋狂刷屏，什麼這大叔好帥，好有范，讓馮躍愣了一下。

王樂偷偷推他胳膊，馮躍才找回狀態，沒被這些粉絲帶跑偏。

「最近關於宮智偉違反規定，惡意攀登珠穆朗瑪峰的事情引起了大家的談論，作為宮智偉的朋友，我想出面說幾句話，佔用大家的時間，很抱歉。」

話一開頭，下面就順暢多了，馮躍本身就是見過大場面的人，幾千上萬人的會場都能鎮靜自若，何況這小小的一個直播間，找到狀態之後就流暢起來，看著人數不斷飈升心裡絲毫不亂。

「首先，宮智偉的確存在違反規定登山的事實，這一點我不做辯駁，事情錯了就是錯了，我們不逃避任何處罰，一應罰款都由我代替宮智偉繳納，絕不會少一分錢。」

「但今天我要說的是，媒體標題裡『惡意』這兩個字，宮智偉對於高山的熱愛，相信瞭解他的朋友都會清楚，那是一種信仰，一種深刻在骨血裡的熱情。」

馮躍聲音有些飄遠，想起兩人初見的畫面，一字一句的描述給網友聽。

「我第一次見他，是在九寨溝的一個小山坡上，那時候他就已經只有一條腿了，但是他看著高山羚羊的眼神，我至今都記憶尤深，那種羨慕、無奈和失落，是明知道前途盡毀的，但他從來都沒有妄自菲薄，一路進藏，只要是山，他都會盡力去嘗試，哪怕只能走上一半，也要堅持。」

「我以前不明白他這麼做的意義，這在我們看來就是一種自我折磨，可是有一天他說，他的愛人葬身在了珠穆朗瑪峰上，那一次事故帶走了他畢生最愛，也帶走了他的職業理想。」

馮躍拿起那封信，上面他留下的水痕還在，看著更添傷心：「宮智偉說，他知道這一次有去無回，如果找到了愛人葬身的地方，就在那與妻子合葬，若是沒找到，就讓我們將骨灰撒在珠穆朗瑪峰腳下，隨著山風永遠陪在愛人身邊。」

「所以『惡意』兩個字，萬萬用不到他的身上，我們接受一切處罰，但是對於他人格的侮辱是我們不能接受的，即便他行事有所偏差，可他的出發點並不是惡意挑戰制度本身，我們只希望對他的謾罵少一些。」

「他做出登山這個決定之後，就是已經把全部職業榮譽拋下了，可我們作為朋友，作為看著他一路追尋愛人的艱難，無法在鋪天蓋地的詆毀中無動於衷，罰款會交，處罰會接受，對於錯誤也會秉承宮智偉一貫的作風，絕不逃避，勇敢承擔，但是他的初衷也是一樣不容許有人刻意扭曲。」

馮躍手裡一直握著他的手杖，面對鏡頭沒有絲毫回避，彈幕上的提問都會作答，但是那些一看就是有人帶節奏的賬號，馮躍也絲毫沒有手軟，讓王樂一一記錄，事後會挨個把律師函送上門。

彈幕說羨慕宮智偉有這樣財大氣粗的朋友，馮躍了然一笑：「無論任何人，只要是親眼見過他是如何為愛追尋的，都不會袖手旁觀，宮智偉詮釋了愛情本身，他說一條腿陪著妻子太過寂寞了，總要親自去陪她，才能稍稍分擔落在妻子身上的風雪。」

「我沒有親眼見過他復健的過程，但想來只有這樣堅強的毅力，才能支撐著他走到珠穆朗瑪峰，走到妻子身邊。」

「那最後找到了嗎？」

馮躍搖搖頭，看著信上的字跡說：「宮智偉留給我的信寫得清楚，如果找到就不會再讓人把他帶下來，而是永遠地留在珠穆朗瑪峰之上，我趕到的時候，他就已經與大本營失去的信號聯繫，所以我見到了他的遺體，也見證了他最後沒能完成的遺憾。」

「可惜我沒有登山的資質，不能親自為他圓夢，所能做的，也只有為他身後的名聲盡一份力，不至於被踩進爛泥裡，被人提起的時候都是反面教材，而忘記他也曾經是站在珠穆朗瑪峰之巔的王者。」

「我相信高山不會記恨一個痴情人，也相信總有人會記得他，記得他一生中為登山事業做出的卓越貢獻，他選擇在人生的最後留下污點，是迫於身體殘疾的無奈，不然他一定不會去違反遵守了一生的規定。」

馮躍堅定地看著鏡頭，說出了最後一句話：「我出面澄清，不是為了抹掉什麼，只為了他，為了他心裡的愛情，保持原本該有的聖潔和單純。」

說完，馮躍站起來，對著鏡頭深深鞠躬：「我代表宮智偉，向公眾致歉，感謝大家的關注和理解，再見。」

直播結束之後，馮躍坐在椅子上長出一口氣，這步棋太險了，感情牌不知道能不能起到作用，但是在不違反公序良俗的情況下，只有這樣才能勉力挽救一下宮智偉岌岌可危的名聲了。

繳納完罰款之後，王樂特意將截圖和手續貼在了微博上，執行代理一欄中龍飛鳳舞地簽下了馮躍的大名。

宮智偉火化那天，馮躍、王樂、向文，就連周雨都從那場直播中知道了全部內情，匆匆趕來，在監視器裡看著宮智偉被推進去，哭得泣不成聲，所有人都低著頭哀悼。

馮躍捧著骨灰盒站在珠穆朗瑪峰腳下，上面蓋著一朵白花，與白雪皚皚的雪山融為一體，站了許久，都捨不得打開蓋子，讓風帶走他在人間最後的靈魂。

這裡多冷啊，冷到看不見榴花灼灼，看不見人世喧囂，看不到任何本該屬宮智偉的鮮花和掌聲，但這裡也是熾熱的，有他眷戀一生的人，有他追逐著的夢想，有賭上一切的決絕。

當日照佈滿金山，濃雲被陽光驅散，白花彷彿也有了溫度，風在身邊一次次地盤旋，已經等不及要帶著他的骨灰去到愛人身邊，嗚咽的風聲會不會是他的妻子感受到他的氣息，前來相迎，還是宮智偉在對朋友們做最後的道別呢。

「奈何紅顏天命妒，塵世淹沒英雄骨。」

馮躍摸著盒子上的花紋，強忍著酸楚，掀開蓋子，風瞬間捲起細密的骨灰，像宮智偉迫不及待衝到山上去，一點點帶走了灰燼，吹散在空中，融於山體，從此永遠地留在這裡，與珠穆朗瑪峰長眠，與妻子靈魂相守。

「兄弟，清明寒食我來看你。」

絕不讓你在風雪中孤孤單單地睡著，有我們在，你休想自己清淨。

幾人的身影在高山腳下久久不肯離去，風捲集著沙土在腳下回旋，幾個男人都眼含熱淚，周雨伏在王樂的肩膀上哭到不能自已，氣氛中彌漫著濃烈的悲傷，即便陽光照耀晃花了眼睛，也無法暖熱他們承受宮智偉離去的哀傷。

馮躍走回營地，骨灰盒一直牢牢地抱在懷裡，裡面放著那封書信，他回到宮智偉的故鄉，要給他立上一個衣冠冢，將手杖一並埋在下面，此後時常祭奠。

「你接下來要去哪裡？」

向文收拾著行囊準備離開，看著馮躍一直在營區瞎轉悠，不像要走的樣子。

馮躍不知道，他一直都以賀彤的地點為目標，但是已經很久沒有消息了，她就像人間蒸發一樣，持續更新的小說也沒有了下文，一直停留在他們分手的那天。

書評區沸反盈天，每天都有人叫嚷著催促更新，他評論的山區學校的孩子，一樣沒得到回應，但是賀彤能再次送去物資就說明她其實是注意到了的，但是沒有發現他的身份。

可是馮躍已經失去了方向，宮智偉有自己的目標，王樂也有前行的動力，周雨也找到了安身之處，好像只剩下自己原地徘徊，不知歸途。

兩人正在閒聊，王樂和周雨抱著電腦慌張地跑進來，點開頁面給馮躍看。

「今天早上我看帖子的時候發現的，你那天的直播上了熱搜，被人認出來了，昨晚還剛剛有零星幾條評論，但是現在連你身份都扒出來了。」

周雨指著第二頁的評論區，面色難看：「而且……好像有人知道你跟她的事情，言語之間很不好聽。」

馮躍看了一眼，那何止是不好聽，簡直把他罵得狗血淋頭。

「實捶出鏡這個男人，你有空為你朋友宣揚愛情，自己怎麼不好好關照女朋友，常年不回家，像個失蹤人口，好意思把愛情掛在嘴邊，就是個大渣男。」

馮躍一看這個評論，就知道這人肯定是賀彤身邊的哪個朋友，言辭之間對他們之間的事情了如指掌，對著馮躍就是一頓瘋狂輸出，下面不明就裡的網友聽她說得有鼻子有眼的，也跟風把矛頭指向了馮躍。

「據說是某公司高管，現在已經離職了，果然負心漢都沒有好下場！」

「渣男，噁心！」

這樣的言語數不勝數，一時間馮躍這個名字已經蓋過了宮智偉。

王樂和周雨小心翼翼地看著馮躍，生怕他一個生氣把電腦砸了，誰知道馮躍一臉淡然地開口：「他們又沒有說錯，我就是辜負了她，這些罵挨得不冤。」

「可你已經知道醒悟了，一直在追尋她啊，這些人什麼都不知道，怎麼能這麼說你。」周雨一臉憤然。

馮躍把手杖掛在背包上，聲音平靜：「他們看不清我，就像我一直沒有看清愛情本質一樣，錯了就是錯了，我不怕別人說，他們的嘴我又管不住，對於我來說眼不見就是了，終究也沒什麼影響。」

王樂啪的一聲合上電腦：「不行，大不了再開一場直播，我得為你澄清，這根本就是他們瞎說，你對你女朋友的愛，我們都看在眼裡啊。」

「不行！」馮躍豁然站起來反對，「宮智偉的事情還沒有平息，現在又要為我澄清，你也不怕網民說你惡意炒作，之前的運作就都白費了。」

周雨看著他激動的樣子說：「你是不敢澄清吧？你怕事情鬧大了，怕賀彤知道你一直在她身後，怕以後再也得不到她的消息，所以你要忍著，看著他們抹黑你，他們對你工作的否定，跟當天對宮智偉的否定如出一轍，可你不敢像那天一樣站出來，因為你害怕！」

旁觀者清，周雨一語道破了馮躍心裡所有的隱痛。

他一路低調，不敢觸碰賀彤的一切信息，只能像偷窺者一樣跟在身後，躲在角落裡，拼命尋找著每一朵被她親吻過的花，然後悄悄留下影像，在無人處懷念，滿足心裡的缺口。

就算現在被網友謾罵，身上貼著渣男海王、不配做人的標簽，他還是一樣的膽小，不敢用一時衝動去賭，賭賀彤知道真相之後會不會將他屏蔽，從此連一個符號都不給他留下，這才是他內心最恐慌的事情。

「我說不行就不行，不許直播，不許把我的事情透露出去，不許跟他們對罵，我不在乎這些，也不想去管，他們罵上兩天自己就忘了。」

馮躍把衣服胡亂塞進背包裡，了無章法地收拾著東西，可見他內心其實並不平靜。

馮躍身居高位多年，商場上的爾虞我詐比網上的要猛烈得多，這點小風小雨根本不被他看在眼裡，那些謾罵也無關痛癢，他就是怕賀彤知道一切，怕從此徹底消失，再也抓不住她的身影，這對馮躍來說才是徹夜難眠的夢魘。

王樂按住他的背包，緊緊盯著他：「你知道你要去哪嗎？」

馮躍團著手上的衣服，眼神飄忽：「回去種樹，我還沒看見那些樹……」

「種樹種樹，種個屁的樹！」周雨突然爆發，指著馮躍大聲質問，「你還記得你叫什麼嗎？記得你曾經身居高位的成就嗎？你以前是現在這幅敢做不敢言的慫樣子嗎？」

「那樹已經活了，你為大山做的一切都在慢慢變好，你幫助過那麼多人，你給頌章姐姐辦婚禮圓夢，邊巴次仁離世之後你資助老院長治病，那些匯款單據都是我去給你打出來的，你給宮智偉殫精竭慮地善後，你能為別人做這麼多，為什麼偏偏不肯為你自己想一想呢！」

周雨數落著馮躍，她親眼看著馮躍得知賀彤連載小說時候的欣喜若狂，看著他站在山坡上舉著胳膊尋找信號的樣子，看著他經過賀彤更新的景點時徹夜難眠抱著照片抽煙的落寞。

這些她和同行的夥伴都看在眼裡，馮躍能為朋友兩肋插刀，出錢出力都沒有二話，唯獨看不清自己的心，情願一直淪陷在漩渦裡，等著被湧入口鼻的浪潮帶走，也不肯轉身回頭朝岸邊掙扎。

「你好好想想吧，你還是以前那個馮躍嗎？」

以前的馮躍，是什麼樣子呢？

穿著西裝，打著領帶，從頭到腳都是精英風範，站在台上泰然自若，對每一個方案了如指掌，鎮定地應對每一次危機，在一次次暗箭中力挽狂瀾，是業界首屈一指的神話。

在高檔寫字樓裡指點江山，昂貴的紅酒為唇色增添誘惑，享受著高高在上的榮光，拿著百萬年薪，在滬上站穩腳跟，得到的都是鮮花和掌聲，那樣的自信和風采，是許多人望塵莫及的典範。

就是這樣的馮躍，創造了一個個業內傳奇的人，現在坐在硬板床上，鬍子拉碴地收拾東西，手上磨出老繭，眼裡再也沒有了光芒，對待前路一片迷茫，看不清自己，也看不清旅程。

這一切都是怎麼走到現在這樣呢？

馮躍頹然在坐在床上，他何嘗不知道自己的改變，一路上都在用以前的錯誤懲罰自己，對於賀彤拿不起放不下，變得優柔寡斷，在人海中逆行卻懼怕賀彤不經意間的回眸。

這一夜，馮躍坐在房間裡，只有皎潔的月光灑進窗櫺，照亮了半張臉龐，另一面隱在黑暗中，看不清神色。

「叮。」

馮躍滑開手機，是軟件的更新提醒，馮躍驀然瞪大的雙眼，久違的更新再添章節，只是看著那頁標題，馮躍久久沒能點進去。

「山海不見。」

反復呢喃著這四個字，一股濃郁的苦澀在嘴邊蔓延，他有一種隱隱約約的預感，這彷彿是賀彤在與過往的一切告別，點進去，就是深情不復，今後此去經年，都變成了斷句殘章。

「我收起喜帖，那是我最喜歡的樣式，上面的簪花小楷是我親筆寫就，想讓所有人為我們的婚禮歌頌，最華美的嫁衣源自名家，一針一線一珠縫製成鳳冠霞帔，被我收進箱籠，不見天日，我亦不見。」

馮躍記起那天，她拿著厚厚一沓圖樣跑進書房，興致勃勃地挑選著，不時回頭詢問他的意見，但當時馮躍眼中，那些寓意吉祥的花樣，都沒有屏幕上的數字更吸引人，只是隨口說了一句：「你喜歡就好。」大筆的金額轉進賬戶，可賀彤並沒有高興，怏怏地抱著圖冊出去，直到手邊的咖啡冷掉，馮躍才發現坐在地氈上的女孩不見了。

那時的我真是個混蛋！

馮躍滑動下屏幕。

「我想寫愛情，寫遺憾，寫那些未完待續的緣分，卻只在愛情中看見了迷失，那些痛苦孤寂的夜晚只有上弦月遙掛，紅衣羅裙開場，素衣長袖退出，從此啊，高台上只剩下我獨自鳴鑼，那個醫務室裡的青澀，被製作成木牌掛在難以回首的歲月，任憑時光淹沒，寂靜無聲。」

這只能算是一篇獨白，與上文並不承接，看上去就像是作者興之所至而寫，但馮躍感受到了文裡自始至終的憂傷情誼，到了這章陡然迸發，每一句話都寫盡了心酸。

「我走過淒神寒骨的海子，跨過一望無際的草原，在馬上乘風馳騁，我以為這就是自由。」

原來，她也並沒有在旅途中找到快樂。

那些年的共度，到底培養出了與眾不同的默契，只憑一句話，馮躍就能知道賀彤旅途中的時光，並沒有他想像中的那般堅強，也會在同一片天空下，回想起孤枕難眠的時刻，然後想著白天人潮洶湧的場景，愈發被孤單淹沒。

難道至此就結束了嗎？

第二十九章

馮躍並不想看到最後一頁，這結尾來得太過突然，彷彿一夜之間就發生了改變，賀彤是一個文學素養非常高的女孩，前邊的劇情裡鋪墊了各種暗線，本以為會是一個連載許久的小說，但是現在有一種即將戛然而止的端倪。

「少時的情深終究只是感動了自己，可我回想那麼多年的陪伴，我仍舊相信他是愛我的，只是他愛得太過隱晦，隱晦到我翻遍記憶的每一個角落，才能零星找到一些蛛絲馬跡。」

「這太累了，上千個日日夜夜我尋找得辛苦，很抱歉，我放棄了，不是每一段彼此相愛的感情都會以合巹酒收場，孤月墜落，星河黯淡，才是愛情裡的常態。」

「馮先生，我們狹路相逢，兩敗俱傷，祝你我歲月冗長，山海不見。」

馮躍緊緊攥著手機，自虐般看著最後一行，真的就這樣突兀地結束了，微博停更之後，小說也迎來結尾，好像一夕之間賀彤就要消失在生活裡，無影無蹤。

「山海不見，山海不見啊——」

馮躍把手機和絲帕捂在胸口，那裡有一股細密的疼痛，從心室蔓延，隨著逐漸冰涼的血液傳到四肢百骸，每一塊骨頭都在叫囂著，彷彿碎裂一般地加重痛感，讓他在夜晚拼命壓制也忍不住破碎的哭意。

她收起的嫁衣，何嘗不是將青春一同埋葬，賀彤用文字祭奠愛情，將疼痛書寫出來，而馮躍只能用掌心越發深重的指甲印痕，忍住無限悲鳴。

他的預感成真了，這一章，寫盡了愛情，寫盡了緣分，也徹底斷了他日夜追隨的念頭和倔強。

林語堂曾說，孤獨二字中，有孩童，有瓜果，有小犬，有蝴蝶，足以撐起一個盛夏傍晚的巷子口，人情味十足，孩童、瓜果、貓狗、飛蝶當然熱鬧，可都與你無關，這就叫孤獨。

馮躍看著窗外漸漸泛白的天，慢慢升起的炊煙，從窗子縫鑽進來的飯菜香味，那些忙忙碌碌奔走的行人，和不能忽視的被朝霞籠罩的雲層，這些都是觸手可及的溫暖和美好。

但他伸出手，碰到的只有昨夜尚未褪去的冰冷，和僵硬酸痛的關節，這也許也可以叫做孤獨。

賀彤用筆為過去添上句號，馮躍站起來，借著盆中水影仔細端詳著自己，洗臉，擦乾，刮掉鬍茬，梳攏頭髮，換上一身乾淨的衣服，每一步都做得緩慢又細緻。

他腦海中不斷浮現與賀彤在一起的每時每刻，不夠清晰的畫面就用她書中的描寫拼湊。

穿上袖子，是他走向九寨溝的第一站，繫上扣子，都是這一路上見到的人和事，最後整理領子的時候，腦海中只剩下朝聖者們對著神山虔誠叩拜的身姿。

他開始懂得信仰，這不拘泥於某種宗教，某一片地域，只在於自己的心是否可以找到一個寄托，當思念無處安放，情感難以寄托，在困苦當中無法自拔的時候，就用信仰化解一切不平、不甘、不忿，然後在歸於平靜中，繼續前行。

他推開門，邁出去的第一步，就感受到了陽光的溫暖，王樂叼著牙刷，滿嘴白沫地問好，周雨臉上還掛著水珠，笑瞇瞇地走來。

「快去吃飯吧，一會食堂阿姨就要收攤了。」

馮躍張開雙臂，他來到珠穆朗瑪峰腳下多日，還是第一次如此沉浸地呼吸這裡的空氣，帶著山間的清冽，彷彿含著一汪清泉，從心裡滋潤到肺腑。

要說他能感受到什麼，馮躍一定會笑著回答，我只想感受當下。當下，我身處的，經歷的，眼裡所見的，真正為我自己看一次風景。

步行到營地外，山腳下有當地藏民扯得很長的一片經幡，各種鮮艷的色彩在風中飄揚，帶著人們的希望與祈禱向神山訴說。

偶爾有一兩隻山鷹盤旋，他們不怕人，會尋找著一些運氣不佳的小動物當做果腹的目標，俯衝而下，然後心滿意足地揮著翅膀離去。

「她完結了。」

「是的。」

「所以，還要去種樹嗎？」

「有你在，樹一定會活的。」

周雨是一個很善於捕捉情緒的女孩，今天一見到馮躍，就在他身上看到了不一樣的氣息，是一種乾淨的情感，沒有像從前那樣摻雜著各種複雜情感的氣息。

馮躍回頭看著她，女孩站在經幡之下，頭上的髮卡是藏族彩布編織，映襯著她的笑臉，那是少年人勃勃向上的生機。

馮躍在她身上就像看到了那些小樹，儘管生存環境並不優越，可是經歷風雨之後，依然選擇向下扎根，向上開花。

馮躍轉回身，看著眼前連綿的山脈，王樂登高踏石捕捉雲海，周雨在身後歡笑，而風中有宮智偉經久不散的靈魂，扎西在地上追逐著一顆石子。

「你就幫我看著，看看他們的生活蒸蒸日上，看著越來越多的人因為修路種樹找到幸福。」

「也看著自己的人生的風景有多美妙。」

最後一句話馮躍低聲，說給自己聽。

此時，翻騰的經幡，肅立的山脈，遠闊的景致，都只屬馮躍一人。

「接下來，要往哪走？」

王樂一邊哢嚓哢嚓按著快門，一邊走回馮躍身邊。

「拉薩。」

「我聽說那裡有天葬，是虔誠的藏傳佛教信徒最崇高的死亡儀式。」

馮躍一路上看過太多人的離去了，有為病魔抗爭倒在愛人懷裡的申頌章，有為了救命錢死在亂石下的邊巴次仁，有守護正義律法臥底多年死在槍彈中的梅朵，有痴迷神山最後為了村民那一顆珍貴種子被巨石砸死的貢達，還有追逐愛情捨命珠穆朗瑪峰的宮智偉。

他想親眼去體會死亡，看一看虔誠信仰下，將身體和靈魂都獻祭給蒼穹之下的天葬，或許並不是資料中那般血腥無情的儀式，應該帶著神秘的宗教色彩，寄托著信徒們最偉大的情懷。

「天葬可不是隨時都能碰到的，我三年前曾經追尋過一次，在藏區待了四個月，才碰上一場，那場面我不知道該佩服選擇天葬的人的勇氣，還是感嘆信仰力量的強大，總之，祝你好運。」

馮躍看著遠方，來到這裡之前，他不知道前路該如何行走，但是現在他目標明確，就用一場震撼人心的天葬，為這一場轟轟烈烈的318之行，畫上一個句號吧。

不管感官如何，天葬之後，都將一起歸回原點，重新去過上自己的生活。

馮躍帶著行囊出發，將王樂和周雨送到當時停車的小鎮，委婉地拒絕了他們有些擔心想要與他同行的想法，最後這一點路程，就讓他自己走完。

「等我從拉薩下來，我們再聚。」

這個話，在他當時選擇留在大山，看著宮智偉前往珠穆朗瑪峰的時候就說過，不同的是，他一定會赴約的。

這樣深刻的友情，跨越了行業的界限，甚至與年紀相差很多的周雨都有一段難忘的友誼在，重逢總是比分離更值得期待。

從大本營開車到拉薩，並不算遠，五百九十八公里的距離，馮躍卻走得格外緩慢。

一路上都在欣賞沿途的風景，不著急趕路，遇到喜歡的景色就停下來，用相機拍一張快照，看著照片一點點顯影，將美好定格在這一瞬間，彷彿將天地都裝進了一張紙片裡，然後夾在一路上的照片集中。

這頁之前，相簿裡多是關於賀彤的景色，那張從邊巴次仁手裡買下的照片，放在第一頁。

雖然馮躍決心開始屬自己的旅途，但是他知道自己是不可能忘記賀彤的，也不會刻意回避關於她的記憶，那些照片依舊保留著，每每翻看，都是在翻閱他的青春和愛情。

如果有一天，他偶然得知關於她的消息，一定會微笑著聽下去，若是幸福，就在心裡默默祝福，若是不幸，就為她祈禱災厄遠離，不再，盲目地去追逐，也不會打擾她生活中的一切。

臨近傍晚，馮躍從雅葉高速上找到一個分叉口拐下去，他不知道會遇見什麼樣的鄉鎮，只想著隨意一些，好好休息一下，補充體力，看一看沒有被商業化的風土人情。

吃過晚飯，馮躍優哉遊哉地走在路上，行人並不著急趕路，有拎著菜籃子的主婦，與沿街擺攤的商販討價還價，雖然用的方言馮躍聽不太懂，但是看著女人最後心滿意足的笑容，還是覺得有一種窩心的美好。

沿著街道往賓館走去，順手在路邊買了一朵火紅的玫瑰。

他第一次給自己買花，也並不是因為什麼原因，只是看著花朵在嘈雜的街邊開得如火如荼，彷彿自成天地，就很想帶它回家。

哦，對了，周雨離開之前把扎西放在了他車上，所以拿著玫瑰站在艷麗夕陽下的同時，還要狼狽地蹲下身用紙巾撿起扎西的糞便，扔進垃圾桶。

看著扎西歡樂地搖著小尾巴在前邊跑，手裡是嬌艷的鮮花，眼前是熱鬧的煙火，而耳畔有喧囂的人群和秋季帶著清爽的風。

不，還有女人的叫喊。

馮躍停下腳步，右手邊是一條小巷，越往裡看燈光昏暗，兩個男人對一個女人拳打腳踢，那女人不住地喊著救命，這聲音有些耳熟，馮躍總覺得在哪裡聽過，一時間想不起來，但還是站在路口，用手機播放著刺耳的警笛聲。

那兩個男人聽見聲音，對著癱倒在地上的女人吐著口水，才不情願地轉身離開，路過馮躍的時候，還在用髒話罵著那個女人。

馮躍抱著扎西走過去，女人長髮糊在臉上，衣衫不整，有被男人撕扯壞的痕跡，手腕身上都是瘀青，狼狽地靠坐在牆面。

「你怎麼樣？需要幫你叫救護車嗎？」

那女人一抬頭，儘管臉上也有傷痕，但馮躍還是一眼就認出了她，正是在小鎮上下套害他的方若。

方若明顯也認出了馮躍，攏了攏胸前的衣服，點了一支煙，自嘲地說：「你看到我這副模樣是不是很解氣啊？」

馮躍沒有回答，他猜想這肯定又是故技重施，結果碰上了兩個暴脾氣的練家子，訛詐不成反而被教訓了一頓。

但是環顧四周都沒有看見跟她一夥那個男人的身影，就問：「你老公呢？」

「跑了。」

方若滿不在乎地說，深吸一口煙，但是隱隱作痛的胸口讓她嗆咳起來，逼出了一些生理淚水。

「他就把你自己扔在這了？萬一沒遇上我，豈不是要被他們打死。」馮躍摸著扎西的軟毛，有些同情這個女人，丈夫說跑就跑，不義之財也不是這麼好掙的啊。

「我說你還真是愛多管閒事，上次就救了我結果被設計了，這次不知道是誰還救，就不怕他們一起揍你一頓？」

「救人是我的事，你就當我喜歡日行一善好了。」馮躍看她沒什麼大礙，轉身要走，結果被方若叫住了。

「等一會。」方若撐著牆艱難地爬起來。

馮躍看她這痛苦的樣子，忍不住開口說：「你們兩個也算是有手有腳，幹嘛非得做這種事呢，又違法又不安全，遲早會把自己玩進去的。」

方若面色平靜，並沒有因為被人戳破了噁心的行當而暴走，就像已經接受了這樣人生的設定，變得麻木起來。

「我做什麼是我的事，你管不著，等你有一天，連飯都吃不上的時候，就不會考慮這些什麼所謂的道德底線了。」方若繫上扣子，摸了摸衣服口子，又廢了一件，看來還要去舊貨市場買兩件便宜貨了。

「一次是遇上我們正好有證據，一次又是練家子，你們這運氣屬實不怎麼樣，看著也不像是有經驗啊，誰家設這種局就一個男人去捉奸的，那不是等著挨揍嘛。」

馮躍上一次就看出來她老公說話威脅人的時候，有些磕絆，不像是歡場裡摸爬滾打的老手，就連方若，那勾引人的本事帶著生澀，比迪廳裡的賣酒女都要生疏。

方若抿了抿紅唇，撩著鬢邊兩綹長髮：「這是第二次，你是第一次，都看走眼了而已，沒關係，慢慢就熟了。」

馮躍看她渾身凌亂，遞過去一張紙巾，示意她擦擦臉：「你老公遇到危險轉身就跑，這男人你跟著他幹什麼，自己出去找點工作不比這擔驚受怕、出賣自己的營生要差。」

「因為他是我男人。」

這一句話，把馮躍沒出口的勸解都憋回去了，方若牙尖嘴利的樣子，看上去就是極其獨立自強的，沒想到這麼依賴他老公，看樣子簡直到了言聽計從的地步。

不過到底沒什麼好感，就比陌生人多見了兩面而已，馮躍並不是喜歡交淺言深的人，既然不聽勸那也沒有浪費口舌的必要了，索性不再說話。

巷口傳來摩托聲，那轟鳴的動靜一聽發動機就多少有點問題，方若把嘴上的口紅擦掉，轉身就往巷口走。

「下一次可不要這麼爛好心了，不是所有人都會懂你的善良。」

馮躍看著她一瘸一拐的背影，坐上那輛破摩托，伴隨著汽油排出的黑煙消失在視線裡。

他不知道怎樣的生活要艱難到讓一個女人出來獻身，幫著丈夫設局訛詐，他不認同這樣的做法，可沒有經歷過方若身上生活的重擔，也不想將人一竿子打到人性的最陰暗處。

馮躍只當做這是一件小插曲，抱著扎西就回了賓館，查找著拉薩的旅遊攻略，想著到了地方一定要好好遊玩，親眼看一看布達拉宮這顆高原明珠的瑰麗面貌。

第二天吃過早飯，馮躍才開著車繼續往拉薩方向行駛，昨天在飯館遇見一行人也是自駕去拉薩的，聽說聯鄉附近的高速之前一直在禁行修路，但是他又沒有查到最近的消息通知，只能先開過去碰碰運氣，如果繞路的話會兜上好大一圈才能開到。

幸而，連上天都是眷顧他的，到達聯鄉附近的時候，聽說施工隊昨天剛走，今天已經恢復正常通行了，馮躍駕車一路暢通，累了就在路邊休息會，看著蜿蜒著的公路，也給自己來了一張公路美照。

看著照片上黑了好幾個度的自己，馮躍嘖嘖搖頭：「這紫外線太強了，等回去不知道要多長時間才能養回來呢。」

扎西掐著小奶音在旁邊汪汪叫，好像在附和他的話，逗得馮躍伸手呼嚕了幾下牠的肚皮，笑著說：「等看完天葬，我就帶你去找小雨姐姐。」

駛進拉薩的時候，這座日光城就展現了獨特的風情，來到這裡的人或多或少都會帶著一些故事，那些朝聖者在街道兩旁匍匐，朝著布達拉宮的方向叩拜。

街上的行人對此並不驚訝，這是這座城獨有的氣質，每一處都帶著令人心醉的信仰色彩。

隨處可見的老婆婆手裡都拿著轉經筒，一邊曬著太陽，一邊念著經文，那些拗口的文字在她們口如同對話一般流利，就像鐫刻進骨血一般。

面對這座龐大的城，馮躍想起上學的時候背過倉央嘉措的詩詞，那些藏著哀怨又自由、倔強又無奈的詩句，為拉薩增添了一抹雪域高原上的浪漫。

馮躍放下行李就去了布達拉宮，他要親眼看一看這座充滿了傳奇色彩、在高原上屹立不倒的明珠，綻放著何等的光彩。

布達拉宮的牆身是黃崗岩，在陽光的炙烤下散發著熱度，馮躍撫摸著城牆，透過這樣的溫度，彷彿可以感受到千百年前，站在這裡的王對著城池的夙興夜嘆，感受政權更迭時熱血噴灑的場面，還有倉央嘉措不滿囚禁，乘著夜色翻牆而出的勇氣。

沿著甬路往裡走，這裡看不見故宮的飛檐斗拱，但是那些雕刻著經幢、寶瓶、金翅鳥的屋脊，一樣讓馮躍驚嘆於當年藏地工匠如此精湛的技術水平。

馮躍站在入口處回望廣場，許許多多的朝聖者對著布達拉宮朝拜，他們眼中帶著光亮，虔誠地雙手合十，雙膝下跪，全身伏地，額頭叩下，在指尖處作一標記，站起跨步至標記處，再作揖下拜。

每每跪下，嘴裡就會念一句：「啊嘛呢叭咪哞。」

此時信鴿從廣場上方掠過，為朝聖的肅穆中增加了一絲靈動。

馮躍隨著人流用腳步丈量著這座宮殿，現在已經聽不見百年前的人們在此誦經，也不見倉央嘉措坐在湖邊垂釣，那些未經修繕被重重鎖鏈封閉起來的，或許才是真正帶著歷史印記的宮殿，但已經展現人前的，更是百年前的月光下，最華美壯麗的一幕。

大昭寺內的主佛，是當年文成公主從大唐一路帶過來的釋迦牟尼十二歲等身像，珍貴異常，其樣貌形態均未有變化，用慈悲和藹的目光注視著前來拜謁的人們。

這或許就是那些磕長頭一路跪拜到這的人們，最終想要看到的場景吧，他們一路不畏艱辛，但是臉上沒有絲毫痛苦的神情，彷彿生來就理應如此，那種信仰的執著支撐他們一路到此。

這座布達拉宮屹立在世界第三極上，世界屋脊是她的橫樑，千年冰雪是她的盛裝，在天地交匯處冉冉升起的，是她承載著信仰和多彩的文明，將一件件瑰寶流傳至今，帶著那些美麗的傳說，點燃了一盞盞酥油長明燈。

從布達拉宮出來，馮躍耳畔彷彿一直迴響著轉經的吟誦聲，那些梵音能安撫一顆滌蕩盡風塵的心，靜靜地享受這座城帶來的日照。

回到賓館，馮躍跟老闆打聽關於天葬的事情。

「一看你就是外鄉來的，本地人都知道天葬是不允許外人隨便看的，而且現在選擇天葬的人並不多啦。」

老闆操著一口濃重的口音跟馮躍解釋，一邊打掃衛生的老婆婆抬著頭看著馮躍，說：「一般人確實不讓看，不過我聽說南山那邊有一片天葬場地，你要是不嫌棄就去找那裡的天葬師，他是最瞭解什麼時候會有儀式的。」

「謝謝婆婆。」

馮躍一路打聽，大家聽說他要找天葬師的住處，都一臉避諱，還是一個上了年紀的老人給他指路。

馮躍爬上山坡，一座小房子孤零零地建在上面，周圍別說人了，連動物都少得可憐，因為天葬師做的是死人生意，人們覺得陰氣太重，一年到頭也只有在需要他們的時候，才會過來找人，平時是絕不會踏進這裡的。

遠處有一片用白布圍起來的場子，隔著很遠，馮躍都能順著風向聞到一絲血腥味，他猜想，這就應該是進行天葬儀式的場地了，常年累月的積攢，這裡看上去就比別的地方都要荒涼。

「你好，有人在嗎？」

房子的開窗很小，屋子裡沒有點燈，從門口看進去黑黢黢的，馮躍渾身泛著涼意。他雖然想看天葬，但是站在天葬師的門口，還是不由自主地有些膽寒。

喊了兩聲，才從屋子裡走出一個男人，身上穿著黑色藏袍，腰間別著一把彎刀，長髮遮住了眼睛，看著馮躍也沒有開口說話。

「你好，我來找一位天葬師。」馮躍看他不回應，把手裡的水遞過去：「我是外鄉人，就是想看一看天葬，並沒有冒犯的意思。」

馮躍並不懂當地對於天葬的習俗，所以不敢貿然說起太多，怕犯了忌諱，只能有些尷尬地跟男人寒暄著。

男人並沒有接他手中的水，摸著腰間的彎刀低聲說：「最近沒有，你回去吧。」說完就轉身往屋裡走。

馮躍連忙叫住他，往前走了兩步，屋子裡血氣的腥甜讓他駐足在門外。

「這位兄弟，我絕沒有褻瀆儀式的想法，只是想感受一下這種古老的葬禮，我很多朋友都相繼去世了，聽說這樣高上的信仰會讓人在死後為天地做最後一場布施，我才非常想要看一看。」

那男人遲疑了一下，有些不解：「我這很少有人來，你還是頭一個主動找上門的，就不怕我陰氣太重讓你招來霉運？」

馮躍會心一笑，真誠地說：「你為死者圓夢，溝通肉身和天地，怎麼會有霉運呢。」

不知道是不是他的回答讓男人感到友好，他態度變得柔和了很多，但依舊只是搬出一個小櫈子讓馮躍在院子裡坐著。

「裡邊暗你不適應，就在這聊幾句吧。」男人從屋子裡端出一個木盆，裡面是漿洗好的衣裳，一件件掛在院子裡。

馮躍環視四周，院子雖然小，但是物品都歸置得很整齊，地上沒有雜草和碎石，一看就知道這家主人是一個很愛乾淨的人，但是只有一個人生活的痕跡。

「大哥自己住在這嗎？」

男人點點頭，接著說：「我們天葬師都是沒有老婆孩子的，怕身上的煞氣會傳給家人，大多都是自己一個人住。」

他停頓半晌又繼續開口：「現在願意做這行的人越來越少了，以前我們都是從師父手裡接過衣鉢，但是現在也算是後繼無人了。」

馮躍表示理解，現在推行火葬，而且這樣的天葬帶著濃厚的宗教色彩，肢解屍體以祭天地，這跟殺豬宰羊不同，那面對的是完完整整的一個人，多少人連看一看都會翻江倒海，更別提要親自動手了。

更何況，這個職業在人群中是異類，是人們紛紛避讓的，常年遠離人煙，孤身住在山上，這份孤獨感就鮮少有人能夠承受。

天上有幾聲鳥叫，馮躍抬頭就看見幾隻禿鷲在房子上空盤旋，男人回屋端著一盤生肉出來，一塊塊地拋向天空，那些禿鷲精準叼住，吃飽了才揮動著雙翅離去。

「放心吧，這是牛肉。」男人洗乾淨手，坐在裡馮躍半米的地方，他好像並不習慣與人靠得太近，一直若有若無地保持著距離。

「要是沒有天葬的時候，這些禿鷲找不到吃食就會來找我，我就備著一些牛羊肉給牠們，慢慢地就熟悉了。今天是看著你坐在院子裡，不然牠們會直接落在我身上的。」

男人看著遠去的禿鷲，目光溫和，那是他唯一的朋友，在平常的日子裡，願意過來聽他說說話、紓解孤獨的生靈。

「什麼樣的人才會在死後選擇天葬？」

「那些信仰佛教的人，認為死後肉身就變成了無用的皮囊，所以拿去獻給鷹鷲就是一場功德，這種捨身布施能夠贖回罪孽，來世便可以安享幸福。」

馮躍查找過很多相關的文獻，才知道有些博主說的天葬可以讓靈魂上天堂根本就是一種謬論，因為在藏傳佛教中，根本就沒有靈魂上天堂的說法。他們推崇天葬，是為了靈魂不滅和輪迴往復，在佛經中就有以身飼虎的典故，後來的修行者也將捨身布施當做最崇高的善行，以期來世。

「你還是第一個找上門要看天葬的人，一般外鄉人都對這樣的風俗避之不及，就連本地人，如果不是虔誠的信徒，或者那些德高望重的人去世，都不會選擇這樣的方式。」

男人似乎很久沒有跟人說過這麼多話了，雖然一直在乾咳，但是明顯能感覺得到他的態度比剛剛更加放鬆了。

馮躍遺憾地搖搖頭：「可是這次應該是看不成了，我其實並不信仰佛教，但我對死亡充滿了敬畏。」

「你每年會做多少場儀式呢？」

「不一定，如果有非常虔誠的人留下天葬的遺願，就會請我做一場，去年做了十場，今年到現在做了四場。」

天葬師的職業雖然人少，但是薪酬並不高，有些貧苦的人家，只能用一些糧食來換取一場儀式，在鷹鷲搶食中虔誠禱告。所以男人的生活並不富裕，甚至可以說得上是清貧，可他依舊守著這座小房子，看著那些友好的鷹鷲，一天天地等著有人將自己獻祭給生靈。

男人的眼神飄向隔壁的小房子，踟躇了很久，在馮躍已經快要放棄的時候，才緩緩開口。

「我師兄前天過世了，我正要為他做一場儀式，你如果實在想看的話，就明天趕早過來吧。」

馮躍豁然抬頭，親手給自己的師兄做天葬，他的心裡一定暗藏著巨大的悲傷吧。

或許是馮躍悲憫的目光太過明顯，男人有些不適地站起來轉過身去，叮囑他說：「別帶人來，不能拍照，不能喧嘩，忍不住了就離開，不能吐在場子上，不然會驚擾了亡魂。」

馮躍應下，看著男人走進屋子的背影，明明是一個高大的漢子，但是脊背總是彎曲著，見人也從不直視，自帶著生人勿進的詭譎氣質。

沒多一會男人走出來，手上拎著一個布兜子，遞給馮躍。

「這是一些草藥，拿回去泡泡，祛陰氣的。」

馮躍連連擺著手：「我不忌諱這個的，沒事。」

「拿著吧，你住在旅店，你不忌諱，店家也會忌諱的。」男人態度堅決，馮躍只好接過來，一邊道謝，一邊轉身下山。

男人說起忌諱的時候，臉上沒有一絲表情，彷彿已經習慣了人們異樣的眼光，可能平時走在大街上都會在周圍形成一個無形的玻璃罩，人們見了就主動避開。

到店鋪買東西的時候，遇上不懂天葬的店家，他就會被要求站在門外，連地磚都不讓踏上。日日如此，常年如此，男人早已經練就了一身不怕窺視指點的皮肉，但他的心底依舊有一處柔軟，所以會貼心地遞給馮躍一包藥草，免得他也被店家忌諱地趕出來。

第三十章

第二天馮躍一拉開窗簾就被陽光晃了眼睛，拉薩不愧是日光城，照射著每一個角落，街上往來的遊客挑選著心儀的飾品，還有人穿著顏色鮮艷的藏袍拍照，將美景一一裝進行囊，定格這裡每一寸風光。

到達南山的時候，天葬師已經在場地裡準備好了，遺體安放在木台之上，並沒有多餘的人來圍觀，角落裡站著一個滿頭白髮的老嫗，顫顫巍巍地看著檯子上的人，那應該是死者的母親吧，除此之外再沒看見一個親友。

這就是天葬師的孤獨，生前沒有往來交際，死後也只孤身一人祭身蒼穹。

天葬台東西朝向，由一塊塊長條形的花崗岩堆砌而成，巨大的石柱用哈達鏈接著死者的頭顱，面朝下妥善安放。

一塊大石頭上放著一把斧子，並不是想像中的血跡斑斑，反而被擦拭打磨得光滑，能看出整個操作的檯面被清水洗過，水痕尚未凝幹，但是石頭縫裡還是殘存著一些血跡，那是經年累計的印痕，水流已經沖刷不掉了。

這樣的場面尋常並不會見到，即便有信仰色彩的加持，一樣透露著一股難以言說的陰森，馮躍摸了摸胳膊，覺得今天穿得有些少。

天葬師盤腿坐在地上，口中念起繁複的經文，為死者超度，低吟的梵語讓馮躍心生敬畏，目不轉睛地看著眼前的一切。

誦經完畢，天葬師點燃牛糞，然後將糌粑覆蓋在火堆之上，等裊裊煙霧升騰而起，一聲尖利的叫聲從天際傳來。

馮躍抬頭望去，幾十隻鷹鷲在天上盤旋，一聲聲啼鳴就像在為死者哀悼，黑壓壓的羽毛遮擋了濃烈的陽光，陰影覆蓋在馮躍臉上，他知道儀式馬上就要開始了，後背不自主地泛起涼意。

親眼所見和道聽途說的區別，就在於身臨其境之時，所有的感官都被無限放大，一切想像都變得微不足道。

當天葬師舉起斧子落下第一刀的時候，馮躍還是緊緊閉上了雙眼，他不敢去看那鮮血飛濺的場景，太過挑戰他內心的極限，但是皮肉被分割的聲音如同浪潮般從四面八方湧來，一下下鑽進他的心裡。

當空氣中的血腥味越加濃厚，馮躍逼迫自己睜開雙眼，這是他期盼很久的天葬，可能此生只有這一次機會，能夠見到如此古老又帶著神秘色彩的儀式。

不過須臾之間，天葬師已經分解了大部分遺體，整齊地碼放在一邊，每一塊腥紅的肉塊都將被鷹鷲啃食，血腥味刺激了牠們的神經，揮動著雙翅躁動地在天上盤旋。

天葬師落下最後一刀，掏出身上用人骨做成的哨子，尖銳的哨音過後，鷹鷲俯衝而下，對著牠們的食物大快朵頤。

馮躍並沒有很強的宗教信仰，其實並不能體會到這其中濃烈的捨身高尚，但是看著天葬師和老嫗平靜的眼光，就知道這樣的殯葬在他們眼中是最崇高的禮遇。

等鷹鷲們吃得差不多了，天葬師重新走回高台，將骨頭砸碎，拌上糌粑，將地上的血跡一一粘粘乾淨，扔向高空。

鷹鷲們彼此搶食，將死者最後一點都吞噬殆盡，至此，這一場天葬就宣告結束。

馮躍閉上眼睛，腦海中都是剛才反差強烈的一幕，臉色有些泛白，看著石頭上沒有被清理乾淨的血跡，死死咬住後槽牙，才沒有在天葬儀式當場攪擾靈魂。

因為儀式的莊重和肅穆，馮躍深刻地感受到了對死亡的敬畏，不只是對亡者離世的懷念，在藏家的意義中，還有對他的靈魂即將新生的寄托。

生命往復相接，肉體寄給生靈和蒼穹，只有靈魂乾乾淨淨地踏上輪迴路，重新開始另一段人生，這是對於生命消逝後帶著一些玄學色彩的解釋，但不可否認的是，這樣的說法，能夠讓未亡人寄托哀思，稍稍減輕他們的痛苦，這便是天葬對於亡者和親屬們最重要的意義。

亡者得到升華，親屬獲取安慰，這樣帶著神秘面紗的儀式成為了兩種情感間的橋樑，馮躍從震撼裡久久不能回神，慢慢向山下走去。

那些鷹鷲還在上空盤旋，牠們相互嬉鬧追逐，用羽翼遮擋著天葬台上炙熱的陽光，彷彿在為亡者靈魂的通道遮蔭，或許是在用自己的方式對亡者選擇天葬的感謝吧。

看過了心心念念的天葬，馮躍再一次感受到對死亡不同的定義。

或是為愛，或是為了正義，或是為了金錢，或是為了信仰中的輪迴，每一種都是人們對這個世界獨到的見解，終其一生的經歷造就了對生命的起源和消逝，不一樣的看法。

有些人，在罪惡的途中迷失自我不肯回頭，想來若是在藏家眼中，他們的肉都是臭的，鷹鷲也不會願意屈尊附就。

但那些連靈魂都散發著光芒的人，即便靈魂輪迴往復，也是在另一種美妙的人生中重新起航，這雖然聽上去不是唯物主義者該說的話，但對於未亡人的哀痛，又何嘗不是這樣想呢。

馮躍坐在街頭，喝著酥油茶，慢悠悠地享受陽光，在這裡的時候，彷彿所有動作都會慢下來，連時光的偏移都格外關照這座高原之城。

看著蒸籠裡緩緩彌漫的霧氣，店家朗聲叫賣，行人們走走停停，這大概就是所謂的細水長流吧。

「住進布達拉宮，我是雪域最大的王，流浪在拉薩街頭，我是世間最美的情郎。」

有人在街邊吟誦這首倉央嘉措的情詩，那個被從藏南被迎到拉薩，作為轉世靈童成為六世達賴喇嘛的倉央嘉措，即便住進了布達拉宮，成為這高原之上的王，也終其一生沒能逃出苦悶和禁錮。

他的心是自由的，靈魂是渴望風的，但身體卻被清規戒律和黃教政權束縛，做著第巴手中的傀儡，受著布達拉宮的擺布。

或許他一生中最自在的時刻，就是化名達桑旺波，在拉薩街頭縱情聲色，與酒家女兒互訴情腸，揮毫寫下那些流傳後世、動人心弦的浪漫詩篇，那時候沒有黃教的枷鎖，沒有冗長的規矩，沒有令人心焦的勢力擴充，每一分鐘都是屬他自己的。

即便清帝制詔，以「拉藏汗因奏廢桑結所立六世達賴，詔送京師」為由讓他千里進京，身披枷鎖，也一定貪戀地看著世間萬物，好過在布達拉宮裡荒廢度日。

倉央嘉措留下的浪漫，為這座城增添了光彩，在歷史的長河中，無論馬蹄如何踏碎陳霜，彎刀劈開明月，這份浪漫一直在布達拉宮頂端熠熠生輝，成為拉薩的金字招牌。

馮躍的眼睛被屏幕上一副旅遊指南吸引，上面是南迦巴瓦的日月同輝，它不同於珠穆朗瑪峰的沉重，岡仁波齊的冷淡，南迦巴瓦常年被山尖的旗雲遮擋，因為神秘成為人們常年追逐的聖地。

南迦巴瓦的主峰與明月同高，金光照耀著山體，那樣壯觀而又磅礴，只是看著圖片，馮躍都能感受到何謂「寄蜉蝣於天地，渺滄海之一粟」。

馮躍合上手機，將酥油茶一飲而盡，下一站，就去南迦巴瓦吧。

他不再為自己規劃路線，想到哪裡就往哪個方向走，累了就停下來歇一歇，在草原上扎起帳篷，看著星空繁盛月影徘徊。或是遇上雨天，就跟著牧民到家裡作客，聽著馬頭琴悠揚的旋律，看著羊肉在火上炙烤的冒著滋滋啦啦的油星，也是旅途中別樣的感受。

路上天公不美，也會讓一兩個無處遮雨的行人上車，一起前行。當然了，那些在只有攝氏十度的風中，非要穿著波西米亞長裙的女人，伸著手截停過往車輛，自然不在必要的考慮之中。

不是所有人都是當世林徽因，那些看了幾本風月小說，就高頌著愛情可貴、生活庸俗，揣著幾千塊錢妄圖在國道上遇見詩和遠方的人，即便光鮮亮麗地站在街邊，有清風捲起裙角，等待她們的也只會是肺氣腫和敗絮其中的靈魂。

馮躍剛剛開車走到色季拉山口，就已經能看到南迦巴瓦山了，只是山體被雲層遮擋，像是一片隱秘的境地輕易不會讓人瞧見。

來過這裡的人都知道，看見南迦巴瓦不難，但是想看到它的全貌，或是直觀日照金山的壯美，那是需要運氣的，許多人來過三五次才能有幸見上一面，這就是南迦巴瓦一直作為行者們不懈追逐的目標的理由。

老人常說，福不可盡享。

馮躍這一路其實已經見過不少日照金山了，即便心醉與南迦巴瓦的壯美，但隨緣的態度讓他並不苛求，不見的遺憾，也是旅途中讓人念念不忘的美好。

繆斯之所以奉為美神，也是因為她的殘缺，給了人們無盡的美好遐想。適當地在生活中留白，未嘗不是一件值得高興的事情。

坐在車裡啃著乾巴巴的肉乾，就著溫水吃饅頭，馮躍無比懷念內陸的小炒，他已經很久沒有吃到家鄉菜了，偶然想起還真是饞蟲大動。

摸著扎西的頭，笑著說：「等回去了，我給你點上一大盤排骨，保證比這個小肉乾好吃。」

扎西依戀地蹭蹭他的掌心，柔軟的毛髮像羽毛一樣撓在他的心上，微微做癢。

電話鈴聲陡然響起，馮躍以為是王樂那個傢伙又來騷擾他，但是看到來電顯示的時候，眼神怔愣住了。

「喂，我是馮躍。」

電話那邊是一個女聲，周圍的環境好像十分嘈雜，隔著電話說：「賀彤就要出國了，你要來最後送送她嗎？」

出國？馮躍知道她口中的那個人是誰，略帶輕鬆地問道：「是申請了什麼學校嗎？出國留學一直都是她的……」

「不是。」沒等他說完就被打斷了，女聲遲疑了一下說：「是治病，骨癌，所以很可能是最後一次機會了。」

馮躍耳邊轟隆作響，腦子亂成了一團漿糊，嘴裡的肉乾掉出來，她說什麼都聽不清了，一直在迴響著「骨癌」兩個字。

「什麼時候的事？」

「兩個月前發現的，長在頸椎上，醫生說這樣的位置其實是很少見的，發病的時候疼痛難忍，壓迫椎骨讓她不能正常起身，尋常的止痛藥已經緩解不了了。」

「所以她是因為病情，才突然停止旅程……」

馮躍呢喃著，他想過無數種賀彤消失的可能，會不會已經找到了生命中的天子，會不會重新開始新的生活，會不會被某一處風景驚艷而駐足不前，但萬萬沒想到，會是這樣的理由讓她進藏之行突然終止。

怪不得小說會突然結局，原來是她已經沒有力氣支撐自己繼續寫作，只能匆匆寫下獨白，把遺憾和落寞無限拉伸。

「從你在九寨溝給我打那個電話的時候我就知道，你一定在後面跟著我們，但是賀彤並不知道這件事，我也沒有說，我只是覺得，既然分開了，就各自安好吧。」

女聲有些哽咽，彷彿止不住淚水，聲音裡帶著顫抖：「可是……可是她這一去不知道是什麼結果，昨天還看見她重新把嫁衣拿了出來。我就知道她根本放不下你。」

「之前你為珠穆朗瑪峰那件事在媒體面前發聲，那個賬號的主人前兩天又發了直播，調侃你為愛追尋，堅持不捨，我才知道你們兩個都沒有忘了彼此，所以，你去送送她吧，至少能看著她好好離開……」

直播這件事馮躍也是後來才知道的，王樂的賬號因為宮智偉的事件吸引了一大波路人粉，在直播間裡有人問起馮躍的感情狀況，王樂實在是不忍心看著公眾沒有下限地抹黑他，嘴上一快就把事情都說了出去。

從此馮躍就從負心渣男變成了為愛醒悟的痴情人，等馮躍發現的時候一切都晚了，索性就順其自然吧。

但是不成想，他情願追逐的人，早就深陷在病痛中苦苦掙扎，而那時他還在因為沒有更新多加揣測，傷春悲秋，彷彿他們二人的情感從來都沒在一個頻率上，馮躍總是慢半拍地反應過來。

馮躍不知道在公路上一路疾馳的時候心裡在想著什麼，只知道要快一點，再快一點，要趕在飛機起飛之前見到她，不管到時候她會不會抗拒，都要堅定地抱住她，說自己一直都在身後等她回頭。

白色的越野如同離弦之箭，兩側的山野都被甩在身後，扎西在後座上低吼，車速的加快讓牠感到不安，但是馮躍始終沒有鬆開油門，轉頭朝著最近的拉薩機場趕去。

為什麼呢？

明明說好了只看自己的風景，在聽到她的消息的時候，還是忍不住心悸。

這跟彼此不見並不一樣，他即便看不到她，也知道她安穩地活在這世上，享受著陽光雨露，看著春夏濃艷的風光，秋冬內斂的美意。

可是如今，她並不好，在某一張病床上呻吟，冰涼的針頭刺進血管，藥物填滿了她羸弱的身軀，外面一切風景都被隔絕，只有滴滴作響的儀器陪伴在身邊，那種眼睜睜看著死亡逼近的絕望，馮躍太清楚了，那種疼痛，賀彤柔弱的肩膀怎麼能承受得住。

賀彤的飛機從虹橋起飛，馮躍買了最近的一趟航班趕回去，看著艙窗外的雲層，那蔚藍的天在眼中也只有黑白了。

四千一百七十公里的距離，一分一秒都灼燒著馮躍的心臟，飛機的轟鳴聲讓他心煩意亂，索性閉上眼睛假寐，但不管怎樣克制，賀彤的一顰一笑都在腦海中無比清晰。

翻開相簿，賀彤的笑臉在山水之間綻放，那些帶著靈性的海子都不及她萬分之一的秀美，好像鍾靈毓秀都匯集到了一人身上。越是看著她健康白皙的臉頰，越是想像到她如今被病痛折磨，馮躍捂著胸口，這彷彿有一雙大手在心上反復揉捏，讓他呼吸加重，連片刻的安寧都不曾擁有。

落地的一瞬間，耳壓增加，伴著不停的耳鳴，馮躍捏著絲帕往下跑，擺渡車異常緩慢，看著手錶上不斷逼近時限的分針，馮躍的手心被汗水濡濕。

這真的是他能找到的最快到達上海虹橋的航班了，但是仍舊迫在眉睫，只希望老天開眼，再給他一次機會，讓這段路變得不那麼虐心。

「快一點快點，拜托……再快一點。」

心裡一直重複著一句話，不等車停穩，就急匆匆地跑下去，臉上的汗珠隨著跑動滴落在地上，剛剛回到航站樓，沒等他詢問去往美國的進站口號碼，機場廣播裡冰冷的女聲音就在耳邊響起。

「去往美國 TZ3457 航班即將起飛，已停止檢票。」

馮躍猛然停住腳步，下意識地回頭望向停機坪。

跑道上一輛飛機緩慢地滑行，馮躍拍著玻璃，腳下隨著飛機的方向追逐，嘴裡一遍遍地重複著賀彤的名字。

「小彤，小彤，等一等……等等我啊。」

一個男人拍打著航站樓的玻璃，一聲聲呼喚裡帶著哭腔，手腕上的絲帕露出一角，直到飛機陡然加速，男人豁然停住了腳步，站在原地愣愣地看著飛機起飛。

「小彤。」

此時的天際被晚霞暈染，賀彤曾說十月的晚霞像火紅的玫瑰，一朵雲，便足以驚艷整片天地。

但馮躍看著滿眼晚霞，不像玫瑰，像鮮血，像傷疤，一層層密密麻麻地從心上迸裂處流出，帶著摧枯拉朽的疼痛，讓他把絲帕緊緊捂在心坎上，都不能緩解萬分之一。

他周圍人聲鼎沸，指指點點中猜測這個男人遇到了什麼事情，會蹲在地上泣不成聲。

馮躍知道，自己在這一刻，在飛機收起起落架的瞬間，徹底地與愛人訣別，殘陽如血般殷紅，那些過往的愛情歲月颯踏如流星，在他的世界轟然墜落。

「何處合成愁，離人心上秋。」

馮躍站在原地，直到看著飛機漸漸變小，變成一個圓點消失在視野中。那架飛機帶走了他的愛人，最後一面只差這十幾分鐘，幾千公里的距離，他豁然生出的勇氣，也在此時被重新打碎，懷裡緊緊抱著相簿，每一頁都將被離人淚濡濕，在每一個三更時分，更加濕潤起來。

他在七年前的盛夏與賀彤相遇，月老的紅線牽著彼此的手腕，那一節堪比皓月清輝的素手，曾經在他臂彎裡停泊，安撫了每一個喘息又悸動的黑夜。

同樣是一年盛夏，紅線斷了，佳人在生命中遠去，馮躍拼命追逐，不顧風雨如晦，躲在幽冥角落，像一隻見不得光的地鼠，看著心上人伸手觸碰的每一朵花，踏上她站立過的佈滿著青苔的石階，仰望著同一座山峰，苛求到連枝葉的舒展都要相同。

可是他是個混蛋啊，那樣美好的愛情被他錯誤的做法葬送了，婚禮取消，愛人遠去，這一切都怪不得任何人，馮躍只能說自作自受，報應不爽。

讓他經歷賀彤離開之後，又一次地眼看著她離開，這一回是離開故土，離開祖國，離開頭頂的同一片天空，從此音訊全無。

亘古中走來的明月，能照亮十三個州府，卻不能照亮相隔洲際的兩人，這無法用孤獨二字形容，這是命運，是不可躲避的定數。

秋末，風起。

佳人帶著滿身病痛遠渡重洋，連載的小說停在獨白的那章，微博的更新一直滯留在三月之前，彷彿一切都在冥冥之中悄然結束，而他遲鈍到現在才明白眼前的分別，是早就鋪墊好的樂章。

此去經年，不知歸期，不知終果，甚至不知道她每一個難捱的夜晚將如何度過。

馮躍想到未來某一天，他或許坐在海邊吹風，或許開著什麼重要的會議，會不會有那麼一刻，心上驀然疼痛，是愛人化作流星，沉重地砸在了他的心口。

不，現在想起就會覺得痛，綿密的痛像針扎，像火燒，像置身深海無法掙扎的窒息，像痛到極致的默哀。

這一路上他遇見了太多女人，一心求死但聰慧倔強的周雨，為了不能把控的命運一度瀕臨死亡，是馮躍從懸崖邊上把人拽上來，看著她在大山裡去拯救那些同樣為命運做主的女孩，她稱其為人生的意義。

還有堅持與病魔鬥爭的申頌章，每時每刻都溫溫柔柔地看著丈夫，那種全身心的依賴，像一汪清澈的潭水將丈夫包裹，明知時日無多，也用溫柔和愛意，為丈夫留下最美好的回憶。

那個出場冰冷無情，實則內心如同一團烈火的梅朵，在槍林彈雨中呼嘯往來，摩托車上坐著炙熱的靈魂，子彈在身上貫穿而過，眉頭都不皺一下，鮮血流盡芳魂，忠義在林間永生，堅強的野玫瑰只在闔上雙眼的一刻呢喃著阿爸阿媽的名字。

這些女人，或嬌俏，或柔情，或熱烈，卻都比不上他心中那泛著光華的賀彤。

那是自少時起就喜歡的人，如同皎潔的明月照亮了他人生的時刻，此生遺憾沒有見過她穿上嫁衣的模樣，一定比南迦巴瓦的金山更讓人難以忘懷，成為他心頭泛著熱意的朱砂。

可是這一路行來，他無時無刻不在追逐，從九寨溝水光浮翠的海子，在地震中死裡逃生，到情歌婉轉的康定，那一座浪漫之城；到驚險的折多山脈救下了周雨，然後一路前行。

在魚子西看星野滿天，長河濺落，風露中宵裡與周雨暢談，聽到了一段悲情的故事，然後盼著她釋懷，但是那時馮躍未曾想過如何放過自己。

貢嘎雪山的驚險是冒險的開始，那些被剝奪了人生的女人在大山中麻木了的歲月，看著她們被解救，馮躍也不顧艱險上山尋找自己的愛人，卻在雨夜差點命喪黃泉。

醫院的那個轉角，那天下午的陽光，是馮躍此生最溫暖的時節，飛揚的裙角鮮艷得從不褪色，每一步都是曼妙和綽約。但她也是如此，步步生蓮地離開自己的世界。

後來一望無際碧浪千里的草原，高聳巍峨金光四溢的雪山，滾滾逝去浪濤奔湧的江河，每一處都包含著他無盡的思念和愧疚。

即便見到了如此多的生死和艱難，也不曾在知曉她遭受苦難時變得麻木，她終究是不同的。

即便有一日垂垂老矣，拄著拐杖依靠在門上，耳邊聽著鳥叫，手上侍弄花草，偶然間想起那個女子，曾驚艷了他數載時光，白髮如絲也不曾轉移。

馮躍曾在世俗中摸爬滾打，在想與賀彤經歷人間浪漫的時候失去一切，從此兩人隔著長川山谷，星移斗轉，當真應驗她那句「山海不見」。

不知在機場靜立了多久，一架架飛機從眼前起落，人潮嘈雜拉成一線淪為背景，他墮落在這鼎沸之中失去本心，城市喧囂，卻沒有一盞燈光再從心間亮起。

天際以晚霞做餌，清風為桿，妄圖釣起人間星辰，卻發現，這人眼中再無半分光亮。

【全書完】

這世界突然只有我

作者：寶劍鋒
編輯：Margaret
設計：4res
出版：紅出版（青森文化）
地址：香港灣仔道133號卓凌中心11樓
出版計劃查詢電話：(852) 2540 7517
電郵：editor@red-publish.com
網址：http://www.red-publish.com
香港總經銷：聯合新零售（香港）有限公司
台灣總經銷：貿騰發賣股份有限公司
地址：新北市中和區立德街136號6樓
(886) 2-8227-5988
http://www.namode.com
出版日期：2022年4月
圖書分類：流行讀物／小說
ISBN：978-988-8822-56-0
定價：港幣88元正／新台幣350元正